Cornelia Engel

Herzensbrecher am Horizont

Verliebt auf Borkum

ROMAN

Deutsche Erstveröffentlichung bei
Montlake, Amazon Media EU S.à r.l.
38, avenue John F. Kennedy, L-1855 Luxembourg
April 2021
Copyright © der Originalausgabe 2021
By Cornelia Engel
All rights reserved.

Umschlaggestaltung: semper smile, München, www.sempersmile.de
Umschlagmotiv: © Viorel Sima / Shutterstock; © Oliver Hoffmann /
Shutterstock; © paralisart / Shutterstock; © nuruddean / Shutterstock;
© Dai Yim / Shutterstock
1. Lektorat: Dorothea Kenneweg
2. Lektorat und Korrektorat: VLG Verlag & Agentur, Haar bei München,
www.vlg.de
Gedruckt durch:
Amazon Distribution GmbH, Amazonstraße 1, 04347 Leipzig /
Canon Deutschland Business Services GmbH, Ferdinand-Jühlke-Straße 7,
99095 Erfurt /
CPI books GmbH, Birkstraße 10, 25917 Leck

ISBN 978-2-49670-705-2

www.montlake.de

Für dich, liebe Leserin, lieber Leser,
und für alle Fellnasen in eurem Leben.
Und für Svenja. Ich hoffe, die
Sache mit dem Pilleneingeber
kommt nie heraus.

KAPITEL 1

Endlich waren alle weg. Wanda Jahnsen schob den Trolley aus der Damentoilette, in die sie sich nach dem Abschied von der Crew geflüchtet hatte. Zweiundzwanzig Uhr vierzig an einem Mittwoch im März. In der Ankunftshalle von Terminal 1 des Hamburger Flughafens war kaum noch etwas los. Von der Hektik, die tagsüber herrschte, war nichts zu spüren. Die Boutiquen und der Duty-free-Shop hatten geschlossen, das Rollgitter vor dem Coffeeshop war herabgelassen. Auf dem blank polierten Boden spiegelten sich die Lichter der Leuchtreklamen. Statt nach Kaffee und teurem Parfüm roch es nach Reinigungsprodukten. Das Surren der Bohnermaschine hatte die Lautsprecherdurchsagen abgelöst.

Wanda bog in die Ladenpassage vor den Gates ein. Gewohnheitsmäßig warf sie im Vorbeieilen einen Blick in den Spiegel neben dem Geschäft mit den teuren Füllfederhaltern. Die adrette Flugbegleiter-Uniform schmiegte sich um ihre schlanke Figur, das Make-up saß auch nach drei Starts und Landungen nahezu perfekt, weil sie es bei jedem Zwischenstopp aufgefrischt hatte. Ihr dunkelbraunes Haar – das Erbe ihrer griechischen Großmutter – war zu dem vorgeschriebenen Dutt geschlungen. Dass sie allen Regeln zum Trotz den Rocksaum um

7

drei Zentimeter gekürzt hatte, brachte ihr regelmäßig Rüffel ein, aber damit konnte sie leben. Bei ihrem zierlichen Körperbau gab es nur begrenzt viel Bein zu zeigen, also zählte jeder Zentimeter. Mit einem Meter einundsechzig erfüllte sie gerade eben das vorgeschriebene Mindestmaß für Flugbegleiterinnen. Wanda glich es dadurch aus, dass sie auch dann auf hohen Absätzen im Flieger herumstöckelte, wenn die Kolleginnen längst die Boarding-Schuhe gegen flache Treter gewechselt hatten. Was ihr beim Arbeiten in der Galley an Körpergröße fehlte, machte sie mit überschäumender guter Laune und einem Lächeln wett, das in letzter Zeit allerdings ein bisschen gezwungen wirkte.

Doch heute Abend konnte ihr nichts die Stimmung verderben. Sie freute sich auf das Treffen mit ihrem Kollegen Tom. Er war ihr bester Freund, der Fixstern an ihrem turbulenten Himmel. Bei seiner Hochzeit mit Philipp im letzten Jahr war sie Trauzeugin gewesen. Mit schnellen Schritten eilte sie den Gang hinunter, zum gewohnten Treffpunkt, der Sitzgruppe zwischen Gate C 05 und C 06. Schon von Weitem sah sie ihn mit dem Rücken zu ihr in der vordersten Reihe der Bänke sitzen, den Blick auf die Lichter des Rollfelds gerichtet. Als er ihre Spiegelung in der Glasfront bemerkte, hob er lässig den Arm. Typisch Tom, wie immer machte er sich nicht die Mühe, sich umzudrehen. Als Fachkraft für Sicherheit habe er eben auch Augen im Hinterkopf, behauptete er. Natürlich war das ein Witz, aber zugegebenermaßen bekam Tom wirklich erstaunlich viel von dem mit, was um ihn herum so vorging. Berufskrankheit, meinte er, und tat es mit einem Schulterzucken ab, aber Wanda war klar, dass Tom eine außergewöhnlich gute Wahrnehmung und ein hohes Maß an Empathie besaß. Er arbeitete in der Security, was bedeutete, dass er Fluggäste, bei denen der Körperscanner anschlug, mit dem Metalldetektor absuchte oder darauf achtete, dass beim Aussteigen aus dem Flughafenbus niemand das Terminal durch die falsche Tür betrat. Sie kannten sich, seitdem Wanda angefangen hatte als Stewardess zu arbeiten. Beim Anblick seines Hinterkopfs mit dem dichten schwarzen Haar, das so verstrubbelt aussah, als wären die einzelnen Büschel sich nach dem Aufstehen nicht einig geworden, in welche Richtung sie stehen sollten, musste sie automatisch grinsen.

Ein wenig außer Atem ließ sie sich auf den Sitz neben ihm fallen. Sie pustete sich eine Haarsträhne aus der Stirn und zuckte die Schultern zur Entschuldigung. »Sorry, dass es so lange gedauert hat. Ich hatte schon Angst, dich zu verpassen.«

»Was war es diesmal?«, fragte er halb amüsiert, halb neugierig. »Hat der Pilot versucht, einen Angriff auf dein Image als eiserne Jungfrau zu fahren? Oder hast du wieder saudi-arabische Scheichs mit Tomatensaft beworfen?«

Sie stupste ihm mit dem Ellbogen in die Seite. »Hey, das ist nicht komisch. Zu deiner Information, ich habe ihn nicht beworfen, die Packung ist aufgeplatzt. Außerdem habe ich mich gefühlte hundert Male dafür entschuldigt. Mag ja sein, dass der Typ Scheich von Sonstwo ist, aber musste er gleich so ausrasten und jedem im Flieger auf die Nase binden, dass er in Zukunft nur noch *Emirates* fliegt?« Missmutig schüttelte sie den Kopf.

»Na ja, irgendwie kann ich ihn verstehen. Als er bei mir durch die Security kam, sah es aus, als hätte er an Bord einen schlimmen Unfall gehabt.« Tom zwinkerte ihr zu. »Vielleicht hättest du an den Flecken nicht herumwischen sollen.«

»Ach, hör schon auf!« Ihr Blick verdüsterte sich. »Als ob es ausschließlich meine Schuld gewesen wäre! Wer in einem blütenweißen Kaftan Economyclass reist, sollte keinen Tomatensaft bestellen, das liegt doch auf der Hand. Schon gar nicht, wenn der Pilot Turbulenzen ankündigt.« Missmutig zupfte sie einen Fussel von ihrem marineblauen Rock. Weshalb reagierte sie so übertrieben auf Toms Bemerkung? Hatte sie momentan nicht ganz andere Probleme? Seit geraumer Zeit kam es ihr vor, als steckte ihr Leben in einer Sackgasse. Immer häufiger ertappte sie sich dabei, wie ihre Gedanken um die Zukunft kreisten, oder genauer gesagt darum, was sie sich von den nächsten Jahren erwartete. Machte die Fliegerei sie noch glücklich, so wie zu Beginn ihrer Zeit bei der Airline? Damals hatte sie sich nichts Schöneres vorstellen können, als Flugbegleiterin zu sein.

Ihre Gedanken drifteten in die Vergangenheit. Als Kind hatte sie den Entschluss gefasst, einmal ein aufregendes Leben zu führen. Mit fünf hatte sie davon geträumt, auf Wolkenpferden zu reiten und in Schlössern aus Zuckerwatte zu wohnen, die der Wind über den leuchtenden Abendhimmel blies. In ihrer Fantasie hatte sie sich in schwindelnde Höhen tragen lassen, bis die Welt mit ihren Problemen ganz klein und ihr Herz leicht geworden waren.

Jetzt, im Alter von dreißig, wusste sie, dass ein Leben mit dem Kopf in den Wolken vor allem drei Dinge mit sich brachte: Jetlag, schwere Beine und einen unglaublichen Verbrauch an Lippenstift. Dazu ein ziemlich deprimierendes Liebesleben, wenn man nicht auf One-Night-Stands mit dem Flugkapitän oder den männlichen Mitgliedern der Crew aus war.

Träume nutzen sich ab, wenn man in ihnen lebt.

Nachdem sich ihr Berufsleben neun Jahre lang in zehntausend Meter Höhe abgespielt hatte, sehnte sich Wanda nur noch nach einer Sache: festen Boden unter den Füßen.

Toms Stimme riss sie aus ihren Gedanken. Sein Bedauern klang ehrlich. »Sorry, wenn ich etwas Falsches gesagt habe. Normalerweise magst du meine Witze.«

»Heute nicht.« Sie schüttelte den Kopf. »Ich fühle mich wie erschlagen. Kein Wunder, immerhin habe ich drei *legs* hinter mir. Von Barcelona nach Warschau, von Warschau nach London und von dort mit Verspätung zurück hierher. Nachdem wir aus dem Slot gefallen sind, hat es endlos gedauert, bis die Gangway bereitgestellt wurde. Und eben musste ich vor meiner Crew flüchten, weil sie mich zu einem Absacker in die Hafencity verschleppen wollte.«

Tom öffnete eine Bierflasche und reichte sie ihr. »Du hast dich also wieder im Klo versteckt.« Eine Feststellung, keine Frage. Die Flaschen klirrten leise.

Sie zuckte die Schultern. Mit einem wohligen Seufzen ließ sie einen Schluck Bier durch ihre Kehle rinnen. Es war genau, wie sie es mochte, kühl und friesisch herb. »Zum Glück bist du wieder da. Der Flughafen ist verflixt einsam ohne dich.«

Er knuffte sie freundschaftlich in die Seite. »Werd mal nicht melodramatisch. Schließlich habe ich nicht meinen Job gekündigt. Ich hatte Urlaub.«

»Eben.« Sie setzte das Bier ab und wischte sich mit der Handkante über den Mund. »Egoist.«

Er hob verteidigend die Hände. »Es mag seltsam klingen, aber die meisten Menschen haben neben ihrem Job noch ein Privatleben. Außer dir natürlich.«

Sie versuchte, zu lächeln, aber zu ihrem Entsetzen war ihr zum Heulen zumute. Tom hatte ihr Problem auf den Punkt gebracht.

Er schien zu spüren, dass etwas nicht stimmte. Sanft zog er sie an sich. Seine Hand massierte beruhigend ihren Nacken. »Raus damit, Kleines, was ist los? Deine letzten Whatsapp-Nachrichten klangen übel.«

»Keine Ahnung …« Wanda entspannte sich und ließ den Kopf gegen seine Schulter sinken. »Eigentlich nichts. Der übliche Jetlag«, fügte sie zögernd hinzu und hoffte, dass Tom ihr den Schwindel abnahm.

Tom hörte auf, ihren Nacken zu streicheln. »Mach mir nichts vor. Das Selfie, das du vor der Seilbahn auf dem Tafelberg geschossen hast, war ein einziger Hilfeschrei. Du siehst darauf aus, als wärst du von einem Irren gekidnappt und nach Südafrika verschleppt worden. Und das bei dem Wahnsinnspanorama im Hintergrund.«

»Ich hatte eben einen schlechten Moment«, verteidigte sie sich. »Ursprünglich sollte ich an dem Wochenende nicht in Südafrika sein, sondern in einem eleganten Kleid als Trauzeugin neben meiner besten Freundin stehen. Doch dann wurde der Dienstplan geändert.«

»Verständlich. Kommt mir nur leider so vor, als hättest du auffallend viele schlechte Momente.«

»Kein Wunder.« Sie schürzte die Lippen. »Wenn du dich in Brooklyn besser zurechtfindest als im eigenen Viertel in Altona, macht das nachdenklich. Und spätestens, wenn der Hotelportier des Hyatt Regency in Hongkong dich mit Vornamen grüßt, aber dein Briefträger in Deutschland sich nicht an dein Gesicht erinnert, musst du dir doch eingestehen, dass etwas schiefläuft, oder nicht?«

»Mag sein.« Er löste den Arm von ihr. Nachdenklich sah er sie an. »Dass nicht alles toll am Leben eines Flugbegleiters ist, ist logisch. Bisher bist du gut damit klargekommen. Du liebst die Fliegerei. Während es bei den meisten Mädels bei einer Teenie-Schwärmerei bleibt, hast du deinen Traum wahrgemacht und siehst dir die Welt an. Im Grunde müsstest du verdammt stolz auf dich sein. Also, was bedrückt dich?«

Wanda atmete tief ein. Sie brachte kein einziges Wort hervor. Wie sollte sie Tom erklären, was in ihr vorging, wenn sie es selbst nicht verstand?

Toms Blick schien sie festnageln zu wollen.

»Vielleicht habe ich es einfach satt, ständig so viele Menschen um mich zu haben. Auf Dauer ist das ganz schön belastend.« Sie zog den Trolley zu sich, legte ihre Füße darauf ab und widmete sich ihrem Bier. Hoffentlich war das Thema damit für Tom erledigt. Sie konnte ihm nicht die ganze Wahrheit erzählen. Er wäre entsetzt gewesen, wenn er gewusst hätte, wie groß die Leere in ihr war. Es hatte vor zwei Monaten begonnen, bei einem Layover in Chicago. Da hatte sie zum Shoppen in die City fahren wollen. Doch dann, in der U-Bahn, hatte sie plötzlich keine Ahnung mehr gehabt, in welcher Stadt sie sich befand. Alles sah so erschreckend gleich aus. Die Haltestellen, die abgewetzten Sitze der Waggons, die Werbeplakate, sogar die Graffiti vor den Tunnels. Wie sollte man sich da orientieren? In ihrer Wahrnehmung verschwammen alle Großstädte zu undefinierbarem Grau. Kein Wunder, dass sie inmitten der Menschenmenge einen Panikanfall bekommen hatte. Später im Hotel hatte sie wie betäubt im Fernsehen auf die Wetterkarte gestarrt, um sich einzuprägen, in welchem Teil der Erde sie sich gerade befand. Wieder zu Hause in ihrer Hamburger Wohnung, die sie mit zwei Kolleginnen teilte, hatte sie sich unter ihrer Decke vergraben und zwei ganze Tage im Bett verbracht. Eigentlich hatte sie geglaubt, die Krise überwunden zu haben, aber in letzter Zeit befiel sie diese eigentümliche Schwermut, die sie erstmals in Chicago verspürt hatte, immer öfter. Sie kam sich vor wie der traurige Clown, den sie als Kind im Zirkus gesehen hatte: Sobald der erste Passagier über die Gangway die Maschine betrat, setzte sie ein Lächeln auf und war in ihrer Rolle, die trüben Gedanken blieben am Boden zurück. Doch wenn der letzte Passagier von Bord gegangen war, fühlte sie sich wie ausgehöhlt. Sie investierte ihre ganze Kraft und bekam nichts zurück.

»Wie wär's, du schließt dich einer Gruppe an?« Tom grinste. »Anonyme Menschenhasser oder so? Die Treffen könnten spannend werden. Man geht sich gegenseitig aus dem Weg, und wer es schafft, den ganzen Abend mit niemandem zu reden, bekommt Bonuspunkte.«

»Großartige Idee. Herzlichen Dank.«

»Sollte ein Witz sein. Weißt du was, ich glaube, du hast den Punkt erreicht.«

Verständnislos schüttelte sie den Kopf. »Welchen Punkt?«

»Der Hype des Jet-Set-Lebens ist vorbei. Du sehnst dich danach, jeden Morgen in deinem eigenen Bett aufzuwachen und Jeans statt Uniform zu tragen. Vor allem aber sehnst du dich nach einer Schulter zum Anlehnen, wenn du von deinem Job nach Hause kommst.«

»Das mit der Schulter ist Unsinn.«

»Und der Rest?«

»Wenn ich das wüsste. Im Moment geht mir ja sogar Hamburg auf den Geist. Am liebsten würde ich wie Robinson Crusoe auf eine einsame Insel flüchten.«

»Er ist nicht geflüchtet, er war schiffbrüchig. Aber abgesehen davon, warum nicht?« Tom kratzte sich das Kinn. »Die Idee an sich ist gut. Du könntest ein Sabbatical einlegen. Es muss ja nicht gleich die Südsee sein. Wie wäre es mit den Ostfriesischen Inseln?«

»Ich weiß nicht … Dich hat doch nichts dort gehalten.«

»Das kannst du nicht vergleichen. Ich fühle mich in großen Menschenmassen ausgesprochen wohl. Du hingegen nicht. Ich glaube, dir würde ein kleineres, stabiles Umfeld guttun, mit Menschen, auf die Verlass ist, wenn es darauf ankommt.«

»Klingt nach verdächtig viel Nähe.«

»Nur, wenn du das möchtest. Die Borkumer nehmen es eher leicht und machen nicht so viel Aufhebens um sich und andere. Dafür findest du dort so viel Weite wie kaum anderswo in Deutschland.«

»Hm. Und wovon soll ich leben? Die Mieten sind teuer in Feriengebieten. Außer einem abgebrochenen Lehramtsstudium und einer Flugbegleiter-Ausbildung habe ich nichts vorzuweisen.«

»Aushilfen für die Saison werden immer gebraucht. Du könntest kellnern. Die Hotels beispielsweise suchen regelmäßig Kräfte für den Frühstücksservice.«

Sie winkte ab. »Vergiss es. Da kann ich gleich bei meinem alten Job bleiben.«

»Sei nicht so pessimistisch. Wenn du offen bist für Neues, findet sich auch das Passende, glaub mir.«

»Ich denk darüber nach«, erklärte sie halbherzig. Tom hatte leicht reden. Als ehemaliger Borkumer wäre es viel einfacher für ihn gewesen, auf der Insel wieder Fuß zu fassen, als für jemanden, der wie sie aus einem Kaff in der Nähe von Cuxhaven stammte und die Inseln in der Nordsee nur von gelegentlichen Ausflügen kannte. Sie stellte die leere Bierflasche beiseite und richtete sich auf. »Wie sieht es aus, hast du Lust auf eine Radtour in den nächsten Tagen? Das Wetter soll schön werden.«

»Tut mir leid.« Tom biss sich auf die Lippe. Er wirkte betreten. »Das habe ich dir noch gar nicht erzählt. Das Jugendamt hat angerufen. Es sieht ganz danach aus, als ob wir endlich unser Pflegekind bekommen.«

Impulsiv fiel sie ihm um den Hals. »Super, Tom, das freut mich für euch. Ihr habt so lange darum gekämpft. Ich könnte mir keine besseren Eltern vorstellen als Philipp und dich.«

»Danke. Leider gibt es noch jede Menge Papierkram zu erledigen. Ich kann Philipp unmöglich damit alleine lassen. Die Radtour muss warten.«

Sosehr sie sich für die beiden freute, spürte Wanda dennoch eine leise Wehmut in sich aufsteigen. Während ihr bester Freund auf dem Weg war, eine Familie zu gründen, hing ihr Privatleben zwischen den schicken Kleidern aus New York und Paris im Schrank herum und wartete darauf, getragen zu werden, bevor die Motten darüber herfielen.

Sieben Monate war es nun her, dass sie sich von Frank, einem Sky Marshal, getrennt hatte. Seitdem hatte sie kein Date mehr gehabt. Manchmal wachte sie morgens in dem Glauben auf, dass Frank und sie noch immer zusammen seien. Erst das kalte Laken neben ihr machte ihr die Realität bewusst. Nach drei Jahren Beziehungsstress hatte sie einsehen müssen, dass es auf Dauer unmöglich war, ihre chaotischen Dienstpläne miteinander zu kombinieren. Der Verlust schmerzte noch immer ein wenig. Den Glauben an die Liebe hatte sie trotzdem nicht verloren. Von einer Enttäuschung durfte man sich nicht den Traum vom Glück vergällen lassen und sein Herz unter einem Schutzpanzer begraben, fand sie. Das wäre ja so, als würde man sich vornehmen, den ganzen Sommer im Ostfriesennerz herumzulaufen, nur weil es Anfang Mai gestürmt hatte.

Entschlossen schob sie die Erinnerung an Frank beiseite. Ihr Blick glitt zum Fenster hinaus. Tankfahrzeuge und die Transporter der Logistikdienste fuhren auf dem Rollfeld hin und her. Blinkende Spielzeugautos, die ihre Kreise zogen. Nachdenklich wandte sie sich an Tom. »Glaubst du, dass mir einmal das Gleiche passiert wie Erik?«

»Oh, Schätzchen.« Er strich ihr sanft über das Haar. »Das ist es also, was dich bedrückt.«

Sie biss sich auf die Lippe. Ihr Bruder Erik hatte wegen einer angeborenen Krankheit der Lunge chronische Atemprobleme gehabt. Normalerweise neigte sie nicht dazu, hypochondrisch zu sein, aber in letzter Zeit häuften sich die Pressemeldungen über das Aerotoxische Syndrom, eine schleichende Vergiftung durch verunreinigte Kabinenluft. Wanda war gesundheitlich familiär vorbelastet. Ein Grund mehr, einen Berufswechsel zumindest in Betracht zu ziehen, oder nicht?

»Verdammt schwer, eine Aussage über jemanden zu treffen, den man nur aus Erzählungen kennt«, durchbrach Tom ihre Gedanken. Seine Stimme strahlte so viel Ruhe aus, dass es Wanda für den Moment gelang, die Ängste, die sich seit Chicago immer stärker zurück in ihr Leben geschlichen hatten, beiseitezuschieben. »Nein. Ich glaube nicht, dass du krank wirst. Aber vielleicht ist es an der Zeit, die Weichen in deinem Leben neu zu stellen.«

»So etwas in der Art dachte ich mir auch. Danke fürs Zuhören, du bist ein Schatz.« Sie streckte sich und warf einen erschrockenen Blick auf die Uhr. »Oh Gott, ist das spät! Ich muss morgen um fünf raus. Besser, ich mach mich auf den Weg. Tschüss, Tom. Wir sehen uns.« Sie küsste ihn zum Abschied auf die Wange und wandte sich zum Gehen.

Der Trolley glitt geräuschlos hinter ihr her, als sie Richtung Rolltreppe marschierte. Borkum … Sie kräuselte die Stirn. Sicher gut, um sich den Wind um die Nase wehen zu lassen, aber dauerhaft auf einer kleinen Insel leben? Nein, vehement schüttelte sie den Kopf, das war nur wieder eine von Toms Schnapsideen. Mit gekonntem Schwung dirigierte sie den Trolley um die Absperrung vor den Treppen. Statt alles hinzuschmeißen, würde sie jetzt erst einmal Sydney genießen. In drei Wochen sollte sie Langstrecke nach Australien fliegen. Bondi Beach hatte noch immer gegen einen Durchhänger geholfen. Der Strand zählte zu ihren Lieblingsorten auf der Welt. Allein schon wegen der Sonnenuntergänge, des legendären Meerwasserpools und, nicht zuletzt, wegen der entspannten, gut gebräunten Surferboys. Die Erinnerung an ihren letzten Flirt dort zauberte ein Lächeln auf ihre Lippen. Ein langes Wochenende am schönsten Strand Australiens war genau, was sie brauchte.

Kapitel 2

»Abandon platform immediately! All persons go to masterstation!« Metallisch hallte die Stimme durch die Lautsprecher. In der Kantine des Offshore-Windparks brach geordneter Tumult aus. Morten Vermeer, der seit einem halben Jahr weit draußen vor der Küste Borkums seinen Dienst als Servicetechniker tat, schob den Teller mit dem halb gegessenen Burger beiseite. Sein Blick verdüsterte sich, als er durch die Fenster nach draußen sah. Stahlgrauer Himmel, der Regen peitschte fast waagerecht gegen die Scheibe. Dazu das Tosen der Wellen. Krachend brachen sie sich an den Stahlpfeilern, auf denen die Versorgungsstation hoch über der Nordsee schwebte. »Weather downtime«, hatte es geheißen. Das bedeutete, dass das Wetter zu stürmisch war, um Wartungsarbeiten durchzuführen, aber dummerweise nicht schlecht genug, um lästige Sicherheitsdrills zu veranstalten. Seufzend erhob er sich und machte sich auf den Weg zu den Umkleiden. Was ihn erwartete, war klar. Inzwischen hatte er es oft genug durchexerziert. Statt in der Messe zu sitzen, wo es behaglich warm war und nach Kaffee duftete, würde er die nächste halbe Stunde im Überlebensanzug draußen auf der windgepeitschten Plattform verbringen und den geordneten Einstieg in die Rettungsboote trainieren. Das war es, was Arne, der Crewleader, unter einem gelungenen Schichtende verstand. Frustriert fuhr er sich durch das kurze blonde Haar. Immerhin hatte er danach zwei Wochen frei.

Wenige Minuten später fand er sich am Sammelpunkt ein. Die Luft in dem kleinen Raum war zum Schneiden. Ein scharfer Geruch nach Diesel und nach arbeitenden Männern stieg ihm in die Nase. Arne, der norwegische Schichtleiter mit dem roten Vollbart, verlas mit donnernder Stimme die Namen. »Dieckmann? Rogge? Yilmaz? Becker …?« Er stutzte. »Verdammt. Wo steckt der Kerl? Inzwischen sollte doch jedem klar sein, wo der neue Sammelpunkt ist.«

»Er ist Richtung Krankenstation gelaufen.« Dieter Rogge lehnte mit dem Rücken gegen einen der Spinde. Er zuckte die Schultern. »Ich habe ihm noch hinterhergerufen, aber er hat nicht gehört.«

»Was für eine Riesenscheiße!«, schimpfte Arne, der für sein hitziges Temperament bekannt war. »Wenn er nicht sofort aufkreuzt, kann er den Sonderurlaub vergessen. Falls wir seinetwegen die Evakuation noch mal von vorne durchspielen müssen, dann …«

Mit einem Ruck öffnete sich die Stahltür. Ein sichtlich nervöser Torben Becker stürmte herein. Der Reißverschluss des orangenen Ü-Anzugs war nur halb geschlossen, das dunkle Haar unter dem Helm klebte verschwitzt an seiner Stirn. »Sorry, Guys. Ich dachte …«

»Du sollst nicht denken«, polterte Arne los. Er warf Torben einen Blick zu, der sich gewaschen hatte. »Was glaubst du, wer dir deinen Scheißarsch rettet, wenn wir einen echten Notfall haben? Los jetzt!« Demonstrativ stellte er sich neben die offene Tür und hielt die Stoppuhr in die Höhe. »Mo teilt die Life Jackets aus. Ab zum Rettungsboot. Aber zack!«

»Was war los?«, fragte Mo, als er neben Torben durch das hallende Treppenhaus eilte.

»Scheiße, Mann«, keuchte Torben. »Ich hatte einen kompletten Blackout.«

»Du? Ausgerechnet?«, wunderte sich Mo. Torben war ansonsten die Ruhe selbst. »Übrigens, dein Helm ist offen.«

»Danke.« Torben machte sich im Gehen am Verschluss zu schaffen. »Fuck.«

»Fuck was?«

»Die Hebamme. Blasensprung. Zehn Tage zu früh …«

Mo erinnerte sich, dass Torbens Frau hochschwanger war. Hinter Torben trat er auf die Plattform hinaus ins Freie. Der Wind blies ihm in die Kniekehlen und zerrte an der dick gepolsterten Kapuze. »Und jetzt?« Er musste gegen das Wetter anbrüllen, um gehört zu werden.

»Wir machen eine Hausgeburt. Die Hebamme meint, wenn ich mich beeile, kann ich es vielleicht noch schaffen.« Vorschriftsmäßig reihten sie sich in der Schlange ein.

»Ich drück die Daumen. Wird schon klappen.« Mo klopfte Torben aufmunternd auf die Schulter. Dann quetschte er sich durch die Luke in das Rettungsboot.

»Was, wenn nicht?« Torben ließ sich neben Mo auf die Bank im Inneren des Boots fallen und angelte nach den Sicherheitsgurten. »Mensch, das ist mein erstes Kind, das gerade auf die Welt kommt. Wenn ich das verpasse … das kann ich nie wiedergutmachen.«

Mo nickte, obwohl er keine Ahnung hatte, wie es sich anfühlte, Vater zu werden. Seltsam. Bisher war ihm der Gedanke nicht gekommen, aber wenn er sich Anessa als Mutter vorstellte, musste er laut lachen. Eine größere Fehlbesetzung konnte man sich nicht denken.

»Alle angeschnallt?« Arnes kräftige Stimme holte ihn zurück in die Gegenwart. Mo hob den Kopf und beobachtete, wie Arne den Daumen reckte und Dirk, der im Cockpit über ihren Köpfen hinter dem Steuer saß, das Zeichen gab. »Ready. Motor an!«

Mit einem sonoren Brummen startete die Maschine.

»Okay, Guys, das war's«, erklärte Arne in der nächsten Sekunde und drückte die Stoppuhr. Er kratzte sich den Bart. »Dirk, du kannst den Motor ausmachen. Übung beendet. Schichtende, Leute. Wir sehen uns in zwei Wochen.«

Feixend und mit den üblichen markigen Sprüchen um sich werfend verließen die Männer das Rettungsboot. In der Umkleide schälte Mo sich aus dem Ü-Anzug, dann machte er sich auf den Weg in seine Kabine. Aufatmend zog er die Tür hinter sich zu. Wenn man so viele Stunden zwangsweise zusammen verbrachte, lernte man den privaten Bereich zu schätzen. Er streifte die Schuhe ab und ließ sich rücklings auf das Bett seiner Zwölf-Quadratmeter-Heimat-auf-See fallen. Noch eine halbe Stunde bis das CTV, das Crew Transport Vessel, mit den Leuten von der Gegenschicht anlegte und die jetzige Crew zurück nach Borkum schipperte. Während die meisten seiner Kollegen damit beschäftigt waren, ihre Sachen zu packen und die Zimmer zu räumen, konnte Mo es ruhig angehen lassen. Auf seinem Schreibtisch befanden sich keine Fotos oder sonstige Erinnerungsstücke an zu Hause. Abgesehen von Arbeitskleidung, ein paar Freizeitklamotten und Sportschuhen für das Fitnesscenter führte er nur drei Dinge mit sich, auf die er nicht verzichten konnte: eine Soundbox, um seine Musik zu hören, und einen E-Reader, auf den er sich die neuesten Ausgaben der Surfmagazine lud. Und das Handy natürlich, obwohl er kaum Anrufe bekam, abgesehen von Sören, seinem exzessiv kommunikativen Zwillingsbruder. Das mobile Endgerät diente hauptsächlich dazu, um über Whatsapp Kontakt zum Rest der Welt zu halten. Schreiben fand er schon immer weitaus weniger anstrengend als Reden.

Das Grau des Nachmittags glitt ins Schwarze, als Mo sich zusammen mit den andern auf der untersten Plattform der Versorgungsinsel einfand. Hier, am Boat Landing, wehte ein strammer Wind. Eisige Gischt sprühte den Männern ins Gesicht. Die Nordsee zeigte sich von ihrer düsteren Seite.

Als Mo hörte, wie Torben leise vor sich hin fluchte, wandte er sich zu ihm. »Gibt's was Neues? Wie geht's deiner Frau?«

»Die Wehen haben eingesetzt. Jetzt können sie die Geburt nicht mehr aufhalten.« Torben presste die Kiefer aufeinander. »Die Hebamme meinte, es bestehe kein Grund zur Sorge. Beim ersten Kind dauert es wohl immer etwas länger. Solange die Wehen nicht regelmäßig kommen, ist alles gut.«

»Versuch, locker zu bleiben, auch wenn's schwerfällt.« Mo grinste aufmunternd. »Mann, kaum zu glauben. Bald hältst du dein Baby im Arm. Habt ihr schon einen Namen?«

Torben nickte. »Annika. Es ist ein Mädchen.«

»Hübsch.« Mo hakte seinen Klettergurt an der Sicherungsleine an und machte sich bereit zum Übertritt. Langsam und konzentriert setzte er einen Fuß auf die oberste Sprosse und begann, die nasse Leiter hinunterzusteigen. Auf halber Höhe passierte es. Eine jähe Bö riss ihm um ein Haar die Füße weg. Es gab einen Ruck, als er sich in den Klettergurt fallen ließ. Mit hämmerndem Herzen blickte er nach unten in die tosende See. Wenige Augenblicke später hatte er sich wieder gefangen. Der Schwindel ließ nach. Die restlichen Stufen nahm er ohne Probleme.

»Okay, Nächster!« Der Mitarbeiter, der die Crew an Bord in Empfang nahm, klopfte Mo auf die Schulter. »Gut reagiert, Kumpel.«

»Danke.« Mo löste den Klettergurt und blickte nach oben. Am anderen Ende der Leiter machte sich Torben startklar. Ohne das Kommando abzuwarten, setzte er den Fuß auf die

Leiter. Mo wischte sich die Nässe aus den Augen. Plötzlich durchzuckte es ihn. Das durfte doch nicht wahr sein!

»Stopp!« Obwohl er nach Leibeskräften brüllte, kam ihm seine Stimme viel zu leise vor.

Doch Torben schien sie gehört zu haben. Mitten in der Bewegung hielt er inne.

»Dein Gurt! Verdammter Idiot! Du bist nicht eingehakt!«, schrie Mo und deutete auf seinen eigenen Gurt. Aus lauter Erleichterung, dass Torben ihn gehört hatte, wurden ihm die Knie weich.

Ringsum begannen die Männer zu applaudieren. Mo lehnte sich mit dem Rücken gegen die Kabinentür und atmete tief durch. Langsam legte sich der Schreck. Als Torben kurz darauf wohlbehalten neben ihm stand, konnte Mo sogar wieder grinsen.

»Danke, Mann.« Torben legte ihm die Hand auf die Schulter. Er wirkte ungewöhnlich bleich. »Ich hätte fast richtig Scheiße gebaut.«

»Hättest du.« Mit geübten Bewegungen legte Mo den Klettergurt ab und reichte ihn weiter an die Besatzung. »Los. Ab ins Warme. Auf den Schreck haben wir uns einen Tee verdient.«

Torben verzog das Gesicht. »Schnaps wäre mir lieber. Dämliche Dienstvorschrift.«

Es dauerte nicht lange, bis das CTV ablegte. Das schwere Heben und Senken, mit dem das Boot die Wellentäler durchlief, wirkte einschläfernd auf Mo. Eingehüllt in die Wärme der Kabine, zog er den Windbreaker aus und rollte ihn zusammen. Dann schob er sich die zusammengeknüllte Jacke als Kissen zwischen Nacken und Schulter, lehnte den Kopf gegen die beschlagene Scheibe und schloss die Augen. Noch bevor er einen weiteren Gedanken fassen konnte, döste er weg.

»Mo?« Torben rüttelte an seiner Schulter. »Bist du wach?«

Benommen öffnete Mo die Augen und blinzelte in das viel zu grelle Licht. »Jetzt ja«, brummte er. »Was ist los? Sind wir schon in der Reede?«

»Noch eine halbe Stunde.«

»Ach so.« Mo gähnte. »Warum lässt du mich dann nicht schlafen?« Er drehte das Gesicht zum Fenster und schloss die Augen. Plötzlich war er hellwach. Mit einem Ruck setzte er sich auf. »Sorry, Kollege. Es geht um das Baby, richtig? Gibt es was Neues?«

»Ja.« Torben verzog das Gesicht. Er wirkte angespannt. »Die Wehen kommen jetzt regelmäßig.«

»Das ist gut, oder?«

»Wie man's nimmt. Der Muttermund öffnet sich nicht so, wie er sollte. Berit wurde vorsichtshalber mit dem Hubschrauber ins Klinikum nach Leer verlegt. Läuft vielleicht auf einen Kaiserschnitt hinaus.«

»Mist.« Mo spannte die Muskeln an und streckte sich. »Heute Nacht kriegst du keine Fähre mehr.«

»Ich weiß. Tut mir leid, dass ich dich geweckt habe. Ich brauch jemanden zum Reden, sonst dreh ich völlig am Rad.«

»Schon okay.«

Torbens Schultern sackten herab. »Wie es aussieht, hänge ich bis morgen früh auf Borkum fest. Bis dahin ist das Baby längst da.«

»Shit.« Mo spielte geistesabwesend am Reißverschluss seines Windbreakers herum. Plötzlich war er hellwach. Mit einem breiten Grinsen wandte er sich an Torben. »Mir kommt da gerade eine Idee. Ein Kumpel von mir hat ein Sportboot in der Reede liegen. Damit bringe ich dich bis Emden. Von dort aus fährst du mit dem Taxi ins Krankenhaus. Plan?«

»Das … wäre toll.« Torben kratzte sich den Schädel. »Aber das kann ich unmöglich von dir verlangen. Du hast bestimmt was Besseres vor. Vermute ich zumindest. Dass die Frauen auf dich fliegen, brauche ich dir ja wohl nicht zu sagen. Oder die Jungs. Je nachdem.«

»Mädels. Ausschließlich.«

»Okay. Sorry.« Torben wirkte eine Spur verlegen. »Du sprichst nicht wirklich viel über dein Privatleben. Aber sicher bist du heute Abend schon verplant.«

Mo schwieg. Der letzte Satz hallte durch seinen Kopf. Er lehnte sich zurück und wischte mit der Hand über die beschlagene Scheibe. Draußen glitten die ersten Lichter des Festlands vorbei. Das CTV steuerte in die Emsmündung. »Zu deiner Beruhigung, ich habe nichts vor. Und über mein Privatleben rede ich so selten, weil es da nicht viel zu erzählen gibt.« Er hielt inne und biss sich auf die Lippe. Komisch, jetzt, wo er es aussprach, klang es sogar für ihn reichlich trostlos. Seufzend griff er zu seinem Handy. »Also was ist? Soll ich uns das Boot klarmachen?«

Drei Stunden später fand sich Mo auf einem der Plastikstühle im Wartebereich vor der Neugeborenenstation wieder. Leicht überfordert mit der Situation blinzelte er in das Licht der Neonröhren. Im Nachhinein konnte er es sich selbst nicht erklären, was er hier tat, aber Torben hatte einfach nicht lockergelassen und ihn mit ins Klinikum Leer geschleppt. Er hatte partout nichts davon hören wollen, dass Mo sich wie geplant aus dem Staub machte. Mo lockerte den verspannten Nacken. Nach dem Kaiserschnitt waren Mutter und Baby wohlauf. Man hatte sie vor ungefähr einer Stunde auf ihr Zimmer verlegt. Torben war gerade noch rechtzeitig gekommen, um mitzuerleben, wie die Kleine das Licht der Welt erblickte. Jetzt wartete Mo darauf, dass der frischgebackene Vater persönlich auftauchte und er ihn zur Geburt beglückwünschen konnte. Danach würde er verschwinden.

Auf dem Gang erklangen Schritte. Als Mo sich umdrehte, stand ihm ein strahlender Torben gegenüber, auf dem Arm ein winziges Bündel in einer hellgelben Decke. »Danke, Kumpel, das werde ich dir nie vergessen«, sagte Torben. Obwohl tiefe Schatten seine Augen umrahmten, lag ein Leuchten in ihnen.

»Kein Problem. Gern geschehen.« Mo reckte den Hals, um einen Blick auf das kleine Gesicht zu werfen, das in der flauschigen Decke fast verschwand. Er konnte sich nicht erinnern, etwas gesehen zu haben, das ihn so bezauberte.

»Magst du sie mal halten?«

Mo schluckte. Der Gedanke, etwas falsch machen zu können, jagte ihm einen Heidenrespekt ein. »Besser nicht. Ich verstehe nichts von Babys.«

»Dann sind wir schon zu zweit. Hier.« Bevor Mo widersprechen konnte, legte er ihm die Kleine vorsichtig in den Arm und spazierte den Gang hinunter. »Ich geh mir einen Kaffee am Automaten holen. Willst du auch einen?«

»Danke. Nein. Aber … hey, Torben, bleib mal stehen! Du kannst mich doch nicht einfach mit ihr alleine lassen? Was, wenn sie weint?«

»Kriegst du schon hin«, rief Torben lässig über die Schulter und schlenderte davon.

Ungläubig blickte Mo auf das Gesichtchen hinab. Die Kleine hatte die Augen geschlossen und machte Saugbewegungen mit den Lippen. Soweit Mo es beurteilen konnte, wirkte sie zufrieden. Mit sachten Schritten trat er ans Fenster und blickte auf sein Spiegelbild in der Scheibe. Die Welt da draußen, außerhalb der Geborgenheit der Neugeborenenstation, kam ihm auf einmal beängstigend groß für so ein kleines Wesen vor. Vorsichtig streckte er den Finger und streichelte über die Wange. Wie weich sich Babyhaut anfühlte. Und wie sie duftete. Reflexartig drehte sich das Köpfchen in seine Richtung. Sein Herz schmolz dahin. Noch bevor sie ihm überhaupt in die Augen sehen konnte, hatte sie schon gewonnen. Die Vorstellung, eines Tages selbst Kinder zu haben, begann ihm zu gefallen. Er grinste über beide Backen. »Tja, meine Kleine, wie es aussieht, müssen wir in den nächsten Minuten alleine klarkommen.« Sanft wiegte er das Baby im Arm. »Um ehrlich zu sein, ist das mein erster Job als Babysitter. Keine sonderlich tolle Qualifikation, ich weiß. Aber eines verspreche ich dir.« Er neigte den Kopf und hauchte einen Kuss auf die winzige Stirn. »Ich gebe mein Bestes.«

KAPITEL 3

»Vanille oder Cookies mit gerösteten Kirschen? Welchen Milchshake möchtest du?« Wanda saß mit Tom in der überfüllten Cafeteria des Hamburger Flughafens und deutete auf die Gläser vor sich auf dem Tisch.

»Vanille, bitte.«

Kommentarlos schob Wanda ihm das Getränk zu. Seit Jahren versuchte sie, Tom dazu zu bewegen, es mit einer neuen Sorte zu versuchen, aber immer entschied Tom sich für Vanille. Einfach nur Vanille, ohne alles. Überdreht und ein wenig zittrig von dem langen Flug stocherte Wanda mit dem Strohhalm in ihrem Shake. Eigentlich wollte sie nur noch nach Hause, aber Toms Stimme in der Voicemail hatte so aufgeregt geklungen, dass sie vor Neugier fast umkam. Fragend blickte sie ihn über den Tisch hinweg an. »Schieß los. Was gibt es so Dringendes?«

»Erzähl ich dir gleich. Erst will ich hören, wie es in Sydney war.«

Wanda seufzte. »Nicht so, wie ich gehofft hatte, leider, obwohl das neue Melatonin-Präparat wirklich spitze ist.«

Er hörte auf, an dem Strohhalm zu saugen, und schüttelte den Kopf. »Du solltest dich nicht mit diesem Zeugs vollpumpen. Das bringt deinen Organismus nur noch mehr durcheinander.«

»Schlaumeier.« Sie verzog das Gesicht. »Wie soll ich sonst bei einem Layover von gerade mal zwei Tagen mit der Zeitverschiebung klarkommen? Jedenfalls, im Grunde war es ein traumhaft schöner Abend am Bondi Beach. Wie immer waren viele Surfer im Wasser. Alle waren ganz entspannt und hatten Spaß. Mit dem Sonnenuntergang veränderte sich die Stimmung. Überall fanden sich Gruppen zusammen, die Leute schäkerten miteinander. Ich war die Einzige, die allein auf ihrem Handtuch saß und den Anblick mit niemandem teilen konnte.« Nachdenklich rieb sie mit dem Daumen über den Film aus kondensiertem Wasser an ihrem Glas. »Schließlich kamen ein paar Jungs zu mir herüber und meinten, ich könne mich gern zu ihnen setzen. Es war nett. Wirklich.« Sie verstummte.

»Komm schon.« Tom suchte ihren Blick. »Wenn du *nett* sagst, folgt meistens ein *Aber*. Sind die Jungs nervig oder zudringlich geworden?«

»Nein, die Jungs waren okay, und Alkohol ist am Bondi ohnehin nicht erlaubt. Es war nur …« Sie drehte das Glas im Kreis. »Trotz Gesellschaft habe ich mich einsam gefühlt.«

Nachdenklich legte Tom die Stirn in Falten. »Einsam im Sinne von ›alle anderen kennen sich schon ewig, haben tausend Gemeinsamkeiten, und ich bin die Außenseiterin‹?«

»Nein.« Wanda senkte den Blick. Wieder überkam sie dieses Ziehen im Bauch, das sie so unruhig machte. »Mehr ET-mäßig einsam.«

»ET, der Außerirdische mit den traurigen Augen und dem leuchtenden Finger?«

Sie nickte.

»Oh je«, sagte Tom. »Heimweh also?«

Sie schaute nicht auf. Da war noch mehr. »Dachte ich auch. Aber dann wurde mir klar, dass ich mich in Hamburg genauso fühle. Es ist, als hätte ich mich in meinem eigenen Leben verlaufen. So kann es nicht weitergehen.«

»Das sage ich schon seit Langem.«

Ihre Kehle wurde eng. Sie biss sich auf die Lippe, um nicht vor Tom in Tränen auszubrechen. Der Jetlag steckte ihr in den Knochen. Normalerweise hatte sie nicht so nah am Wasser gebaut. Heftig blinzelnd stocherte sie in ihrem Milchshake. »Weißt du, wie beschissen das ist, wenn man an einem der schönsten Strände der Welt sitzt und das heulende Elend bekommt?«

»Du brauchst eine Auszeit. Definitiv.«

»Nein. Das reicht nicht. Ich schmeiße hin.«

»Wie bitte?« Tom musste husten und prustete in seinen Vanille-Shake.

»Du hast schon richtig gehört, ich schmeiße hin.« Wanda lehnte sich zurück und verschränkte die Arme vor der Brust. »Das Fass war voll. Australien hat es zum Überlaufen gebracht.«

»Damit hätte ich nicht gerechnet.«

»Seit unserem Gespräch vor drei Wochen überlege ich schon hin und her. Wenn ich jetzt nicht den Absprung wage, schaffe ich es nie.«

»Wolltest du nicht ursprünglich nur pausieren?«

»Wozu? Dann bin ich ein Jahr älter, und der Trott geht genauso weiter wie zuvor. Ich habe von Australien aus mit einer Dame aus der Personalabteilung telefoniert. Sie war sehr zugänglich. Da im Unternehmen momentan Stellen abgebaut werden, könnten wir uns auf eine Kündigungsfrist von vier Wochen zum Monatsende einigen.«

»Wow.« Tom schluckte trocken. Er legte den Strohhalm beiseite.

»Diese gerösteten Kirschen sind eine einzige Enttäuschung«, bemerkte Wanda und schob ihr Glas ebenfalls von sich. »Du siehst, diesmal mache ich Nägel mit Köpfen. Ich bin zweiunddreißig. Worauf soll ich warten? Wenn ich meinem Leben eine neue Richtung geben will, wird es höchste Zeit. Trinkst du das noch?«

»Wie? Nein. Nimm ruhig.«

Vorsichtig probierte sie von seinem Shake. Vanille war gar nicht so übel. »Ich habe vor, mich in den nächsten Tagen im Internet nach Stellen umzusehen.«

»Brauchst du nicht. Ich habe den perfekten Job für dich«, erwiderte Tom wie aus der Pistole geschossen.

»Ist das die tolle Neuigkeit?«

»Richtig geraten.« Aus unerfindlichen Gründen wirkte Tom erleichtert. »Mann. Da zermartere ich mir das Hirn, wie ich dich dazu bringen könnte, dir meinen Vorschlag zumindest mal anzuhören, und dann renne ich bei dir offene Türen ein!« Er griff in die Brusttasche des hellblauen Hemdes, das er im Dienst trug, und zog einen Zeitungsausschnitt heraus. »Hier. Das habe ich vor ein paar Tagen in der *Borkumer Zeitung* gefunden.«

Wanda nahm den Zettel und überflog den Text.

Sprechstundenhilfe für Gemischttierpraxis gesucht.

Organisationstalent sowie Geschick im Umgang mit Tieren und deren Besitzern sollten selbstverständlich sein. Medizinische Kenntnisse nicht erforderlich. Nähere Informationen persönlich. Wir freuen uns auf Ihren Anruf.

Dr. med. vet. Hark Harksen
Am Neuen Leuchtturm
26757 Borkum
Telefon …

Überrascht blickte sie auf. »Klingt gut. Organisieren kann ich, und tierlieb bin ich ohnehin. Mensch, Tom, das wäre es! Ein ruhiger, überschaubarer Job mit geregelten Abläufen. Die Frage ist nur …« Sie tippte mit dem Finger auf den Blattrand. »Hier. Die Anzeige wurde vor vier Tagen aufgegeben. Sicher haben sie in der Zwischenzeit jemanden gefunden.«

»Haben sie nicht.« Tom lehnte sich selbstgefällig in seinem Stuhl zurück. »Ich habe gestern dort angerufen und gesagt, dass ich mich für eine Freundin erkundigen möchte.«

»Und?« Wanda hielt es vor Aufregung kaum auf ihrem Sitz.

»Offensichtlich findet sich niemand, der bereit ist, auf die Insel zu ziehen. Die Anzeige wurde sogar überregional geschaltet. Ohne Erfolg.«

»Sicher gibt es einen Haken.« Wanda schob sich das dunkle Haar aus der Stirn. »Vielleicht hat die letzte Mitarbeiterin gekündigt, weil der Chef ein Idiot ist.«

»So verkehrt kann er nicht sein. Immerhin hat sie es sieben Jahre mit ihm ausgehalten, bevor sie der Liebe wegen aufs Festland gezogen ist.« Tom fing Wandas fragenden Blick auf und grinste. »Das weiß ich von Frau Harksen, der Mutter des Tierarztes. Sie klang reizend am Telefon.«

»Na dann!« Wanda beschloss, dem Ganzen eine Chance zu geben. Sie steckte den Zeitungsausschnitt in ihre Handtasche. »Wie lange braucht man nach Borkum?«

»Knapp drei Stunden von Hamburg nach Emden. Dann die Fähre …«

»Perfekt.« Wanda erhob sich und stellte die benutzten Gläser auf ein Tablett. »Ich fahre morgen hin.«

»Das kannst du nicht machen.« Tom schüttelte ungläubig den Kopf. »Üblicherweise ruft man an und bewirbt sich schriftlich.«

»Ach was.« Wanda winkte ab und erhob sich. »Ich mache ein verlängertes Wochenende auf Borkum, da kann ich gleich mal bei diesem Tierarzt vorbeischauen. Alles Weitere findet sich, oder nicht.« Sie zwinkerte ihm zum Abschied zu. »Erst mal brauche ich Schlaf. Wünsch mir Glück! Das beschauliche

Inselleben ruft nach mir.« *Und vielleicht die Chance auf ein wenig Herzklopfen*, dachte sie, aber das sagte sie nicht laut. Tom hätte sie ohnehin nur wieder aufgezogen. Dabei war *er* es, der ständig von den endlosen Dünen und den traumhaften Sonnenuntergängen auf Borkum schwärmte. Wanda schüttelte den Kopf. Es musste ja nicht gleich etwas Ernstes sein, aber es wäre doch gelacht, wenn bei so viel gefühlvoller Stimmung nicht auch ein wenig Romantik dabei wäre.

KAPITEL 4

Wie ein Pfeil flog der Katamaran über die Ems und hinaus aufs Wattenmeer. Wanda stand am Heck der MS Nordlicht und blickte auf die Spur, die der Jetantrieb auf dem Wasser hinterließ, schäumende Kondensstreifen in einem Ozean aus Grau. Der Wind knatterte ihr um die Ohren, sodass sie von den Unterhaltungen der Passagiere um sie herum nur Fetzen mitbekam. Gischt benetzte ihr Gesicht und zauberte glitzernde Tautropfen in ihr zu einem lässigen Pferdeschwanz gebundenes Haar. So aufgeregt war sie seit Monaten nicht gewesen. Seit dem Gespräch mit Tom gestern war sie wild entschlossen, den Ausstieg bei der Airline zu wagen. Ob sie den Job in der Tierarztpraxis tatsächlich bekommen würde, stand in den Sternen, aber schon jetzt fühlte es sich an, als würde ihr Leben eine spannende Wendung nehmen. Gestern Abend hatte sie sich im Internet Bilder von Borkum angesehen. Neben stimmungsvollen Fotos von endlosen weißen Dünen war ihr ein Spruch an einer Hauswand ins Auge gefallen: »Auf Borkum ist alles anders«. Den Kommentaren unter den Aufnahmen entnahm sie, dass die Insel für viele Menschen ein Sehnsuchtsort war. Wer einmal dort gewesen war, kehrte gern zurück, zumindest in Gedanken. Eines war ihr dabei klar geworden: Auf dieser Reise ging es nicht darum, einen weiteren Haken auf der Liste der Glücksorte dieser Welt zu setzen. Was sie suchte, war ein Platz, an dem sie sich zu Hause fühlen konnte. Sogar in ihren Ohren klang das sehr euphorisch, aber träumen durfte man doch, oder nicht? Zunächst aber brauchte sie diesen Job. Wie sie es anstellen sollte, diesen Tierarzt von sich zu überzeugen, wusste sie noch nicht, aber es würde schon klappen.

Als die salzige Luft sich plötzlich mit dem penetrant künstlichen Geruch nach Pfirsich-Maracuja vermischte, beschloss Wanda, wieder nach drinnen zu gehen. Ein wenig verständnislos blickte sie zu der vapenden Frau hinüber, die sich nach vorne an die Reling gedrängt hatte. Den ganzen Hype um die aromatisierten E-Zigaretten konnte Wanda nicht verstehen. Obgleich sie Nichtraucherin war, fand sie den Geruch von Tabak angenehmer, als von einer Wolke eingenebelt zu werden, die nach Popcorn, Zuckerwatte oder süßen Früchten roch. Entschlossen, die restliche Fahrzeit drinnen zu verbringen, betrat sie die großräumige Kabine, in der es fast ein wenig wie in einem Flugzeug aussah. Nur dass es natürlich wesentlich mehr Beinfreiheit gab. Spontan beschloss sie, ganz vorne am Fenster Platz zu nehmen.

»Fahren Sie das erste Mal nach Borkum?« Die ältere Frau neben Wanda hatte graues Haar, das wie ein Helm auf ihrem Kopf saß. Sie lächelte freundlich.

»Richtig geraten. Es soll dort sehr schön sein.« Wanda lächelte höflich zurück.

»Der schönste Sandhaufen der Welt.« Die Dame nickte stolz. »Das kann ich wohl bestätigen, immerhin habe ich sechs Jahre lang auf Borkum gearbeitet. Möchten Sie?« Sie zog ein durchsichtiges Tütchen mit orangeleuchtenden Kugeln darin hervor und bot Wanda davon an. »Sanddorn-Ingwer-Bonbons. Helfen fabelhaft gegen Unwohlsein auf See.«

Zögernd schob Wanda sich ein Bonbon in den Mund. Es schmeckte würzig und angenehm säuerlich. Als Kind hatte sie immer einen großen Bogen um Sanddorn gemacht, aber anscheinend änderten sich Geschmäcker mit der Zeit. »Hm. Lecker.«

Schmunzelnd verstaute die Dame die Tüte wieder in ihrer Tasche. »Wenn sie dort sind, müssen Sie unbedingt Fasanenbrause probieren und die Sanddorn-Windbeutel in Omas Teestübchen.«

»Fasanenbrause?« Wanda zog die Stirn in Falten. Sie war sich sicher, dass Tom nichts dergleichen erwähnt hatte.

»Fasanenbeere sagt man auf Borkum zu Sanddorn, weil die Inselhühner ganz verrückt nach den Früchten sind. Wundern Sie sich also nicht, wenn in den Milchbuden Fasanen-Caipi angeboten wird.«

Wanda blickte verständnislos. Inselhühner, Fasanenbrause und Milchbuden, das wurde ja immer merkwürdiger. Auf Borkum schien wirklich alles anders zu sein.

»Sie machen also Urlaub auf der Insel?«, erkundigte sich Wandas neue Bekanntschaft.

»Nicht wirklich.« Wanda lächelte ein wenig gequält. »Ich nehme eine Auszeit. Bestimmt ist jetzt im April noch wenig los.«

»Da täuschen Sie sich. Borkum hat zu jeder Jahreszeit etwas zu bieten, und die Kurgäste sorgen von Januar bis Dezember für Betrieb. Meine Liebe, es war nett, mit Ihnen zu plaudern. Aber wenn Sie mich jetzt bitte entschuldigen …« Die Dame erhob sich. »Ich will mir eine Bockwurst holen, bevor wir anlegen. Das ist fast so etwas wie Pflichtprogramm auf den Fähren.«

»Klar. Lassen Sie es sich gut schmecken.« Wanda erhob sich.

»Ihnen viel Spaß auf der Insel.« Die Dame lächelte, sodass die tausend Fältchen in ihrem Gesicht in Aufruhr gerieten. Gespielt ernst hob sie zum Abschied einen Zeigefinger. »Und nehmen Sie sich vor den Borkumer Jungs in Acht. Die können einem ganz schön den Kopf verdrehen.«

Keine Sorge, Herzensbrecher erkenne ich auf einen Blick,
wollte Wanda noch zurückgeben, aber da war die Dame bereits
verschwunden. Apropos Herzensbrecher, sie musste grinsen,
da drüben stand gleich einer. Blonde, kurze Haare, kantige
Gesichtszüge und ein Hammer-Körper, soweit man das unter
dem Windbreaker erahnen konnte. Man musste kein Sherlock
Holmes sein, um zu erraten, dass er eine Leidenschaft für
Wassersport besaß. Neben ihm standen mehrere Einkaufstüten
eines Hamburger Surfshops. Aus einer davon lugte ein Stück
schwarzes Neopren heraus. Lässig lehnte er mit der Schulter an
einer der Säulen vor der großen Glasfront, eine Hand in die
Tasche seiner Jeans geschoben. Unter dem anderen Arm hatte
er den größten Stoff-Winnie-Pooh klemmen, den Wanda je gesehen hatte. *Hm*, sie legte die Stirn in Falten. Ihrer Einschätzung
nach gab es zwei Möglichkeiten. Entweder war dieser verflixt
heiße Typ Papa und das Stofftier war für den Nachwuchs
bestimmt, oder aber er war der romantische Typ, und der Bär
war ein Geschenk für seine Freundin. Schade. In beiden Fällen
war er vergeben. Enttäuscht zog sie einen Schmollmund und
warf dem Herzensbrecher einen schmachtenden Blick hinterher.

Als hätte er gespürt, dass sie ihn beobachtete, drehte er
den Kopf. Seine Augen weiteten sich, dann schenkte er ihr ein
unverschämt sympathisches Grinsen. In Wandas Magen begann
es zu kribbeln. Es dauerte einen Moment, bis sie sich aus dem
Augenflirt löste.

Irritiert ließ sie den Blick zu dem Monitor an der Wand
wandern. Noch sieben Minuten bis zur Ankunft, las sie auf
dem Display. Noch einmal drehte sie sich nach dem gut gebau-
ten Surferboy um, aber er war nicht mehr zu sehen. Vor der
blau getönten Fensterfront glitt Borkum-Reede in Sicht. Der
Katamaran drehte bei. Wenig später stand Wanda auf dem
Anleger und betrachtete mit runden Augen die Kleinbahn,

deren leuchtend bunte Waggons Ferienstimmung aufkommen
ließen.

Wie schön es hier erst im Sommer sein muss, dachte sie, als der
Zug auf der schnurgeraden Strecke vorbei an Dünen und dem
noch kahlen Gehölz ratterte. Sie konnte sich gar nicht sattsehen
an der Weite der Landschaft. Nicht nur die Luft war wie reinge-
waschen. Das Grün der Gräser, das Gelb der Narzissen, das Rot
der Tulpen in den Gärten, wohin sie auch blickte, alle Farben
schienen klarer und leuchtender zu sein als auf dem Festland.
Dazu der kräftige Kontrast zwischen Land und Meer und ein
alles überragender Himmel, an dem wie von Künstlerhand blaue
Pinselstriche aufgetragen waren. Von Eisblau über Tizianblau
bis hin zu Sturmwolkenblau und einem Kranz aus schimmern-
dem Rosa, wo die Strahlen der Sonne die Ränder der Wolken
zum Glühen brachten.

Gemächlich näherte sich der Zug dem Ortskern. Die
typisch norddeutschen Backsteinhäuser traten beiseite und
machten Platz für charaktervolle Bauten aus der Gründerzeit.
Dazwischen sorgten winzige Gassen mit schnuckeligen Häusern
für gemütliches Inselflair.

Sehr groß schien der Ort nicht zu sein, stellte Wanda
fest, als sie wenige Minuten später vor der Adresse stand, die
sie auf ihrem Handy in Google Maps eingegeben hatte. Die
Tierarztpraxis war in einem einstöckigen Backsteinhaus unter-
gebracht, direkt gegenüber einem Leuchtturm. An der Seite
befand sich ein weiß getünchter Anbau. Der Garten hinter dem
Haus war von einer Ligusterhecke eingefasst. Jetzt rutschte ihr
doch ein wenig das Herz in die Hose, als sie auf das Praxisschild
neben dem Eingang blickte. Tierarzt Dr. Hark Harksen ... Sie
brauchte ein paar Sekunden, um zu verdauen, dass sie tatsächlich kurz davor war, ihrem potenziellen neuen Chef gegenüber-
zutreten. Nervös zupfte sie ihre Bluse zurecht. Bevor der Mut sie
verließ, drückte sie die Klingel.

Nichts passierte. Wanda runzelte die Stirn und studierte erneut das Schild. Sprechzeit war von zehn bis zwölf Uhr, und dann wieder am Nachmittag. Gerade war Mittagspause. Mist. Vermutlich saß Dr. Harksen in diesem Moment mit der Familie am Tisch. Schlechtes Timing. Beim Essen konnte sie ihn unmöglich stören. Ihr würde nichts übrig bleiben, als zu warten. Seufzend zog sie ihr Handy aus der Tasche, um Tom ein Selfie mit dem Leuchtturm im Hintergrund zu schicken. In diesem Moment ging die Tür auf. Mit weit geöffneten Augen starrte sie den hochgewachsenen Mann vor ihr an. Das musste er sein, Dr. Hark Harksen, zweifelsohne attraktiv, aber leider nicht ihr Typ. Vor ihrem geistigen Auge tauchte das Bild des heißen Herzensbrechers auf, dem sie auf der Fähre begegnet war. Automatisch flatterte es in ihrem Magen. Verflixt, der Surfertyp schien einen bleibenden Eindruck auf sie gemacht zu haben. Irritiert rieb sie an ihrem Ohrläppchen und richtete ihre Aufmerksamkeit wieder auf den Mann vor sich. Schätzungsweise war er Mitte vierzig, mit dunklem, kurzem Pferdeschwanz, Ziegenbart, unglaublich intensiven, meerblauen Augen und einem äußerst wachen Blick, dem wohl so schnell nichts entging. Er trug hellblaue Praxishosen, sein gut durchtrainierter Oberkörper steckte in einem eng anliegenden weißen Poloshirt. In seinen riesigen, gut gepflegten Händen balancierte er einen Teller mit Pasta, was ihn unheimlich süß erscheinen ließ. So süß, dass er perfekt in eine dieser Tierarztdokus gepasst hätte. Sicherlich hätte er irre hohe Einschaltquoten erzielt. Vor allem, wenn er diesen niedlichen schwarzen bayerischen Biergartendackel mit den krummen Beinchen und der rehbraunen Zeichnung an Augen und Schnauze mitgebracht hätte, der zu seinen Füßen saß und mit herzzerreißendem Blick nach dem Teller Tortellini schielte.

»Gibt es einen Notfall?« Dr. Harksens Stimme klang dunkel. Richtig beruhigend. Sie hatte sofort ein Bild von ihm im Kopf, wie er über ein krankes Tier gebeugt mit dieser Samtstimme auf es einsprach. Wie sedierend dieser Tonfall erst auf die jeweiligen Tierhalterinnen wirken musste! Als sie spürte, wie sein Blick auf ihr lastete, verdrängte sie den Gedanken und besann sich darauf, seine Frage zu beantworten. »Einen Notfall? Ähm …, nicht dass ich wüsste …«

»Dann schauen Sie mal hier.« Dr. Harksen schob sich einen Tortellino in den Mund. Mit der Gabel deutete er auf das Praxisschild.

Außerhalb der Sprechzeiten nur in dringenden Notfällen …

Wanda ertappte sich dabei, wie sie zerknirscht an ihrer Unterlippe nagte. Es brauchte ungefähr vier Sekunden, dann hatte sie sich wieder gefangen. Selbstbewusst streckte sie die Hand aus und strahlte Dr. Harksen an. »Guten Tag. Mein Name ist Wanda Jahnsen, und ob Sie es glauben oder nicht, vor Ihnen steht Ihre neue Sprechstundenhilfe.«

Dr. Harksen lehnte mit der Schulter am Türpfosten. Er verzog keine Miene. »Großer Gott. Ich wusste schon heute Morgen um vier, als ich zu der Hündin mit den unerklärlichen, heftigen Blutungen gerufen wurde, dass das ein merkwürdiger Tag wird.«

»Klingt dramatisch.« Wanda nickte verständnisvoll und versuchte sich an einem sachkundigen Blick. »Mussten Sie einen Katheder legen und eine Not-OP durchführen?«

»Nein.« Einen Moment lang starrte er sie ausdruckslos an. »Das wäre eine etwas ungewöhnliche Methode bei einer Hündin, die zum ersten Mal läufig ist und einer leicht hysterischen älteren Dame gehört.«

Wanda spürte, wie sie bis unter die Haarspitzen errötete. »Tja, wie ich immer sage, es gibt die merkwürdigsten Fälle! Aber

40

wichtig ist, dass die Tiere gesund und die Besitzer glücklich sind, nicht wahr? Dafür lohnt sich die Mühe«, entgegnete sie eine Spur zu jovial und hoffte, dass Dr. Harksen nicht bemerkte, wie heiß ihr plötzlich war. Verflixt. Das Bewerbungsgespräch hatte noch nicht einmal begonnen, und sie blamierte sich schon bis auf die Knochen.

»Glückliche Besitzer. Genau. Das war schon immer mein Motto. Vor allem um vier Uhr morgens.« Täuschte sich Wanda oder versuchte Dr. Harksen allen Ernstes, ein Grinsen zu unterdrücken? »Na schön. Wenn Sie wegen der Stelle hier sind, kommen Sie rein.«

»Gern. Ich meine, wenn ich nicht störe. Nicht, dass Ihre leckere Pasta kalt wird.« Sie schnupperte in die Luft. »Riecht übrigens toll. Genau wie zu Hause. Tortellini al pomodoro. Mein Lieblingsessen. Meine Mutter hat sie immer handgemacht. Die waren sogar noch besser als beim Italiener um die Ecke.«

»Tortellini? Handgemacht?« Die voll beladene Gabel schwebte regungslos in der Luft. Dr. Harksen musterte seinen Teller mit einem finsteren Blick. »Das sind Ravioli. Aus der Dose. Kalt, übrigens. Für mehr war keine Zeit. Und bevor Sie fragen, nein, ich möchte keine Haushaltshilfe einstellen.«

Wanda klappte den Mund zweimal auf und zu, aber glücklicherweise kam diesmal kein Ton dabei heraus.

Sie zögerte einen Moment, schloss dann aber aus seinem Benehmen, dass sie ihm wohl nach drinnen folgen sollte. Kopfschüttelnd stieg sie hinter dem Tierarzt und seinem krummbeinigen Dackel die wenigen Treppenstufen hinauf. Wo war sie denn hier gelandet? Gut aussehender Mann plus niedlicher Hund, eine Kombination, die Frauenherzen zuverlässig zum Schmelzen brachte. Ein Glück, dass sie nicht auf dunkelhaarig mit Pferdeschwanz stand.

»Na klar. Ich Idiot. Dosenravioli. Kalt«, seufzte Wanda beim Hineingehen so leise, dass nur sie es hören konnte. Allenfalls der Dackel. Himmel, sie musste unbedingt diese lästige Gewohnheit in den Griff bekommen, wie ein Wasserfall draufloszuplappern, sobald sie sich unsicher fühlte.

Das Wartezimmer war hell und modern eingerichtet. Gegenüber der Tür befand sich eine weiß gestrichene Empfangstheke, dahinter ein bequemer Schreibtischstuhl und ein Computerarbeitsplatz. Einen Wimpernschlag lang sah sich Wanda bereits im weißen Kittel hinter dem Pult sitzen, ein kompetentes Lächeln auf den Lippen und in ein Gespräch mit einem glücklichen Tierbesitzer vertieft, während sie den Kalender nach freien Terminen durchforstete. Dann verblasste die Vision. Schade, das Szenario hatte ihr ausnehmend gut gefallen.

Während Wanda noch damit beschäftigt war, die neuen Eindrücke zu verarbeiten, ließ sich Dr. Harksen auf einen Stuhl fallen und blickte herausfordernd zu ihr herüber. »Also, dann erzählen Sie mal. Was macht Sie so sicher, dass Sie die Richtige für mich sind? Beruflich gesehen, meine ich.«

Wanda wurde leicht panisch. Ihr Blick fiel auf die Fototapete an der Wand hinter Dr. Harksen. Ein Basset, ein Dackel und eine Katze in Überlebensgröße machten auf den Hinterbeinen Männchen. Ihre Köpfe lugten über die Stuhllehnen hinweg. Wanda blinzelte. Es sah aus, als hätte der Basset die Pfote auf Dr. Harksens Schulter liegen. »Also, es ist so …« Sie brach ab und überlegte. Es hatte keinen Sinn, Theater zu spielen. Wenn, dann konnte sie nur mit Ehrlichkeit und einer großen Portion Entschlossenheit punkten. »Um die Wahrheit zu sagen, habe ich in meinem ganzen Leben noch nie als Tierarzthelferin gearbeitet.« Ihre Schultern sackten herab.

Dr. Harksen stöhnte gequält auf. »Bitte sagen Sie, dass das nicht stimmt …« Er schien noch etwas hinterherschieben zu wollen, aber Wanda bremste ihn mit einer entschlossenen Handbewegung. »Stopp. Bevor Sie weiterreden. In der Anzeige stand, dass Vorkenntnisse nicht nötig seien.«

»Die Anzeige hat meine Mutter aufgegeben«, fiel er ihr ins Wort. »Wissen Sie, wie verzweifelt diese Frau ist? Glauben Sie mir, sie ist wirklich zu allem fähig. Und das nur, weil sie wegen der langen Sprechzeiten am Abend nicht zu ihrem Bikram-Yoga kommt.« Er schüttelte vorwurfsvoll den Kopf. »So etwas dürfen Sie doch nicht ernst nehmen!«

»Ach ja?« Sie stemmte die Hände in die Hüften und funkelte ihn aus wütenden Augen an. »Und woher soll ich das denn bitteschön wissen? Ich komme extra aus Hamburg.«

»Sehen Sie! Hätten Sie vorher mit mir telefoniert, wüssten Sie, dass ich *logischerweise* Kenntnisse voraussetze.« Er beugte sich vor und schob den Dackel beiseite, der sich auf die Hinterpfoten gestellt hatte und mit der Schnauze von unten an den Teller stupste, in der Hoffnung, dass etwas herunterfiel. »Vermutlich arbeiten Sie den ganzen Tag in einem netten, vollklimatisierten Großraumbüro, wo man körperlich kein bisschen gefordert ist.«

»Mitnichten.« Ihre Stimme bebte vor unterdrücktem Zorn. »Ich bin Flugbegleiterin.«

»Auch das noch! Warum bin ich nicht gleich darauf gekommen?«, stöhnte er. Sein Blick glitt über ihre Bikerjacke aus lachsfarbenem Velours, die weiße Bluse, die engen Jeans und die farblich passenden Pumps. »Was wollen Sie denn in einer Tierarztpraxis? Die Lage der Notausgänge erklären? Oder das Anlegen der Sauerstoffmasken? Haben Sie überhaupt eine Vorstellung davon, was es heißt, mit Tieren zu arbeiten?«

»Und ob. Als Kind habe ich regelmäßig im Tierheim Hunde Gassi geführt. Und in den Schulferien durfte ich unseren alten Tierarzt zu Besuchen bei den Bauern begleiten.«

43

»Großartige Qualifikation!« Dr. Harksen entfuhr ein ersticktes Lachen. »Vielleicht sollte ich Sie als zweite Tierärztin beschäftigen?«

Wandas Herz sackte in die Hose. Okay, sie war vielleicht nicht die ideale Bewerberin, aber musste dieser Tierarzt deshalb ironisch werden? Offensichtlich traute er ihr nicht einmal zu, einen Goldhamster aus seinem Käfig zu holen. Sie kam ins Grübeln. Lag es an ihr? Hätte sie sich besser vorbereiten sollen? Es war Jahre her, seit sie das letzte Bewerbungsgespräch geführt hatte. Im Grunde war es nur ein einziges gewesen, bei der Fluggesellschaft. Und die hatten so händeringend Flugpersonal gesucht, dass Wanda sogar genommen wurde, obwohl sie das Rollenspiel beim Bewerbungsverfahren komplett in den Sand gesetzt hatte. Was nicht ihre Schuld gewesen war. Damals war sie gerade mal Anfang zwanzig gewesen. Woher hätte sie denn wissen sollen, dass man nicht zurückschreien durfte, wenn ein Passagier sich lauthals quer durch den ganzen Flieger über den Service an Bord beschwerte? Unruhig trat sie von einem Fuß auf den anderen. Die Stelle hier bei Dr. Harksen war das, was sie wollte, das spürte sie. Sie durfte jetzt nicht aufgeben und sich von ihm einschüchtern lassen. *Positiv denken, Wanda. Es wird schon klappen. Oh Gott. Was wenn nicht?* Was, wenn sie wegen fehlender Qualifikationen nie wieder einen anderen Job bekäme? Sie würde weiter als Flugbegleiterin arbeiten müssen, bis sie zu alt dazu war, die Evakuierung über die Notrutsche zu meistern, und ausgemustert wurde. Sie zwang sich, tief durchzuatmen, und schenkte Dr. Harksen einen hoffentlich souveränen Blick.

»Hören Sie, Sie täuschen sich. Ich bin weder aus Zuckerwatte, noch falle ich in Ohnmacht, wenn ich Blut sehe. In mir steckt mehr, als Sie glauben.«

»Ach ja?«

»Ja. Ich habe schon zugesehen, wie eine Nachgeburt aus einer Kuh entfernt wurde, ohne dass mir übel wurde, obwohl der Gestank erbärmlich war. So schlimm sogar, dass ich zu Hause meine Haare fünf Mal schamponieren musste, bevor meine Mutter mich an den Esstisch ließ. Sie meinte, die ganze Familie bekomme wochenlang keinen Bissen runter und müsse im Krankenhaus zwangsernährt werden, wenn ich weiter so einen Gestank verbreite.«

»Brillant. Schade, dass man als Tierarzt keine Assistenz bei einer Kuh mit Nachgeburtsverhalten braucht.« Sein Grinsen wurde subtil provokant. »Aber bei so viel Erfahrung wissen Sie sicher auch, wie man eine Praxis ordentlich putzt, OP-Besteck sterilisiert, eine wilde Katze festhält und sich um einen Hund kümmert, der gerade aus der Narkose aufwacht?«

»Ich habe eine vage Vorstellung«, behauptete sie kämpferisch. »Außerdem bin ich lernfähig. Und tierlieb obendrein.«

Schweigend nahm Dr. Harksen das letzte seiner Ravioli mit zwei Fingern vom Teller und hielt es dem Dackel vor die Schnauze. Der kleine Hund schluckte es mit einem Happs hinunter und himmelte mit Inbrunst den leeren Teller an.

»Nennen Sie mir einen guten Grund, weshalb ich Sie einstellen sollte.« Dr. Harksen stellte den Teller beiseite und hob den Dackel auf seinen Schoß.

Wanda kniff die Augen zusammen und zwang sich, nicht gereizt mit dem Fuß gegen das Linoleum zu klopfen, obwohl ihr sehr danach war. Entschlossen reckte sie das Kinn. »Ich weiß nicht, was Sie als Einstellungskriterien auf Ihrer Liste vermerkt haben, aber eines ist sicher: Sie werden niemanden finden, der den Job mit mehr Leidenschaft und Engagement erledigt als ich.«

»Standardantwort.« Er winkte ab. »Das haben Sie in einem Bewerbungsratgeber gelesen.«

»Falsch«, schnappte Wanda zurück. Das Blut rauschte in ihren Ohren, suchend sah sie sich um. Gleich neben der Anmeldung führte eine offene Tür über eine Treppe in den Garten, wo zwei Hennen fröhlich im Gras pickten. »Gut. Sie wollen Beweise, ich liefere sie Ihnen. Ich werde Ihnen vorführen, wie geschickt ich im Umgang mit Tieren bin.«

»Bitte sehr. Nur zu!«

Bevor er sie daran hindern konnte, stöckelte sie zur Tür hinaus und hinunter in den Hof. Die Absätze ihrer Wildlederpumps versanken in dem aufgeweichten Boden. Vermutlich konnte sie sie abschreiben, aber das war ihr in diesem Moment ziemlich schnuppe. Diesem Hark Harksen mit seinem verstörend intensiven Blick und dem charmanten Lächeln würde sie es schon zeigen. Siegessicher fixierte sie das braune Huhn neben dem mit Wasser gefüllten Blumenuntersetzer. Sie holte tief Luft, dann stürzte sie sich aus dem Stand auf das Tier und packte zu. Federn stoben durch die Luft. Die Henne flüchtete sich flügelschlagend unter wildem Schimpfen in die andere Ecke des Gartens, gefolgt von ihrer Kollegin. Mit hochrotem Kopf stand Wanda da. Sie war sich sicher, dass Dr. Harksen in der Tür lehnte und sie beobachtete. Bewusst vermied sie es, in seine Richtung zu blicken. Nach außen die Ruhe selbst, innerlich mit vor Nervosität zusammengeschnürtem Magen, wartete sie ab, bis die beiden Hühner sich wieder beruhigt hatten. Dann startete sie den nächsten Angriff.

Wanda hatte längst aufgehört zu zählen, wie oft sie es versuchen musste, aber schließlich gelang es ihr, eine der beiden einzufangen. Verschwitzt und keuchend betrachtete sie das Federkissen in ihrem Arm. Nachdem es sich in sein Schicksal gefügt hatte, fühlte sich das Tier bei Wanda ganz wohl. Ohne Protest ließ es sich herumtragen und blinzelte nur ab und zu mit den dunklen Knopfaugen.

Kehliges Lachen drang über den Hof. Wanda zuckte verwirrt zusammen. Als sie sich umdrehte, sah sie eine Dame, etwa Mitte Sechzig, aus einem Fenster der Tierarztpraxis blicken, die ein buntes Seidentuch als Turban um den Kopf geschlungen hatte. Die Ähnlichkeit mit Dr. Harksen war unverkennbar, vor allem um die Augen herum. Die markanten Gesichtszüge und die Mundpartie erinnerten entfernt an Evelyn Hamann, fand Wanda. Als Kind hatte sie die Sketche von Loriot geliebt. In ihrem WG-Zimmer im Hamburg befand sich eine alte DVD-Sammlung davon. Möglicherweise lag es an dieser Ähnlichkeit, auf jeden Fall war ihr die Frau am Fenster auf Anhieb sympathisch. Mit frisch gestärktem Selbstvertrauen ging Wanda triumphierend auf Dr. Harksen zu. »Und, was sagen Sie jetzt?«

»Wahrscheinlich legen die Hennen nach der Aufregung tagelang nicht.« Er kratzte sich das Kinn. »Üblicherweise wirft man Hühnern ein Tuch über den Kopf, wenn man sie einfangen will, dann bleiben sie sitzen. Oder man lockt sie mit Futter. Bei diesen hier allerdings …« Er streckte den Arm aus. Seine blauen Augen blitzten verräterisch. »Setzen Sie die Henne mal ab. Da drüben beim Obstbaum wäre gut.«

Sie tat, worum er sie bat. Der Tierarzt steckte zwei Finger in den Mund und pfiff kurz und scharf. »Tassilo!«

Wie ein Gummiball hüpfte der Dackel auf seinen krummen Beinchen die Treppe herunter und blickte schwanzwedelnd zu seinem Herrchen empor.

»Bring Agathe und Christie ins Haus«, forderte Dr. Harksen ihn auf. »Na los!«

»Agathe und Christie?« Wanda kicherte. Hinter seiner schroffen Fassade schien Dr. Harksen Humor zu haben. Bevor sie nachgedacht hatte, sprudelte es aus ihr heraus: »Gehen Sie mit den beiden zu Krimi-Lesungen?«

Dr. Harksen starrte sie an. Seine Mundwinkel zuckten. »Gelegentlich. Wir sind eingeschworene Krimifans. Aber jetzt ist Tassilo dran. Schauen Sie zu und lernen Sie!«

»Ich fasse es nicht«, keuchte Wanda. Sie musste sich beherrschen, nicht laut loszuprusten, als sie sah, wie der Dackel den Hühnern mit seiner Schnauze mitten ins Gesicht stupste. Wanda wusste nicht, was der Trick dabei war, aber irgendwie brachte er die beiden dazu, vor ihm her die Treppe zur Praxis hinaufzuflattern. Verblüfft wandte sie sich an Dr. Harksen. »Wie um alles in der Welt macht er das?«

Der Tierarzt grinste. »Der gute Tassilo ist sozial leider vollkommen inkompetent. Er hat einen Totalausfall, was Proxemik betrifft.«

»Proxemik?«

»Ein Gefühl für persönliche Distanz. Er rückt anderen zu nahe auf die Pelle. Hühner werten Picken ins Gesicht als Zeichen von Dominanz.«

Wanda lachte lauthals. »Das heißt, sie halten Tassilo für den Boss, weil er ihnen mit der Zunge über den Schnabel schleckt?«

»Genauso ist es.« Dr. Harksen zwinkerte ihr zu. Irgendwie schien sie in seinem Ansehen seit ihrem Einsatz als Hühnerfängerin gestiegen zu sein, obwohl er es offensichtlich nicht zugeben wollte. »Tassilo ist der Juniorchef hier. Dummerweise leidet er unter einem Helfersyndrom und kümmert sich gerade zwanghaft um andere Tiere. Das macht die Zusammenarbeit in der Praxis ziemlich anstrengend.«

»Verstehe.« Wanda bückte sich und kraulte dem Dackel, der vor ihren Füßen saß, ausgiebig die weichen Ohren. Tassilo legte den Kopf schräg, dann ließ er sich mit einem wohligen Aufseufzen auf die Seite fallen und klopfte mit dem Schwanz auf den Boden. Eine Aufforderung, ihm den Bauch zu streicheln. Wanda konnte dem Kleinen nicht widerstehen. Schweren Herzens riss sie sich los und erhob sich. »Wie meinten Sie das,

Tassilo sei sozial inkompetent? Ich finde, das Gegenteil trifft zu.«

»Aus menschlicher Sicht ja, aber Sie vergessen, dass Dackel Jagdhunde sind. Tassilos Job wäre es, das Wild zu stellen, anstatt sich mit der Beute zu verbrüdern. So gesehen ist er leider völlig fehlgeprägt.«

»Sie wollten also ursprünglich einen Jagdhund?«

»Wo denken Sie hin.« Er winkte ab. »Ich würde nie auf die Idee kommen, mir einen Hund zu kaufen. Als Tierarzt habe ich genug damit zu kämpfen, alle Problemfälle unterzubringen, die man mir anschleppt. Glauben Sie mir, ohne eine professionelle Einstellung zu Fundtieren hätte ich hier schon das reinste Tierheim.«

»Aber bei Tassilo haben Sie eine Ausnahme gemacht?«

»Tja, ein paar Kinder haben ihn bei einem Ausflug aufs Festland in einem Karton gefunden und mir gebracht. Da war er vier Wochen alt. Illegaler Welpenhandel, nehme ich an. Aufgrund seiner krummen Vorderbeine wurde er wohl aussortiert.«

»Aussortiert«, wiederholte Wanda entrüstet. »Wie ein kaputtes Möbelstück! Wenn ich so etwas höre …«

»Geht mir genauso. Wenn ich die erwischen würde! Ich kann Ihnen sagen, diesen Tierquälern würde Hören und Sehen vergehen. Übrigens, ich bin Frauke Harksen, Harks Mutter.« Die Frau mit dem Turban war über den Rasen auf sie zugegangen und reichte ihr eine Hand. Mit einem Lächeln wandte sie sich an ihren Sohn. »Und wer ist die reizende junge Dame?«

»Das ist … Frau Jahnsen. Sie kommt wegen deiner Anzeige, bei der du offensichtlich keine Eignungskriterien angegeben hast«, sagte Hark. Wanda kam es beinahe so vor, als spräche er mit zusammengepressten Zähnen.

»Eignungskriterien.« Entrüstet schüttelte Frau Harksen den Kopf. »Wie altmodisch ist das denn? Heutzutage setzt man auf Chancengleichheit. Offenheit statt Einschränkungen. Du solltest dich mal mit dem Thema auseinandersetzen. Bewerbungsfotos sind übrigens auch völlig out. Ich fand diese gestellten Aufnahmen ohnehin grässlich.«

»Schön.« Dr. Harksen warf seiner Mutter einen durchdringenden Blick zu. »Und wie willst du damit umgehen, dass Frau Jahnsen keinerlei Vorkenntnisse besitzt?«

»Ach papperlapapp, Vorkenntnisse!«, entrüstete sich Frau Harksen und schüttelte den Kopf. Die langen Hängeohrringe klimperten. »Ich bin schließlich auch noch da zum Einarbeiten. Viel wichtiger ist doch, dass sie gern mit Tieren arbeitet. Außerdem, wer so viel Courage beweist, verdient eine Chance. Ich habe mich selten so amüsiert wie bei dieser Hühnerjagd eben.«

Der Tierarzt verschränkte herausfordernd die Arme vor der Brust. »Frau Jahnsen ist Flugbegleiterin.«

»Ja, und? Dann weiß sie zumindest schon mal, wie Sauerstoffmasken funktionieren. Außerdem können wir uns dann wunderbar über all die prominenten Menschen unterhalten, die Frau Jahnsen schon an Bord hatte. Normalerweise kennt man die ja nur aus der *Bunten*.« Missbilligend hob sie die Augenbrauen. »Aber die kann ich nicht mehr lesen, weil du das Abonnement für die Praxis gekündigt hast. Stattdessen liegt jetzt der *Spiegel* aus. Den liest übrigens kein Mensch.«

»Also bitte, Mutter! Könnten wir vielleicht wieder zum Thema kommen?«

»Aber sicher«, konterte Frau Harksen. »Frau Jahnsen hat das Herz am rechten Fleck, das ist, was zählt.«

»Darum geht es hier doch nicht.« Dr. Harksen wirkte eine Spur genervt, aber dann hatte er sich wieder im Griff. »Eine Praxis muss man professionell und rentabel betreiben. Ein Mindestmaß an Kompetenz ist bei Angestellten erforderlich.

Und nur nach Gefühlen zu handeln, können wir uns in diesem Beruf nicht leisten, wie du weißt.«

»Und ob ich das weiß.« Frau Harksen verzog beleidigt das Gesicht. »Schließlich war ich über vierzig Jahre mit deinem Vater verheiratet. Ohne ihn würde es diese Praxis nicht geben. Und was das Thema Gefühle betrifft, wer ist denn hier derjenige, der ständig alle möglichen Tiere umsonst behandelt? Und wer hat dieses Poster mit dem Boxer im Behandlungszimmer aufgehängt: ›Two feet move your body and four feet move your soul‹?«

Dr. Harksen schnaubte indigniert. Ohne Kommentar bückte er sich und inspizierte Tassilos Pfoten, die zumindest aus Wandas laienhafter Sicht eben noch vollkommen okay gewirkt hatten. Schließlich erhob er sich. »Na schön. Ich gebe mich geschlagen. Aber nur, weil es ohnehin keine weiteren Bewerber für die Stelle gibt. Frau Jahnsen, wenn Sie wollen, haben Sie den Job. Sechs Wochen Probezeit, und wenn das klappt, müssten Sie sich auf ein volles Jahr verpflichten, sonst lohnt sich die Einarbeitung nicht. Wäre das in Ordnung?«

»Ihr Ernst?«, fragte Wanda verdutzt.

»Ja.« Er hielt ihr die ausgestreckte Hand hin. »Schlagen Sie ein.«

Mit Mühe gelang es Wanda, sich aus ihrer Schockstarre zu lösen. Ihre Gedanken wirbelten durcheinander. Wenn sie sich nicht schwer täuschte, war es ihr gerade gelungen, ihrem Leben einen Stups in eine neue Richtung zu geben. Sie würde tatsächlich auf Borkum leben, ein ganzes Jahr lang, und mit Tieren arbeiten. Schluss mit Hotels, Jetlag und ständigem Kofferpacken. Der Spruch, den sie auf dem Borkumer Stadtwappen gelesen hatte, kam ihr in den Sinn: »Mediis tranquillus in undis« – ruhig inmitten der Wogen. Sie lächelte leise in sich hinein. Ein sicherer Hafen in einer bewegten, schnelllebigen Welt. Klang das nicht genau nach dem, was sie sich ersehnte? Hier, auf Borkum, weit genug vom Festland entfernt, um alle Probleme klein und unbedeutend werden zu lassen, konnte es ihr gelingen, ihren eigenen Rhythmus zu finden. Sich wiegen zu lassen vom Kommen und Gehen der Gezeiten und zur Ruhe kommen. Unauffällig schielte sie zu Dr. Harksen hinüber und versuchte zu erraten, was in ihm vorging. Wie jeder Mensch mochte ihr neuer Chef Macken und Marotten haben, aber die Lachfältchen um seine Augen gaben ihr das Gefühl, dass sie gut miteinander auskommen würden.

»Ich kann gar nicht sagen, wie sehr ich mich freue«, meinte sie schließlich und hielt noch immer seine Hand fest. Vielleicht, weil sich sein Händedruck so vertrauenerweckend anfühlte. »Ich verspreche, dass ich Sie nicht enttäuschen werde.«

Er zwinkerte ihr zu. »Das hoffe ich doch sehr. Übrigens, sind Sie schwindelfrei?«

Sie machte große Augen. »Äh, ja. Warum? Wollen Sie mich auf den Leuchtturm da drüben schleppen, um verletzte Möwen zu retten?«

»Nein, keine Sorge. Möwen können mir gestohlen bleiben. Ich wurde erst letzte Woche von einem dieser blöden Vögel von oben bis unten vollge…, na, Sie wissen schon.« Er zuckte die Schultern. »Also schön. Wann können Sie anfangen?«

KAPITEL 5

»Tut mir leid, Himbeer-Prosecco ist aus«, erklärte die Verkäuferin der Kleinen Borkumer Eiskonditorei bedauernd. Sie nahm einen Lappen zur Hand und wischte den mit Kreide geschriebenen Namen der Eisspezialität des Tages von der Tafel neben dem Ausschank weg.

»Kein Problem.« Wanda gab sich großmütig. Nichts konnte ihr die Stimmung verhageln. Sie hatte nicht nur einen tollen Job ergattert, sondern auch eine gemütliche Bleibe gefunden. Frau Harksen hatte sie an eine ältere Dame vermittelt, die regelmäßig mit ihrer Französischen Bulldogge zur Behandlung kam. Frau Strube hatte erst vor Kurzem beschlossen, ihr Hinterhäuschen nicht mehr als Ferienwohnung zu vermieten, da ihr das wegen der ständig wechselnden Gäste zu stressig geworden war. Stattdessen konnte Wanda in drei Wochen die gemütlich möblierte Wohnung beziehen. Das WG-Zimmer in Altona würde sich problemlos zwischenvermieten lassen. Wanda lächelte versonnen in sich hinein. Heute war wirklich ihr Glückstag.

Die blonde Eisverkäuferin legte den Lappen beiseite, mit dem sie die Theke gesäubert hatte, und klapperte mit dem Portionierer. »Vielleicht möchten Sie Passionsfrucht mit karamelisiertem Sesam probieren? Oder Vanille mit Eierlikör?«

»Klingt toll! Beides bitte. Moment, was ist das?« Verdutzt blickte Wanda zwischen dem Schild in der Auslage und der Verkäuferin hin und her. »Hundeeis? Tatsächlich?«

»Ja. Es ist der Renner bei den Vierbeinern. Gibt es in den Sorten Lachsmousse und Leberwurst.«

Wanda blickte zu Tassilo hinunter, der mit hängender Zunge zu ihren Füßen saß. Sie hatte angeboten, den Dackel mit zur Wohnungsbesichtigung zu nehmen, damit er etwas Bewegung bekam. Auf Harks Aufforderung hin war Tassilo ihr begeistert gefolgt. Tadellos brav hatte er sich benommen. Wanda fand, dass er sich eine Belohnung verdient hatte. »Na, mein Kleiner, was soll's sein?«

Die Verkäuferin linste über die Theke. »Das ist der Hund vom Tierarzt, nicht wahr?«

»Richtig. Ich bin die neue Sprechstundenhilfe«, meinte Wanda fröhlich. »Wir sehen uns bestimmt öfters.«

»Glückwunsch.« Die Blonde zwinkerte ihr zu. »Hark ist ein toller Mann. Der Liebling der Insel. Sie hätten es schlechter treffen können.«

»Danke.« Wanda lächelte zurück. Plötzlich war ihr nach Singen und Tanzen zumute. Alles würde gut werden …! Die Menschen waren so nett hier.

»Hier. Tassilo steht auf Leberwursteis. Geht aufs Haus.« Die Verkäuferin reichte ihr eine mit Eis gefüllte Waffel über die Theke und blinzelte verschwörerisch. »Aber verraten Sie es bloß nicht Hark. Der ist der Meinung, Süßes sei nichts für Hunde. Dabei liebt der Kleine Eis. Er ist ganz verrückt danach. Wenn Frauke mit ihm unterwegs ist, kommt sie immer hier vorbei und spendiert ihm eine Kugel.«

Wanda bezahlte. Tassilo war ganz außer sich, als sie ihm das Hundeeis vor die Schnauze hielt. Mit zwei, drei Happs schlang er es hinunter. Da noch genügend Zeit blieb, entschied Wanda sich für einen Spaziergang zum Nordbad. Sie musste unbedingt den Strand sehen. Vorbei an bunten Andenkenläden, Bekleidungsgeschäften, in deren Auslagen Jacken für windiges Regenwetter ausgestellt waren, und gemütlichen Cafés, bummelte sie durch den Ort. Als sie in der Bismarckstraße an Pferdekutschen vorbeikam, wurden ihre Augen rund. »Ausflüge zu der Seehundbank Hohes Riff«, las sie staunend. Davon hatte sie noch nie gehört. Normalerweise fanden solche Touren immer mit dem Boot statt. Sie summte fröhlich vor sich hin. Auf Borkum war anscheinend wirklich alles anders.

Und die Strandpromenade erst! Wanda staunte nicht schlecht, als sie sie erblickte. Auf zwei Ebenen angelegt, diente sie als Schutz vor Sturmfluten. Breite Treppen führten von der Aussichtsplattform mit den Münzteleskopen nach unten. Wanda war vom Fleck weg verzaubert von dem nostalgischen Seebadflair. Rund um die Wandelhalle reihten sich Restaurants mit bunten Klappliegestühlen und Loungemöbeln. Es gab einen Musikpavillon, in dem Livekonzerte stattfanden, wie sie dem Anschlag entnahm, und Strandkorbvermietungen. Schwummerig vor Glück ließ sie sich auf eine der windgeschützten Sitzbänke fallen und genoss die Aussicht. Endlose Sandflächen, soweit das Auge reichte. Dazu ein Himmel, der teils wolkenverhangen, teils strahlend blau war. Und der Zipfel der sichelförmigen Landzunge da vorne, vor dem weiten Blau, das musste die Seehundbank sein. Ihr Herz schlug aufgeregt, als sie auf die Entfernung ein paar unförmige graue Leiber ausmachte. Der Wind blies ihr feuchte Seeluft ins Gesicht, ihre Haut kribbelte. Mit der Zunge leckte sie über ihre Lippen und schmeckte Salz und Jod. Immer wieder musste sie sich mit der Hand das windverwehte Haar aus der Stirn streichen. Es fühlte sich aufgeplustert an, wie Zuckerwatte, und feucht vom Gischtnebel. War das wunderbar! Zufrieden seufzend lehnte sie sich zurück. Genauso musste sich eine Nordseeinsel anfühlen. Wild und weit, aber auch kuschelig und geschützt. Ihr Blick glitt über den Strand. Einen Eindruck von Geborgenheit vermittelten auch die weißen und roten Strandkörbe ein paar Meter von ihr entfernt. Eng aneinander gekuschelt kauerten sie im Sand, wie Schafe, die sich gegenseitig wärmten. Im Vergleich dazu wirkten die Zelte dahinter fast steif. Sie trugen rot-weiße Querstreifen und ein blaues Stoffdach, das aussah wie ein überdimensionaler Doktorhut. Bei den Zelten musste es sich um eine Eigenheit hier auf Borkum handeln. Wanda konnte sich nicht erinnern, sie schon anderswo gesehen zu haben. Wie Zinnsoldaten standen sie über den Strand verteilt da. Eine Wachmannschaft, den Blick auf das Rollen der Gezeiten gerichtet. Wanda nahm sich vor, gleich am nächsten sonnigen Wochenende eines davon zu mieten. Am besten, sie erkundigte sich gleich mal bei dem Strandkorbbesitzer nach dem Preis. Ihr Blick blieb an einer weiß gestrichenen Bretterbude hängen. Der dazugehörige Besitzer saß in einem senfgelb karierten Hemd und Jeans auf einem Klappstuhl in der Sonne und las Zeitung. Kai Uwe Linnhardt, so hieß er wohl. Jedenfalls stand das am Anschlag.

»Komm, Tassilo«, sagte sie und stand auf.

Mit hängenden Ohren schaute der kleine Dackel zu ihr empor, sein Hinterteil fest auf den Boden gedrückt. Er bewegte sich keinen Zentimeter. Die weißen Ränder seiner Augäpfel blinkten kummervoll, kleine Mondsicheln in einem dunklen Gesicht.

»Hör auf zu betteln, Tassilo«, sagte Wanda tadelnd. »Du hattest doch schon ein Eis. Willst du allen Ernstes auch noch meine Waffel fressen?« Zögernd drehte sie das Hörnchen hin und her. Jedes Mal, wenn sie Eis kaufte, führte sie mit sich die gleiche Diskussion. Plastikbecher mochte sie wegen des Mülls nicht, aber Waffeln waren ihr schon als Kind zuwider gewesen. Das Gefühl, wenn der aufgeweichte Teig am Gaumen festklebte, war zu eklig. Seufzend wandte sie sich an Tassilo. »Also schön. Aber verrate bloß dem Doc nichts, sonst bekomme ich Ärger. Eis und Waffeln sind bestimmt nicht das, was er sich unter hundegerechter Ernährung vorstellt. Warte …« Sie zog ihr Handy aus der Tasche ihrer Bikerjacke. »Zuerst machen wir ein Selfie und schicken es an Tom. Damit er sieht, wie gut wir es haben. Einverstanden?«

Tassilo wedelte mit dem Schwanz und sprang an ihr hoch, um ihre Hand zu lecken. Wanda legte den Kopf schräg. »Okay. Ich vermute mal, das heißt ja.«

Sie ging in die Knie und schoss eine verwackelte Aufnahme, die sie sofort wieder löschte.

»Hey, Kleiner, so geht das nicht. Du darfst nicht an der Leine zerren. Warte, so ist es besser.«

Kurz entschlossen klemmte sie die Leine unter die Sohle eines ihrer Pumps und streckte die Hand mit der Eiswaffel nach oben, damit Tassilo hübsch in die Kamera lächelte. Zufrieden drückte sie die Aufnahmetaste. Just in diesem Moment erklang ein unheilvolles *Schwuuusch* … Bevor sie überhaupt nur blinzeln konnte, stürzte eine Möwe auf sie zu und riss ihr die Waffel aus der Hand.

Wanda schrie auf. In wilder Panik schwang sie die Handtasche wie einen Dreschflegel durch die Luft. Eigentlich mochte sie Seevögel, nicht zuletzt wegen des Buchs »Die Möwe Jonathan«, aber dieses Exemplar hier schien zu einem Syndikat ausgesprochen gemeiner und bösartiger Mafiosivögel zu gehören.

»Verschwinde, du blödes Vieh.« Wütend reckte Wanda die Faust in die Luft. Noch immer eine Spur neben sich selbst, drehte sie sich zu Tassilo um. »Tut mir leid, Kleiner. Das nächste Mal, versprochen.«

Eine verärgerte Stimme hallte über die Promenade. »Hey! Sie da! Kommen Sie zurück. Sofort!«

Ein Dieb. Sofort schaltete Wandas Gehirn auf Adrenalinausstoß um. Als Flugbegleiterin hatte sie heikle Situationen im Trockentraining geprobt. Das hier war die Wirklichkeit. Der Moment, zu beweisen, was sie konnte. Wachsam spähte sie über die Promenade. Vielleicht der große Kerl da hinten, der sich verdächtig schnell in Richtung Wandelhalle entfernte? Er war zu weit weg, als dass sie ihn erwischen konnte. Ohne zu fackeln, formte sie mit den Händen einen Trichter vor dem Mund. »Der Mann mit der schwarzen Lederjacke! Halt!«

Wir kriegen Sie schon, wollte sie noch hinterherschreien, aber da legte sich eine schwere Hand auf ihre Schulter. Sie wirbelte herum und fand sich Auge in Auge mit Kai Uwe Linnhardt, dem Strandkorbvermieter, wieder.

»Sie waren gemeint, junge Dame.« Er kniff die Augen in dem faltigen, wettergegerbten Gesicht zusammen.

»Ich? Warum das denn?«, stammelte Wanda perplex. Sie war sich keiner Schuld bewusst.

»Können Sie nicht lesen? Da steht es doch!«

Unauffällig schielte Wanda zur Bretterbude. Auf dem Schild war eine Möwe zu sehen und eine Hand mit Futter. Rundherum verlief ein durchgestrichener roter Kreis: »Möwen füttern verboten«.

»Mann, Mann, Mann! Das ist so was von typisch! Unglaublich, was ihr Touristen alles treibt, um verrückte Aufnahmen von euch auf Instagram zu posten. Klar sieht das toll aus, wenn auf dem Selfie eine Möwe durch das Bild fliegt. Aber das hier sind keine niedlichen Wellensittiche. Das sind aggressive Raubmöwen. Schon mal darüber nachgedacht, was Ihr Verhalten zur Folge haben kann? Das nächste Mal stürzt sich die Möwe vielleicht auf ein Kleinkind, das eine Tüte Pommes in der Hand hält.«

Erschüttert starrte Wanda auf den hageren Mann mit dem karierten Hemd und den grauen Haaren, die wie Vogelfedern von seinem Kopf abstanden. Er war wirklich wütend.

»Aber … ich wollte keine Möwen füttern. Ehrlich. Ich hab gar nicht an Möwen gedacht.«

»Sie müssen besser aufpassen, was um sie herum passiert! Wir sind hier nicht in der Großstadt, sondern in der freien Natur. Wissen Sie, wie oft am Tag ich den Leuten erkläre muss, wie man sich hier verhält?«

»Ziemlich oft, nehme ich an«, mutmaßte Wanda. »Es tut mir leid. Bitte glauben Sie mir. Auf das Foto sollten nur der Dackel und ich.«

Der Strandkorbvermieter stutzte. Sein Blick schwenkte umher, wie bei einer Kamera im Rundum-Modus. »Dackel? Welcher Dackel?«, fragte er mit einem merkwürdigen Unterton.

Blankes Entsetzen ergriff Wanda. Sie blickte an sich hinab und auf die Leine, an der jetzt nur noch Tassilos Halsband hing. »Verdammt«, keuchte sie und wünschte sich inständig, dass jemand an ihrer Schulter rüttelte und sie aus diesem Traum aufwachte.

»Menschenskinder!« Das Gesicht des Strandkorbvermieters war eine wutverzerrte Grimasse. »Ihren Hund lassen Sie also auch noch frei herumlaufen! Obwohl seit 1. April Brut- und Setzzeit ist und absolute Leinenpflicht besteht. Sind Sie von allen guten Geistern verlassen?«

Wanda schluckte ein paarmal. »Der Hund ist abgehauen«, brachte sie schließlich hervor.

Kai Uwe Linnhardt verschränkte die Arme vor der Brust. »Na, dann gehen Sie ihn mal fix suchen.«

»Würden Sie mir vielleicht dabei helfen?«, fragte Wanda. Ihr war kläglich zumute.

»Nö.« Der Strandkorbvermieter zuckte nicht mit der Wimper. »Ich habe hier gesessen und Zeitung gelesen, bis Sie aufgekreuzt sind und einen Riesenzirkus veranstaltet haben. Also setze ich mich jetzt wieder hin und warte, bis Sie das Chaos beseitigt haben.« Demonstrativ kehrte er ihr den Rücken zu und schlurfte zu seiner Bude hinüber.

»Na super«, stöhnte Wanda und streifte die Pumps ab. Mit nackten Füßen eilte sie über den Brettersteg auf die Strandkörbe zu. »Tassilo? Wo steckst du?«, flötete sie betont munter, damit der Hund nicht noch weiter wegrannte, aus Angst, geschimpft zu werden. Sie umrundete jeden einzelnen Korb und suchte alle Strandzelte ab. Nichts. Frustriert drehte sie sich um ihre eigene Achse und spähte über die weite Sandfläche.

Und dann sah sie ihn. Leichtfüßig, mit sportlich federnden Schritten kam er auf sie zugerannt. Ungefähr eins achtzig groß, blonde, kurze Haare, energisches Kinn. Der blaue Neoprenanzug betonte den muskulösen Oberkörper mit den breiten Schultern, den schmalen Hüften und den schlanken, durchtrainierten Beinen. Verwundert starrte sie in seine Richtung. Himmel, das konnte doch nicht möglich sein! Dieser unverschämt gut aussehende Surfertyp war doch tatsächlich der Herzensbrecher von der Fähre. Die Oberklasse-Premium-Version ihres Traummannes. Und das kleine Bündel, das sich so vertrauensvoll in seine Arme kuschelte, war Tassilo.

Mit aufgeregt klopfendem Herzen spurtete sie los.

»Oh mein Gott! Wie haben Sie das geschafft?« Sie war außer Puste und stemmte die Hände in die Taille. »Ich dachte schon, er wäre auf die Seehundbank gelaufen. Der Strandkorbvermieter hätte mir glatt den Kopf abgerissen. Können Sie ihn gerade noch einen Moment halten? Dann mach ich die Leine richtig fest. So. Jetzt kann ich ihn nehmen.«

Schweigend sah er sie aus verschiedenfarbigen Augen an, das eine blau, das andere braun. »Bitte schön.« Er reichte ihr den Hund. Dann lächelte er. Wanda wurde ganz anders. Auf einmal hatte sie Schmetterlinge im Bauch. Er sah wirklich unglaublich heiß aus, vor allem aus der Nähe. Unter dem Neopren zeichneten sich durchtrainierte Muskeln ab. Wie es sich wohl anfühlen würde, mit ihm im Bett zu liegen? Sie musste sich mit Gewalt daran hindern, dass ihre Gedanken auf Abwege gerieten.

»Danke.« Sie seufzte tief. »Sie sind mein Held. Ehrlich. Sie haben meinen Tag gerettet.«

Verlegen kratzte er sich den Bartschatten. »Keine große Sache. Ich war da drüben beim Surfen.« Er hob den Arm und deutete vage in eine Richtung. »Er ist mir praktisch in die Arme gelaufen.«

»Trotzdem.« Sie stellte sich auf die Zehenspitzen und hauchte ihm einen Kuss auf die Wange. »Vielen, vielen Dank. Wenn ich nicht mit meiner Vermieterin verabredet wäre, würde ich Ihnen ein Bier ausgeben. Das bin ich Ihnen auf jeden Fall schuldig.«

Leicht betreten zuckte er die Schultern. »Schon okay. Sie schulden mir nichts.« Ohne weitere Worte zu verschwenden, drehte er sich um und joggte über den Strand davon.

»Na, dann.« Wanda schob enttäuscht die Unterlippe vor. »Tschüss, sexy Traummann«, sagte sie, nachdem er außer Hörweite war, und winkte ihm nach. Dann machte sie sich auf den Weg zu Kai Uwe Linnhardt.

»So, da wären wir wieder«, plapperte sie munter. »Alles wieder im Griff, und das nächste Mal passe ich besser auf.«

»Das nächste Mal?« Kai Uwe Linnhardt kniff die Augen zusammen. »Das heißt, Sie kommen wieder?«

»Na klar.« Sie streckte die Hand vor. Kai Uwe Linnhardt ergriff sie zögernd.

»Wanda Jahnsen mein Name. Ich bin Dr. Harksens neue Mitarbeiterin und komme aus Hamburg.« Sie strahlte ihn an. Ihre gute Laune war zurückgekehrt.

»Ach du grüne Neune«, entfuhr es Herrn Linnhardt. »Der arme Hark. Der hat als Witwer in der letzten Zeit schon genug mitgemacht. Jetzt auch noch Sie!«

»Also bitte!«, entrüstete sich Wanda und stemmte die Arme in die Taille. »Wie kommen Sie dazu, so etwas zu sagen?«

Kai Uwe Linnhardts Blick verdüsterte sich. »Ich wusste, dass Hark Schwierigkeiten hatte, eine geeignete Mitarbeiterin zu finden, aber dass es so schlimm steht, hätte ich nicht gedacht.«

»Jetzt machen Sie mal halblang!« Mit funkelnden Augen starrte Wanda ihn an. Dieser Kai Uwe Linnhardt war ein ausgemachter Nörgler. Typen wie ihn hatte sie zum Glück an Bord nur selten erlebt, aber es gab sie.

»Ach ja? Ständig tauchen Aussteiger wie Sie hier auf, die vom wildromantischen Inselleben träumen. Nach wenigen Wochen beklagen sie sich dann, dass es hier nicht die Standard-Filialgeschäfte gibt wie in anderen Fußgängerzonen. Sie vermissen die Einkaufspassagen, die Burger bei McDonald's, den Coffee to go bei Starbucks und Nachtclubs, die überteuerte Cocktails anbieten. Und das Rauschen der Wellen, die sie anfangs so wunderbar fanden, geht ihnen ganz plötzlich auf den Keks, genau wie der Wind und das ständig wechselnde Wetter.«

»Ich bin nicht so.« Wanda strich sich mit der Hand das wehende Haar aus dem Gesicht. Ein wenig lästig war der Wind schon, das stimmte, aber dafür gab es an jeder Ecke diese schicken Bandanas zu kaufen.

»Das sagen Sie jetzt. Warten Sie erst mal ab, bis der Winter kommt. Da werden die Tage ungemütlich und die Nächte lang. Ich gebe Ihnen keine drei Monate, bis Sie wieder in ihr komfortables Hamburger Großstadtleben zurückwollen.«

»Sie stecken voller Vorurteile, nur weil das mit der Möwe und dem Hund gerade ein winziges bisschen schiefgelaufen ist.

Vielleicht sollten Sie Menschen nicht so schnell in Schubladen stecken.«

»Tu ich nicht. Und davon abgesehen, freue ich mich schon.« Herr Linnhardt lehnte sich zurück und grinste breit. »Das wird ein Spaß, wenn Sie mit Ihrem schicken Jäckchen und den Stöckelschuhen bei mir im Stall aufkreuzen.«

Wanda starrte ihn an. »Oh. Sie sind also Tierhalter ...«

»Großvieh.«

»Toll. Ich liebe Kühe.« Nervös rieb sie sich die Hände und zwang sich zu einem höflichen Lächeln. »War nett, mit Ihnen zu plaudern. Wahrscheinlich komme ich mal vorbei, um eines dieser Dinger, dieser ... Strandzelte zu mieten. Bis dann!«

Dann machte sie sich auf den Rückweg, um Tassilo abzugeben und sich von den Harksens zu verabschieden. *Auf Borkum ist alles anders* ... Sie hielt inne, ihr Blick glitt über die endlosen Sandflächen, den weiten Himmel und das anbrandende Meer. Ein erneutes Glücksgefühl durchströmte sie. Trotz der Grummelei von Kai Uwe Linnhardt konnte sie es kaum erwarten, nach Borkum zu ziehen.

* * *

Mo hatte das Surfbrett gegen das Gestänge eines der Trampoline gelehnt, die unweit von der Surfschule entfernt am Strand aufgebaut waren. Im Schneidersitz saß er da, ließ Sand zwischen den Fingern hindurchrinnen und starrte der Frau mit dem Dackel hinterher, die eben über die Wandelbahn davoneilte.

Sie waren sich schon einmal begegnet. Auf der Fähre, als er von seiner Shoppingtour zurückkam, einen großen Bären für Baby Annika unter dem Arm. Er konnte sich noch genau erinnern. Sie war die schönste Frau, die er je gesehen hatte.

Klein und zierlich, hübsche Beine in engen Jeans, große braune Rehaugen, die an Audrey Hepburn erinnerten, ein herzförmiges Gesicht mit einem entschlossen wirkenden Kinn und hübsch geschwungene Wangenknochen. Genau sein Typ.

Das Dumme war, dass er sie nie wiedersehen würde. Alles seine Schuld. Warum hatte er vorhin bloß nicht den Mund aufgebracht? Sie hatte ihm ja sogar schon fast den Vorschlag gemacht, sie auf ein Date einzuladen. Aber nicht mal die Steilvorlage hatte er genutzt. Als Kind war er extrem schüchtern gewesen, hatte sich lange die passenden Worte zurechtgelegt, bevor er sprach, und sich dann doch ständig verhaspelt. Nur, weil in seinem Kopf alles perfekt sein musste. Ganz im Gegensatz zu seinem Zwillingsbruder Sören, der einfach ins Blaue drauflosquatschte und Menschen innerhalb von Sekunden für sich gewinnen konnte. Durch Sören hatte Mo sich im Hintergrund halten können, sodass er den schwierigen Umgang mit fremden Menschen nie wirklich hatte trainieren müssen. Das Reden hatte Sören für sie beide übernommen. Eigentlich hatte Mo geglaubt, seine angeborene Schüchternheit überwunden zu haben, doch seit er dieser Frau vor wenigen Minuten erneut begegnet war, war alles mindestens so schlimm wie zuvor.

Mit beiden Händen fuhr er sich durchs Haar und zerrte an den kurzen Strähnen, während er das Gespräch zum wiederholten Mal in seinem Kopf abspulte und überlegte, an welchen Kreuzungen er falsch abgebogen war.

Es waren verdammt viele.

Schon okay. Sie schulden mir nichts. Aaaah! Er hätte sich in den Hintern treten können. Wie dämlich war das? Was wäre dabei gewesen, locker flockig Telefonnummern auszutauschen? Wie sonst sollten sie sich denn je wiedersehen?

Frustriert stand er auf, klopfte sich den Sand vom Neoprenanzug und klemmte sich das Surfbrett unter den Arm. Vielleicht gelang es ihm beim Wellenreiten, sich diese wunderbare Frau aus dem Kopf zu schlagen. Und falls nicht …? Nun, dann konnte er in den nächsten Tagen immer noch nach einem kleinen bayerischen Biergartendackel mit ziemlich krummen Beinen Ausschau halten.

KAPITEL 6

Wandas Blick wanderte durch den Behandlungsraum. Alles war so, wie es sein sollte. Nach vier Tagen an Dr. Harksens Seite hatte sie allmählich den Dreh raus. Die Boxen mit den Tupfern und den Kanülen und das Verbandsmaterial waren aufgefüllt. Die leere Flasche Schmerzmittel im Medikamentenschrank hatte sie ausgetauscht, die Aufsätze des Otoskops gereinigt. Das Stethoskop hing an seinem Platz. Den Müll, der bei dem Notfall letzte Nacht angefallen war, hatte sie entsorgt. Das Chrom am Behandlungstisch blitzte. Tassilo lag in seinem Körbchen unter dem Schreibtisch, eng an Agathe, das weiße Huhn, gekuschelt. Die beiden waren unzertrennlich. Wanda musste jedes Mal lachen, wenn sie zusammen aufkreuzten. Gut gelaunt und bereit für den Tag verließ sie das Zimmer. Jetzt musste sie nur noch Jessie, die braun-weiße Maine-Coon-Katze, versorgen, die sich nach einer Milchleistentumor-OP auf der Station im Anbau des Haupthauses befand, dann konnte die Sprechstunde beginnen.

Jessie war die einzige stationäre Patientin heute. Als Wanda an ihre Box trat, lag die Maine-Coon auf der Seite und döste vor sich hin. Vorsichtig löste Wanda den Riegel und streckte den Arm aus, um Jessies weiches Fell am Hals zu kraulen. Die Katze blinzelte, streckte die Pfoten und gähnte ausgiebig. Dann drehte sie den Kopf beiseite, damit Wanda sie am Kinn streichelte. Wanda schmunzelte. Jessie war ein liebes kleines Ding. Behutsam tastete Wanda über den Verband an der Vorderpfote, um zu kontrollieren, dass das Bein nicht angeschwollen war. Die Braunüle saß, die Infusion lief gut. Nachdem Wanda das Katzenklo gesäubert und den Trinknapf aufgefüllt hatte, blieb sie noch ein wenig bei Jessie, um sie zu streicheln. Die Katze liebte es, wenn man ihre Ohren kraulte, und schnurrte vor sich hin, ein Geräusch, bei dem auch Wanda sich entspannte. Hinter ihr lagen turbulente Tage. Manchmal konnte sie es selbst kaum glauben, dass sie es innerhalb von drei Wochen geschafft hatte, ihren Job bei der Airline zu kündigen, das WG-Zimmer unterzuvermieten und nach Borkum zu ziehen. Wie gut, dass sie bei Frau Strube möbliert wohnte, das hatte den Umzug entschieden vereinfacht. Ihren geliebten alten Twingo hatte sie verkauft und für das Geld ein robustes und bequemes Trekkingrad erstanden. Das passte besser nach Borkum. Wanda seufzte zufrieden. Alles lief gut. Mit ihrem Chef kam sie wunderbar aus. Wenn er nicht gerade Stress hatte, war er locker und unkompliziert und besaß Sinn für Humor, wie vermutet. Außerdem war er ein richtig guter Tierarzt. Nach zwei Tagen hatte er ihr das Du angeboten, und obwohl Wanda insgeheim Bedenken hatte, den Chef zu duzen, funktionierte es reibungslos. Nur eine Sache trübte ihre Freude. Ihr heimlicher Traumtyp, Tassilos sexy Retter, war ihr bisher nicht wieder über den Weg gelaufen, obwohl sie jeden Abend einen Strandspaziergang am Nordbad unternommen und nach Surfern Ausschau gehalten hatte. Er schien wie vom Erdboden verschluckt.

Ein Klingeln an der Tür riss sie aus ihren Gedanken. Wanda verriegelte die Box und ging hinüber in die Praxis, um den ersten Fall an diesem Morgen aufzunehmen. Es war eine ältere Dame mit kurzem weißem Haar, die sich als Frau Schulze vorstellte. Ein schwer keuchender und unglaublich dicker roter Cockerspaniel trottete mit hängendem Kopf hinter ihr her.

»Wenn Sie sich bitte kurz gedulden, Frau Schulze. Es geht gleich los«, sagte Wanda.

»Hoffentlich. Meinem Krümelchen geht es sehr schlecht.« Frau Schulze blickte unglücklich auf den hechelnden Hund hinab. »Und nennen Sie mich doch Oma Leni. So sagen hier alle zu mir.«

»Prima, Oma Leni also. Ich gebe dem Doc Bescheid, dass Sie da sind«, erwiderte Wanda mitfühlend und ging ins Behandlungszimmer hinüber. Hark saß an seinem Schreibtisch und hackte etwas in die Tastatur seines Laptops. Um seinen Nacken lag tiefenentspannt George, der rot gestromte, blinde Kater, und auf seinem Schoß nicht weniger lässig Clooney, der graue Stubenkater mit dem schiefen Gesicht und dem amputierten Schwanz.

»Moin, Doc, dein erster Patient ist da.«

Hark sah entnervt zu ihr hinüber. Wanda ahnte, was kommen würde. Die Diskussion führten sie schon seit Tagen. Mit wachsender Begeisterung. Sein Blick wurde bohrend. »Würdest du mir einen Gefallen tun und mich nicht ständig Doc nennen? Langsam komme ich mir vor wie in einer dieser unglaublich schlechten amerikanischen Arzt-Soaps.«

»Was hast du gegen Netflix?« Unschuldig zuckte sie mit den Schultern. »Ich schau das ständig.«

»Wanda! Bitte!«

»Okay, Doc. Wie soll ich dich denn dann nennen?«

Nachdem er Clooney vorsichtig auf den Boden gesetzt hatte, stellte er sich breitbeinig hin, das Stethoskop baumelte von seinem Hals. Mit vor der Brust verschränkten Armen fixierte er sie, ohne eine Miene zu verziehen. »Da fällt mir spontan mein Name ein: Nenn mich doch Hark.«

»Auf keinen Fall«, konterte Wanda kampfbereit und nahm eine ähnliche Körperhaltung ein wie er. Leider gab es kein zweites Stethoskop, also griff sie kurz entschlossen nach der Nasenschlundsonde und hängte sie sich um. Damit war sie wieder gleichauf. »Hark klingt, als würde ich versuchen, ein Niesen zu unterdrücken. Wie wäre es mit Harky?«

»Vergiss es.« Er kniff die Augen zusammen.

»Okay.« Sie legte den Kopf schräg und überlegte. »Wie nennen dich denn deine Freunde?«

»Hark.«

»Du bist ein schwerer Fall. Ich gebe auf. Dann geh ich wohl mal deinen Patienten holen. Hier, Doc.« Sie drückte ihm die Nasenschlundsonde in die Hand und versuchte, beim Hinausgehen einen ultrabeschäftigten Eindruck zu hinterlassen. Der Doc musste ja nicht wissen, dass bis jetzt nur Oma Leni und Krümelchen im Wartezimmer saßen.

»Ach du liebe Güte!«, entfuhr es Hark, als Krümelchen ins Zimmer watschelte. »Wie sieht denn die Hündin aus? Sie ist ja vollkommen aufgegast. Hat sie wieder Fressen geklaut?«

Oma Leni schüttelte entrüstet den Kopf. »Aber nein, Dr. Harksen. Ich habe mir extra eine verschließbare Box für das Trockenfutter gekauft, wie Sie es mir geraten haben. Und den Brotkorb habe ich ganz nach oben ins Regal geräumt.«

»Sind Sie sicher, dass sie nichts erwischt hat?«, erkundigte sich Hark in ruhigem Ton und hob Krümelchen zur Untersuchung auf den Tisch. »Dieser Hund klaut wie ein Rabe.«

»Ganz sicher.«

Wanda beobachtete, wie Hark Krümelchens Bauch abtastete, Temperatur maß und die Schleimhäute kontrollierte. »Den Symptomen nach könnte es eine Magendrehung sein, obwohl das ungewöhnlich bei einem Cocker wäre.«

»Oh nein.« Oma Leni wurde ganz blass. »Eine Magendrehung, so wie in dem Film ›Marley und ich‹?

Schlimme Sache. Wir werden Krümelchen doch nicht einschläfern müssen?«

»Immer mit der Ruhe. Wir machen ein Röntgenbild, dann wissen wir mehr. Gehen Sie doch bitte so lange ins Wartezimmer. Wanda wird Ihnen eine feine Tasse Kaffee bringen.«

»Kopf hoch, Oma Leni.« Im Wartezimmer reichte Wanda der älteren Dame den Kaffee. »Der Doc kriegt das schon hin.«

»Hoffentlich. Sie ist erst drei Jahre alt.« Oma Lenis Augen glitzerten feucht. »Nach Krümelchen ist Schluss. Sie ist mein letzter Hund. Alle haben mir gesagt, ich wäre zu alt, um mir noch einmal einen Hund anzuschaffen. Was meinen Sie, war das egoistisch von mir?«

»Iwo. Ich bin sicher, dass Sie beide perfekt füreinander sind.« Wanda ließ sich für einen Moment auf den Stuhl neben Oma Leni nieder. »Sind Sie denn ganz alleine, ohne Familie?«

»Mein Sohn ist mit seiner Frau und den Kindern in den Ruhrpott gezogen. Ich habe zwei Jahre lang bei ihnen gelebt, aber dann bin ich wieder hierher zurückgekommen.«

»Haben Sie die Insel so vermisst?«

»Das auch. Aber hauptsächlich lag es daran, dass ich mich im Haushalt meines Sohnes wie eine Untermieterin gefühlt habe, nicht wie ein Familienmitglied. Können Sie das verstehen?«

»Ich glaube schon.« Wanda nickte bedächtig. Sicher war es nicht so leicht, wie man sich das im Allgemeinen vorstellte, wenn mehrere Generationen zusammen unter einem Dach lebten.

»Mein ganzes Leben lang hatte ich Spaniels«, erzählte Oma Leni. »Ohne Hund ist das Leben so leer. Damit meine ich nicht nur das Kuscheln auf dem Sofa. Auch die kleinen Plaudereien auf der Straße mit den anderen Hundebesitzern würden mir fehlen. Durch Krümelchen mache ich immer nette Bekanntschaften. Und die Bewegung tut mir gut. Alleine spazieren zu gehen, kommt mir so sinnlos vor. Ach je.« Sie holte tief Luft und seufzte. »Was mache ich nur, wenn sie eingeschläfert werden muss?«

»So weit sind wir noch lange nicht.« Wanda schenkte Oma Leni ein aufmunterndes Lächeln und erhob sich. »Ich gehe jetzt und helfe dem Doc, die Aufnahme zu machen.«

Als Wanda den Röntgenraum betrat, stand Hark hinter dem Gerät und nahm Einstellungen vor. »Leg sie auf die Seite, wie ich es dir gezeigt habe. Ich hab's gleich.«

Widerstandslos ließ sich Krümelchen auf dem Tisch in die richtige Stellung bringen. Der Cocker machte wirklich einen sehr kranken Eindruck. Wanda hoffte inständig, dass Hark helfen konnte. Behutsam kraulte sie Krümelchens Hals und die Ohren, während die Hündin versuchte, ihr die Hand zu lecken. Plötzlich stutzte Wanda. Ihre Finger hatten etwas Klebriges berührt. War das Blut? Prüfend beugte sie sich über die Hündin und zupfte das Fell an den Ohren auseinander. *Was pappte denn da? Das konnte doch nicht sein …?*

»Komm mal bitte, Doc, und schau dir das an«, sagte sie. »Ist es das, was ich denke?«

Er beugte sich über Krümelchen und zupfte etwas Rosafarbenes, Krümeliges aus dem Hundeohr. Prüfend zerrieb er es zwischen den Fingern und roch daran. Im nächsten Moment lachte er schallend. »Ein Brausebonbon!«

»Sie ist also nicht sterbenskrank?«

»Nein.« Hark grinste. »Oma Leni liebt Brause, sie hat immer eine Tüte voll in ihrer Handtasche. Wie ich diese Hündin kenne, hat sie sich nicht mit einem Bonbon begnügt, sondern gleich die ganze Packung verdrückt. Jetzt hat sie schreckliches Bauchzwicken, weil der Magen voll schäumender Bonbons ist. Mann, Krümelchen, du hast uns einen schönen Schreck eingejagt. Was machen wir nur mit dir? Deine Fressgier bringt dich eines Tages noch ins Grab.«

»Sie klaut also öfters?«

71

»Könnte man so sagen. Ich sehe sie mindestens einmal pro Monat. Beim letzten Mal hatte sie einen halben Laib Brot intus. Ich spritze ihr etwas gegen die Bauchschmerzen, dann kannst du sie zu Oma Leni bringen. Sind schon weitere Patienten da?«

»Ein Herr Braun mit einem sehr alten schwarzen Mischlingshund. Aber sonst ist es ungewöhnlich ruhig heute.«

»Das ist der Besitzer des kleinen Drachenladens in der Wandelhalle. Ein sehr netter, stiller Mann.« Harks Blick verdüsterte sich. »Sein Hund hat eine schwere Herzinsuffizienz. Es hat keinen Sinn, Bobby leiden zu lassen. Ich fürchte, ich muss heute ein ernstes Gespräch mit Herrn Braun führen. So etwas fällt nie leicht, also bringe ich es besser so schnell wie möglich hinter mich. Wie wäre es, wenn du währenddessen einen kleinen Einsatz in der Stadt für mich übernimmst? Das verschafft mir etwas Luft. Danach hast du frei bis zur Sprechstunde am Nachmittag.«

»Prima. Was soll ich tun?«

Er notierte etwas auf einem Zettel und reichte ihn ihr.

»Hier. Der Anruf kam vorhin herein. Eine Entenmutter mit Küken. Sie brütet jedes Jahr am falschen Platz. Besorg dir Handschuhe und einen Karton und sammle die Küken ein. Die Hausbesitzerin schafft die Entenfamilie dann zum Tüskendörsee.«

»Ist für so etwas nicht die Polizei zuständig oder die Feuerwehr?«

»Die Dame, der das Haus gehört, kommt seit Jahren zu mir in die Praxis. Ich bin der Tierarzt ihres Vertrauens, da gehört eine Entenrettung zum Service. In einer kleinen Gemeinde hilft man sich eben.«

Wanda nahm den Zettel, der an einer Ecke leicht klebrig war. »Alte Schulstraße«, das war mitten im Zentrum.

Hark hob Krümelchen vom Tisch. »Ach, und nimm bitte Tassilo mit. Er hat in den letzten Wochen etwas Übergewicht bekommen und braucht Bewegung.«

»Warum bringe ich die Entenfamilie nicht einfach hierher, und wir ziehen die Küken im Garten groß?« Wanda setzte den herzzerreißenden Blick auf, den sie sich von Tassilo abgeguckt hatte. »Komm schon, Doc, gibt dir einen Ruck. Es wäre doch nicht für lange. Und Entchen sind so niedlich.«

»Kommt nicht infrage.« Der Doc wusch sich das Brausebonbon mit viel Seife von den Händen. Der Geruch von Antiseptikum erfüllte den Raum. »Du solltest einfach besser zuhören. Ich habe dir von Anfang an gesagt, dass du an einer professionellen Einstellung arbeiten musst. Gefühle sind fehl am Platz. Wir können nicht jedes niedliche Kätzchen und jedes ausgesetzte Meerschwein aufnehmen. Ich betreibe eine Tierarztpraxis, keine Rettungsstation. Ist das bei dir angekommen?«

»Klar. Übrigens, du hast noch Brausebonbon an deinem Hemd kleben, Doc.«

»Wie? Ach so, ja.« Er verrenkte sich und zupfte an der Seite seines Poloshirts. »Im Ernst, Wanda. Du musst da konsequent sein, von Anfang an. Sonst wird es in diesem Beruf schwierig.«

»Okay. Sag mal, Doc, wieso sind eigentlich die Hühner noch da?«, fragte Wanda mit Unschuldsmiene. »Frauke erzählte mir, dass sie aus einer Tierrettung stammen.«

»Das kannst du nicht vergleichen.« Hark griff zur Desinfektionslösung und spritzte sie sich in hohem Bogen auf die Hände. »Hühner sind Nutztiere. Ich esse nun mal morgens gern ein frisches Ei. Außerdem ist Tassilo an dem Ganzen schuld. Ich sagte doch, als Jagdhund ist er ein Soziallegastheniker. Er liebt dieses Huhn. Es würde ihm das Herz brechen, wenn ich Agathe weggebe.« Er rupfte einen üppigen Schwung Papier aus dem Spender und trocknete sich die Hände. »Du siehst, es liegt nicht an mir.«

»Und was ist mit George und Clooney?«

»George ist blind. Er kam als Baby hierher, und Tassilo hat ihm beigebracht, wo sein Futternapf und das Katzenklo stehen. In einer fremden Umgebung müsste er sich vollkommen neu orientieren. Das kann man ihm nicht zumuten. Und Clooney wurde als Streuner von einem Auto angefahren. Ich konnte ihn wieder zusammenflicken, aber eine Schönheit ist er nicht mit dem schiefen Gesicht und dem fehlenden Auge.«

»Aber warum hast du ihn nicht abgegeben?«

»Weißt du, wie viele süße Kätzchen es auf der Insel gibt? Du glaubst wohl nicht, dass sich jemand ausgerechnet in diesen hässlichen Kater verliebt?« Hark befeuchtete ein Handtuch und wischte an dem Bonbon herum, das an seinem Hemd klebte. »Wolltest du jetzt nicht losgehen und die niedlichen Entchen retten?«

»Schon unterwegs, Doc. Und danke für den freien Vormittag. Bist ein prima Chef«, flötete Wanda und verschwand durch die Tür.

* * *

Ogottogottogott.

Das war das Ende.

Warum nur hatte sie keine Rechtsschutzversicherung abgeschlossen, bevor sie nach Borkum gezogen war? Dann hätte sie ihren Chef jetzt wegen unzumutbarer Arbeitsbedingungen oder wegen seelischer Grausamkeit verklagen können. Am besten wegen beidem. Wanda stand auf einer Teleskopleiter in etwa fünf Metern Höhe und dachte ernsthaft darüber nach, welche ihrer Wertsachen sie Tom vererben sollte. Inzwischen war ihr klar, warum der Doc ihr so großzügig frei gegeben hatte. Bis ihre Knie wieder aufhörten zu zittern, würde es mindestens bis zur Sprechstunde am Nachmittag dauern. Falls sie überhaupt je lebend wieder hier herunterkam. Hark hatte sie hinters Licht geführt. Natürlich war ihm klar gewesen, dass die durchgeknallte Ente sich für eine Schwalbe hielt und nicht irgendwo am Boden, sondern ausgerechnet in der Dachrinne brütete. Wahrscheinlich hatte er sich deshalb bei dem Einstellungsgespräch so genau erkundigt, ob Wanda schwindelfrei war. Vielleicht konnte man noch eine Klage wegen Vortäuschung falscher Tatsachen hinterherschieben, überlegte sie, aber das war wohl sinnlos. Nicht einmal Präsidenten großer Staaten wurden für so etwas vor den Kadi gezerrt. Behutsam klemmte sie sich den Karton mit den Küken unter den Arm und überschlug, wie hoch ihre Chancen standen, lebend unten anzukommen, wenn sie nur eine Hand frei hatte, um sich an dieser blöden, klapprigen Leiter festzuhalten. Zwanzig zu achtzig? Eins zu einer Million?

»All up Stee?« *Alles in Ordnung,* erkundigte sich Frau Droste und winkte fröhlich. Was kein großes Kunststück war, denn Frau Drostes Füße in den rosa geblümten Clogs standen ja auch sicher auf dem Rasen. »Hau geiht di dat?«

»Spitze!«, behauptete Wanda betont munter und formte mit Daumen und Zeigefinger der freien Hand das Okay-Zeichen. Panisch grapschte sie im nächsten Moment nach der Leiter. Au weia, es war ja noch schwerer als gedacht, eine Hand zu lösen.

»Dann kommen Sie mal runter. Ich hab Elführtje für Sie.«

»Oh nein danke, keinen Tee!«, wehrte Wanda erschrocken ab. Sie schwitzte ja jetzt schon Blut und Wasser. Wenn sie jetzt noch etwas Heißes trinken müsste, würde sie schlimmere Hitzewallungen bekommen als ihre Mutter damals in den Wechseljahren.

»Aber nein, kein Tee. Schnaps.« Frau Droste hielt demonstrativ eine Steingutflasche und ein kleines Kristallglas in die Luft.

»Okay«, rief Wanda nach unten. »Wenn ich die Wahl habe, nehme ich gleich die Flasche. Sagen Sie, könnten Sie mir wohl einen Tipp geben? Wie hat es der Doc denn in den letzten Jahren geschafft, mit dem Karton in der Hand hier runterzukommen?«

»Hark meinen Sie? Der klettert doch nicht auf Leitern. Wegen seiner Höhenangst. Hatte er schon als Kind, das weiß die ganze Insel. Natürlich tut er, als ob nichts wäre. Männer eben ...« Frau Droste verdrehte bedeutungsschwer die Augen. »Ich war schon gespannt, wen er diesmal vorbeischickt. Im letzten Jahr hat unser Inselpastor Jan Heyen die Küken vom Dach geholt. Der ist mit Hark befreundet und schuldete ihm noch einen Gefallen. Und davor hat mir Hark immer Kai Uwe Linnhardt geschickt, aber der sagt, er sei jetzt zu alt für so 'n Tanterlatant.«

Na bravo, dachte Wanda. Der Doc traute sich also nicht auf Leitern. Deshalb befand sie sich jetzt auf diesem Himmelfahrtskommando. Gequält blickte sie nach unten. »Wenn ich mir alle Knochen breche und im Krankenhaus lande, richten Sie dann bitte Hark von mir aus, dass ich ihn hasse?«

Frau Droste nickte zustimmend.

* * *

Dreißig Minuten und drei leckere Elführtjes bei ihrer neuen Freundin Berta Droste später war Wanda dann doch ein wenig flau im Magen. Leicht schwankend stand sie mit Tassilo in der Schlange vor der Kleinen Eiskonditorei. Heute war Eierpunsch mit Rumkaramell der Renner des Tages. Oje, schon wieder Alkohol. Na, egal. Sie hatte ohnehin schon leicht einen sitzen. Matt lächelnd zückte sie ihr Handy und meldete sich per Sprachnachricht beim Doc für den Rest des Tages krank. Ganz ohne schlechtes Gewissen. Immerhin war sie dem Tod nur knapp entkommen. Dafür hatte sie dazugelernt. Nächstes Mal würde sie sich vorher genau erkundigen, was er mit einem »kleinen Einsatz in der Stadt« meinte.

Die Schlange rückte weiter. Wanda machte einen Schritt nach vorne, Tassilo jedoch einen nach hinten. Ruckartig straffte sich die Leine. »Hey, Kleiner. Was ist? Wir sind gleich dran. Dein Leberwursteis ist so gut wie bestellt.«

Tassilo wedelte mit dem Schwanz. Dann setzte er sich auf sein Hinterteil, legte den Kopf in den Nacken und jaulte. Weshalb machte der Dackel nur so ein Theater? Irritiert blickte Wanda sich um.

Großer Gott. Ihr wurde schlagartig heiß. *Das muss eine Fata Morgana sein*, schoss es ihr durch den Kopf, als sie vier Plätze hinter sich in der Schlange auf einmal Tassilos sexy Retter entdeckte. In Jeans und schwarzem T-Shirt sah er sogar noch heißer aus als im Neoprenanzug. Er schien sie auch entdeckt zu haben, denn er hob die Hand und winkte.

»Juhu!«, säuselte Wanda ausgesprochen gut gelaunt. Das war ja mal ein Zufall!

»Öj!«, rief der blonde Surfergott zurück.

Wanda legte verdutzt den Kopf schräg. Na, der war ja heute lustig drauf. Dabei hatte er das letzte Mal so ernst gewirkt. Vielleicht hatte er auch schon ein paar Elführtje intus? Sympathische Sitten gab es hier auf dieser Insel. Sie beschloss, auf seinen kleinen Ulk einzugehen.

»Öjeujeu!« Fröhlich wedelte sie mit beiden Händen und verdrehte dabei betont lustig die Augen. »Schöner Tag heute, was? Öjeujeu …«

Der Surfergott starrte sie mit großen Augen an.

»Na, da sind Sie ja wieder.« Die blonde Eisverkäuferin beendete zu Wandas Bedauern den kleinen Flirt. »Was soll es denn diesmal sein?«

Wanda bestellte. Als sie sich umdrehte, war der Surfergott weg. Mist. Nachdenklich legte sie einen Schein auf die Theke. Sie war sich sicher gewesen, dass er sie wiedererkannt hatte. Oder zumindest den Hund. Warum war er verschwunden? Das war wirklich mysteriös. Lag es an ihr? War sie wieder einmal nicht witzig oder cool genug gewesen? Oder stand er auf Frauen mit endlos langen Beinen? Bedauernd blickte sie an sich hinunter. Da konnte sie wirklich nicht mithalten. Oder – sie erinnerte sich an den riesigen Winnie-Pooh, den er auf der Fähre dabeihatte – na klar, er war in festen Händen. Möglicherweise sogar Papa. Oh Gott, wie schrecklich. Ihre Miene verfinsterte sich. Im nächsten Moment stemmte sie entschlossen die Hände in die Hüften. Sie zog voreilige Schlüsse. So durfte sie nicht denken. Das mit dem Teddy konnte alles Mögliche bedeuten, wie sie aus den langen Jahren im Flugdienst wusste. Wenn der sexy Typ liiert war, würde sie es schon herausfinden. Bis dahin hatte sie alles Recht, weiter von ihm zu träumen.

»Hier, Ihr Wechselgeld«, sagte die blonde Verkäuferin. »Übrigens«, sie senkte verschwörerisch die Stimme, »›öj‹ sagen wir hier zur Begrüßung.«

»Wie bitte?«

»Ursprünglich haben es nur die Jugendlichen verwendet, aber inzwischen hat es sich ziemlich eingebürgert.«

Schweigend starrte Wanda auf ihre tropfende Eiswaffel. Na super. Ihr Traummann war ihr zum dritten Mal per Zufall über den Weg gelaufen.

Und jetzt hielt er sie für eine durchgeknallte Irre. Irgendetwas mit dem Universum musste nicht in Ordnung sein, sonst hätte es sich nicht solche schlechten Scherze erlaubt.

* * *

Es war ein Aussetzer gewesen. Ein Blackout. Genau wie beim letzten Mal. Anders konnte Mo es sich nicht erklären, weshalb er schon wieder panisch die Flucht ergriffen hatte, als die hübsche Dackelbesitzerin so plötzlich in der Schlange vor ihm aufgetaucht war.

Mist. Mist. Mist. Mit langen Schritten lief Mo auf der Wandelbahn auf und ab. Der Wind fuhr unter seine Jacke und zerrte an seinem kurzen Haar, aber Mo bemerkte es kaum. So schlimme Totalausfälle hatte er schon lange nicht mehr gehabt. Das letzte Mal vor drei Jahren. Da hatte er zusammen mit Anessa in einem Team eines großen Ingenieurbüros in Hannover gearbeitet. Als er herausgefunden hatte, dass seine jetzt ehemalige Verlobte eine vollkommen andere Definition von Treue in einer Beziehung hatte, hatte er die Konsequenzen gezogen und sich von ihr getrennt. Für Anessa war das okay gewesen. Weniger okay fand sie es, dass er von ihr verlangte, aus der gemeinsamen Wohnung auszuziehen, obwohl er den Mietvertrag unterzeichnet hatte und die Miete ganz alleine bezahlte. Aus Rache hatte sie vor einer für ihn wichtigen Präsentation, bei der es um eine interne Beförderung ging, Zahlen in seinen Power-Point-Folien verändert. Dadurch war er so ins Schwimmen gekommen, dass das Ingenieurbüro einen wichtigen Kunden verloren hatte. Daraufhin hatte Mo sich freiwillig nach einer anderen Stelle umgesehen. Fündig war er bei Trianel geworden, dem Betreiber des expandierenden Offshore-Windparks, circa fünfunddreißig Kilometer nördlich von Borkum gelegen. Gesucht wurden Elektroingenieure, die bereit waren, im Schichtmodell zu arbeiten. Das hieß vierzehn Tage am Stück offshore, vierzehn Tage Pause.

Er wandte den Blick. In einiger Entfernung machte er eine bekannte Gestalt aus. Er beschleunigte seine Schritte. »Öj, Mathilda.« Er gab ihr einen Augenblick Zeit, sich auf die Situation einzustellen, bevor er den Arm um sie legte und sie zur Begrüßung auf die Wange küsste.

»Mo.« Ein strahlendes Lächeln glitt über Mathildas hübsches, schmales Gesicht. Impulsiv drückte sie sich ein wenig fester an ihn. »Ich wusste gar nicht, dass du zurück bist. An dieses Schichtsystem werde ich mich wohl nie gewöhnen.«

»Sorry, meine Schuld.« Ein Anfall von schlechtem Gewissen stieg in ihm auf. »Ich hatte versprochen, mich bei dir zu melden. Aber dann ist so viel passiert.«

»Du meinst die Sache mit Torbens Baby?« Mathilda tätschelte den cremefarbenen Kopf von Nala, ihrer Labradoodelhündin, und gab ihr den Befehl, Sitz zu machen. Auf Italienisch. Mo wusste warum. Blinde waren oft Opfer übler Scherze, und wenn der Blindenhund auf die gebräuchlichen Kommandos abgerichtet war, hatten mögliche Täter leichtes Spiel. »Die ganze Insel spricht davon, wie du dich für Torben eingesetzt hast. Ganz schön cool. Aber irgendwie hätte ich auch nichts anderes von dir erwartet.«

»Ehrlich?« Mo runzelte verblüfft die Stirn.

»Logisch.« Mathilda lachte ihr perlendes Lachen. »Ich kenne dich, seitdem wir zusammen in die erste Klasse gekommen sind. Dein Charakter hat sich seitdem nicht verändert.«

»Nicht?« Er wusste nicht, ob er das als Kompliment auffassen sollte.

»Nein. Manche Dinge bleiben eben immer gleich.« Spielerisch wickelte sie sich eine Locke ihres aschblonden Haars um den Finger.

»Mist. Dabei dachte ich, ich hätte das Problem mit der Schüchternheit überwunden«, sagte er, mit übertrieben deutlicher Ironie in der Stimme, damit Mathilda einordnen konnte, wie es gemeint war. »Im Klartext bedeutet das, dass Sören immer noch der coolere Zwilling ist. Der, der im Mittelpunkt steht und die ganzen Mädels abbekommt. Und was ist mit mir? Ich bin wohl noch immer der schweigsame Nerd?«

»Hör auf, dich mit Sören zu vergleichen. Wie kommst du überhaupt darauf, dass du im Vergleich zu ihm langweilig rüberkommst?« Mathilda schüttelte den Kopf. Auf ihrem Gesicht lag ein Ausdruck von Erstaunen und Bewunderung. »Wenn ich die Wahl hätte, würde ich mich jederzeit für dich entscheiden. Gerade weil du so bist, wie du bist. Ein Fels in der Brandung.«

Nachdenklich ruhte sein Blick auf ihr. Damals, als die Familie nach Flensburg gezogen war, weil Mos Vater dort einen

Job in der IT bekommen hatte, hatten sie sich aus den Augen verloren. Sie waren sich erst wieder begegnet, nachdem Mo bei Trianel angefangen hatte und zurück nach Borkum gezogen war. Er mochte Mathilda, sie war eine tolle Frau. Trotzdem war es schwierig, das Verhältnis, das er zu ihr hatte, in Worte zu fassen. Sie war mehr als eine gute Freundin, und er bewunderte sie für ihre Fröhlichkeit, ihren Optimismus und ihre grenzenlose Ehrlichkeit. Und doch fehlte das entscheidende Quäntchen, das sie für ihn als Frau interessant gemacht hätte, obwohl sie sehr attraktiv war. Natürlich lag das nicht an ihrer Sehbehinderung. Damit hatte er kein Problem. Er versuchte, so offen und ungezwungen wie möglich damit umzugehen, und vermied übertriebene Hilfestellung. Nein, er seufzte innerlich, dass aus ihnen kein Paar würde, lag an etwas Grundsätzlichem, es funkte einfach nicht zwischen ihnen. Zumindest aus seiner Sicht war es so. Aus Mathildas leider nicht. Er spürte deutlich, dass sie mehr von ihm wollte, und das machte die Dinge zwischen ihnen kompliziert. Weil ihm all das nur zu sehr bewusst war und weil ihm viel an ihrer Freundschaft lag, beschloss er, sie offen und geradeheraus mit der Wahrheit zu konfrontieren, so wie es Mathildas ureigener Art entsprach. Sie hasste Spielchen.

»Ich muss dir etwas sagen.« Freundschaftlich legte er ihr die Hand in den Rücken. »Mir ist neulich eine Frau über den Weg gelaufen, die ich richtig klasse finde.« Er spürte, wie Mathildas Körper sich augenblicklich versteifte. Trotzdem sprach er weiter, betont ruhig und gelassen. »Sie scheint noch nicht lange auf Borkum zu sein. Vielleicht bist du ihr begegnet. Sie hat eine sehr klare Hamburger Aussprache.«

»Du bist witzig. Bei den vielen Badegästen hier auf der Insel! Ich wüsste nicht, von wem du redest.« Mathildas Stimme klang deutlich abgekühlt.

»Macht nichts.« Er löste den Arm von ihr und zuckte die Schultern. »Ich dachte, ich frage einfach mal.«

»Kein Problem. Was ist mit unserem gemeinsamen Abendessen? Die Einladung steht.«

»Super. Ich freue mich«, sagte Mo und meinte es auch so. »Sobald ich Luft habe, melde ich mich.«

»Dann auf bald?« Sie schnalzte mit der Zunge. »Qui, Nala. Vieni qui.«

Nachdenklich blickte er den beiden hinterher. Mit einer dritten Person über die schöne Unbekannte zu sprechen, die ihm nicht mehr aus dem Kopf gehen wollte, machte das diffuse Gefühl in seinem Bauch greifbarer. Bis vor Kurzem hatte er gemeint, sein Leben sei perfekt. Dann war *sie* ihm über den Weg gelaufen. Noch konnte er nicht genau in Worte fassen, was es war, aber der Eindruck verstärkte sich, dass in seinem an sich ziemlich perfekten Leben etwas Entscheidendes fehlte.

Der Gedanke an die Frau mit dem Dackel ließ Sehnsucht in ihm aufsteigen. Ärgerlich über sich selbst kickte er mit dem Fuß einen Stein über die Strandpromenade. Zu spät, darüber nachzudenken. Er hatte es vermasselt. Sich einfach zu verdrücken, war unverzeihlich. Das glaubte ihm doch kein Mensch, dass er den Kopf verloren und Panik bekommen hatte, als sie ihm zuwinkte! Sie musste denken, er gehe ihr absichtlich aus dem Weg.

Hätte er nur herausfinden können, wer sie war! Keine normale Touristin, das stand fest. Dafür lag die erste Begegnung zu weit zurück. Wieder und wieder spulte Mo die beiden Szenen mit ihr im Kopf ab, wie die Profiler auf Netflix, die Videoaufzeichnungen der Täter so lange analysierten, bis sie einen entscheidenden Hinweis entdeckten. In Gedanken versunken, blieb er stehen, um eine Strandreinigungsmaschine vorbeifahren zu lassen. Sein Blick fiel auf die Strandkorbvermietung. Kai Uwe Linnhardt saß in seinem senfgelben, karierten Hemd vor der Bretterbude und las Zeitung.

Mo schlenderte auf ihn zu. »Moin, Kai Uwe.«

»Moin, Mo. Lange nicht gesehen. Wie geht es mit der Erweiterung des Windparks voran?«

»Wir mussten das Setzen der Monopods unterbrechen, weil es Probleme mit dem Blasenschleier gab, aber jetzt funktioniert wieder alles. Wenn das Wetter mitspielt, liegen wir gut im Plan. Übrigens, eine Frage …« Verlegen rubbelte sich Mo mit der Hand durch das Haar. »Vor Kurzem war eine ziemlich hübsche Frau mit einem schwarzen Kurzhaardackel hier am Strand. Ich habe gesehen, wie du dich mit ihr unterhalten hast. Kannst du dich an sie erinnern?«

»Jou.« Kai Uwe nickte. »Kann ich wohl.«

Mo starrte schweigend vor sich hin. Manchmal konnte Kai Uwes muffelige Art einen zur Weißglut bringen. Doch das durfte man ihn nicht spüren lassen, vor allem, wenn man etwas von ihm wollte, denn dann merkte Kai Uwe, dass er am längeren Hebel saß, und alles wurde noch schlimmer. Also hielt Mo den Blick weiter auf das Meer gerichtet und versuchte, seine Stimme möglichst gleichgültig klingen zu lassen. »Weißt du, wer sie ist?«

»Jou, weiß ich wohl.«

»Würdest du es mir verraten?«

»Klar. Sag das doch gleich. Sie ist Harks neue Sprechstundenhilfe.«

»Das heißt, sie arbeitet in der Tierarztpraxis?«

»Wüsste nicht, wo sonst.« Kai Uwe zuckte die Schultern.

»Das ist … richtig klasse.« Ein Lächeln glitt über Mos Gesicht. »Danke, Kai Uwe. Du hast mir echt geholfen.«

»Immer wieder gern.« Kai Uwe tippte sich zum Abschied gegen seine Mütze.

Mo musste sich zwingen, nicht vor Freude loszujubeln. Er hatte sie gefunden! Die Frage war nur, wie es jetzt weiterging.

KAPITEL 7

»Wieso riecht es hier so komisch?«, fragte Hark, der soeben die Treppe von der Tierarztwohnung über der Praxis heruntergepoltert kam. Es war Samstag, Wandas erste Arbeitswoche war beinahe zu Ende.

»Moin, Doc.« Strahlend deutete sie auf die Theke. »Das ist Lavendel-Vanille. Eine englische Duftkerze, ›A calm and cozy day‹. Hab ich gestern nach der Arbeit besorgt.«

Harks Augen wurden glasig. Es schien, als behielte er nur mühsam die Fassung. »Was soll der Unsinn? Das hier ist kein verdammtes Wellnesshotel.«

»Du hast den springenden Punkt erkannt«, lobte Wanda und hob Clooney vom Schreibtisch. »Wellness, sprich Entspannung. Genau darum geht es. Die ganze Zeit schon beobachte ich, wie ängstlich unsere Patienten reagieren, sobald sie in die Praxis gebracht werden. Meine Theorie ist, dass es an dem antiseptischen Geruch liegt. Dagegen sollten wir unbedingt etwas unternehmen. Ich hoffe, dir gefällt meine Idee.«

Das Kinn des Docs bebte. Er bedachte sie mit einem bohrenden Blick, sagte aber nichts.

»Frauke hat angerufen.« Wanda tippte mit dem Bleistift auf ihren Notizblock.

»Wo bleibt sie? Sollte sie nicht längst hier sein?«

»Ich komme inzwischen ganz gut alleine zurecht. Keine Sorge, Frauke und ich haben alles durchgesprochen.« Wanda zuckte die Schultern. »Sie meinte, jetzt, da ich eingearbeitet bin, könne sie sich wieder ihren Yoga-Schülern widmen. Ziemlich cool, übrigens. Ich wusste gar nicht, dass deine Mutter ein Bikram-Studio betreibt.«

»Tut sie nicht.« Harks Stimme klang gepresst. »Sie hat ein Haus und einen Bauerngarten im Ostland, und in diesem Garten befindet sich eine finnische Sauna. Frauke hat die Bänke ausbauen lassen und zwingt ihre Freundinnen, bei vierzig Grad Verrenkungen zu machen.«

»Das ist doch super. Deine Mutter tut etwas für sich.«

»Letztes Jahr war es Waldbaden.« Hark bückte sich und nahm Clooney auf den Arm. »Und im Augenblick versucht sie, Jan, unseren Pastor, dazu zu überreden, einen Damenchor zu gründen. Ich möchte nicht wissen, was sie als Nächstes plant. Wahrscheinlich lässt sie sich an einen Mast binden und umsegelt die Weltmeere.«

Wanda hatte ihm gar nicht zugehört. Sie kaute auf ihrer Unterlippe. »Waldbaden. Klingt klasse. Ich wusste gar nicht, dass es in den Wäldchen hier auf Borkum auch Seen gibt. Vielleicht schnappe ich mir am Wochenende meinen Bikini und probiere das aus. Die Nordsee ist noch zu kalt, um schwimmen zu gehen.«

»Mach das ruhig«, erwiderte Hark und ließ Clooney zu Boden gleiten.

»Vielleicht hast du ja Lust mitzukommen, wenn du am Wochenende nichts Besseres vorhast, Doc?«

»Glaub mir, ich wäre wirklich unheimlich gern dabei, wenn du Waldbaden gehst«, sagte Hark und hüstelte in die vorgehaltene Hand. Verwundert stellte Wanda fest, dass sich seine Wangen röteten. Merkwürdig, sie hätte ihn nicht unbedingt als prüde eingeschätzt. »Ein anderes Mal. Ich bin am Sonntag mit Jan verabredet. Wir brauen Craft-Bier im Schuppen hinter der Tierstation. Aber jetzt lass uns mit der Arbeit anfangen. Was steht heute an?«

* * *

Nachdem sie die übliche Prozession von Hunden, Katzen, Meerschweinchen und Zwergkaninchen abgearbeitet hatten, leerte sich gegen elf Uhr das Wartezimmer. Hark kümmerte sich gerade um einen Beaglewelpen, der zur Nachimpfung gekommen war, als Frauke hereinschneite und sich bei Wanda erkundigte, ob sie Hilfe brauchte.

Wanda schüttelte den Kopf. »Danke, alles läuft wie am Schnürchen. Dank Ihrer Hilfe habe ich in den letzten Tagen unglaublich viel gelernt. Es ging turbulent zu, aber ich habe es geschafft, einen klaren Kopf zu behalten. Sie können Dinge gut erklären.«

»Ach was, Sie haben eben eine schnelle Auffassungsgabe.« Frauke winkte ab. »Ich hoffe sehr, dass Sie sich bei uns wohlfühlen und sich entschließen, länger bei uns zu bleiben.«

»Dieser Job ist genau das, wonach ich gesucht habe, und mit dem Doc zusammenzuarbeiten, macht wirklich Spaß«, erklärte Wanda, dann umwölkte sich ihre Miene. »Aber die Tierbesitzer*innen* machen es mir nicht gerade einfach. Gestern hatten wir eine sehr attraktive Frau hier, die mich ihren Chihuahua nicht einmal für eine Sekunde halten lassen wollte. Langsam bekomme ich das Gefühl, als hätten sich die Damen gegen mich verschworen.«

»Nehmen Sie das bloß nicht persönlich. Es liegt nicht an Ihnen. Alle Single-Frauen im heiratsfähigen Alter haben es auf Hark abgesehen. Außer Luise natürlich. Sie betreibt eine Kneipe in der ersten Reihe, das Käptäns Eck. Hark und sie waren einmal zusammen, aber das ist lange her.«

Nachdenklich lehnte Wanda sich zurück. »Ich weiß, dass Hark Witwer ist. Ohne aufdringlich sein zu wollen, was ist eigentlich passiert?«

»Harks Frau war auch Tierärztin und Springreiterin. Bei einem Turnier ist sie mit ihrem Holsteiner gestürzt. Julia war auf der Stelle tot. Seitdem behandelt Hark keine Pferde mehr. Einmal pro Woche kommt ein Tierarzt vom Festland und fährt die Reiterhöfe auf der Insel an. Tja.« Frauke seufzte schwer und schüttelte den Kopf. »So ist das Leben. Manchmal passieren schlimme Dinge. Hark hatte seitdem keinerlei Interesse an einer neuen Beziehung, aber die Frauen sind wie verrückt hinter ihm her.«

»Er sieht ja auch ziemlich gut aus. Supernett ist er noch dazu.« Wanda versuchte, das richtige Maß an Anerkennung in ihre Worte zu legen, ohne den Anschein zu erwecken, selbst für den Doc zu schwärmen. »Und wenn er mit Tassilo unterwegs ist oder ein süßes Kätzchen auf dem Arm hält, bringt das Frauenherzen natürlich zum Schmelzen.«

»Ich würde mich freuen, wenn sich Hark wieder für eine Frau interessieren würde, aber im Moment sieht es nicht danach aus. Er ist sehr gut darin, sich hinter seiner Arbeit zu verschanzen.« Frauke blickte einen Moment lang in die Flamme der Kerze, dann schüttelte sie den Kopf. Ihre Ohrhänger klimperten. »Schluss mit den traurigen Geschichten. Fantastische Idee mit dem Duft, meine Liebe. Ich finde diesen Desinfektionsmittelgestank auch schrecklich. Wenn ich ein Hund wäre, würde ich auf und davon rennen. So, und nun erzählen Sie mal, wie Ihre Pläne für das Wochenende sind.«

»Waldbaden, mit dem Rad ins Ostland fahren und am Nordbad Drachen steigen lassen«, verkündete Wanda. »Und Fasanenbrause trinken.«

»Hervorragend! Falls Ihnen langweilig wird, kommen Sie auf einen Rum-Kluntje und ein Stück Knüppeltorte bei mir vorbei. Oh, und Sie müssen unbedingt an meinen Bikram-Kursen teilnehmen. Nun ab mit Ihnen ins Wochenende! Das Aufräumen und Putzen erledige ich.«

* * *

Im Zwiebellook für jede Wetterlage gerüstet, stand Wanda eine Stunde später auf der Treppe der Strandpromenade und blickte auf das Meer und die schier endlosen Sandflächen zu ihren Füßen. Wie eine silberne Scheibe schien die Sonne durch die Wolkennebel und hinterließ eine glitzernde Spiegelung auf den Wellen. Frische, klare Hochseeluft, wie es sie nur auf Borkum gab, füllte ihre Lungen. Sie sog den Duft von Meer und Weite ein. Ein Hauch von Salz lag auf ihrem Gesicht. In den letzten Tagen war das ständige Rauschen der Wellen für sie so selbstverständlich geworden wie ihr eigener Herzschlag. Sanft strich ihr der Wind über die Haut, der gleichmäßige Rhythmus der Brandung ließ ihre Gedanken nach innen wandern. Sie liebte das Zusammenspiel der Gezeiten, obwohl sie nie sicher sagen konnte, ob das Wasser am Strand gerade auf- oder ablief. Aber welche Rolle spielte das? Sie fing gerade an, bei sich selbst anzukommen, und das war, was zählte.

Mit einem Lächeln auf den Lippen machte sie sich auf den Weg nach unten zur Wandelhalle. Es brauchte nicht viel, um glücklich zu sein. Gerade im Moment genügten drei Dinge: ein neuer Lenkdrachen, eines dieser schnuckeligen Strandzelte und die Aussicht, dem gut aussehenden Surfer vielleicht am Strand zu begegnen. Leichtfüßig lief sie die große Freitreppe hinunter, in deren Ecken der Wind Sand aufgehäuft hatte. Ein versonnenes Lächeln spielte um ihre Lippen. Für ein Treffen mit Tassilos attraktivem Retter würde sie ohne Weiteres auch auf die anderen beiden Punkte verzichten. Man musste Prioritäten setzen.

Begleitet vom Bimmeln der Türglocke betrat sie den Laden von Richard Braun. Drachen in allen Formen und Farben, Schmetterlinge, Eulen, Bussarde und ein lila Einhorn mit langen Bändern an den Ohren baumelten von der Decke. An den Wänden waren regenbogenfarbene Lenkdrachen in allen Größen angebracht, rund um die Theke standen Eimer mit Windsäcken. Ein inmitten des bunten Durcheinanders etwas verloren wirkender Herr Braun trat auf sie zu. »Unsere neue Tierarzthelferin«, sagte er und lächelte. »Schön, dass Sie mich besuchen. Wie kann ich Ihnen behilflich sein?«

»Ich möchte einen Lenkdrachen kaufen. Aber zuerst muss ich Bobby begrüßen.« Wanda bückte sich und kraulte den kleinen Hund, der stark hechelnd in seinem braunen Stoffkörbchen lag, zwischen den Ohren. »Wie geht es ihm?«

»Schon viel besser. Dr. Harksen hat die Medikation umgestellt. Er war sehr optimistisch. Sicher werden wir bald nicht mehr so häufig in der Praxis vorbeikommen müssen.«

Wanda erhob sich. Es fiel ihr schwer, ihre Verwirrung zu verbergen. Bobby litt an Herzinsuffizienz, und es sah nicht gut aus, hatte Hark gesagt. Aus welchem Grund sollte er Herrn Braun falsche Hoffnungen machen? Das sah dem Doc nicht ähnlich. Da sie nicht wusste, was sie davon halten sollte, schluckte sie eine entsprechende Bemerkung hinunter.

Herr Braun stapelte eine Auswahl an Drachen auf die Theke, alle in durchsichtige Hüllen verpackt. »Er ist ein Kämpfer, müssen Sie wissen. Wir haben ihn aus Ungarn, da war er noch ganz klein. Er hat uns adoptiert, nicht umgekehrt. Jeden Morgen wartete er vor dem Hoteleingang auf uns. Es kam gar nicht infrage, ohne ihn nach Hause zu fahren.« Er hielt inne und starrte auf einen unbestimmten Punkt. In

seinem Blick lag ein trauriges Flackern. »Vor sechs Jahren ver-
starb mein Lebensgefährte. Knochenkrebs … Seitdem gibt es
nur noch Bobby und mich. Die Anstellung in der Bibliothek
in Münster habe ich kurz nach dem Tod meines Freundes
gekündigt. Es war Zeit für einen Neubeginn. Mit diesem
Laden habe ich mir einen Traum erfüllt. Schon als Kind hatte
ich eine Schwäche für Drachen. Ich finde es wunderschön,
wie sie in der Luft schweben. Fliegen war schon immer meine
Sehnsucht.«

»Das kann ich gut verstehen«, sagte Wanda mitfühlend.
Sie war überrascht, dass Herr Braun so viel über sich preisgab,
obwohl er ein eher zurückhaltender Mensch zu sein schien.
»Mir geht es ähnlich. Genau deshalb bin ich hier. Ich kenne
mich nur leider nicht sonderlich mit Lenkdrachen aus. Welches
Modell können Sie mir empfehlen?«

* * *

Die Badetasche mit dem Drachen unter dem Arm, stand
Wanda da und starrte auf den Ufersaum. Anscheinend lief das
Wasser gerade ab. Das war sogar für ein Stadtkind wie sie offensichtlich, denn wo vor ihrem Besuch bei Herrn Braun noch
Wellen geplätschert hatten, zog sich jetzt ein breiter Saum um
die Bucht. Sie runzelte die Stirn. Dumm, dass sie nicht daran
gedacht hatte, in den Gezeitenkalender zu sehen. Bei Ebbe standen die Chancen schlecht, auf Surfer zu treffen. Lediglich ein
paar Anfänger hatten sich in einer gebogenen Linie im Sand
aufgestellt und versuchten, die Segel auf dem Trockenen im
Wind flattern zu lassen. Von Weitem sah es aus, als hätte sich
ein Schwarm riesiger roter Schmetterlinge in der Bucht vor
der Seehundbank versammelt. Wanda seufzte. Ihr Surfergott
war ganz sicher nicht unter ihnen. Sie griff zum Handy und

beschloss, ein paar Fotos zu machen und an Tom zu schicken. Im Gehen tippte sie eine Nachricht dazu.

Habe mich verliebt. In Borkum. Jetzt gehe ich Drachen steigen lassen, Küsschen

»Ach du grüne Neune. Noch so eine, die erst die Wetterapp checkt und dann beschließt, dass es sich nicht lohnt, einen Strandkorb zu mieten, weil auf dem Regenradar in drei Stunden ein paar Wölkchen durchziehen«, sagte eine wohlbekannte Stimme.

Wanda hob den Kopf und blickte auf ein senfgelbes Hemd und das dazugehörige Gesicht. »Aber nein, Herr Linnhardt. Ich hab nur schnell eine Nachricht abgeschickt.«

»Ich heiße Kai Uwe«, brummte Herr Linnhardt. »Sie sind also tatsächlich noch hier?«

»Ich hatte einen wunderbaren Start und vermisse Hamburg kein bisschen. Im Gegenteil. Ich weiß, was Elführtje ist, und Panntje-Fiss habe ich auch schon probiert. Und jetzt würde ich gern übers Wochenende ein Strandzelt mieten. Was kostet das?«

»Zwei Tage à zehn Euro, macht zusammen zwanzig. Strandzelte sind allerdings alle belegt. Sie können einen Strandkorb haben. Kostet das Gleiche.«

»Dann eben das. Wie wäre es mit einem Rabatt für neu Hinzugezogene?«

»Rabatt. Na klar doch.« Kai Uwe erhob sich, ging in die Kajüte, nahm einen Schlüssel aus dem Schrank und überreichte ihn ihr. »Macht zwanzig Euro«, verkündete er. »Für Sie, und für alle anderen auch.«

Wanda machte den Mund auf und klappte ihn gleich wieder zu. Es hatte ohnehin keinen Zweck. Sie deutete auf die blaue Schutzhülle des Lenkdrachens, die ein Stück weit aus ihrer Badetasche ragte. »Drachensteigen erlaubt?«, fragte sie und zwang sich, nicht mit den Zähnen zu knirschen.

Schweigend tippte Kai Uwe auf ein Schild an seiner Bretterbude. *Hier keine Lenkdrachen. Nutzen Sie den dafür ausgewiesenen Bereich.* »Nicht in meinem Strandabschnitt. Ihr Korb steht da vorne. Nummer 99.«

Wie betäubt starrte Wanda auf das Schild hinter Kai Uwe. »Darf ich an Ihrem Strandabschnitt wenigstens barfuß gehen?«

»Wüsste nicht, was daran verkehrt sein soll. Aber das Bikinioberteil bleibt an! Sonst krieg ich ja noch rote Backen.« Kai Uwe setzte einen generalstabsmäßigen Scharfblick auf und wedelte mit dem Zeigefinger vor ihrer Nase herum. »Keine Möwen füttern diesmal! Und auch sonst keinen Unsinn! Ich hab Sie im Blick.«

Wanda war versucht, reflexartig die Hacken aneinanderzuschlagen und zu salutieren. Im letzten Moment gelang es ihr, sich zu beherrschen. »Sie können sich auf mich verlassen«, erklärte sie schließlich mit würdevoll erhobenem Kopf.

»Wenn Sie Sonntagabend länger am Strand bleiben, werfen Sie den Schlüssel beim Gehen in den Briefkasten. Ich bin ab achtzehn Uhr weg. Kommen Sie nicht auf die Idee, den Schlüssel länger zu behalten, sonst müssen Sie nachbezahlen. Mit Ausreden brauchen Sie mir nicht kommen, ich kenne alle!«

Wandas Augenbrauen schossen nach oben. »Also bitte. Was halten Sie denn von mir? Sehe ich aus, als hätte ich vor, irgendwelche krummen Dinger zu drehen?«

»Was glauben Sie, was man als Strandkorbvermieter alles erlebt.« Kai Uwe kratzte sich das Kinn. »Ach ja, können Sie Hark fragen, ob er am Montag vorbeikommen kann? Es gibt Probleme mit einer Mutterkuh.«

»Mach ich. Was fehlt der Kuh denn?«

Kai Uwe starrte sie eine unbehaglich lange Weile an. »Bin ich Tierarzt?«, brummte er schließlich.

»Nein, das nicht, aber …«

»Wenn ich wüsste, was mit ihr ist, müsste ich mein sauer verdientes Geld nicht Hark in den Rachen schmeißen. Er soll mir bloß nicht wieder mit seinem neumodischen Zeugs kommen. Das kostet immer ein Vermögen.«

»Ich sag's ihm.«

»Prima. Na los, ab mit Ihnen an den Strand. Oder wollen Sie mir den ganzen Tag auf die Nerven gehen?«

Wanda bückte sich und streifte ihre Sneakers ab. »Eines noch: Der Mann, der mir geholfen hat, den Dackel einzufangen, kennen Sie den zufällig?« Sie vermied es, Kai Uwe in die Augen zu sehen.

»Mo? Na klar. Netter Junge.«

Mo also. Wandas Herz machte einen aufgeregten Hüpfer. »Wissen Sie, wo ich ihn finde?«

»Der war heute Morgen zum Surfen hier.«

»Meinen Sie, er kommt wieder?«

»Keine Ahnung. Vermute, er ist Kitebuggy fahren.« Kai Uwe hob den Arm und deutete nach rechts. »Das ist da hinten, am Hundestrand vorbei, die große Fläche. Deutschlands nordwestlichster Punkt. Auf der Düne hat man einen prima Ausblick auf die Kiter. Und man kann Lenkdrachen steigen lassen.«

»Danke.« Wanda legte den Kopf schräg. »Moment, das war doch nicht etwa ein Zwinkern, das ich gerade gesehen habe?«

»Nee. Sand im Auge.« Er setzte sich an den Tisch und vertiefte sich demonstrativ in seine Zeitung. »Los jetzt, ab an den Strand. Sonst wird das nie was mit Ihnen.«

Mit nackten Füßen lief Wanda durch den Sand. Du lieber Himmel. Dieser Kai Uwe war wirklich ein Brummbär. Ob er zu allen seinen Kunden so ruppig war? Oder hatte er nur sie auf dem Kieker, wegen der dämlichen Sache mit der Mafiosimöwe? Dabei schien er unter seiner rauen Schale eigentlich ein netter Mensch zu sein. Seltsam. Na ja, sie würde schon noch herausfinden, was hinter seiner bärbeißigen Art steckte. Schließlich hatte sie ein Jahr Zeit.

Mit den Gedanken bei Kai Uwe öffnete sie das Schloss am Strandkorb. Den Schlüssel verstaute sie sicher in einer Tasche ihrer Windjacke. Sie stellte die Abdeckplatte beiseite, die verhinderte, dass Sand in das Innere des Korbes drang oder man ihn ohne zu bezahlen benutzte. Um es bequem zu haben, ließ sie die Arretierung nach hinten gleiten. Dann holte sie ihr buntes Badetuch aus der Tasche und hängte es an der Schnur über der Rückenlehne auf. Zufrieden igelte sie sich in ihrem kleinen Haus am Meer ein. Herrlich gemütlich war das! Und überraschend warm, weil der Wind draußen blieb.

Zu warm, wie sie nach einer Stunde feststellte. Sie musste wohl eingedöst sein. Jedenfalls war ihr bombig heiß. Einen Moment lang spielte sie mit dem Gedanken, sich auf den ausgezogenen Fußkasten zu setzen, um sich frische Seeluft um die Nase wehen zu lassen. Unauffällig lehnte sie sich vor und schielte in Kai Uwes Richtung. Vermutlich war es verboten, die Fußteile als Sitz zu benutzen. Und falls es eine entsprechende Vorschrift tatsächlich noch nicht gab, würde er ihrethalben eine erlassen.

Kai Uwe saß wie immer an seinem Tisch. Den Blick hielt er fest auf ihren Strandkorb gerichtet. Wanda stöhnte. Sie kam sich vor wie das schwarze Schaf einer Herde. Das hier lief echt nicht gut.

Sie stand auf und winkte ihm betont fröhlich zu. »Ich bin dann mal weg!«

Der Strand auf Borkum schien nicht nur endlos zu sein, er war es tatsächlich, stellte sie schwitzend fest, als sie über die weite Fläche stapfte. Am Kleinen Kaap vorbei, einem aus rotem Klinker gemauerten Seezeichen, immer entlang der Dünen zu ihrer Rechten. Warm und weich fühlte sich der Sand zwischen ihren Zehen an. Die Sonne lugte zwischen Schäfchenwolken hervor. Weit draußen am Spülsaum, wo die offene See auf festes Land traf, waberten Gischtschleier. Der Wind trug das Donnern der Brandung an ihr Ohr. Oberhalb des Hundestrands wurde der Untergrund fest, als hätte jemand Zement ausgegossen. Hier musste das Revier der Kitebuggyfahrer liegen. Salzkristalle glitzerten auf der kilometerbreiten Fläche. Ab und zu fegte der Wind dicht über den Boden hinweg und wirbelte einen feinen Sandschleier auf. Wie Nadelstiche fühlte sich das an ihren nackten Unterschenkeln in der Caprihose an. Wanda schirmte mit der Hand die Augen vor der Sonne ab und spähte über den Horizont. Kein einziger Kitebuggy in Sicht.

Entschlossen schluckte sie ihre Enttäuschung hinunter und packte den Drachen aus. Vielleicht hatte sie ja Glück, und Mo kreuzte noch auf. Dann konnte sie gleich mal einen lässig-sportlichen Eindruck schinden. Vielleicht vergaß er darüber sogar den peinlichen Zwischenfall an der Eisdiele. Sorgfältig breitete sie die einzelnen Teile vor sich im Sand aus. Der Zusammenbau war kinderleicht. Wie man die Schnüre am Drachen und an den Handschlaufen festknoten musste, hatte Herr Braun ihr gezeigt. Kurz darauf stand sie mit dem Rücken zum Wind und ruckte an den Schnüren. Zwar gelang es ihr, den Drachen ein Stück in die Luft zu bekommen, aber nach wenigen Metern Höhe stürzte er immer wieder ab. Verflixt, was machte sie nur falsch? Sie beschloss, eine Pause einzulegen. Nachdem der Drachen mit zwei Steinen gesichert im Sand lag, richtete sie sich auf.

»Nala!« Ein Pfiff gellte durch die Luft.

Wanda drehte sich um. Am benachbarten Hundestrand flitzte ein hochbeiniger, cremefarbener Labradoodle auf sein Frauchen zu. Aufgeregt bellend wartete er darauf, dass die blonde Frau in ihrem roten Parka ausholte und den Ball mit einer Plastikschleuder in die Luft katapultierte. Noch ein paarmal flog das Bällchen über den Strand, dann legte die Frau das Spielzeug beiseite und kommandierte den Hund mit kurzen, fremdsprachigen Befehlen nach rechts und links oder ließ ihn sich in einiger Entfernung ablegen. Der Sprache nach schien sie Italienerin zu sein. Hübsch klang das. Und Spaß schien den beiden die Arbeit miteinander auch zu machen. Das Lachen der Frau sprudelte wie Champagnerbläschen von ihren Lippen. Wanda hatte schon lange nicht mehr erlebt, dass so viel Lebensfreude aus einem einzigen Lachen perlte. Gebannt schaute sie zu den beiden hinüber. Sie waren ein perfekt aufeinander eingespieltes Team. Als Nala müde wurde, gab die Frau ihr etwas aus einer Hundewasserflasche zu trinken. Dann legte sie ihr ein Geschirr an.

In Wandas Augen blitzte Erstaunen auf. Nala war ein Blindenhund. Die fröhliche, junge Frau war sehbehindert. Ohne das Geschirr hätte Wanda das überhaupt nicht bemerkt.

»Öj«, grüßte Wanda, als die beiden an ihr vorbei in Richtung Gehweg spazierten, der jenseits der mit Strandhafer bepflanzten Weißdünen verlief.

»Öj. Hat Ihnen gefallen, wie ich mit Nala gearbeitet habe?« Das Lächeln der Frau wurde noch eine Spur breiter. Sie war ungefähr so alt wie Wanda, hatte ein hübsches, schmales Gesicht und schulterlanges, aschblondes Haar. Aus der Nähe betrachtet, wirkte sie keine Spur südländisch.

»Es war faszinierend. Aber woher wissen Sie ...«

»Auch ohne Sehvermögen bekommt man erstaunlich viel mit.« Die Frau winkte gelassen ab. Sie reichte Wanda eine Hand. »Ich bin Mathilda. Wollen wir du sagen?«

»Gern. Ich heiße Wanda. Bist du Italienerin?«

»Du meinst wegen der Kommandos, die ich Nala gebe?« Mathilda schüttelte den Kopf. »Nein. Ich bin gebürtige Borkumerin, meine Familie lebt schon in der dritten Generation auf der Insel. Blindenhunde werden häufig mit ausländischen Kommandos abgerichtet. So kommt kein Scherzbold auf die

Idee, den Hund aus Jux Sitz, Platz oder Bleib machen zu lassen, weil er meint, dass der Blinde am anderen Ende des Geschirrs ein leichtes Opfer ist.«

»So etwas passiert?« Wanda war fassungslos.

»Hast du eine Ahnung«, murmelte Mathilda. Für einen Moment erstarb ihr fröhliches Lächeln.

Rasch wechselte Wanda das Thema. »Übrigens, ich bin die neue Assistentin von Dr. Harksen.«

»Du bist das also.« Ein undefinierbarer Ausdruck erschien auf Mathildas Gesicht. »Ich habe von dir gehört.«

»Wieso denn das?« Wanda schüttelte verblüfft den Kopf. Plötzlich kam ihr ein Gedanke. Sie zögerte einen Moment, ob sie ihn aussprechen sollte, aber was hatte sie schon zu verlieren? »Kennst du zufällig jemanden, der Mo heißt und gern surft?«

»Jaaa«, sagte Mathilda gedehnt. »Mit Mo bin ich mal in eine Klasse gegangen. Er arbeitet draußen im Windpark.« Mathilda hob den Arm und deutete erstaunlich zielsicher in Richtung offenes Meer. »Mo war schon immer Einzelgänger.«

Wanda furchte die Stirn und grub in ihrem Hirn nach den spärlichen Infos, die sie über Offshore-Jobs hatte. Dass Schichtbetrieb herrschte und lange Aufenthalte auf der Plattform die Regel waren, wusste sie sicher. Sie räusperte sich. »Was … sagt denn seine Freundin dazu, wenn er immer wieder von zu Hause fort ist?«

»Wenn du wissen willst, ob Mo liiert ist, kannst du mich auch direkt fragen.« Mathildas Stimme, die zuvor so unbefangen geklungen hatte, hatte plötzlich einen scharfen Unterton. »Und nein. Er ist es nicht.«

Wanda schob die Unterlippe vor. »Es scheint, dass er öfters zum Kitesurfen hier ist. Meinst du, er kommt noch? Wenn ja, würde ich auf ihn warten. Oder ist das heute sinnlos?«

Mathildas Gesichtszüge verschlossen sich. »Finger weg von Mo, falls du an ihm interessiert bist.«

»Äh, wie meinst du das?«

»Du hast mich schon verstanden.«

Erschrocken über die heftige Reaktion wich Wanda ein Stück zurück. Sie hatte das Gefühl, in ein Hornissennest getreten zu sein. Allmählich dämmerte es ihr. Konnte es sein, dass Mathilda selbst in Mo verliebt war? Sie reckte das Kinn. »Läuft da was zwischen euch?«

»Nein. Aber dennoch gilt: Verdreh ihm nicht den Kopf.«

Allmählich hatte Wanda genug von dem Gespräch. Innerlich kochte sie. Trotzdem gab sie sich alle Mühe, Mathilda ihre Wut nicht spüren zu lassen, und sagte betont kühl: »Erstens, Mo ist wohl alt genug, um auf sich selbst aufzupassen. Zweitens, findest du nicht, dass er dabei ein Wörtchen mitzureden hat? Und drittens, dafür, dass wir uns keine fünf Minuten kennen, bist du ganz schön direkt.«

»Ich bin eben für Klarheit.« Mathilda zuckte die Schultern, unbeeindruckt, wie es schien. »Außerdem, wenn du glaubst, Mo wäre etwas für einen One-Night-Stand, weil er so unglaublich attraktiv ist, bist du schief gewickelt. Mo ist kein Mann für eine Nacht. Für ihn gibt es nur alles oder nichts. Er ist sensibel.«

Wanda runzelte die Stirn. »Wieso erzählst du mir das? Mo kann tun, was er will.« *Und Sex haben, mit wem er will,* fügte sie in Gedanken hinzu.

»Seit wann bist du auf Borkum?« Auf Mathildas Stirn erschien eine steile Falte.

»Seit Kurzem«, antwortete Wanda bewusst vage. Abwehrend verschränkte sie die Arme vor der Brust. War das hier ein Verhör?

»Siehst du. Du weißt gar nichts über Mo.«

»Spielt das eine Rolle?«

Mathildas Körperhaltung versteifte sich. »Das hier ist nicht Hamburg. Man kann sich nicht einfach einen Typ krallen, nur weil man ihn heiß findet und scharf auf Sex ist.«

Überrascht zog Wanda eine Augenbraue in die Höhe. »Woher willst du wissen, dass ich aus Hamburg komme?« Das mit dem Sex ließ sie unter den Tisch fallen.

»Das höre ich.«

»Ach? Nun, zu deiner Information, ich bin Flugbegleiterin und so gesehen überall auf der Welt zu Hause.« Ohne dass sie es gewollt hatte, klang Wandas Ton plötzlich schnippisch.

Mathilda lachte auf. »Großer Gott, das lebende Klischee! Siehst du auch so aus? Langes, seidiges Haar, atemberaubende Figur, ach, und Uniform natürlich.« Provokativ schob sie den Unterkiefer vor. »Männer stehen auf Frauen in Uniform. Die finden das scharf. Ich wette, die Liste deiner verflossenen Liebhaber reicht von hier bis nach Rio de Janeiro.«

»Stopp«, sagte Wanda kühl. »Das reicht. Ich habe keine Lust, mich von dir beleidigen zu lassen. Borkum ist toll. Ich liebe es. Wirklich. Aber mein Privatleben ist meine Sache.«

»Du hast mir überhaupt nicht zugehört, stimmt's?«

»Na klar habe ich das.«

»Eben nicht. Sonst hättest du verstanden, dass Mo anders ist.«

»Anders als … *was*?«, fragte Wanda. Ihre Stimme bebte vor unterdrücktem Zorn. »Steht er auf Männer oder hat er irgendein tibetanisches Keuschheitsgelübde abgelegt?« Das Klingeln ihres Handys unterbrach ihren Redeschwall. »Warte mal kurz, ich muss da rangehen … Doc? Ja, ich kann dich hören. Nein, nichts Wichtiges. Ich bin am Strand und hole mir praktische Lebenstipps von den Einheimischen«, erklärte sie mit einem vielsagenden Seitenblick auf Mathilda, aber diese hatte ihr inzwischen den Rücken zugedreht und spazierte mit Nala über den Dünenweg davon. Wie in Trance blickte Wanda ihr nach. Dann atmete sie durch und richtete ihre Aufmerksamkeit auf das, was Hark erzählte. »Ein schwer verletzter Hund? Nein, geht schon klar. Wenn ich mich beeile, kann ich in zehn Minuten in der Praxis sein.«

* * *

Den grauen Schnauzer-Mix hatte es übel erwischt. Wanda war dankbar, dass sie die Narkose kontrollierte, statt Hark direkt am Tier assistieren zu müssen. Der Körper des Mischlings steckte unter einem OP-Tuch, nur der Kopf und das zertrümmerte Bein lagen frei. Sie war sich nicht sicher, ob sie den Anblick der Wunde ertragen hätte. Der metallische Geruch nach Blut war schlimm genug. Hoffentlich würde sie sich mit der Zeit daran gewöhnen. Der Hund war ein Streuner und unter die Räder eines Cabrios geraten. Hark hatte keine andere Wahl, als zu amputieren. Mit Mundschutz, Haube, sterilen Handschuhen und OP-Kittel angetan, stand er über den Hund gebeugt und führte die Operation durch. Seine meerblauen Augen blickten ernst und konzentriert, während er mit Tupfer, Skalpell und Arterienklemmen hantierte. Wanda hatte geholfen, den Schnauzer festzubinden und zu intubieren. Mit Argusaugen behielt sie ihn im Blick. Die Betäubung durfte nicht zu tief sein, aber auch nicht zu flach, damit er nicht aufwachte. In regelmäßigen Abständen überprüfte sie Schleimhäute und Pupillen. Bis jetzt lief alles gut. Der Hund atmete gleichmäßig. Schließlich griff Hark zu Faden und Nadelhalter und vernähte mit aufopfernder Geduld die Wundränder. Nachdem der Stumpf sorgfältig gepolstert und mit Verbandsmaterial umwickelt war, entblockte Wanda den Tubus und band den Patienten los. Hark hob ihn vorsichtig vom Tisch und legte ihn in eine der am Boden stehenden Boxen. Als er den Mundschutz abnahm, bemerkte Wanda, dass er erschöpft war. Sein Gesicht wirkte grau, unter den Augen lagen Schatten.

»Danke für die Hilfe. Alleine wäre das unmöglich gewesen.« Er atmete ein paar Mal tief aus.

»Gern geschehen.« Sie nahm einen Lappen zur Hand und begann den OP-Tisch zu säubern. »Was meinst du, Doc, wird er es schaffen?«

»Sicher. Er ist jung und kräftig.«

Nachdenklich schrubbte Wanda am Metall herum. »Das meinte ich nicht. Ich dachte nur … was ist das für ein Leben für den armen Kerl mit drei Beinen?«

»In der Regel kommen Hunde gut klar damit.« Hark trat an das Waschbecken und schrubbte sich die Hände. »Mehr Sorge macht es mir, wer der Besitzer ist. Von hier kann das Tier nicht sein, ich kenne jeden Hund auf der Insel. Außerdem ist er noch nicht mal gechipt. Das ist auch kein gutes Zeichen. Im schlimmsten Fall haben Urlauber ihn ausgesetzt. Das würde bedeuten, dass er im Tierheim endet, und zwar für immer.«

»Aber wieso? Er scheint ein lieber Kerl zu sein.« Wanda warf den Lappen in den Eimer und begann, die OP-Werkzeuge aufzuräumen.

»Hunde mit Behinderung sind schwer zu vermitteln.«

»Aber du sagtest doch gerade, dass es für ihn nicht so schlimm sei.«

»Für den Hund nicht. Für einen möglichen Besitzer schon.« Entschlossen trocknete sich Hark die Hände ab. Das Thema war für ihn erledigt. Dafür schien ihn etwas anderes zu beschäftigen. Er kratzte sich den Kopf. »Wanda … ich weiß, es ist viel verlangt, aber würde es dir etwas ausmachen, bei dem Hund zu bleiben, bis er aus der Narkose aufwacht? Ich habe noch drei Ställe im Umland auf meiner Liste. An manchen Wochenenden ist es wie verhext.«

Wanda schluckte. Eigentlich hatte sie gehofft, gegen Abend noch einmal an den Strand gehen zu können. Vielleicht war Mo mittlerweile ja doch noch aufgetaucht. Und was Mathilda betraf … Ärgerlich verzog sie das Gesicht. Ernsthaft. Wenn Mathilda meinte, sich so aufspielen zu müssen, so war das nicht Wandas Problem. Nachdenklich blickte sie auf den dick bandagierten Streuner. Verflixt, auf einen Tag rauf oder runter kam es auch nicht mehr an. Mo konnte warten. Der Hund nicht.

Kapitel 8

Kurz vor Beginn der Sprechstunde am Montagmorgen stand Wanda an der Theke und blätterte durch den Terminkalender. George strich leise schnurrend um ihre Füße. Clooney war damit beschäftigt, mit der Tatze einen Ball herumzurollen, aus dessen Öffnung Leckerlis purzelten, wenn er es geschickt anstellte. Gähnend rührte Wanda in ihrem doppelten Espresso. Sie war noch müde vom Wochenende, obwohl sie nichts anderes getan hatte, als sich um den kranken Schnauzer-Mix zu kümmern. Nachdem er aus der Narkose erwacht war, hatte der Hund schwach mit dem Schwanz geschlagen und ihr zwei-, dreimal über die Hand geleckt, bevor er wieder wegdöste. Er schien ganz friedlich zu sein, zumindest so lange, wie jemand bei ihm war. Sobald Wanda versuchte, sich aus dem Zimmer der Station zu schleichen, um im Büro Harks Aufzeichnungen der letzten beiden Tage vom Diktiergerät auf den Computer zu übertragen, begann er herzzerreißend zu jaulen.

Sie hatte es nicht fertiggebracht, ihn übers Wochenende alleine in der Station zu lassen. Auf ihr Drängen hin hatte der Doc den Hund ins Tierarztauto gepackt und ihn zu ihrer Wohnung gefahren. Dort hatte Wanda ihm aus einer alten Decke und mehreren Handtüchern ein Lager gebaut, auf dem er sich sofort zufrieden zusammengerollt hatte. Da er in seinem Zustand keine Treppen steigen konnte und sie Angst hatte, ihm wehzutun, wenn sie ihn hochhob, war Wanda zum Schlafen zu ihm nach unten gezogen. Das Sofa neben dem Fernseher war halbwegs bequem.

Am Sonntagmorgen war der Hund so weit wiederhergestellt, dass er die ersten, noch unsicheren Schritte wagte. Unterstützt von Wanda, die ihn an einem gut gepolsterten Geschirr führte, hüpfte er ein paar Schritte in den Garten und erledigte dort sein Geschäft. Wie Hark prophezeit hatte, schien er sich rasch an ein Leben auf drei Beinen zu gewöhnen.

Gegen Mittag war der Doc vorbeigekommen, um nach seinem Patienten zu sehen und ihm ein Schmerzmittel zu spritzen. Für Wanda hatte er ein großes Stück von Fraukes Knüppeltorte dabei, die zu Wandas Erstaunen keine herkömmliche Torte war, sondern aus aufeinandergeschichteten Pfannkuchen bestand, »Knüppel« genannt. Das Rezept stammte aus der Zeit, als die Öfen nicht gleichmäßig genug heizten, um Kuchen zu backen. Die Füllung zwischen den einzelnen Knüppeln enthielt Mandeln, Puderzucker und Orangeat und schmeckte äußerst lecker. Problemlos hätte Wanda noch ein weiteres Stück verdrücken können. Harvey – so hatte sie den Mischling genannt – war von dem Geruch ganz begeistert und schielte gierig nach dem Teller. Allerdings blieb Wanda unerbittlich und gab ihm keinen Krümel ab, sosehr er auch bettelte. Nach der Operation war Harveys Magen noch empfindlich. Statt Torte bekam er kleine Mengen Quark und gekochten Reis zu fressen.

Nachdem Hark gegangen war und Harvey sich auf dem Deckenlager zusammengerollt hatte, wusste Wanda nicht so recht etwas mit sich anzufangen. Ihre Gedanken schwirrten durch das Zimmer und stießen immer wieder wie brummende Hummeln gegen die Scheibe. Ein klein wenig Bedauern verspürte sie nämlich schon, dass sie den Tag drinnen verbrachte und nicht am Strand. Sie schob die leise Traurigkeit beiseite, öffnete die Tür zur Terrasse und atmete durch. Ein paar Meter vor ihrer Nase blühte der erste Flieder, sein Duft vermischte sich mit der kristallklaren Salzluft. »Ich will mehr«, sang Samy Deluxe. Seine Stimme klang dunkel aus der Soundbox. Wanda summte leise mit. Im Grunde brauchte sie gar nicht so viel mehr *mehr*. Ein Mehr, das aus Mo bestand, hätte ihr genügt. Was er wohl gerade machte?

Harvey wälzte sich unruhig auf seinem Deckenlager hin und her. Japsend vollführte er Verrenkungen und versuchte, trotz Halskrause an den Verband zu kommen. Wanda setzte sich auf die Couch und redete mit beruhigender Stimme auf ihn ein. Mit flehendem Blick und klopfendem Schwanz bettelte er darum, zu ihr auf das Sofa hüpfen zu dürfen. Obwohl sie ahnte, dass es ein Fehler war, ließ sie sich erweichen. Nachdem er eng an sie gekuschelt eingedöst war, suchte sie auf ihrem Laptop einen Film aus. Kurz darauf versank sie in der Welt von Mittelerde und in Viggo Mortensens wild entschlossen blickenden blauen Augen. Die kleine, struppige Wärmflasche an ihrer Seite erlebte währenddessen eigene Abenteuer und bellte im Traum leise vor sich hin. Als Wanda alle drei Folgen zu Ende geschaut hatte und Frodo auf seinem Schiff davonsegelte, war es draußen bereits dunkel. Eigentlich hatte Wanda gehofft, zurück in ihr Bett ziehen zu können, aber sobald sie Anstalten machte, nach oben zu gehen, veranstaltete Harvey ein fürchterliches Theater. Inzwischen ärgerte sie sich über sich selbst, weil sie dem kleinen Kerl mit den süßen Knopfaugen gegenüber nicht die nötige Strenge aufbrachte. Zu ihrer Schande schaffte sie es nicht einmal, dass er zumindest auf dem Deckenlager schlief. Jedes Mal, wenn sie gerade eingedöst war, sprang er zu ihr auf die Couch und schmiegte mit einem tiefen Seufzer den Kopf in ihre Kniekehle. Gegen ein Uhr morgens hatte sie entnervt aufgegeben, konsequent zu sein und ihn auf seine Decke zurückzuschicken, obwohl Harveys Gewicht unangenehm auf ihren Beinen lastete. Oh je, was hatte sie da nur angefangen! Nie im Leben hätte sie gedacht, dass es so anstrengend sein konnte, Pflegemutter zu sein.

Wanda kehrte mit ihren Gedanken zurück ins Hier und Jetzt. Glücklicherweise kümmerte sich hier auf der Krankenstation Juniorchef Tassilo um Harvey.

Sie gähnte und rieb sich die Müdigkeit aus den Augen. Dann kippte sie den Rest ihres Espressos hinunter und ging zur Tür, um die Sprechstunde zu eröffnen. Ein arbeitsreicher Tag lag vor ihnen. Zum Glück handelte es sich meist um Routinefälle. Impfungen, die aufgefrischt werden mussten, entzündete Ohren, Fäden ziehen oder Krallenschneiden. Wanda atmete bereits auf, weil nichts Dramatisches anstand, aber dann, gegen elf, als alles abgearbeitet war, schneiten doch noch zwei Notfälle herein. Zuerst Krümelchen, dann Bobby, genau wie vor ein paar Tagen. Die beiden schienen sich abzusprechen.

»Ach du liebe Güte, Krümelchen, was hast du denn diesmal angestellt?« Wanda bückte sich, um der Cockerdame das seidige Fell zu kraulen. »Augenblick, Oma Leni, lassen Sie mich Krümelchen ins Behandlungszimmer tragen. Sie mag ja gar nicht mehr laufen. Wissen Sie, was passiert ist?«

»Ich glaube schon.« Oma Leni blickte betrübt auf ihren Hund hinab. »Sie muss die fauligen Apfelschalen auf dem Komposthaufen erwischt haben. Dabei war ich mir sicher, das Türchen zum Garten verriegelt zu haben. Ach je, ich werde wohl langsam vergesslich.«

»Ach was. So etwas kann jedem passieren«, versuchte Wanda, sie zu trösten, und schnappte sich den kleinen Dieb mit dem unschuldigen Bambi-Blick. »Das kriegen wir schon wieder hin. Mit Krümelchens Zuständen hat der Doc Übung.«

Nachdem Krümelchen ein Mittel gegen die Bauchschmerzen bekommen hatte und zusammen mit Oma Leni aus der Tür trippelte, betrat Herr Braun das Behandlungszimmer. Er trug Bobby auf dem Arm. Bei dem Anblick sackte Wanda das Herz augenblicklich in die Hose. Wie der Doc prophezeit hatte, ging es Bobby mittlerweile richtig schlecht. Er war zu schwach, um sich auf den Beinen zu halten. Hark hörte das schwer hechelnde Tier ab. Wanda stand mit klopfendem Herz daneben, als Hark sich mit ernstem Blick an Herrn Braun wandte. »Es tut mir leid, aber ich hatte Ihnen bereits beim letzten Mal erklärt, dass ich keine große Hoffnung habe. Leider hat sich meine Prognose bewahrheitet. Obwohl wir die Dosierung der Entwässerungstabletten erhöht haben, geht es Bobby schlechter. Er leidet. Natürlich ist es Ihre Entscheidung, aber meiner Meinung nach sollten wir ihn erlösen.«

Schweigend versenkte Herr Braun seine Finger in Bobbys dichtes Fell. Alle Farbe war aus seinem Gesicht verschwunden, sein Blick war leer.

Eine ganze Weile herrschte Schweigen.

Schließlich legte Hark ihm mitfühlend eine Hand auf die Schulter. »Wenn Sie sich in Ruhe von Bobby verabschieden möchten, können wir bis morgen warten. Wanda gibt Ihnen gern einen neuen Termin.«

Bestürzt blickte Wanda zwischen Hund und Besitzer hin und her. Am Samstag war Herr Braun noch so optimistisch gewesen, und jetzt das … Natürlich hatte er sich selbst etwas vorgemacht, aber mitzuerleben, wie die Hoffnung starb, war grausam. Wanda mochte sich gar nicht vorstellen, wie es in Herrn Braun aussah.

»Nein.« Erstaunlich gefasst schüttelte Herr Braun den Kopf. »Kein Hin und Her. Wenn es schon sein muss, dann tun wir es jetzt.«

»Er wird ganz ruhig einschlafen. Sprechen Sie mit ihm, dann weiß er, dass Sie bei ihm sind«, sagte Hark und zog das Betäubungsmittel auf. Wanda wand sich innerlich vor Mitgefühl.

»Dürfte ich mich vielleicht setzen? Ich fürchte, mir wird schwindlig.« Herrn Brauns Stimme klang gepresst. Ohne Worte zu verlieren, schob Wanda ihm einen Hocker zu.

Kurze Zeit später verließ Herr Braun ohne seinen Hund die Praxis. Wanda hatte den Herrn vom Tierkrematorium verständigt. Er würde am Nachmittag vorbeikommen. Nach dem Vorfall war sie so mitgenommen, dass sie selbst hätte heulen können.

»Wanda?« Hark riss sie aus ihren trüben Gedanken. Er stand in der Tür, in ein frisches T-Shirt und Arbeitshose gekleidet. »Ich fahre zu Kai Uwes kranker Kuh. Willst du mitkommen? Ein wenig Ablenkung tut dir gut.«

»Okay.« Sie nickte und griff nach ihrer Windjacke. Hark hatte recht. Mit Wehmut war niemandem geholfen. »Übrigens, Kai Uwe sagte, du solltest keine neuartigen Methoden ausprobieren. Das wäre zu teuer.«

»Damit braucht er mir überhaupt nicht zu kommen.« Hark warf ein sauberes, scharf geschliffenes Klauenmesser in den Instrumentenkasten im Kofferraum seines Autos. Er hatte sichtlich Mühe, ruhig zu bleiben. »Hast du eine Ahnung, was für eine Goldgrube diese Strandkorbvermietung ist? Ich habe mal überschlagen, was er so pro Woche einnimmt. Daneben könnte man als Tierarzt blass werden vor Neid!«

Wanda nickte. »Da hast du sicher recht. Als ich am Samstag ein Strandzelt mieten wollte, waren alle belegt. Ich hatte riesiges Glück, dass noch ein Strandkorb frei war.« Sie brach ab und überlegte. In ihrem Magen regte sich ein unruhiges Gefühl, ähnlich wie früher, als sie auf dem Weg zum Flug mit gepacktem Koffer in der U-Bahn stand und plötzlich meinte, etwas Wichtiges vergessen zu haben. Wie zum Beispiel die Herdplatte in der Wohnung abzustellen oder ausreichend Wäsche zum

Wechseln mitzunehmen. Sie runzelte die Stirn. Irgendwas war da noch gewesen, aber was?

Hark schob die Hände tief in die Taschen seiner Arbeitshose und blickte finster. »Verflixt. Weißt du, wo ich meine Schlüssel hingelegt habe? Ich war mir sicher, dass ich sie eingesteckt habe.«

Wandas Mund wurde trocken. Ach du Schande! Der Strandkorbschlüssel. Den hatte sie ja immer noch. Na, das würde ein schönes Theater geben. Wie sollte sie Kai Uwe erklären, dass sie über dem Drama mit Harvey nicht mehr an den Schlüssel gedacht hatte? Er würde ihr kein Wort glauben. In seiner Achtung würde er sie von der Stufe *nervige Großstadttussi* auf das Niveau *unzurechnungsfähige Landplage* degradieren. Panisch fingerte sie über das glatte Nylon ihrer Windjacke. Sie war sich hundertprozentig sicher, den Schlüssel in die Brusttasche gesteckt und den Reißverschluss zugezogen zu haben. Doch jetzt war der Verschluss offen und die Tasche leer. Wie war das möglich?

»Doc, kannst du kurz warten? Ich muss schnell was nachsehen«, stieß sie hervor. Ohne auf eine Antwort zu warten, raste sie in die Praxis zurück. Die Strandtasche mit dem Badetuch und dem hastig zusammengefalteten Lenkdrachen darin befand sich unter ihrem Schreibtisch. Sie hatte sie heute Morgen mitgenommen, falls sich in der Mittagspause eine Gelegenheit ergäbe, an den Strand zu gehen. Kurz entschlossen leerte sie den Inhalt der Tasche auf den Boden und sammelte alles Stück für Stück wieder zusammen. Kein Strandkorbschlüssel. Es war wie verhext. Die einzig mögliche Erklärung war, dass sie ihn im Sand verloren hatte. Auf einer Fläche, die mindestens so groß war wie zehn Fußballfelder. Ihr Gesicht begann zu glühen. Das hier war der Super-GAU. Eine Katastrophe unvorstellbaren Ausmaßes. Die Stille, die in der Luft hing, wurde durchbrochen von Schritten. Sie brauchte sich gar nicht umzudrehen, um zu wissen, dass Harks bohrender Blick auf ihr lastete.

»Stimmt was nicht?«

»Der Strandkorbschlüssel … ist weg«, erklärte sie matt und schob die Tasche zurück unter den Tisch. Das Bild, das vor ihrem inneren Auge auftauchte, war so düster, dass sie es gleich wieder verdrängte. Kai Uwe würde sie töten. Oder ihr zumindest lebenslanges Verbot erteilen, seinen Strandabschnitt zu betreten. Sie würde Sonnenbrille und Perücke aufsetzen müssen, um sich an ihm vorbei zum Revier der Kitesurfer zu schleichen.

»Der taucht schon wieder auf.« Ungerührt zuckte der Doc die Schultern. »Wenn nicht, muss Kai Uwe eben ein neues Schloss kaufen. Jetzt komm, wir müssen los.«

»Was mache ich denn jetzt?«, echote sie dünn. Sie begriff beim besten Willen nicht, was Hark von ihr wollte. Genauso gut hätte er auf Latein oder Altgriechisch mit ihr reden können. Je nachdem, was im Medizinstudium eben gebräuchlich war. »Kai Uwe wird ausrasten. Erst hassen mich sämtliche Tierbesitzerinnen, weil sie eine heimliche Schwäche für dich haben, und jetzt auch noch die Strandkorbliga. Sie werden sich verbrüdern, eine Petition beim Inselrat einreichen und mich zwingen, Borkum bei Nacht und Nebel zu verlassen. Dann stehst du wieder ohne Assistentin da, Doc.«

»Unsinn. Kai Uwe ist im Grunde ein ganz vernünftiger Mensch.«

»Das sagst du.« Sie fürchte die Brauen. »Moment. Mir geht gerade durch den Kopf, was du vorhin gesagt hast. Die Idee ist eigentlich nicht schlecht. Vielleicht hat Kai Uwe noch nicht bemerkt, dass der Schlüssel fehlt. Wie wäre es, wenn ich mich heimlich an den Strandkorb schleiche und das Schloss austausche?«

Nichts Gutes ahnend beobachtete sie, wie Hark diesen Meister-Yoda-Blick aufsetzte, mit dem er immer wirkte, als schwebte er zenmäßig über allen Dingen. Sie hasste es, wenn er das tat. In der Regel musste sie sich dann jedes Mal einen ellenlangen Vortrag anhören, bei dem es um die richtige Einstellung zu Fundtieren ging oder darum, dass man sich in diesem Job keine Sentimentalitäten leisten konnte. Er warf ihr einen scharfen Blick zu. »Versuch's doch einfach mit der Wahrheit. Das war schon immer das Beste. Jetzt komm. Tassilo kann auf Harvey aufpassen, wenn wir weg sind. Wir müssen los.«

»Du musst es ja wissen, Doc«, murmelte Wanda und zog die Praxistür hinter sich zu.

* * *

»Du bist dir wirklich sicher, dass er noch auftaucht?« Vorsichtig schielte Wanda zu dem reetgedeckten, altfriesischen Bauernhaus aus roten Ziegeln, in dem Kai Uwe wohnte.

»Absolut sicher. Unter der rauen Schale ist Kai Uwe ein Sensibelchen, wie es im Buche steht. Vor ein paar Wochen kam er auf die idiotische Idee, mir bei einer festliegenden Kuh assistieren zu wollen.« Hark verstummte. Sein linker Arm steckte bis zur Achsel im Hinterteil der Kuh. Konzentriert starrte er vor sich hin.

Wanda nickte verständig. Festliegen bedeutete, dass eine Kuh nicht von alleine in der Lage war aufzustehen. So viel wusste Wanda inzwischen. Gründe dafür gab es unterschiedliche. Eine der häufigsten Ursachen war Milchfieber, verursacht durch akuten Kalziummangel.

Der Doc erzählte weiter: »Natürlich wurde er ohnmächtig, als beim Legen der Infusion ein Tropfen Blut floss. Er fiel wie ein Stein, leider genau auf das Tier. War nicht so einfach, ihn von Kleopatra runterzuziehen. Der Kerl ist schwerer, als man denkt. Nach dem Vorfall haben wir uns darauf geeinigt, dass er künftig das kranke Rind ins Fressgitter sperrt und weg ist, bevor ich auf den Hof fahre.« Hark zog den Arm aus Mona Lisa

111

heraus und streifte seinen Plastikhandschuh ab. »Du siehst, es besteht kein Grund zur Sorge. Außerdem hat er um diese Zeit genug damit zu tun, sich im Nordbad um seine Strandkörbe zu kümmern.«

Bereits das Wort *Strandkorb* genügte, um eine Welle von Panik in Wanda aufsteigen zu lassen. Nervös rieb sie über Mona Lisas warmen Hals. Vielleicht konnte sie ja einen dieser Metalldetektoren ausleihen und damit den Strand abschreiten? Irgendwo musste der verflixte Schlüssel schließlich stecken. Mit gerunzelter Stirn beobachtete sie, wie Hark das Stethoskop an verschiedenen Stellen gegen Mona Lisas Fell drückte.

»Weißt du schon, was ihr fehlt?«

»Hm, ich bin mir noch nicht ganz sicher«, sagte Hark und zog die Bügel aus den Ohren. Nachdenklich kaute er an seiner Unterlippe. Dann stellte er sich neben Mona Lisa, holte aus und verpasste ihr einen kräftigen Hieb mit der Faust.

»Doc!« Wanda keuchte entsetzt. »Was machst du da? Warum verprügelst du die arme Kuh?«

»Ich verprügle sie nicht, ich stelle eine Diagnose«, erwiderte Hark, ohne den Blick von Mona Lisa zu nehmen.

»Na wie gut, dass du nicht Humanmediziner geworden bist. Wie lautet die Diagnose denn nun?«

»Schlecht zersetzter Kot, leichtes Fieber und schmerzhaftes Zucken, als ich gegen ihren Brustkorb geklopft habe. Vermutlich Fremdkörper im Magen.«

»Vermutlich?«, wiederholte Wanda gedehnt. Woran um alles in der Welt machte Hark diese vermutliche *Diagnose* fest? An dem Wladimir-Klitschko-mäßigen Uppercut? Allen Ernstes, wer würde dabei nicht zusammenzucken? Du liebe Güte, was brachte man diesen Tierärzten auf der Uni bloß bei? Sie trommelte mit den Fingern auf ihren Oberarm. »Soso. Aber sicher bist du nicht? Du weißt schon, dass Kai Uwe explizit betonte, er hätte keine Lust, Unsummen für überflüssige Behandlungen zu zahlen.«

»Nerv mich nicht. Hundertprozentig sicher kann man sich nie sein. Zumindest nicht, solange die Tiere nicht anfangen zu reden.«

»Und jetzt? Wie bekommen wir den Fremdkörper aus ihr heraus? Willst du ihr ein Abführmittel geben?«

»Nein. Ich lasse sie einen Käfigmagneten schlucken, der dann in der Kuh bleibt. Wenn sie aus Versehen Nägel oder ein Stück Draht beim Weidegang erwischt hat, bleibt der Fremdkörper am Magnet haften und richtet keinen Schaden an.« Er ging zu seinem Auto und kehrte mit einem länglichen, leicht gebogenen Metallrohr zurück, in das er ein kleines grünes Plastikdings einlegte.

»Schau zu und lerne«, forderte er sie auf und trat neben den Kopf der Kuh. »Hier. Ich greife hinten an den Kiefer, wo sie keine Zähne hat. Siehst du, jetzt macht sie das Maul auf. Nun schiebe ich ihr den Pilleneingeber in den Rachen und drücke ab.«

Das war ja spannend. Bei »James Herriot« hatten sie so etwas nie gemacht. Wahrscheinlich war die Medizin damals noch nicht so weit gewesen. »Und? Hat es geklappt, Doc?«, erkundigte sich Wanda, als Hark das Rohr wieder herauszog.

Ein paar Sekunden starrte Hark vor sich hin, als hätte er einen unglaublich tollen Zaubertrick demonstrieren wollen, nur dass er dabei leider aus Versehen kein Kaninchen aus dem Zylinder gezaubert hatte, sondern eine schwebende Jungfrau. Argwöhnisch musterte Wanda das Metallrohr. Ihr Augenmaß funktionierte zwar nicht millimetergetreu, aber der Stab war definitiv ein ganzes Stück kürzer als zuvor. Eigentlich hielt Hark nur noch das obere Ende in der Hand.

»Verflixt. So etwas ist mir noch nie passiert«, presste er mit hochrotem Kopf hervor. »Die Kuh hätte nur den Magneten schlucken sollen, nicht das untere Ende des Pilleneingebers.«

»Ach du Schande«, japste Wanda. »Und jetzt?«

Hark löste sich aus seiner Schockstarre. »Ich schaue ihr ins Maul, dann taste ich die Speiseröhre ab, um sicherzugehen, dass nichts im Hals steckt.«

»Und?«, fragte Wanda nervös.

»Alles in Ordnung. Zu Kai Uwes Beruhigung, es liegt keine falsche Diagnose vor. Jetzt hat sie auf jeden Fall einen Fremdkörper im Magen.« Er warf das übrig gebliebene Stück Metall in den Kofferraum seines Minivans. »Hundertprozent sicher. Das kannst du Kai Uwe ausrichten, wenn du ihm nachher beichtest, dass du den Strandkorbschlüssel verbummelt hast.«

Großmütig ignorierte Wanda den Seitenhieb. »Aber ist das nicht schlecht für die Kuh?«

»Woher soll ich denn das wissen?«, brüllte Hark entnervt. Er riss die Autotür auf und klemmte sich mit grimmigem Blick hinter das Lenkrad. Auf einmal hatte er es sehr eilig. »Der Fall steht nicht im Lehrbuch. Weißt du, wie groß so ein Kuhmagen ist? Im Verhältnis zum Kuhmagen ist der Pilleneingeber relativ klein. Außerdem hat er keine scharfen Kanten, die die Kuh von innen verletzen können, und Schadstoffe gibt er auch keine ab. Ihr wird schon nichts passieren. Ich komme morgen noch mal her und schaue nach ihr. Jetzt steig ein.«

»Soll ich Kai Uwe das mit dem Pilleneingeber erzählen, oder machst du das selbst?«, fragte Wanda und sprang auf den Beifahrersitz.

»Bist du wahnsinnig?«, zischte er. »Kein Wort davon zu Kai Uwe. Übertriebene Ehrlichkeit hilft niemandem. Verdammt! Wenn etwas bei einer Behandlung schiefläuft, dann garantiert auf Kai Uwes Hof.«

Verblüfft blinzelte Wanda zu Hark hinüber. Wenn Hark nicht vorhatte, Kai Uwe wegen des verschluckten Pilleneingebers reinen Wein einzuschenken, warum sollte sie dann ein schlechtes Gewissen wegen ihres kleinen Versehens mit dem Schlüssel haben? Hark war ein wunderbarer Chef. Sein einziger Fehler war, dass er sich nie an seine selbst aufgestellten Regeln hielt.

In diesem Fall aber war sie ihm ehrlich dankbar.

* * *

Wanda runzelte die Stirn. Dann sagte sie sich, dass Geld nun wirklich nicht das Maß aller Dinge sei. Viel wichtiger war doch, dass Harveys Wunde gut heilte und er sich an sein Leben auf drei Beinen gewöhnte. Welchen Sinn ergab es da, sich wegen der blöden dreißig Euro zu ärgern, die Kai Uwe ihr soeben abgeknöpft hatte. Zwanzig für zwei weitere Tage Strandkorbmiete und zehn für ein neues Vorhängeschloss. Diesmal hatte er sich gar nicht mehr die Mühe gemacht, mit ihr zu schimpfen. Er hatte sie nur mit einem Blick angesehen, der ausdrückte, dass ihm von vornherein klar gewesen sei, was passieren würde. Seufzend löste Wanda das Hundegeschirr, mit dessen Hilfe sie Harvey nach dem Gespräch mit Kai Uwe ein paar Meter die Straße hinauf und hinab geführt hatte. Hark hatte ihm Bewegung verordnet, damit sein Kreislauf in Schwung kam. Sobald sie den kleinen Mischling freiließ, kam Tassilo angesprungen, um Harvey die Schnauze zu lecken. Dabei klappte er die Dackelohren zurück und zog die Lefzen hoch, sodass es aussah, als grinste er vor Freude. Ein letztes Mal streichelte Wanda über Harveys struppiges Fell, bevor sie ihn zurück in seine Box schickte. Gestern hatte Hark an seinem PC Aushänge mit Harveys Foto darauf erstellt und ein paar Schulkinder damit zum Austragen losgeschickt. Überall auf der Insel stand nun an Laternenpfählen, Bäumen und in den Läden zu lesen, dass der graue Schnauzer-Mix in der Tierarztpraxis darauf wartete, abgeholt zu werden, aber ein Besitzer hatte sich noch nicht gemeldet. Was würde wohl aus Harvey werden, wenn niemand kam? Bekümmert blickte sie auf das muntere Trio, bestehend aus Tassilo, Agathe und Harvey, hinunter. Der Gedanke, ihr Schützling könne im Tierheim landen, machte Wanda traurig. Für einen Moment liebäugelte sie mit der Idee, Harvey im Zweifelsfall selbst zu behalten. Einen Hund hatte sie sich schon immer gewünscht. Doch dann wurde ihr bewusst, wie unvernünftig diese Entscheidung gewesen wäre. Wohin mit Harvey, wenn das Jahr auf Borkum vorbei wäre und sie nach Hamburg zurückkehrte? Sie war auf die Insel gekommen, um zu sich selbst zu finden und zu überlegen, wie es weitergehen sollte. Nicht gerade der beste Moment, um die Verantwortung für ein Tier zu übernehmen. Man musste die Sache realistisch sehen. Sie wusste ja noch nicht einmal, wo sie nach ihrer Auszeit von der Großstadt beruflich unterkommen würde. Einen neuen Arbeitsplatz zu finden, der ihren Vorstellungen entsprach, war herausfordernd genug. Mit Harvey im Gepäck wäre es nahezu unmöglich. Schließlich konnte sie ihn nicht den ganzen Tag alleine in der Wohnung lassen. Und Fälle wie Harvey würden ihr in den nächsten zwölf Monaten noch zur Genüge begegnen. Wenn sie nicht vorhatte, einen Kleinzoo zu eröffnen, musste sie ihre Gefühle unter Kontrolle haben.

Tassilo kratzte an ihrem Hosenbein und bettelte darum, sich zu Harvey in die Box legen zu dürfen. Hark hatte recht, der Kleine litt tatsächlich unter einem ausgeprägten Helfersyndrom. Kopfschüttelnd nahm sie die Tube mit der Leberwurstpaste und drückte für jeden Hund einen Streifen vor dessen Pfoten. Gierig schleckten die Hunde den Boden sauber. Dann setzte sich Tassilo zu Harvey in die Box und beschnüffelte ihn von unten bis oben, während Agathe das Interesse am Geschehen verlor und nach draußen trippelte.

Wanda schlüpfte in einen sauberen weißen Kittel und ging zur Anmeldung. In wenigen Minuten begann die Sprechstunde. Wenn sie sich beeilte, konnte sie noch die Lieferung mit den Medikamenten überprüfen, bevor der erste Patient auf der Türschwelle stand. Hoffentlich war Hark rechtzeitig von seinem Auswärtstermin im Ostland zurück, sonst kämen sie mit der Terminplanung durcheinander.

Es klingelte an der Tür. Mit gerunzelter Stirn blickte sie auf. Vermutlich der Tierbestatter. Mit einem klammen Gefühl in der Brust ging Wanda nach vorne und öffnete. Zum ersten Mal mitzuerleben, wie ein Tier eingeschläfert wurde, war ihr sehr nahegegangen. Aber auch das gehörte zum Leben. Wie hatte ihr Opa immer gesagt? *Der Tod ist das einzige Ereignis im Leben, von dem man sicher sein kann, dass es eintreten wird.* Wandas Herz zog sich zusammen. Es war für sie in ihrer Familie nicht immer leicht gewesen. Eriks Krankheit hatte die Liebe ihrer Eltern, die für beide Kinder hätte reichen sollen, aufgefressen. Der Einzige, auf dessen Aufmerksamkeit und Unterstützung Wanda immer hatte bauen können, war ihr heiß geliebter Großvater gewesen. Nun war auch er bereits über sieben Jahre tot.

Wanda schob die düsteren Gedanken beiseite und zupfte sich den Pferdeschwanz zurecht. Mit einem freundlichen Lächeln auf den Lippen öffnete sie die Tür.

Vor Überraschung verschlug es ihr die Sprache. An der Treppe stand Mo. Blonde Haare, markant geschnittenes, braun gebranntes Gesicht mit hohen Wangenknochen, Dreitagebart und einem Mund, der zum Küssen einlud. Auf dem Arm hielt er ein Kätzchen mit weißem Fell und schwarzer Maske um Ohren, Stirn und Augen, was ihn – falls das überhaupt möglich war – auf eine unerklärbare Art noch unwiderstehlicher machte.

Moin … lag es Wanda auf den Lippen, dann besann sie sich gerade noch, dass man auf Borkum ja *öj* sagte.

»Öj. Ist noch keine Sprechstunde? Bin ich zu früh?« Seine verschiedenfarbigen Augen blickten verlegen.

»Zu früh? Ach was, der Doc ist zu spät.« Sie winkte ab. In ihrem Bauch tanzten plötzlich Schmetterlinge, ein kribbelndes, sehnsüchtiges Gefühl. Mochte ja sein, dass Mathilda der Meinung war, Wanda solle die Finger von Mo lassen. Mit seinem attraktiven Äußeren und dem charmanten Grinsen war er auf jeden Fall ein Abenteuer wert, und wenn auch nur für eine Nacht.

»Komm rein. Ich bin übrigens Wanda.«

Er sah sie nur an, aber das reichte, um Wanda nervös zu machen. »Ausgefallener Name, ich weiß. Höre ich ständig. Alles die Schuld meines Vaters. Eigentlich hätte ich Hanna heißen sollen. Aber dann ist mein Vater alleine zum Standesamt gegangen, um meine Geburtsurkunde ausstellen zu lassen, weil meine Mutter noch das Bett hüten musste. Der Standesbeamte und mein Vater kannten sich von früher. Na ja, du weißt ja, wie das so ist. Vor lauter Wiedersehensfreude haben sie ein oder zwei Schnäpse auf mein Wohl getrunken. Vielleicht auch drei. Frag mich nicht, ob das auf dem Amt überhaupt erlaubt ist. Und als Paps dann nach Hause kam, stand dummerweise der Name Wanda in der Urkunde, nicht Hanna. Mein Vater schwörte Stein und Bein, dass er den richtigen Namen angegeben und der Beamte es falsch eingetragen hat, aber meine Mutter war so wütend, dass ich mit gerade mal fünf Tagen um ein Haar ein Scheidungskind geworden wäre. Den Namen berichtigen zu lassen, hätte ein Vermögen gekostet …« Sie unterbrach sich, um Luft zu holen.

Mo starrte sie schweigend an.

Großer Gott. Sie redete schon wieder zu viel. Und das alles nur, weil dieser Mo mit seiner unglaublichen Ausstrahlung und den faszinierenden, unterschiedlichen Augen sie so verwirrte.

»Ich bin Mo«, sagte er.

Wanda durchlief es heiß und kalt, als ihre Hände sich berührten. Sie hatte sich gerade noch so weit im Griff, dass sie nicht »Das weiß ich schon« antwortete. Nicht auszudenken, was er von ihr gehalten hätte, wäre der Eindruck entstanden, dass sie hinter seinem Rücken über ihn redete. Nervös schnippte sie mit dem Kugelschreiber und zwang sich sofort, damit aufzuhören. »Komm rein. Du kannst gleich ins Behandlungszimmer durchgehen. Es ist niemand vor dir dran.«

Mit einem Kopfnicken folgte er ihr in den Behandlungsraum.

»Setz sie am besten hier auf den Tisch. Ich will nur schnell die Angaben vervollständigen. Ein wirklich niedliches Kätzchen ist das. Wie ist sein Name?« Geschäftig beugte sich Wanda über das Klemmbrett mit den Aufnahmepapieren.

»Keine Ahnung. Ist nicht meine Katze.«

»Okay. Ein Fundtier. Du hast sie aufgelesen.« Wanda machte einen Vermerk in der entsprechenden Zeile. »Dann tragen wir dich als Finder ein. Ich bräuchte bitte deine Adresse und Telefonnummer.«

Mo schluckte ein paar Mal.

»Keine Panik.« Wanda schenkte ihm ein strahlendes Lächeln. »Natürlich verpflichtet das zu nichts. Es ist mehr so eine Formalität. Die Behandlung von Fundtieren ist kostenlos. Dafür gibt es einen Fonds.«

Mos Kopf wurde urplötzlich hochrot. Verunsichert schielte sie zu ihm hinüber. Verflixt, das mit der Rechnung war wohl vollkommen falsch rübergekommen. Sie unterstellte ihm ja quasi, dass er ein Geizhals war, der sich vor der Verantwortung drückte. »Entschuldige«, schob sie rasch hinterher. »Damit meinte ich natürlich nicht …«

»Morten Vermeer, Süderstraße 120, Telefonnummer …«, fiel er ihr ins Wort.

Hastig kritzelte sie die Angaben auf das Papier und rief sich mahnend ins Gedächtnis, dass es leider diese Sache mit der

Datenschutzverordnung gab. Mo hatte ihr seine Telefonnummer gegeben, damit die Praxis ihn, falls nötig, kontaktieren konnte. Nicht, damit sie ihm eine Whatsapp-Nachricht schickte, um ihn auf eine Fasanenbrause am Strand einzuladen. Außerdem hatte er ihr eindeutig zu verstehen gegeben, dass sie ihm für Tassilos Rettung nichts schuldig war.

»Okay.« Sie legte den Stift beiseite und klopfte leicht nervös mit dem Kuli gegen das Klemmbrett. Das Gespräch lief gerade etwas zäh. Mo schien kein Freund vieler Worte zu sein. Irgendwie musste sie die Zeit bis zu Harks Eintreffen überbrücken, ohne ihm mit ihrem Hang, Unsicherheit durch Quasseln zu überspielen, auf die Nerven zu gehen. Plötzlich hatte sie eine Idee. Sie nahm das Lesegerät zur Hand und erhob sich. »Ich scanne jetzt den Chip und gebe die Nummer an Tasso weiter. Das ist eine Datenbank, bei der Halter ihr Tier registrieren lassen können. Wenn die Katze dort gemeldet ist, kann der Besitzer sie in der Praxis abholen.«

Er runzelte die Stirn. Sanft und rhythmisch glitt seine Hand über das Fell des Kätzchens. Wanda schloss aus seinem verständnislosen Blick, dass er wohl kein eigenes Haustier besaß, sonst hätte er sich mit Transpondern ausgekannt. Sein Schweigen machte sie ganz zappelig.

»Wir haben erst am Wochenende einen Streuner aufgenommen, der nicht gechipt war. Der arme Kerl hatte einen Autounfall. Wir mussten ein Bein amputieren. Hoffentlich meldet sich der Besitzer. Wir haben überall Plakate verteilen lassen«, sprudelte es zusammenhangslos aus ihr heraus, während sie mit dem Lesegerät großflächig über den Hals der Katze strich. »Siehst du, diese fünfzehnstellige Zahl hier ist der Code des Chips, der in die Katze implantiert wurde.«

Argwöhnisch beäugte Mo die Anzeige des Lesegeräts.

»Keine Sorge«, meinte sie, als sie seine Skepsis bemerkte. »Es handelt sich um einen reiskorngroßen Microchip. Das

Tier spürt bei der Injektion nicht mehr als bei einer normalen Impfung. Warte, ich zeige dir, wie das funktioniert.« Sie ging an eine der Schubladen, nahm eine steril verschweißte Packung heraus und hielt sie Mo unter die Augen. »Siehst du, das da ist der Injektor. Und hier«, sie wedelte mit einem blauen Heftchen durch die Luft, »das ist der Heimtierausweis, in den die Nummer vermerkt wird. Vor der Injektion muss man überprüfen, ob der Code, der auf der Packung steht, mit dem auf dem Chip übereinstimmt. Dazu halte ich das Lesegerät …«

»Wanda! Du hast doch nicht etwa vor, eigenhändig eine Katze zu chippen?« Harks Stimme schwankte zwischen Erstaunen und Entsetzen.

Wanda fuhr herum und sah ihn im grünen T-Shirt und Arbeitshosen in der Tür stehen, unter dem Arm ein schwarz getupftes, absurd winziges Ferkel mit einem rosa Vorderbein und einer rosa Schnauze. »Nein«, erklärte sie und zuckte beiläufig die Schultern, obwohl sie sich eben wirklich erschrocken hatte. »Dieser hilfsbereite Mensch hier hat eine Katze gefunden und vorbeigebracht. Da er nicht wusste, wie ein Transponder funktioniert, wollte ich ihm das Ablesen demonstrieren.«

»Dann bin ich ja beruhigt«, sagte der Doc, obwohl er nicht im Mindesten so wirkte. Ohne Wanda, Mo oder die Katze noch eines Blickes zu würdigen, durchquerte er das Zimmer, öffnete die Tür zum Garten und setzte das Ferkel auf dem Rasen unter dem Obstbaum ab.

»Haben wir jetzt ein Schwein?« Wanda hob anzüglich eine Augenbraue. »Du wirst es doch nicht behalten wollen?«

»Unsinn. Natürlich nicht.« Hark lehnte sich mit dem Rücken gegen den Medikamentenschrank und überkreuzte die Arme vor der Brust. »Ich habe es aus einer schlechten Tierhaltung gerettet. Menschen gibt es! Dieser Typ wollte sich allen Ernstes mit mir anlegen, weil er der Meinung war, es sei völlig in Ordnung, ein Miniferkel in einer fensterlosen Garage neben dem kaputten, verrosteten VW zu parken.« Er kniff die Augen zusammen und musterte die Katze. »Wenn mich nicht alles täuscht, gehört das Fundtier Frau Overkämp in der Süderstraße. Gut, dass ich rechtzeitig zurück war. Den Anruf bei Tasso können wir uns sparen. Wo haben Sie die Katze aufgelesen?«, wandte Hark sich an Mo, dessen Gesicht gerade eine sehr gesunde Farbe annahm.

»Bei mir zu Hause.« Mo schien auf einmal einen Frosch im Hals zu haben, denn er klopfte sich gegen die Brust und hustete. »Frau Overkämp ist meine Vermieterin.«

Hark musterte Mo ernst. »Ach ja? Was stimmt denn nun?« Er schnappte sich das Klemmbrett und fuhr mit dem Finger über die Zeilen. »Hier steht, dass es sich um ein Fundtier handelt.«

»Das dachte ich auch …« setzte Wanda an. Sie begriff überhaupt nichts mehr. Wieso hatte Mo das denn nicht gleich gesagt?

»Ein Missverständnis. Das wollte ich vorhin noch erklären …« Mos Ohren glühten regelrecht. »Die Katze kam über die Terrasse in meine Wohnung geschlichen. Da dachte ich, ich bring sie besser mal vorbei.«

»Okay.« Hark musterte die Katze. »Und warum? Was ist mit ihr?«

»Sie kratzt sich. Ständig. Macht sie sonst nie.«

»Hm. Sie trägt ein Flohhalsband …« Hark beugte sich über das Tier und strich mit dem Flohkamm über das Fell. Dann streifte er den Kamm an einem Papiertuch ab und musterte es skeptisch »Ha! Habe ich mir doch gleich gedacht. Keine Flöhe. Eine Hautrötung ist auch nicht festzustellen. Möglicherweise hat das Tier Milben oder andere Ektoparasiten. Um das zu beurteilen, müsste ich einen Tesafilmabklatsch machen. Wenn auch das keine Ergebnisse liefert, müssten wir ein Hautgeschabsel entnehmen oder gegebenenfalls einen

Allergietest durchführen. Natürlich muss der Halter entscheiden, ob er eine weitere Diagnose wünscht. Richten Sie Frau Overkämp bitte aus, dass sie mich wegen eines Termins anrufen soll. Akute Gefahr besteht nicht.«

»Das ist … beruhigend.« Mo nickte knapp. »Was bin ich für die Behandlung schuldig?«

»Nichts. Geht aufs Haus.« Damit komplimentierte Hark Mo zur Tür.

Mit klopfendem Herzen blickte Wanda ihm hinterher. Mist. Schon wieder eine Gelegenheit verpasst, herauszufinden, ob er an einem Date mit ihr interessiert war. Mo schien nicht zu der Sorte Mann zu gehören, die von sich aus den ersten Schritt machte. Dass da etwas zwischen ihnen war, spürte sie ganz deutlich. Wie sonst hätte sich die merkwürdige Spannung erklären lassen? Verflixt, warum hatte sie nicht schneller reagiert und ihn zumindest gefragt, ob er einen Kaffee mit ihr trinken gehen wollte? Sie biss sich auf die Unterlippe. Immerhin wusste sie inzwischen, wie er hieß, wo er wohnte und dass er nicht liiert war. Das war ein Anfang, oder nicht?

* * *

Mit der Katze auf dem Arm ließ Mo sich kurz darauf auf sein Bett fallen. Er war so ein Idiot. Verdammt! Auch diesen Versuch, sich mit ihr – Wanda, wie er jetzt wusste – zu verabreden, hatte er in den Sand gesetzt. Dabei war der Plan gar nicht so verkehrt gewesen. Er war nur nicht darauf vorbereitet gewesen, dass es ihn so erwischen würde, wenn Wanda neben ihm stand. So nahe, dass er ihre Wärme spüren und den Duft ihrer Haut atmen konnte. Die Frage nach dem Namen der Katze hatte ihn vollends aus dem Konzept gebracht. Und bevor er reagieren konnte, hatte sie falsche Schlüsse gezogen. Natürlich hatte er das Missverständnis aufklären wollen, aber dann war

Dr. Harksen aufgetaucht, und es war zu spät gewesen. Seufzend schob er den Ellbogen unter den Kopf und starrte an die Decke. Die Katze gähnte, machte einen Buckel und begann mit den Vorderpfoten Mos Bauch zu kneten. Dann rollte sie sich auf ihm zusammen und rieb mit dem Köpfchen gegen sein Hemd. Er schob den Finger unter das Flohhalsband und kraulte sie am Kinn. Seltsamerweise wirkte das beruhigend auf ihn. Er schloss die Augen. Beinahe wäre er eingeschlafen, doch dann durchzuckte ihn ein schrecklicher Gedanke. Er griff nach der Katze, setzte sie neben sich auf dem Laken ab und schwang die Füße aus dem Bett. Verflixt. Wanda und der Tierarzt hatten sehr vertraut miteinander gewirkt. Harksen war Witwer, wie jeder auf Borkum wusste. Und er sah verdammt gut aus. Konnte es sein, dass Wanda in den Tierarzt verliebt war? Aber hätte sie dann an der Eisdiele so offensichtlich mit ihm geflirtet? Missmutig kratzte er sich den Kopf. Mist. Im Vergleich zu dem Tierarzt fiel er ganz schön ab. Wanda musste ihn für einen ausgemachten Vollpfosten halten, so wie er sich benommen hatte.

Was für ein ausgemachtes Chaos. Geistesabwesend starrte er auf die Katze, die gerade einen seiner Socken vermöbelte. Das ganze Wochenende hatte er an Wanda denken müssen. Am Sonntag war er den Strand mehrmals abgelaufen, weil er sich sicher gewesen war, dass sie bei dem herrlichen Sonnenschein früher oder später dort auftauchen würde. Seine Enttäuschung darüber, dass sie sich nicht blicken ließ, hatte ihm vor Augen geführt, wie viel ihm an ihr lag. Dabei war sie so hübsch, so offen und so charmant, dass sie bestimmt nicht einmal mit dem Finger zu schnipsen brauchte, um sich jeden beliebigen Typen zu angeln. Und witzig war sie obendrein. Das unruhige, kribblige Gefühl in seinem Bauch verstärkte sich. Es war zum Aus-der-Haut-Fahren. Leise maunzend strich die Katze um seine Beine. Wie um alles in der Welt sollte er es anstellen, mit Wanda ins Gespräch zu kommen, wenn es ihm in ihrer Gegenwart jedes Mal die Sprache verschlug? Wenn er wenigstens eine Telefonnummer gehabt hätte … Stopp! Die Idee war gut. Per Whatsapp würde es ihm viel leichter fallen, sie zu fragen, ob sie Lust hatte, sich mit ihm auf einen Drink zu verabreden. Schon zuversichtlicher gestimmt, blickte er auf das Kätzchen hinunter.

Jetzt musste er nur noch an Wandas Telefonnummer kommen.

Kapitel 9

Am nächsten Morgen kam Wanda eine Viertelstunde vor Dienstbeginn in die Praxis, gefolgt von Harvey. Natürlich hatte der Hund auch diese Nacht in ihrem Bett verbracht. Auf Dauer konnte das nicht so weitergehen. Mit jedem Tag wurde Harvey anhänglicher. Sein Besitzer hatte sich noch immer nicht gemeldet. Wenn sich nichts änderte, würde der Hund im Tierheim landen. Seufzend schob sie den Gedanken beiseite. Solange Harveys Wunde nicht verheilt war und der Verband noch nicht abgenommen wurde, hatte er Schonzeit.

Voll Unruhe griff sie nach dem Klemmbrett mit den Aufnahmepapieren. Ihr Plan war so einfach wie genial. Wenn sie Mo wegen des dämlichen Datenschutzes nicht privat anrufen konnte, dann musste es eben dienstlich sein. Gehörte es nicht zu ihrem Job, sich zu erkundigen, wie es dem Kätzchen ging? Und wer konnte das wohl besser beurteilen als Mo, dem das Kratzen überhaupt aufgefallen war? Ein wenig kribbelig war ihr schon zumute, als sie Mos Nummer wählte. Kurz vor halb neun, eigentlich etwas früh für einen Anruf, aber länger schaffte sie es nicht, ihre Geduld im Zaum zu halten.

Es klingelte in der Leitung.

»Moin, Wanda. Kann ich dich kurz sprechen?« Hark stand in der Tür, die vom Garten in die Praxis führte, wie immer in Arbeitshosen und Poloshirt gekleidet.

Sie zuckte zusammen und atmete tief durch. Mit heißen Wangen legte sie das Telefon auf die Ladestation zurück und zwang sich, den schuldbewussten Ausdruck auf ihrem Gesicht durch ein freundliches Lächeln zu ersetzen. »Moin, Doc, oder öj, wie das hier heißt. Um was geht es?«

»Um deine Arbeitszeiten. Und um Harvey.« Sein Blick verdüsterte sich. »Du hast ihn also wieder mit zu dir nach Hause genommen?«

»Solange er diesen Kragen tragen muss, ist das für ihn entspannter als in der Box.« Wanda errötete noch mehr. Sie unterdrückte den Drang, dem Doc zu gestehen, dass der Hund sich hauptsächlich deshalb entspannte, weil er eng an sie gekuschelt auf der Couch schlief.

»Pass auf, dass er sich nicht zu sehr an dich gewöhnt.«

Schuldbewusst wandte sie den Blick ab. Draußen im Garten sprang Tassilo zwischen Agathe, Christie und dem Minischwein hin und her. Fröhlich kläffend duckte der kleine Dackel sich mit dem Oberkörper ins Gras und forderte den Neuankömmling zum Spielen auf. Dabei legte er sich mächtig ins Zeug, wedelte wie wild mit dem Schwanz und streckte den Hintern in die Luft.

»Keine Sorge, Doc. Ich habe deine Ratschläge verinnerlicht. Keine Gefühlsduselei unseren Patienten gegenüber. Das können wir uns nicht leisten. Was zählt, ist eine professionelle Einstellung.«

»Da bin ich beruhigt.« Der Doc bückte sich und nahm Clooney, den Kater mit dem schiefen Gesicht, auf den Arm. »Ich habe eben mit Frauke telefoniert. Sie hat sich spontan bereit erklärt, dich heute in der Praxis zu vertreten.«

»Wieso das denn?« Verwundert zog Wanda eine Augenbraue in die Höhe.

»Ausgleich für deinen Einsatz am Wochenende.«

»Nett von dir, aber nicht nötig. Was meine Müdigkeit betrifft, inzwischen habe ich mich an das Hochseeklima gewöhnt. Ich fühle mich topfit. Und die Überstunden habe ich gern für Harvey investiert. Du musst dir keine Gedanken machen.«

»Zu spät. Frauke ist schon auf dem Weg.« Der Doc kraulte Clooney zwischen den Ohren. »Das Wetter soll schön werden. Du könntest waldbaden.« Er grinste.

»Hm. Wenn du meinst.« Nachdenklich betrachtete Wanda den schnurrenden Kater auf Harks Arm. »Ich wollte ohnehin gelegentlich eine Radtour über die Insel machen. Das ließe sich sicher verbinden. Kennst du ein geeignetes Waldgebiet?«

»An deiner Stelle würde ich durch die Greune Stee radeln. Das ist das Dünenwäldchen, das hinter dem Südbad beginnt. Schief gewachsene Bäume, verschlungene Wege, Dünen und Schilf. Sehr idyllisch.«

»Gut. Da fällt mir ein, der Reiterhof an der Franzosenschanze hat eine Nachricht auf Band gesprochen. Sie fragen, ob du eine Ausnahme machen und vorbeikommen könntest. Es geht um ein lahmendes Einstellpferd. Die Besitzer machen Druck. Sie bestehen darauf, dass noch heute ein Tierarzt vorbeikommt.«

»Interessiert mich nicht. Ich behandle keine Pferde. Auch nicht ausnahmsweise. Der zuständige Kollege kommt jeden Freitag vom Festland herüber. So lange müssen sie warten.«

»Anscheinend ist es dringend.«

»Ich sagte nein«, blaffte Hark zurück.

Wanda warf ihm einen verwunderten Blick zu. So barsch hatte sie ihren Chef noch nie erlebt. Seine Miene wirkte wie versteinert, während aus seinen Augen Schmerz sprach. Unwillkürlich musste sie daran denken, dass Frauke erzählt hatte, Harks Frau sei bei einem Reitunfall gestorben. Hatte der Doc den Tod seiner Frau noch immer nicht verwunden? Falls ja, hätte das erklärt, warum der begehrteste Junggeselle der Insel noch immer Single war.

»Lass mich das übernehmen.« Hark scheuchte sie von ihrem Stuhl. »Ich kläre ab, ob der Kollege einen früheren Termin einschieben kann. Jetzt ab mit dir. Genieß deinen freien Tag.«

* * *

Zitternd vor Heißhunger saß Wanda am Nachmittag in Omas Teestübchen. Nach der ausgedehnten Radtour war ihr Blutzuckerspiegel in den Keller gesackt. Wie der Doc prophezeit hatte, war das Wetter ideal für den Ausflug gewesen. Nur der Wind hatte sie geärgert, weil er ständig drehte. Dummerweise immer so, dass er Wanda mitten ins Gesicht blies und sie trotz der teuren 24-Gang-Schaltung, zu der ihr der Verkäufer in Hamburg geraten hatte, kräftig in die Pedale hatte treten müssen.

Mit einem leicht schwummerigen Gefühl im Kopf sah sie sich um. Das Café war gemütlich eingerichtet: Sessel und Sofas wie aus Omas Zeiten, Regale mit Spitzenbordüre und allerlei Nippes darauf. Auf den Tischen standen hübsche Teeservices aus Porzellan, mit der klassischen ostfriesischen Rose bemalt. Das Café war gut besucht, ringsherum wurden Unterhaltungen geführt. Aus dem Radio tönte soeben das Lied »Oh Shenandoah«.

Die Kellnerin brachte ihre Bestellung, eine Kanne Tee und einen riesigen Windbeutel mit Kirschfüllung, der Aussichten gehabt hätte, ins Guinnessbuch der Rekorde eingetragen zu werden. Bei seinem Anblick lief Wanda das Wasser im Mund zusammen. Gierig schob sie sich einen Bissen nach dem anderen in den Mund, doch schließlich kapitulierte sie. Mit einem zufriedenen Stöhnen lehnte sie sich zurück und streckte die Beine aus. Unauffällig befreite sie die Fersen unter dem Tisch aus den Sneakers.

Wie entspannt es hier zuging! Die gemütliche Einrichtung schien auf die Stimmung der Gäste auszustrahlen. Oder lag das an der Inselluft? Am Nachbartisch sah eine Mutter gelassen darüber hinweg, dass ihre etwa fünfjährigen Zwillinge Faxen machten, statt ihren Erdbeerkuchen zu essen. Vor dem Kamin saß sich ein älteres Ehepaar händchenhaltend gegenüber und tauschte liebevolle Blicke aus. Fast fühlte sich Wanda, als wäre sie in einer anderen Welt gelandet. Alle wirkten so glücklich oder zumindest zufrieden. Niemand beschwerte sich über das Wetter, und niemand suchte, bis er das Haar in der Suppe, oder eher im Kuchen, fand. Für Ärger und Stress schien auf Borkum einfach kein Platz zu sein. Die Zeit, die andernorts so knapp war, weitete sich in dem frischen Hochseeklima aus und schuf Platz zum Träumen, zum Staunen und zum Atmen.

Und das tat Wanda. Sie atmete ein und wieder aus. Ganz tief. Und dann gleich noch einmal. Sich ein Jahr Auszeit zu gönnen und Borkum als Zufluchtsort zu wählen, war eine gute Entscheidung gewesen. Vielleicht die beste, die sie je getroffen hatte.

Ihre Gedanken wanderten zu Tom. Ihm hatte sie es zu verdanken, dass sie hier gelandet war. Zum Glück. Was Tom wohl in diesem Moment machte? Wahrscheinlich stand er in der Security und bewältigte den täglichen Ansturm ungeduldiger Fluggäste. Prompt überfiel sie das schlechte Gewissen, weil sie so lange nichts von sich hatte hören lassen. Sie nahm das Handy und schoss ein Foto ihrer Teetasse mit dem hübschen Rosendekor darauf.

Grüße aus deiner alten Heimat. Ruf mal an, wenn du Zeit hast xxx

Dann drückte sie auf Senden.

Es dauerte keine drei Minuten, dann rief Tom zurück. Wie sich herausstellte, war sein Dienst gerade zu Ende.

»Wie ich sehe, lebst du dich gut ein«, meinte Tom, nachdem sie sich gegenseitig auf den neuesten Stand gebracht hatten. »Hast du dich schon mit den Einheimischen angefreundet?«

»Es gibt ein paar Originale hier und ja, manchmal ist es schwer, als Nicht-Insulaner ernst genommen zu werden, aber ich mache Fortschritte. Übrigens komme ich gerade vom Waldbaden in der Greune Stee. Ich hatte extra den Bikini dabei, aber einen See habe ich nicht gefunden.«

»See?« Tom japste nach Luft. »Du hast nicht ernsthaft geglaubt, dass man beim Waldbaden in einem See herumplanscht, umringt von Kaninchen und Rehen, oder?«

»Ach, sei doch still! Inzwischen weiß ich das auch. Allerdings hat Google mir das verraten, nicht die netten Einheimischen.« *Und auch nicht der Doc*, fügte sie in Gedanken hinzu. Ihr war bewusst, dass sie leicht säuerlich klang. »Sag mal, ist Kai Uwe immer so ein Brummbär oder kann er nur mich nicht leiden?«

»Im Grunde ist Kai Uwe gar nicht so verkehrt. Du kennst ja das Sprichwort: raue Schale, weicher Kern. Er hat Pech gehabt im Leben, das lässt ihn nach außen so übellaunig wirken.«

Nicht nur wirken, dachte Wanda, sprach es aber nicht aus. Kai Uwes Verbitterung saß anscheinend tief. Was wohl passiert sein mochte?

»Wanda … Es tut mir wirklich leid, aber ich muss Schluss machen.« Tom klang plötzlich gehetzt. »Ich bin heute dran, Jason von der Schule abzuholen.«

»Jason?« Sie musste kurz überlegen, dann fiel es ihr wie Schuppen von den Augen. Mist. Sie hätte sich ohrfeigen können. Statt sich nach Toms Pflegekind zu erkundigen, war sie nur mit sich selbst beschäftigt gewesen. Dabei hatte Tom ihr beim letzten Mal erzählt, dass es nicht wirklich rund lief. Sie furchte die Stirn. »Entschuldige, Tom. Tut mir leid, dass ich nicht von selbst nachgefragt habe. Muss wohl an der Insel liegen. Irgendwie erscheinen einem die Probleme der restlichen Welt so weit weg, als würde man von der verkehrten Seite durch ein Fernglas sehen. Bitte erzähl! Wie geht es Jason? Lebt er sich ein?«

Schweigen in der Leitung.

»Anfangs habe ich auch gedacht, er bräuchte einfach nur Zeit. Aber mittlerweile …« Tom brach mitten im Satz ab.

»Ihr zweifelt doch nicht an euch?« Wanda lehnte sich über den Tisch und rührte in dem Tee. »Wenn sich das Jugendamt nicht sicher gewesen wäre, dass ihr die Richtigen seid, hätten sie euch den Jungen nicht anvertraut. Und zwölf ist bei allen Kindern ein schwieriges Alter.«

»Ich weiß«, brummte Tom. »Ich kann mich gut erinnern, wie ich damals war. Allerdings …« Er pausierte. »Ist es normal, dass man seinen vollen Teller gegen die Wand wirft? Oder dass man blindlings um sich schlägt, wenn man nicht bekommt, was man will?«

»Komm schon, Tom, du weißt doch selbst, dass es das sogenannte ›Normal‹ in Wirklichkeit nicht gibt. Für mich klingt es, als wäre der Junge unglaublich wütend. Du solltest die Schuld dafür nicht bei Philipp oder dir suchen.«

»Es fühlt sich aber so an, als wären wir für seine miese Laune verantwortlich«, stöhnte Tom. »Kannst du mir nicht einen Tipp geben, wie wir damit umgehen sollen?«

Sie überlegte. »Macht am besten gar nichts. Erlaubt ihm, stinkig und zu sein und sich danebenzubenehmen, das ist momentan das Beste. Niemand kann auf Dauer wütend sein. Es kostet viel zu viel Kraft. Irgendwann legt es sich.«

»Klingt gut«, gab Tom zurück. »In der Theorie …«

»Du wirst sehen, es funktioniert.«

»Danke, Wanda. Ich muss los. War schön, dich zu sprechen.«

»Ebenso.«

»Weißt du schon, was du mit deinem restlichen freien Tag anfängst?«

»Keine Ahnung.« Sie betastete vorsichtig ihren vollen Magen. »Bewegung am Strand wäre nicht schlecht. Aber ich möchte Kai Uwe nicht schon wieder über den Weg laufen.«

»Dann geh zum Südbad«, schlug Tom vor. »Dort ist es in der Regel ruhiger. Weniger Touristen, dafür mehr Einheimische.«

»Vielleicht mache ich das. Danke, Tom, und bis bald.« Sie legte auf.

* * *

Kurz darauf stand Wanda in der Fußgängerzone, die durch das Kurviertel führte. Die Schilder an dem Pfosten vor ihr wiesen in unterschiedliche Richtungen. Links zum Südbad, geradeaus zum Musikpavillon und zur Wandelbahn, rechts zum Neuen Leuchtturm. Unschlüssig starrte sie auf die Wegweiser. In ihren Füßen zuckte es. Sollte sie nach rechts abbiegen und einen Umweg über die Praxis einlegen? Frauke hätte sich sicher gefreut, wenn sie schnell mal Hallo sagte. Sie musste ja nicht lange bleiben. Wenn sie es geschickt anstellte, würde Frauke gar nicht merken, dass sie dabei Mos Telefonnummer mit dem Handy abfotografierte. Nur für den Fall der Fälle. Das bedeutete ja nicht, dass sie sie auch benutzen würde. Es würde sich einfach nur ... so beruhigend anfühlen.

Nein. Unmöglich.

Der Doc wäre entsetzt, wenn es aufflöge. Das Risiko konnte sie nicht eingehen. Außerdem war es falsch. Datenklau. Sie hätte sich am liebsten selbst in den Hintern getreten. Diese Schwärmerei für Mo musste aufhören. Sofort. Es ging nicht an, dass er ihr unablässig durch den Kopf spukte. Auch wenn der Gedanke an Sex mit Mo verdammt reizvoll war.

133

Sie zwang sich zur Vernunft. Südbad, hatte Tom gemeint. Zum Südbad ging es links. Also bog sie dorthin ab.

Das Meer lag wie von einem Schleier aus rosafarbenem Licht bedeckt zu ihren Füßen. Wanda stand am oberen Ende der Rampe und blickte in die Ferne. Mit einem sanften Kuss liefen die Wellen am Gezeitensaum aus. Das Wasser hatte sich weit zurückgezogen. Die Strahlen der tief stehenden Sonne spiegelten sich auf der weiten feuchten Sandfläche. Wandas Blick tastete den Horizont entlang, wo das Blau des Himmels in das stählerne Grau der Wellen floss. Dort irgendwo lag der Windpark Borkum Riffgrund. Ob Mo gerade da draußen arbeitete? Vielleicht hatte er frei? Frustriert schob sie sich das wehende Haar aus der Stirn. Um ehrlich zu sein, hatte sie nur eine sehr vage Vorstellung davon, wie Mos Leben aussah. Und dennoch faszinierte sie der Gedanke, dass er eine Arbeit verrichtete, um die sich keiner der Männer, die sie kannte, gerissen hätte. Statt im klimatisierten Büro zu sitzen und nach Feierabend die Pfunde auf dem Laufband im Fitnessstudio abzutrainieren, kletterte Mo auf Windmühlen herum, mitten in der stürmischen Nordsee. Klang nach einem richtigen Kerl. Alleine schon das war Grund genug, sich kopfüber in ein Abenteuer mit ihm zu stürzen.

Sie zog die Flip-Flops aus, krempelte die Beine der Cargohose hoch und lief mit nackten Füßen über den Strand. Wie Fingerdocks an Flughäfen streckten sich die mit grünen Algen bewachsenen Buhnen hinaus ins Meer. Dazwischen schufen meterhohe Wälle kleine, geschützte Buchten. Das ablaufende Wasser ließ Gezeitentümpel zurück, in denen sich das Licht der Sonne besonders spiegelte. Eine ganze Weile wanderte Wanda von Bucht zu Bucht. Den Blick auf die Muscheln im feuchten Sand gerichtet, genoss sie es, wie das Wasser ihre nackten Füße umspielte und der Wind an ihrem Haar zerrte.

Als sie schließlich kehrtmachte, war es früher Abend geworden. Langsam neigte sich die Sonne dem Meer entgegen. Die Strandkörbe und Strandzelte im Bereich des bewachten Badestrands lagen verlassen da. Bei jedem ihrer Schritte klirrten die Muscheln, die sie gesammelt hatte, in den Taschen ihrer Hose. Skeptisch blickte sie auf eine Qualle, die die Flut zurückgelassen hatte. Wie sahen jetzt noch einmal harmlose Ohrenquallen aus und wodurch unterschieden sich Feuer- von Nesselquallen? War dieses blauschimmernde Etwas mit den rötlichen Fäden nun ungefährlich oder nicht? Und das leicht gelbliche Dings daneben, was war damit? Verzweifelt versuchte sie, sich zu erinnern, vor welchen dieser Tiere der Doc sie gewarnt hatte. Egal. Solange sie harmlos und brennend nicht unterscheiden konnte, würde sie eben nur baden gehen, wenn keine Quallen im Wasser trieben. Sie machte einen großen Schritt zur Seite und trat dabei fast auf einen Seestern. Wo kam der denn auf einmal her? Sie nahm ihn auf die Hand und sah sich um. Dort drüben, wo die Steine aus dem Sand ragten, war ein kleiner Tümpel. Da hinein konnte sie den Seestern setzen.

* * *

Mit gleichmäßigem Druck zog Mo das Paddel durch die Wellen. Routiniert wechselte er nach einigen Schlägen die Seite, um das Board auf geradem Kurs zu halten. Seines Erachtens war Stand-up-Paddling keine große Kunst. Alle Sportarten, die mit Wind und Wasser zu tun hatten, beherrschte er intuitiv. Wenn er sich nur mit Frauen genauso leichtgetan hätte.

Den ganzen Tag schon dachte er darüber nach, was Wandas Anruf zu bedeuten hatte. Nach dem Duschen hatte er die Telefonnummer der Praxis auf dem Display seines Handys gesehen, aber als er zurückrief, war eine andere Frau in der Leitung gewesen. Der Stimme nach eine ältere Dame, die ihm nicht hatte sagen können, weshalb die neue Praxismitarbeiterin bei ihm angerufen hatte.

Mysteriös.

Sicher ging es um die Katze, nicht um ihn. Er tauchte das Paddel weit vor sich ins Wasser und balancierte mit gebeugten Knien die Wellen aus. Es war blanker Irrsinn, sich einzubilden, dass sie seinetwegen zum Hörer gegriffen hätte. Und dennoch. Obwohl es vollkommen irrational war, schlich sich immer wieder ein Funke Hoffnung in sein Denken. Unzählige Male war er heute die Promenade abgeschritten, vom Südbad bis zum Kleinen Kaap, einmal sogar noch weiter. An den hölzernen Pfosten entlang, die die Abgrenzung zur Seehundbank Hohes Riff markierten, über den weitläufigen Nordstrand, bis auf Höhe der Sternklippdünen im Ostland und von dort aus den ganzen Weg wieder zurück.

Keine Spur von Wanda.

Es war wie verhext. Dabei war herrliches Strandwetter gewesen. Sie konnte doch unmöglich den ganzen Tag drinnen geblieben sein. Außer natürlich, sie war wirklich mit dem Tierarzt zusammen, und die beiden genossen ein Schäferstündchen. Er spürte einen feinen Stich. Als er noch mit Alessa liiert gewesen war, hatten sie unzählige Sonntage zu zweit im Bett verbracht. In der Anfangszeit zumindest. Danach war Alessas Interesse an Sex langsam abgeflaut. Dafür hatte sie sich zunehmend für Online-Shopping interessiert. Mit Mos Kreditkarte, versteht sich. Er hätte dem Ganzen von Anfang an einen Riegel vorschieben sollen.

Entschlossen tauchte er das Paddel ins Wasser. Ganz bestimmt würde er Wanda nicht hinterherrennen. Blamiert hatte er sich schon zur Genüge. Er verdrängte die Erinnerung an den peinlichen Besuch in der Praxis und ließ die Arme sinken. Für einen Moment erlaubte er den Wellen, die Kontrolle über das Brett zu übernehmen. Sein Blick glitt über den Horizont

136

und verlor sich in der Weite, die er so sehr liebte. Vielleicht war er für eine Partnerschaft einfach nicht geschaffen. Und wenn das so war, musste er es akzeptieren. Zum Glück kam er auch gut alleine klar. Meistens, zumindest. Nur manchmal fehlten ihm die vertrauten Blicke, die zärtlichen Berührungen, die Gespräche und die vielen kleinen alltäglichen Dinge, die eine Beziehung ausmachten. Und der Sex natürlich. Aber daran alleine lag es nicht. Sex hätte er auch so haben können. Es gab genügend Frauen, die auf ein Abenteuer aus waren. Dass sein Typ in der Damenwelt gut ankam, war ihm bewusst.

Er löste sich aus seinen Gedanken. Zum Weiterpaddeln hatte er keine Lust mehr. Vielleicht würde er den Abend auf dem Sofa verbringen und sich einen Actionfilm ansehen. Mit einem kräftig geführten Crossbow-Schlag wendete er das Brett um hundertachtzig Grad. Sein Blick streifte das Ufer.

Das gab es doch wohl nicht!

Im ersten Moment meinte er, seine Fantasie gehe mit ihm durch. Den Impuls, sich zu kneifen, musste er mit Mühe unterdrücken. Gegen sein plötzlich wild hämmerndes Herz aber war er machtlos. Die Frau dort am Ufer, mit dem gelben T-Shirt, der hochgekrempelten Hose und den wehenden braunen Haaren war Wanda. Es bestand nicht der geringste Zweifel. Er hätte sie unter Hunderten von Frauen erkannt. Die Leichtigkeit in ihrem Gang verriet sie. Man hätte meinen können, sie hätte ein Hoverboard aus »Zurück in die Zukunft« unter den Füßen, das sie schweben ließ.

Und jetzt hob sie beide Arme in die Luft und winkte ihm zu.

* * *

Es musste sich um eine Offenbarung handeln. Göttlicher Wille, der sich hier vor ihren Augen manifestierte. Zwar hatte sie ein etwas gespaltenes Verhältnis zu Religion, aber wenn es sich bei dieser Gottheit in Menschengestalt da vorne auf dem Paddleboard tatsächlich um Mo handelte, würde sie zu Harks Freund, dem evangelischen Pfarrer, gehen und der Kirche eine neue Orgel stiften. Oder eine Bibel mit Goldschnitt. Die konnte man in einem Gotteshaus immer gebrauchen. Zumindest aber eine Kerze. Entschlossen biss sie sich auf die Lippe. Eine Kerze war drin. Die konnte schließlich kein Vermögen kosten.

»Mo!« Sie legte die Hände trichterförmig über den Mund und schrie gegen die Wellen an. »Schnell! Ich brauche deine Hilfe!«

Statt einer Antwort reckte er den Daumen in die Luft und paddelte los. Kurz darauf stand er bis zu den Knien im flachen Wasser. Die Wellen schwappten um das Brett. Wanda konnte ihre Ungeduld gerade noch so lange bezähmen, bis er es auf den trockenen Sand gezogen und dort abgelegt hatte.

»Schnell«, drängelte sie. »Wir müssen etwas unternehmen, bevor sie gefressen werden. Ehrlich, diese Möwen sind die reinste Pest. Flugverbot sollte man ihnen erteilen. Mein Image bei Kai Uwe haben sie auch ruiniert. Der denkt jetzt allen Ernstes, ich hätte diese Biester gefüttert. Nicht zu fassen, oder? Dabei war es genau umgekehrt. Die Möwen haben *mich* überfallen. Und wenn wir uns nicht beeilen, müssen die Seesterne dran glauben.«

Hektisch deutete sie auf einen großen Vogel mit stechend gelben Augen und gelbem Schnabel. Er saß auf einem der Steine neben dem Gezeitentümpel, legte den Kopf schräg und gierte nach den Seesternen, die Wanda behutsam eingesammelt und vorläufig in Sicherheit gebracht hatte.

Mo wirkte verwirrt. Mit gerunzelter Stirn blickte er zwischen der Möwe, Wanda und dem Tümpel hin und her, als gäbe es ein kompliziertes technisches Problem zu lösen. Schließlich erhellte sich sein Gesicht. »Warte. In dem Tümpel sind Seesterne, die du gern vor der Möwe da retten willst, richtig?«

»Das hast du super auf den Punkt gebracht«, bestätigte sie und schluckte vor Verlegenheit. Himmel, ihr war erst nachdem sie es ausgesprochen hatte bewusst geworden, was für unzusammenhängende Sätze sie von sich gab. Mo musste sie für völlig durchgeknallt halten. Es war ihr schleierhaft, woran es lag, aber immer, wenn Mo in der Nähe war, strömte ein unkontrollierter Wortschwall aus ihr heraus. Sie musste dringend etwas dagegen unternehmen. Sicher gab es therapeutische Hilfe für Menschen mit ihrem Problem. Vorsichtig schielte sie zu ihm hinüber.

Es wirkte nicht so, als hielte er sie für irre.

Er stand einfach nur da und sah sie mit seinen verschiedenfarbigen Augen an. Als ob er tief in sie hineinblicken könnte. Und sofort flatterten die Schmetterlinge in ihrem Bauch wild durcheinander.

»Die Seesterne sind dir wichtig, stimmt's?«

Sie nickte.

»Okay.« Er strich sich mit den Fingerspitzen über den Dreitagebart. »Sie hier ins Wasser zu setzen, wird nicht funktionieren. Entweder sie werden erneut ans Ufer gespült, oder die Möwe schnappt sie sich.«

»Irgendeinen Plan, was wir tun können? Schließlich können wir nicht mit Steinen nach ihr werfen. Das wäre gemein.«

»Warte. Ich weiß, wie es klappen könnte.« Er schnappte sich das Board und legte es neben dem Tümpel ab. »Leg die Seesterne auf das Brett. Dann lassen wir es zu Wasser. Ich paddle, du kniest dich vorne auf den Bug, und wenn wir weit genug draußen sind, setzt du die Seesterne aus. Einverstanden?«

»Prima Idee.« Sofort machte sie sich daran, den ersten Seestern auf das Board zu legen. Kurz darauf saß sie auf dem Brett und ließ die Beine ins Wasser hängen. Ihre Hose wurde klitschnass, aber was spielte das für eine Rolle? Hinter ihr stand Mo und paddelte mit ruhigen Bewegungen ein Stück ins Meer hinaus. In Wandas Rücken kribbelte es. Trotz des Abstands zwischen ihnen konnte sie seine Gegenwart körperlich spüren. Als wären sie zwei Hälften eines Ganzen, die ein unsichtbarer Magnetismus immer näher zueinander zog. Es war … magisch. Zumindest hatte sie so etwas zuvor noch nie erlebt.

»Danke für deine Hilfe«, sagte sie, als er sie schließlich wieder am Ufer absetzte.

»Kein Problem.« Schulterzuckend hob er das Brett aus dem Wasser. Die Muskeln seiner Oberarme spannten sich unter dem eng anliegenden Neoprenanzug. Sein Blick ruhte auf ihr.

Eine verstörend lange Weile sagte keiner ein Wort.

»Weißt du«, begann Wanda und strich sich das Haar zurück. »Ich hatte einen Bruder. Er war jünger als ich und hieß Erik. Als wir Kinder waren, hat er geglaubt, Seesterne wären Sternschnuppen, die vom Himmel ins Meer gestürzt sind. Er konnte nicht mit ansehen, wie sie in der Sonne vertrockneten. Es hat ihn völlig fertiggemacht, dass er nicht alle retten konnte. Dafür war der Strand zu groß.«

»Verstehe …« Er nickte, ohne den Blick von ihr zu nehmen.

»Diese Seesterne eben … Ich konnte sie nicht sterben lassen. Es hat sich so angefühlt, als wären sie so etwas wie ein Gruß von Erik. Ein Zeichen, dass er immer noch da ist …«

Er sagte keinen Ton. Er sah sie nur an.

Ihre Wangen erhitzten sich. Sie biss sich auf die Unterlippe. Verflixt, sie war schon wieder dabei, Dinge zu sagen, die sie besser für sich behalten hätte. Nur, dass es diesmal kein belangloser Unsinn war, sondern die Art von Geheimnis, die sie normalerweise um keinen Preis geteilt hätte. Nicht einmal mit Tom, und der wusste so ziemlich alles. Sowohl über sie als auch über Erik. Wie kam es nur, dass sie das Bedürfnis hatte, sich Mo anzuvertrauen? Lag es an der Ruhe und Gelassenheit, die er ausstrahlte? Verlegen klimperte sie mit den Muscheln in ihrer Tasche. »Klingt schräg, nicht wahr? Ich meine, natürlich weiß ich, dass Erik tot ist …«

140

»Nein«, unterbrach er sie und schüttelte bedächtig den Kopf. »Klingt für mich überhaupt nicht schräg.«

Verwundert blickte Wanda zu ihm auf. Sein Haar glänzte golden im Licht der Sonne. In seinen Augen lag ein Ausdruck, der die Schmetterlinge in ihrem Bauch Tango tanzen ließ. Auf einmal war er ihr so nahe, dass sie beinahe die Arme um ihn geschlungen und ihm einen Kuss auf die Lippen gehaucht hätte. Zum Glück war sie vernünftig genug, es nicht zu tun. Mo hatte nun mal eine Wahnsinnsausstrahlung. Das hieß noch lange nicht, dass etwas Besonderes zwischen ihnen war und sie ihm einfach zu Leibe rücken konnte. Reflexhaft machte sie einen Schritt zurück.

Er blickte sie aus sanften Augen an. »Erik und du habt euch sehr nahegestanden. Du vermisst ihn.«

Wanda spürte ein Schlingern in der Magengegend. Er machte sich nicht lustig über sie. Ganz im Gegenteil. Er schien zu verstehen, was bisher niemand verstanden hatte, noch nicht einmal ihre Eltern. Andererseits, wie auch? Bisher hatte sie nie gewagt, ihre Maske fallen zu lassen. Stattdessen hatte sie den Schmerz und die Schuldgefühle tief in sich vergraben. Doch nun war Mo gekommen, hatte Seesterne mit ihr gerettet und einen haarfeinen Riss in ihrer Mauer verursacht. Und aus diesem Riss sickerte nun Trauer. Zu ihrem Entsetzen spürte sie, wie sich eine einzelne Träne löste und über ihre Wange lief. Es stimmte, was Mo sagte. Sie und Erik hatten sich nahegestanden. Aber nicht nahe genug, um das Unheil abzuwenden.

Schweigend hob Mo den Arm und strich mit dem Daumen über die feuchte Stelle an ihrer Wange. Ganz sanft. Die Berührung löste eine Sehnsucht in ihr aus, die von ihrer Brust aus durch ihren ganzen Körper strömte. Mos Nähe war so verführerisch, dass sie sich am liebsten in seine Arme geschmiegt hätte, um seinen Körper zu spüren und sich von ihm küssen zu

lassen. Sie blickte zu ihm auf. In seinen verwirrend verschiedenfarbigen Augen lag ein Flackern, das zuvor nicht da gewesen
war.

Dann war der Moment vorbei. Als hätte er Angst, etwas
falsch zu machen, ließ Mo den Arm sinken. Er trat ein Stück
zurück.

Es dauerte einen Moment, bis sie sich sortiert hatte. Die
Sehnsucht wurde vom Wind erfasst und flog über das Meer
davon. Und mit dem nächsten Atemzug fühlte sie, wie eine
Woge der Enttäuschung über ihr zusammenschlug. Plötzlich
wusste sie nicht mehr, wohin mit sich. Hatte sie sich eben nur
eingebildet, dass Mo kurz davor war, sie zu küssen? Verunsichert
grub sie ihre nackten Zehen in den feinen Sand. Einen unbehaglich langen Moment starrten beide vor sich hin.

Sie räusperte sich. »Jedenfalls danke. Die Gesellschaft zur
Rettung der Seesterne ernennt dich hiermit zum Ehrenmitglied.«

»Wow. Cool.« Das Grinsen in seinem Gesicht war zurück.
»Was muss ich jetzt tun?«

»Nichts. Außer …« Sie legte den Kopf schräg und überlegte. »Vielleicht hast du Lust, mir gelegentlich zu zeigen, wie
man Lenkdrachen steigen lässt? In dieser Disziplin bin ich ein
Charlie-Brown-mäßiger Versager.«

Er wirkte überrascht, lächelte dann aber noch eine Spur
breiter. »Lässt sich einrichten.«

»Prima. Tja, dann …« Sie blickte an sich hinunter. Die
nasse Hose klebte unangenehm an ihren Beinen. »Ich gehe
wohl mal besser nach Hause und zieh mir etwas Trockenes an.
Danke noch mal.«

»Melde dich. Wann immer du willst. Du hast ja meine
Telefonnummer.«

Er nahm das Brett auf, drehte sich um und ging über den
Strand davon.

Etwas atemlos blickte sie ihm nach. Das klang ja, als hätte sie ein Date. Völlig unverhofft. Mit Mo, dem Mann, der dieses aufregende Kribbeln in ihrem Magen verursachte.

Und das alles nur wegen der Seesterne?

In Gedanken machte sie sich eine Notiz, morgen nochmals im Drachenladen vorbeizuschauen. Heute war geschlossen gewesen. Sie hatte am Samstag beim Zusammenpacken einen der Stäbe im Sand verloren. Sicher gab es bei Herrn Braun Ersatz.

Ob morgen zu früh war, um bei Mo anzurufen?

KAPITEL 10

Lust auf ein Bier in den Dünen heute Abend? Oder musst
du Seesterne retten?

Wanda überflog die Nachricht nun schon zum dritten Mal.
Ob Mo ihren Humor verstand? Mit einem unentschlossenen
Grummeln im Bauch drückte sie auf Senden.

Wenige Sekunden später erschienen zwei blaue Häkchen.
Mo hatte ihre Nachricht gelesen.

In Mos Profil blinkte der Cursor: *schreibt ...*

Wie hypnotisiert starrte Wanda auf ihr Smartphone. Sie
vergaß beinahe zu atmen.

Hi. Die Gesellschaft zur Rettung der Seesterne hat
mir heute frei gegeben, aber ich bin für einen Kurs im
Lenkdrachenfliegen gebucht. Wie ich höre, gibt es nur
eine Teilnehmerin.

Wanda lächelte. Mit einem leichten, beschwingten Gefühl
tippte sie die Antwort:

Sorry, aber meinem Drachen geht es nicht so gut, vermutlich ein gebrochener Flügel. Der Doc kennt sich mit Flugtieren nicht sonderlich aus, und der Laden von Herrn Braun ist immer noch geschlossen. Mayday. Sollen wir das Treffen verschieben?

In rekordverdächtigem Tempo landete Mos Antwort auf ihrem Display.

Kommt nicht infrage. Kneifen ausgeschlossen. Ich bringe meinen Drachen mit. Sehr flugerfahren und geduldig mit Anfängern. Treffen um sieben auf der Düne neben der Surfschule?

Freue mich,

tippte sie und drückte auf Senden. Das Schlagen der Tür ließ sie zusammenzucken. Sie blickte auf.

»Was zum Henker ist das jetzt wieder für ein Geruch?« Der Doc kam in die Praxis gestürzt. Mitten im Schwung bremste er ab und wäre beinahe gegen die Edelstahlplatte der elektronischen Tierwaage geschlittert. Offiziell hätte die Sprechstunde schon längst begonnen, aber Hark war zu einem Notfall gerufen worden. Jetzt war er spät dran. Doch statt in den Behandlungsraum zu gehen, wo ein Kurzhaarbernhardiner auf seine Impfung wartete, baute er sich an der Anmeldung auf, die Hände in die Seiten gestützt. Um seinen Hals baumelte das Stethoskop. Aus der Brusttasche seines schwarzen T-Shirts lugte das Digitalthermometer. »Behandeln wir seit Neuestem Skunks?« Seine Stimme quoll über vor Sarkasmus.

Unauffällig schob Wanda das Handy unter einen Stapel Papiere. Was war denn mit dem Doc los? Er war doch sonst nicht so genervt. Sie straffte die Schultern und lächelte höflich. »Das ist Ylang-Ylang mit Maiglöckchen und Vanille.«

»Was immer es ist, mach es aus. Es stinkt bestialisch. Wie kommst du auf die völlig wahninnige Idee, dass dieser Gestank beruhigend wirken könnte?«

Indigniert reckte Wanda das Kinn und pustete dann mit einem Atemstoß die Kerze aus. »Du bist einfach nicht aufgeschlossen für alternative Methoden«, gab sie kopfschüttelnd zurück. »Vielleicht solltest du mal Urlaub in Malaysia machen. Dort heilen die alles nur mit Pflanzenkunde.«

»Halt mich nicht mit so einem Unsinn auf. Ich hinke eh schon hinter dem Terminplan her. Wenn noch ein Notfall dazwischenkommt, kannst du alle nach Hause schicken und neue Termine vergeben. Wartezeiten von über neunzig Minuten sind nicht zumutbar.«

»Wo hast du auch so lange gesteckt?« Sie kräuselte die Stirn. »Du kannst doch unmöglich eine geschlagene Stunde gebraucht haben, um einen Zwerghamster zu behandeln? Ich wundere mich ohnehin, weshalb du deswegen einen Hausbesuch gemacht hast. Das tun wir doch nur, wenn es gar nicht anders geht.«

Frustriert riss er sich das Stethoskop vom Hals und stopfte es in die Arbeitshose. »Frag besser nicht. Das ist jetzt schon das zweite Mal, dass Hermine sich durch die Plastikwanne ihres Käfigs gefressen hat. Das letzte Mal musste ich sie hinter dem Schrank hervorangeln. Heute hat sie sich auch noch durch die Holzvertäfelung einer Trennwand geknabbert und es sich in dem Dämmmaterial gemütlich gemacht. Noch einmal tue ich mir das nicht an. Robby muss lernen, besser auf sein Haustier aufzupassen. Ich habe eine gefühlte Ewigkeit auf dem Boden gekniet mit Leckerlis in der Hand, bis ich sie endlich so weit hatte, dass sie freiwillig herauskam. Dem Jungen fehlt die

Geduld. Er war völlig fertig aus Angst um seinen Hamster und stand die ganze Zeit heulend neben mir.«

Wanda ließ die Hände über der Tastatur schweben. »Und was gebe ich jetzt in das Abrechnungsprogramm ein? Gibt es einen Verrechnungssatz für die Bergung von Zwerghamstern?«

»Vergiss es.« Er winkte ab. »Wir berechnen nichts. Ich werde Robby mein altes Aquarium geben. Damit sollten sich Hermines Fluchtversuche erledigt haben.« Sein Blick fiel auf Harvey, der zu Wandas Füßen auf einer Decke lag. Hark furchte die Stirn. »Dieser Hund klebt wie ein Schatten an dir. Hattest du ihn heute Nacht wieder mit?«

»Ja, aber nur, weil er noch den Kragen tragen muss. Mach dir keine Sorgen, Doc, ich habe die Lage im Griff.« Sie beugte sich über die Theke und deutete scheinbar beiläufig auf das Miniferkel im Körbchen neben Tassilo und Agathe. »Soll ich gelegentlich beim Tierheim anrufen und fragen, ob sie das Schwein nehmen?«

»Das Schwein? Ins Tierheim? Völlig unmöglich!« Entgeistert starrte Hark sie an. »Wie stellst du dir das vor? Die sind auf Schweine doch gar nicht eingerichtet. Hast du eine Ahnung, wie empfindlich Miniferkel sind? Wenn man sich da mit der Ernährung nicht auskennt …« Er brach mitten im Satz ab und zuckte die Schultern.

»Hm. Ich dachte nur, es wäre besser, wenn Tassilo sich nicht zu sehr an das Schwein gewöhnt. Im Moment betätigt er sich als Ohrenarzt.« Mit einer Mischung aus Besorgnis und Faszination schaute sie Tassilo dabei zu, wie er mit der Zunge das Ohr des Ferkelchens bis in die kleinste Hautfalte sauberschleckte.

»Du solltest dir nicht ständig Sorgen über alles Mögliche machen. Das Ferkel wird schon einen Besitzer finden.« Entschlossen machte sich Hark auf den Weg ins Behandlungszimmer.

»Wenn du meinst, Doc.« Mit offenem Mund starrte Wanda ihm hinterher. Vielleicht sollte sie es einfach aufgeben, ihn mit seinen eigenen Waffen schlagen zu wollen? Hark war einfach Hark und somit unverbesserlich. Doch so nervtötend der Doc mitunter war, man konnte ihm schlecht böse sein. *Sie* zumindest brachte es nicht fertig. Sie dachte an den Kummer, den er mit sich herumtrug. An die kalten Fertiggerichte, die er in den Pausen in sich hineinstopfte. An die Schatten unter seinen Augen, wenn er wieder einmal mitten in der Nacht zu einer kalbenden Kuh gerufen worden war. An die Einsamkeit, die er mit wildem Arbeitseifer zu überdecken suchte. Und in diesem Augenblick tat er ihr schrecklich leid.

* * *

Mist. Mist. Mist.

Vorsichtig lugte Wanda später an diesem Vormittag durch die Tür der Krankenstation. Mit etwas Glück würde Hark das schwarze Kätzchen nicht bemerken, das unter ihrem Sweatshirt steckte und leise schnurrend den Kopf an ihrem Bauch rieb. So etwas Blödes aber auch. Der Bauer, dem sie ein Wurmmittel vorbeigebracht hatte, hatte sie zwar *gefragt,* ob sie ein Kätzchen haben wollte, aber dann hatte er, ohne eine Antwort abzuwarten, das kleine Fellknäuel einfach durch das offene Autofenster in ihren Schoß fallen lassen und sich verdächtig schnell entfernt. Sie hatte ihm hinterhereilen wollen, aber eine Dixi-Klo-Tür war wirklich nicht dazu geschaffen, um durch sie hindurch Diskussionen zu führen.

Und wenn sie das Kätzchen in der Box hinter der Yuccapalme unterbrachte? Grübelnd trommelte sie mit den Fingern auf ihr Kinn. Die Chancen, dass Hark das Tier dort nicht sehen würde, standen gut. Dafür war mit an Sicherheit grenzender Wahrscheinlichkeit damit zu rechnen, dass er es hören würde.

So etwas Blödes aber auch. Dabei hatte Hark ihr eingeschärft, dass die Praxis sich keine weiteren Tiere erlauben konnte. Mit einem Anflug von schlechtem Gewissen überflog sie im Geiste die Neuzugänge der letzten Tage. Auf der Station befanden sich jetzt:

ein dreibeiniger Hund, den keiner wollte,

ein Miniferkel, bei dessen Anblick Hark jedes Mal so verzückt grinste, als halte man ihm ein neugeborenes Baby vor die Nase,

eine weibliche, nicht sterilisierte schwarze Katze, ungefähr drei Monate alt und zum Anbeißen süß.

Zusammen mit Tassilo, George, Clooney und den Hennen machte das … Frustriert hörte sie auf zu rechnen.

Verdammt!

Der Doc hatte recht. Wenn sie so weitermachten, konnten sie das Praxisschild demnächst abschrauben und »Arche Noah« über den Eingang pinseln. Sie musste zusehen, dass sich so schnell wie möglich ein Besitzer für die Katze fand. Am besten, bevor der Doc das Tier bemerkte.

Mit den Gedanken bei der Katze, ging sie an ihren Schreibtisch zurück. Sie ließ den Blick durch das volle Wartezimmer schweifen, um sich einen Überblick zu verschaffen. Just in diesem Moment flog die Tür auf. Der Doc nickte ihr zu. »Da bist du ja. Danke, dass du das erledigt hast. Alles klar?«

Sie nickte.

»Der Nächste, bitte.« Er wandte sich in Richtung Behandlungszimmer. »Ach übrigens, Wanda«, meinte er über die Schulter hinweg. »Wem gehört die Katze, die du vorhin in die Station gebracht hast?«

Noch bevor sie Gelegenheit hatte, eine Ausrede zu erfinden, verschwand Hark hinter der Tür. Verflixt! Wandas Gedanken purzelten durcheinander. Sie brauchte eine Lösung. Am besten machte sie sich gleich in der Mittagspause daran. Frustriert blätterte sie durch die Patientenkartei. Plötzlich hatte sie eine Eingebung. Wenn jemand wusste, wer ein Kätzchen aufnehmen konnte, dann Kai Uwe. Der kannte doch so ziemlich jeden auf der Insel! Jetzt musste sie nur noch einen Weg finden, sich mit ihm zu versöhnen.

* * *

Bewaffnet mit zwei riesigen Sanddornwindbeuteln und einer Thermoskanne Kaffee stand sie wenig später vor Kai Uwes Hütte. Ein wenig unwohl war ihr zumute, ihn um Hilfe zu bitten. Andererseits, was hatte sie zu verlieren?

»Sie schon wieder«, brummte Kai Uwe, als er Wanda bemerkte, und legte den Notizblock beiseite, auf dem er die Nummern der vermieteten Strandkörbe notierte.

»Moin, Kai Uwe«, erwiderte Wanda und lächelte gleichbleibend freundlich. »Keine Sorge, ich habe nicht vor, gegen eine Ihrer Strandregeln zu verstoßen. Ich dachte nur, wir beide sollten uns mal unterhalten. Bei Kuchen und einer schönen Tasse Kaffee. Was sagen Sie dazu?«

»Verstehe ich das richtig, Sie wollen, dass wir die Friedenspfeife rauchen?« Misstrauisch zog Kai Uwe eine Augenbraue in die Höhe.

»Warum nicht? Wir müssen ja nicht gleich beste Freunde werden. Aber es wäre schade, wenn wir uns in den nächsten zwölf Monaten ständig aus dem Weg gehen.«

»Hm. Scheint, Sie meinen es ernst.« Kai Uwe legte den Kopf schräg. »Das mit Ihrem Sabbatjahr auf Borkum und diese Idee, dass wir uns versöhnen sollen?«

»Und ob.« Entschlossen setzte Wanda das Kuchenpaket auf Kai Uwes Tisch ab und löste das Einschlagpapier. »Sanddornwindbeutel. Die mögen Sie, oder?«

Schweigen.

Gespannt beobachtete Wanda, wie Kai Uwe sich über das Gebäck beugte und vorsichtig schnupperte, wie ein Hund, der einen Knochen riecht. Er bemühte sich, keine Miene zu verziehen, aber Wanda hätte schwören können, dass ihm gerade das Wasser im Munde zusammenlief. In Gedanken schickte sie ein leises Dankeschön an die Verkäuferin in der Konditorei, die ihr verraten hatte, dass Kai Uwe eine absolute Schwäche für Sanddornwindbeutel besaß.

»Hm. Und einer davon ist für mich?«

»So hatte ich das gedacht.«

Kai Uwe nickte knapp, dann drehte er sich um, verschwand in seiner Hütte und kehrte mit einem zweiten Stuhl wieder zurück. »Dann setzen Sie sich mal. In der Kanne ist Kaffee, sagten Sie?«

Wanda lächelte zustimmend.

»Hier.« Er nahm zwei hübsche getöpferte und hellblau glasierte Becher vom Bord, stellte sie auf den Tisch und setzte sich neben Wanda. »Na, dann lassen Sie mal hören, was Sie zu sagen haben.«

»Also«, begann Wanda und räusperte sich. »Erst einmal tut es mir aufrichtig leid, dass wir so einen schlechten Start hatten. Ich meine, das mit der Möwe zum Beispiel. Und die Sache mit dem Schlüssel war einfach Pech. Wissen Sie, ich war gerade beim Drachensteigenlassen, als das Telefon klingelte und Hark mich bat, ihm bei einem Notfall zu helfen. Da war dieser Hund. Er war schlimm von einem Auto angefahren worden. Wir mussten ein Bein amputieren.«

Eine Viertelstunde später waren die Windbeutel verzehrt. Wanda lehnte sich entspannt zurück. Sie und Kai Uwe hatten heftig miteinander diskutiert, aber am Ende hatte sie das Gefühl, dass der alte Brummbär langsam aus seiner Deckung kam. Die Geschichte über Harveys Rettung hatte ihm ordentlich imponiert. Als sie dann auf Kai Uwes Gallowaykühe zu sprechen gekommen waren und Wanda ihm einige Fragen zu seiner Zucht gestellt hatte, war das Eis sichtlich gebrochen. Wanda trank den letzten Schluck Kaffee und sammelte sich. Der Moment schien geeignet.

»Ähm, eine Sache hätte ich noch auf dem Herzen ...«, setzte sie an.

»Moin, Kai Uwe.« Mit quietschenden Reifen hielt der Briefträger vor der Hütte und stieg von seinem gelben Rad. »Ich hätte mal wieder einen Brief für dich.« Er wühlte in seiner dicken Tasche. »Hier. Von deiner Tochter aus Berlin.«

»Schön, dass du das mit dem Briefgeheimnis so ernst nimmst.« Finster musterte Kai Uwe den Briefträger. »Postboten sollten lesen, an wen der Brief adressiert ist, nicht, wer ihn geschrieben hat. Bestimmt verstößt das gegen die Vorschrift.«

»Nee, nicht, dass ich wüsste.« Grinsend schwang sich der Briefträger auf den Drahtesel. »Und abgesehen davon, so schwer ist das auch nicht zu erraten, von wem der Brief stammt. Abgesehen von Svea, die dir regelmäßig schreibt, bekommst du nur Rechnungen. Holl di munter, Kai Uwe.« Er tippte sich an die Mütze und radelte davon.

Wanda blickte ihm hinterher. *Holl di munter,* das hieß hier auf Borkum so viel wie *Auf Wiedersehen,* das hatte sie inzwischen verstanden. Was sie nicht verstand, war, dass Kai Uwe den Brief nahm und ihn, ohne ihn eines Blickes zu würdigen, in einen Karton im Spind warf. Wanda reckte den Hals. Wenn sie nicht alles täuschte, befanden sich noch viele weitere Briefe von Svea in dem Karton. Und keiner von ihnen schien geöffnet. Unsicher, ob sie Kai Uwe darauf ansprechen sollte, drehte sie den Kaffeebecher in den Händen.

»Also, dann mal raus damit.« Kai Uwe tat, als wäre nichts gewesen, und ließ sich auf seinen Stuhl fallen. Mit beiden Händen fuhr er sich über das wild zu allen Seiten abstehende Haar. »Wo drückt der Schuh?«

Einen kurzen Moment blickte Wanda ihn verständnislos an, dann besann sie sich auf den eigentlichen Grund ihres Besuchs. In kurzen Sätzen umriss sie, was passiert war. »Und jetzt suche ich dringend ein gutes Heim für das Kätzchen. Wüssten Sie jemanden, der infrage kommt?«, schloss sie den Bericht und knetete die Hände im Schoß.

Nachdenklich kratze Kai Uwe sich das Kinn in dem hageren, faltigen Gesicht. »Ich glaube, ich habe da eine Idee.«

* * *

Klare Sache. Wäre da noch Zweifel gewesen, so hätten das Grinsen auf seinen Lippen und das beschwingte Gefühl, das ihn seit gestern Abend begleitete, diesen beseitigt. Unter leisem Stöhnen fuhr Mo sich mit den Händen durchs Haar. Die Diagnose war eindeutig: Es hatte ihn erwischt. Und zwar schwer. Seit der Whatsapp-Nachricht heute Morgen konnte er an nichts anderes denken als an das Treffen mit Wanda. Er löste den Blick von der schmalen Linie, die sich weit draußen am Horizont abzeichnete, und bückte sich. Mit geübten Griffen beschwerte er eine Seite des Kites mit Sand, bevor er die Lenkseile auslegte und sie an der Bar befestigte. Eine Arbeit, die er sonst konzentriert erledigte. Heute aber schweiften seine Gedanken immer wieder zu Wanda.

Er war verrückt nach ihr.

Es fiel ihm verdammt schwer, sie zumindest zeitweise aus seinem Kopf zu bekommen. Wie betäubt starrte er auf die Schnüre in seinen Händen und auf den Knoten, den er in seiner Achtlosigkeit fabriziert hatte.

Als sie gestern so traurig gewesen war und er die Tränen von ihrer Wange gestrichen hatte, hätten ihn seine Gefühle beinahe überrollt. Er war kurz davor gewesen, sie zu küssen. Dabei hatten sie noch kein einziges offizielles Date gehabt. Im letzten

Moment hatte er sich beherrscht. Er wollte nicht, dass sie ihn für einen dieser Kerle hielt, die wahllos Frauen abschleppten. Vor allem aber wollte er keine Fehler machen.

Ungeduldig zerrte er an den verhedderten Lenkseilen. Dieser verdammte Hang zum Perfektionismus, der ihn schon sein ganzes Leben begleitete … Er konnte sich nicht erinnern, wann es angefangen hatte, er musste noch sehr klein gewesen sein. Aber er erinnerte sich genau, wie er sich im Kindergarten den Text im Geiste sorgfältig zurechtgelegt hatte, bevor er etwas sagte, und zwar Wort für Wort. Der innere Druck, den er sich selbst erzeugt hatte, war enorm gewesen. Kein Wunder, dass er sich dann vor Aufregung verhaspelt hatte und nur unverständliches Zeugs aus seinem Mund geflossen war. Von den anderen Kindern ausgelacht zu werden, war eine schlimme Erfahrung gewesen, die seine Ängste weiter befeuert hatte. Sören hatte ihn zum Glück immer verteidigt. Und als seine Eltern das Problem erkannten, schickten sie ihn zur Sprachtherapie. Das half.

In den Jahren darauf war alles gut gewesen. Die mündlichen Prüfungen im Abitur und im Studium hatte er gut gemeistert, weil er den Stoff aus dem Effeff beherrschte. Logische Zusammenhänge herzustellen und komplexe technische Probleme zu lösen fiel ihm leicht. Dass er sich nach dem Master auf Windparktechnik spezialisiert hatte, erwies sich als Glücksfall. Seine Karriere ging rapide voran, und auch privat lief alles gut. Alessa hatte es ihm einfach gemacht, sich in sie zu verlieben, und er hatte keinen Grund gesehen, seine angeborene Schüchternheit vor ihr zu verheimlichen. War das nicht der eigentliche Sinn einer Beziehung, dass man sich vertraute und seine verletzliche Seite zeigen durfte? Dass Alessa sein Vertrauen missbrauchen könnte, hätte er zum damaligen Zeitpunkt nie für möglich gehalten. Erst recht nicht hatte er damit gerechnet, dass sie ihm nach dem berechtigten Rausschmiss aus seiner Wohnung ein Bein stellen würde.

Wie hätte er ahnen können, dass sie sich auf einem Rachefeldzug befand? Schließlich war sie es gewesen, die ihn betrogen hatte, nicht umgekehrt. Darum hatte er auch nicht daran gedacht, seinen Laptop nach der Trennung mit einem neuen Passwort zu schützen. Alessa war seine Assistentin im Team. Damit hatte sie jederzeit freien Zugriff auf seinen Rechner. Sie hatte gewusst, wie wichtig die Präsentation für ihn war. Der Geschäftsführer des Ingenieurbüros hatte Mo eine Partnerschaft in Aussicht gestellt, wenn es ihm gelänge, den dänischen Interessenten an Land zu ziehen. Mo hatte sich gründlich vorbereitet und eine aufwendige Präsentation erstellt, die mit allen möglichen Hochrechnungen, Tortendiagrammen und Tabellen gespickt war.

Und dann hatte Alessa zugeschlagen.

Gleich nachdem er die Präsentation gestartet hatte, hatte er gemerkt, dass etwas nicht stimmte. Die Zahlen der ersten Grafik ergaben keinen Sinn. Vielleicht hätte er die Kurve noch bekommen und eine Präsentation aus dem Stegreif halten können, ohne PowerPoint-Unterstützung, mit der Begründung, dass ein technisches Problem auf seinem Laptop vorläge. Aber leider hatte er den Fehler gemacht, in Alessas Gesicht zu sehen. Im Nachhinein kam es ihm so vor, als hätte sie absichtlich direkt gegenüber von ihm an dem runden Tisch Platz genommen. Das eiskalte Funkeln in ihren Augen und ihr zufriedenes, herablassendes Grinsen hatten ihn vollends ins Schleudern gebracht. Sein Gehirn war zu einer wabernden Masse mutiert, während Ängste, die er längst überwunden glaubte, ein woodstockmäßiges Revival feierten. Alessa hatte tiefste Befriedigung daraus gezogen, wie er mit hochrotem Kopf vor dem Kunden stand und keinen vernünftigen Satz zustande brachte.

Nach dem hässlichen Vorfall hatte er die Konsequenzen gezogen. Ohne Bedauern hatte er gekündigt und den Bürojob gegen ein körperlich anstrengendes, aber seelisch befreiendes

Leben im Offshore-Bereich getauscht. Inzwischen schlug sein Herz im Gleichklang mit der Brandung. Der Rhythmus von Ebbe und Flut war ihm so vertraut wie das Fließen seines Atems. Der Abstand zu Alessa hatte den Schmerz und die Enttäuschung verblassen lassen. Dort draußen auf dem Meer war er mit sich im Frieden. Er hatte sein inneres Gleichgewicht gefunden.

Zumindest hatte er das bis vor wenigen Tagen geglaubt.

Doch dann war Wanda wie ein Wirbelsturm in sein Leben gefegt. Nach Alessa hatte er sich für keine Frau mehr interessiert. Er war glücklich mit sich gewesen. Jetzt fühlte es sich an, als wären seine Emotionen so wirr durcheinandergeraten wie die farbigen Steine eines Rubik's Cube. Nur dass es ihm bei dem Würfel innerhalb von Minuten gelang, die Ordnung wiederherzustellen. Bei Emotionen war das weitaus schwieriger.

Warum nur fiel es ihm in Wandas Nähe so schwer, auszusprechen, was er dachte? Es gelang ihm ja noch nicht einmal, sie um ein einfaches Date zu bitten. Per Whatsapp einen lockerflockigen Ton anzuschlagen, war keine große Kunst. Doch sobald Wanda ihm gegenüberstand und ihn mit ihren großen braunen Augen anblickte, war es vorbei. Alle Worte verschwanden aus seinem Gehirn. So ging es ihm in ihrer Nähe ständig. Abgesehen von den Momenten, in denen er abgelenkt war.

Wie gestern, als sie zusammen Seesterne gerettet hatten. Da war seine Aufmerksamkeit so auf das Tun konzentriert gewesen, dass die Worte wie von selbst geflossen waren. Bis zu dem Moment, als Wanda eine Träne über die Wange gekullert war und er sie beinahe geküsst hätte.

Eine Bö fuhr ihm von hinten in die Kniekehlen und riss ihn aus seinen Gedanken. Das Nylon des Kites knatterte ungeduldig im Wind. Mit einer fließenden Bewegung nahm er die Bar auf und manövrierte den Kite im Stehen durch die Luft, bevor er probehalber ein paar Achten auf dem Sand lief, um ein Gefühl für die heutigen Verhältnisse zu bekommen. Der Wind wehte stark und gleichmäßig. Das bedeutete Topspeed und rasante Kurven. Ideal, um den Kopf freizubekommen.

Entschlossen setzte er den Helm auf und schwang sich über das Vorderrad in den Sitz. Wie von selbst fanden seine Füße die richtige Position auf der Lenkung. Im Nu nahm der Kitebuggy Geschwindigkeit auf und sauste über die endlos weite Sandpiste davon. Er lehnte sich tief in den Sitz, legte das Denken beiseite und gab sich dem Rausch von Geschwindigkeit und Weite hin. Das Hochgefühl von zuvor kehrte zurück. Für den Moment gelang es ihm, alles auszublenden: die Sehnsucht, die in ihm aufstieg, wenn er an Wanda dachte. Das wilde Pochen seines Herzens, wenn sie ihm so nahe war, dass er meinte, ihren Atem auf seiner Haut zu spüren. Und das unbändige Verlangen, sie in seinen Armen halten zu dürfen und zu küssen.

* * *

Puh. Das war ja gerade noch einmal gut gegangen. Mit einem inneren Aufatmen strich Wanda dem Kätzchen ein letztes Mal über den Kopf, bevor sie es seinen neuen Besitzern überreichte. Kai Uwe hatte die rettende Idee gehabt und vorgeschlagen, den hochgewachsenen Senegalesen mit dem warmen, offenen Lächeln, der in der Putzkolonne des großen Hotels an der Strandpromenade arbeitete, zu fragen, ob er und seine Familie Lust auf ein Haustier hätten. Die beiden kleinen Mädchen mit den fest geflochtenen, dicht am Kopf sitzenden Zöpfen waren beim Anblick des schwarzen Fellknäuels ganz aus dem Häuschen gewesen. Wanda hatte ein gutes Gefühl dabei, die Katze der jungen Familie zu überlassen. Ohne dass sie hätte nachhaken müssen, hatten die Mädchen von sich aus versprochen, sich gut um das Tier zu kümmern. Und dass auch die Eltern hinter dem ungeplanten Familienzuwachs standen, war deutlich zu spüren.

Erleichtert verabschiedete sich Wanda von der Familie und machte sich auf den Weg, um Mo zu treffen. Dabei hielt sie sich den ganzen Weg die Strandpromenade hinunter und weiter, Richtung Dünen, eine Gardinenpredigt, die sich gewaschen hatte. So etwas wie mit dem Kätzchen durfte nicht noch einmal passieren. In Zukunft würde sie konsequenter sein und sich keine Gefühlsduselei mehr erlauben. Auch für Harvey, den sie vorher traurig winselnd in ihrem Wohnzimmer zurückgelassen hatte, musste eine Lösung gefunden werden, sobald die Wunde verheilt war. Möglicherweise konnte sie ihn an Herrn Braun, den Besitzer des Drachenladens, vermitteln. Der Doc hatte zwar gemeint, dass Herr Braun kein Interesse an einem neuen Hund habe, aber vielleicht hatte er seine Meinung in der Zwischenzeit ja geändert. Schade, dass der Drachenladen geschlossen hatte. Ob sich Herr Braun eine Auszeit gönnte? Mit einem altersschwachen, herzkranken Hund im Schlepptau hatte er zuvor kaum Gelegenheit gehabt, die Insel zu verlassen. Nachdenklich kaute Wanda auf ihrer Lippe. Harvey und Herr Braun, das klang geradezu perfekt. Sie nahm sich vor, ihn möglichst bald zu besuchen. Doch zunächst lag etwas anderes vor ihr. Etwas, was sie vor Aufregung ganz zappelig werden ließ.

Sie hatte ein Date. Mit Mo!

Nach ihrem unrühmlichen Auftritt an der Eisdiele hatte sie schon beinahe nicht mehr darauf gehofft, dass Mo sich für sie interessieren könnte. Der gestrige Abend hatte das Gegenteil bewiesen. Die Atmosphäre zwischen ihnen war so aufgeladen gewesen, dass an seinem Interesse ihr gegenüber nicht zu zweifeln war. Mo mochte seine Gründe gehabt haben, warum er sie letztendlich nicht geküsst hatte, aber dass er irgendwann vorhatte, es zu tun, war offensichtlich. Der intensive Ausdruck in seinen Augen hatte für sich selbst gesprochen. Und jetzt ...

Ein Date!

Gut. Zugegebenermaßen war das Treffen auf ihre Initiative hin zustande gekommen. Aber wer sagte denn, dass man sich an vorsintflutliche Rollenklischees halten musste? Abgesehen davon hasste sie diese Art von Spielchen.

Leichtfüßig lief sie über den schmalen Holzsteg, der an den Strandkörben vorbei Richtung Meer führte, und ließ den Blick über die Seehundbank schweifen. Trotz der Entfernung konnte sie beobachten, wie sich die Tiere entspannt in der Sonne rekelten. Die Sonne glitzerte in ihrem glatten, kurzen Fell. Die dösenden Kegelrobben wirkten absolut friedlich. Wanda hatte Mühe, sich vorzustellen, dass es sich bei den gemächlich wirkenden Tieren mit den runden Köpfen und den schwarzen Knopfaugen um die größten frei lebenden Raubtiere in Deutschland handelte. Dennoch brauchte es Zäune, um die Robben vor aufdringlichen, vermeintlichen Tierfreunden zu schützen.

Vom schnellen Laufen war ihr warm geworden. Für Mai brannte die Sonne ausgesprochen intensiv vom Himmel. Sie blieb stehen, zog die Windjacke aus und band sie sich um die Hüften. Mit einem nervösen Blick auf ihr Handy versicherte sie sich, dass sie nicht zu früh vor der verabredeten Zeit in den Dünen aufkreuzte. Mo brauchte nicht zu merken, wie nervös sie war. Sie zwang sich, durchzuatmen.

Mo hatte sich mit ihr zum Drachensteigen verabredet.

Von Liebe war nicht die Rede gewesen.

Nachdenklich verfolgte Wanda, wie eine Gruppe Frauen in T-Shirts und Jogginghosen im flotten Tempo und mit Walking-Stöcken bewaffnet an ihr vorbeizog. Sie schirmte mit der Hand die Augen gegen die Sonne ab und ließ den Blick entlang der Dünen in die Richtung schweifen, in der sich der Treffpunkt befand. Der weiße Wellblech-Container war leicht auszumachen. Gegen Hochwasser und Sturmflut gesichert, ragte er auf Stelzen gut einen Meter aus dem Sand empor.

Bunte Fahnen mit dem Borkumer Wappen und dem Logo der Surfschule flatterten in der Brise. Und dort, auf den Stufen, saß Mo. Er schien sie ebenfalls entdeckt zu haben und winkte ihr zu. Wandas Herz machte einen Hüpfer. Den ganzen Tag über hatte sie sich mantramäßig vorgebetet, Mo nicht wieder in Grund und Boden zu reden. Diesmal würde sie sich darauf konzentrieren, ihm zuzuhören, an den geeigneten Stellen nachzufragen und ihn besser kennenzulernen. Ein guter Plan. Jetzt musste sie ihn nur umsetzen.

Ein wenig atemlos stand sie kurz darauf vor den Treppen der Surfschule.

»Hi«, sagte sie und machte einen unsicheren Schritt auf ihn zu. Genau genommen waren sie in der Zwischenzeit gute Bekannte. Sollte sie da nicht einfach auf ihn zugehen und ihn umarmen? Wäre das nicht ganz natürlich? Oder würde er sich überrumpelt fühlen? Himmel, ihr letztes erstes Date lag so weit zurück, dass sie sich nicht mehr sicher war, was passend war und was nicht. Und Frank hatte bei ihrer ersten Verabredung in der Strandperle in Övelgönne auch gar keine großen Worte gemacht, sondern auf der Stelle angefangen, wild mit ihr herumzuknutschen. Irritiert zerrte sie an den verknoteten Ärmeln ihrer Windjacke. Egal. Für eine Umarmung war es jetzt ohnehin zu spät.

»Hi.« Mo erhob sich grinsend von den Stufen. Braun gebrannt, mit eng anliegendem schwarzem T-Shirt, Bermudas und nackten Füßen stand er vor ihr und vergrub die Zehen im Sand. Die Härchen auf seinen Unterarmen glänzten golden in der Sonne.

»Ich hab dich hoffentlich nicht warten lassen, oder?« Sie warf ihm einen unsicheren Blick zu.

»Nein. Ich bin schon seit heute Mittag am Strand. Zum Kiten.« Verlegen kratzte er sich das Kinn.

Wanda biss sich auf die Lippe und erinnerte sich an ihre guten Vorsätze. »Okay. Ich bin bereit. Sollen wir loslegen?«

»Klar.« Schulterzuckend wandte er sich um und stapfte über den Strand davon, auf die Dünen zu, wo ein Badetuch im Sand lag. Er bückte sich, zog den Drachen aus der Schutzhülle und begann die Schnüre zu befestigen.

»Übrigens, danke noch mal«, sagte sie und betrachtete seinen breiten Rücken.

»Wofür?«

»Dafür, dass du dich nicht über mich lustig gemacht hast. Wegen der Sache mit den Seesternen, meine ich.« Zögernd setzte sie sich auf das Badetuch und ließ eine Handvoll trockenen Sand durch ihre Finger rieseln. Er fühlte sich weich an und so fein, als wären sie nicht auf einer der Ostfriesischen Inseln, sondern auf den Bahamas. »Du bist ein guter Zuhörer.«

Mo befestigte die letzte Schnur, dann ließ er sich neben ihr in den Sand fallen und zuckte die Achseln. »Liegt mir mehr als reden.«

»Das ist gut. Es gibt zu wenig Menschen, die das können.«

»Echt?«

»Ja. Ganz klar.«

Einen Moment sagte keiner etwas. Wanda schaufelte ein Loch in den Sand und beobachtete, wie die Körner vom Rand aus langsam in die Mulde zurückkrieselten. Obwohl es ihr schwerfiel, ermahnte sie sich, das Schweigen nicht gleich wieder mit Worten zu füllen.

»Du warst sehr traurig gestern.« Mo streckte die Beine aus und ließ sich rückwärts auf die Ellbogen sinken. »Bist du deshalb auf der Insel? Weil du Abstand zur Vergangenheit brauchst?«

Sie zögerte mit der Antwort. »Ja, mag sein. Der Tod meines Bruders hat zu meiner Entscheidung beigetragen, obwohl es schon ziemlich lange her ist, dass er starb. Damals hatte ich gerade ein Lehramtsstudium begonnen.«

»Verstehe.« Er nickte.

Wieder entstand Schweigen.

»Wie … ich meine …« Mo drehte den Kopf und suchte ihren Blick.

»Wie er gestorben ist?« Sie holte tief Luft und ließ sich ebenfalls rückwärts in den Sand fallen. Einen Moment lang starrte sie in den Himmel. »Er war krank. Ein Gendefekt, Mukoviszidose, ziemlich schlimme Sache. Meine Eltern haben viel hinter sich, vor allem meine Mutter. Mukoviszidose kann man nicht heilen, nur lindern. Dazu ist eine sehr komplexe Behandlung nötig. Als Erik noch lebte, war sie ständig damit beschäftigt, ihn zu den unterschiedlichen Therapien zu bringen. Inhalation, Physio, Sport … Und dann musste sie viel Aufmerksamkeit auf seine Ernährung richten. Am schlimmsten war es im Winter, wenn zu seiner Grundbelastung noch Erkältungen hinzukamen …«

»Klingt schrecklich.«

»War es auch. Nicht nur für Erik, sondern auch für mich. Als wir Kinder waren, war ich schrecklich eifersüchtig, weil er alle Aufmerksamkeit bekam. Es hat sich so angefühlt, als würde Erik alle Liebe meiner Eltern ganz alleine aufbrauchen. Natürlich war das in Wirklichkeit nicht so. Die Rollen zwischen Erik und mir waren von Anfang an festgelegt. Er war das Sorgenkind, ich war diejenige, die gute Laune verbreitete. Klingt komisch, aber jeder Therapeut würde dir erklären, dass es mir im Grunde darum ging, beachtet zu werden. Hat leider nicht geklappt …« Sie verstummte und blickte in den Himmel. »Tja. Dafür hatte ich einen Opa, der jederzeit für mich da war. Und als wir größer waren, standen Erik und ich uns sehr nahe.«

»Ist dein Bruder an seiner Krankheit gestorben?«, fragte Mo. Er streckte sich neben ihr in den Sand und blickte ebenfalls den im raschen Flug vorbeiziehenden Wolken nach.

Es dauerte einen Moment, bevor sie sprechen konnte. »Er hat Selbstmord begangen. Durch die Krankheit wurde er depressiv. Meine Eltern wussten, dass er litt, aber keiner ahnte, wie verzweifelt er wirklich war. Es war ein Schlag für uns alle. Ich mache mir heute noch Vorwürfe, dass ich nicht da war und ihn aufgefangen habe. Er war mein Bruder, verstehst du?« Sie verstummte. In ihrer Kehle brannte es.

Mo neben ihr schwieg. Über ihnen zog ein Schwarm Möwen durch die Luft. Ihr lang gezogenes Kreischen vermischte sich mit dem Rauschen der Wellen. Wanda atmete tief durch. Es fühlte sich okay an, mit Mo über Erik zu sprechen. Und genauso okay war es, dass sie gemeinsam schwiegen. Eigentlich konnte sie sich trotz aller Traurigkeit gerade nichts Schöneres vorstellen, als neben Mo im Sand zu liegen, während die Wolken über sie hinwegzogen. Leuchtend weiße Luftschlösser.

Sie spürte eine sanfte, fließende Bewegung neben sich. Mos Hand umschloss ihre Finger. Ganz selbstverständlich. Als ob es zwischen ihnen von Anfang an so hätte sein sollen. Unwillkürlich hielt Wanda den Atem an, während ein prickelndes Gefühl von Sehnsucht sie durchströmte.

»In Ordnung so für dich?« Er drehte den Kopf und suchte ihren Blick.

Sie nickte. Einen endlosen Moment verlor sie sich in dem verstörend intensiven Blick seiner verschiedenfarbigen Augen. Sie meinte, einen Ausdruck in ihnen zu lesen, der zuvor nicht da gewesen war.

»Siehst du die Wolken?«, fragte sie leise. »Als Kind habe ich immer davon geträumt, zu fliegen. Ich stellte es mir wunderschön vor, so frei zu sein. Ich dachte, alles, was ich tun müsste, wäre die Arme auszubreiten und die richtigen Gedanken zu haben, wie bei Peter Pan.«

»Alles, was du brauchst, ist Glauben, Vertrauen und ein bisschen Feenstaub?«, zitierte Mo aus dem Film. Sie hörte ein Lächeln in seiner Stimme.

»So in etwa. Hat leider nicht geklappt.«

»Was hast du erwartet?« Er drückte ihre Hand ein wenig fester und blickte ernst. »Ohne Feenstaub funktioniert das nicht. Hätte ich dir gleich sagen können.«

Von irgendwoher in ihrer Magengegend spürte sie ein Kichern aufsteigen, das stärker und stärker wurde und sich schließlich wie die Wellen am Ufer schäumend in einem Lachen brach.

»Dummer Fehler aber auch.« Unauffällig wischte sie sich eine Träne aus dem Auge, die sich aus einem Winkel ihrer Seele mitten in die Fröhlichkeit geschlichen hatte. »Ich hatte nicht damit gerechnet, dass Feenstaub so wichtig ist.«

»Ist aber so. Glaub mir. Ich habe den Film mindestens hundertmal gesehen.«

»Hm. Na jedenfalls habe ich es später dann als Flugbegleiterin doch noch geschafft, zu fliegen.«

»Hat es dich glücklich gemacht?«

»Eine Zeit lang schon. Nach Eriks Tod habe ich mein Lehramtsstudium abgebrochen und bin zu einer großen deutschen Fluglinie gegangen. Ich dachte, ich wäre Erik schuldig, mein Leben auszukosten und möglichst viel von der Welt zu sehen.« Wieder spürte sie ein Brennen in der Kehle.

»Und?« Sanft strich er mit dem Daumen über ihren Handrücken. »Hat es geklappt? Ich meine … hast du viel gesehen?«

»Ja. Es war eine aufregende Zeit, vor allem in den ersten Jahren. Ich habe viele wundervolle Erinnerungen. Aber dann …« Sie biss sich auf die Lippe. »Eines Tages stand ich mit gepacktem Koffer da und sperrte die Wohnungstür zu. Und auf einmal hatte ich das Gefühl, dass ich das nicht mehr kann.«

»Du wolltest nicht ständig auf Achse sein?«

»Ich wollte mir nur die Decke über den Kopf ziehen und mich in meiner Wohnung verkriechen. Ich dachte, ich pack das nicht mehr, in den nächsten Flieger zu steigen.«

»Hat dich die ständige Zeitumstellung fertiggemacht?«

»Nein, schlimmer war die Angst, dass du mitten im Flug ein ACARS bekommst.«

»Ein *was?*«

»Abkürzung für Aircraft Communications Addressing and Reporting System, über das die Infos im Cockpit bei den Piloten ankommen. Wenn man ein ACARS bekam, lief das in der Regel für uns Flugbegleiter darauf hinaus, dass man nach der Landung gleich noch einmal fliegen musste, weil auf einem anderen Flug ein Kollege ausgefallen ist. Solche Dienstplanänderungen kommen leider ziemlich häufig vor. Sogar im Layover, wenn du eigentlich nach der Langstrecke am Boden bleiben sollst und Ruhezeit hast. Ich kann mich noch erinnern, wie ich einmal kurz nach der Landung in Sri Lanka einen Anruf auf meinem Hotelzimmer bekam und sofort weiter nach Hongkong fliegen sollte. Das war eine der wenigen Ausnahmen, in denen ich eine Notlüge benutzt habe.« Sie zuckte die Schultern.

Fragend ruhte sein Blick auf ihr. »Du hast dich krankgemeldet?«

»Nein. Zu umständlich. Ich habe behauptet, dass ich gerade ein Glas Sekt getrunken hätte. Mit Alkohol im Blut dürfen wir keinen Dienst antreten.«

»Verstehe. Wie ging es weiter?«

»Ich habe mich immer wieder aufgerappelt, aber die Leere wurde immer größer. Nach so vielen Jahren im Dienst hatte ich praktisch keinen Freundeskreis mehr.« Sie seufzte. »Ziemlich frustrierend, wenn du nach Hause kommst und keine einzige Nachricht auf dem Anrufbeantworter hast, weil deine Freunde aufgegeben haben, dich einzuladen. Das geht übrigens so ziemlich jedem meiner Kollegen so. Manche werden regelrecht shoppingsüchtig. Hinzu kommt, dass man sich bei den Layovers sehr schnell sehr nahekommt. Wenn man abends zusammen bei einem Cocktail an der Poolbar sitzt und sich unterhält, fühlt es sich an, als wäre man beste Freunde. Man vergisst, dass man nur auf diesem einen Flug gemeinsam unterwegs ist und sich danach meist nie wieder über den Weg läuft.«

»Merkwürdige Sache.« Mo warf ihr einen nachdenklichen Blick zu. »Ich bekomme immer zu hören, dass mein Leben verflixt einsam sein muss, weil ich offshore arbeite. Stimmt übrigens gar nicht, weil wir ein super Team sind. Wenn ich dich dagegen höre …«

»Es war Zeit, die Reißleine zu ziehen. Ein guter Freund von mir, der ursprünglich von Borkum kommt, hat mich auf den Job beim Doc aufmerksam gemacht. Da habe ich die Koffer gepackt und bin hierhergekommen.«

»Hast du vor, zu bleiben?«

»Ja … nein … das heißt, ich weiß nicht … nicht für immer jedenfalls …« Verzweifelt versuchte sie, einen klaren Gedanken zu fassen, während Mathildas Stimme wie ein düsteres Gespenst in ihrem Hinterkopf lebendig wurde: *Für Mo gibt es nur alles oder nichts.*

»Hey«, hörte sie Mo neben sich sagen. »Alles gut. Mir musst du nichts erklären, okay?«

»Okay.« Sie biss sich auf die Lippe.

»Was ist? Soll ich dir zeigen, wie das mit dem Lenkdrachen funktioniert?« Er ließ ihre Hand los und richtete sich auf. Ein bisschen abrupt, wie Wanda fand. Lag es an ihrer unentschlossenen Antwort oder reagierte sie gerade überempfindlich?

Sie erhob sich und setzte ein Lächeln auf, um ihn ihre Verwirrung nicht spüren zu lassen. »Cool. Als Kind hatte ich einen Lenkdrachen. Beim ersten Flugversuch habe ich ihn tatsächlich in die Luft bekommen. Allerdings hat er sich dann ausgerechnet die Stirn meiner Mutter als Landeplatz ausgesucht. Tja. Das war's dann mit dem Drachensteigenlassen. Meine Mutter kann wirklich furchtbar sauer werden.« Sie zog ein zerknirschtes Gesicht.

»Du musst ein ungewöhnlich eigensinniges Exemplar von Drachen erwischt haben«, sagte er grinsend. »Normalerweise sind sie relativ brav. Du musst ihnen nur von Anfang an zeigen, wer der Boss ist. Pass auf ...«

Mit dem Drachen in der Hand entfernte er sich einige Meter, überprüfte die Windrichtung und steckte ihn mit der Spitze nach oben in den Sand. Dann ging er rückwärts auf Wanda zu und wickelte dabei gleichmäßig Schnur von der Rolle. »Hier.« Er drückte ihr die Spulen in die Hand, blieb dabei aber hinter ihr stehen und legte die Hände auf ihre Unterarme. Sanft steuerte und koordinierte er die Bewegungen ihrer Arme. Wie von Zauberhand schwang sich der Drachen immer höher in die Lüfte.

»Jipeeh! Er fliegt!« Fasziniert starrte sie in den Himmel, wo sich das bunte Nylonsegel scharf vor dem strahlenden Blau abzeichnete. »Gar nicht so schwer, wie ich gedacht hätte.«

»Nichts ist schwer mit der richtigen Technik«, erklärte er. Sein Atem strich weich und warm über ihren Nacken und löste ein wohliges Kribbeln in ihr aus. Sie verspürte eine jähe Sehnsucht, sich fallen zu lassen, während seine Arme sie hielten.

Lass die Finger von ihm ... Verflixt! Warum schwebte ausgerechnet jetzt das Mathilda-Gespenst schon wieder über ihr? In Gedanken schickte sie Mathilda zum Teufel und konzentrierte sich darauf, angeleitet von Mo ein paar leichte Kurven und dann sogar Achten zu fliegen.

»So. Jetzt du alleine«, sagte Mo schließlich und gab ihre Arme frei. Er trat zur Seite und ließ sich einige Meter von ihr entfernt in den Sand fallen.

Wanda schnappte nach Luft. Etwas verloren stand sie da und versuchte, sich auf die Bewegungen zu konzentrieren. Der plötzliche Abstand zu Mo fühlte sich falsch an. Eben hatte sie diese Geborgenheit so genossen. Eine Mischung aus Euphorie und Enttäuschung machte sich in ihr breit. Sie kam sich vor wie auf einer Achterbahn, schwindlig von der Höhe und benommen vom freien Fall.

Noch eine Weile ließ sie den Lenkdrachen durch die Luft knattern. Als ihre Arme müde wurden, ließ sie ihn landen und blickte sich suchend nach Mo um.

Er kam über den Strand auf sie zugeschlendert, die Hände lässig in den Taschen seiner Bermudashorts vergraben, und grinste. »Erste Trainingsstunde bestanden. Ich denke, du bist bereit für die Aufnahme in die nächsthöhere Gruppe.«

»Oh, danke. Und was genau bedeutet das?«

»Lass mich das machen.« Er erlöste sie von ihrem kläglichen Versuch, die Schnüre so aufzuwickeln, dass sie sich beim nächsten Abrollen nicht verhedderten. »Siehst du die Kiter da vorne auf dem Wasser?«

Misstrauisch kniff sie die Augen zusammen und blickte über den Strand. »Ehrlich, Mo, ich glaube nicht, dass ich mein Leben riskieren möchte. Wow, sieh dir das an!« Sie deutete auf die waghalsigen Manöver draußen auf dem Meer, bei denen die Kiter mit irrsinnigem Speed über die Wellen flitzten oder meterhoch in der Luft schwebten.

»Keine Panik. Du sollst nicht Kite*surfen*«, beruhigte er sie und verstaute den zusammengefalteten Drachen in der Hülle. »Ich dachte mehr an ein Trockentraining. Wenn du magst, könnten wir versuchen, wie du mit einem richtigen Kite und der Bar zurechtkommst. Im Stehen und auf dem Sand. Macht riesig Spaß. Mehr als mit dem Lenkdrachen.«

Wieder spürte Wanda dieses Flattern in der Magengegend. Mo schlug ihr gerade ein zweites Date vor … Ihr Herz machte vor Aufregung einen Überschlag. Sie sah ihm in die Augen und fühlte ein unbändiges Verlangen aufsteigen. Die Spannung zwischen ihnen war unerträglich. Leicht taumelig nickte sie ihm zu. »Klingt klasse, das würde ich gern versuchen.«

»Okay. Soll ich mich morgen bei dir melden?«

»Ja, cool«, erwiderte sie knapp. Jetzt, wo der Abschied in greifbare Nähe rückte, verließen sie auf einmal die Worte. Woher kam nur diese ungewohnte Befangenheit? Und wie ließ sie sich wieder abschütteln?

»Wanda«, sagte Mo leise. Er machte einen Schritt auf sie zu und ergriff ihre Hand. Ein sehnsüchtiges Schauern durchlief sie. Ihr Herz hämmerte so laut, dass der Pulsschlag in ihren Ohren widerhallte. »Ich würde dich gern küssen. Darf ich?«

Und dann senkten sich seine Lippen auf ihren Mund. Seine Arme umschlangen ihren Rücken, während er sie küsste und eine Explosion von Gefühlen in ihr auslöste. Atemlos trat er zurück, als hätte ihn die Intensität, mit der sie aufeinander reagierten, ebenso aus der Bahn geworfen wie sie selbst.

»Danke für den wunderschönen Abend.« Ein unsicheres Grinsen umspielte seine Mundwinkel. Zögernd trat er einen Schritt zurück, während die Finger seiner Hand noch immer mit ihren verhakt waren. Ein paar Sekunden standen sie wie festgefroren da. So, als hätte jemand die Pausetaste gedrückt.

Als Mo seine Finger schließlich löste, unterdrückte Wanda ein Stöhnen. Die Welt drehte sich weiter, während sie sich fühlte, als wäre sie ein winziges Stück aus der Zeit gefallen.

Eine ganze Weile blickte sie Mo hinterher, der sich immer weiter entfernte und schließlich hinter den Dünen verschwand. Sie atmete tief durch. Langsam wandte sie sich um und blickte über die Wellen, auf denen die Erinnerungen an Mos Nähe und das Gefühl, von ihm geküsst zu werden, davontrieben. Und auf einmal kam sie sich seltsam unvollständig vor. Als hätte Mo ein Stück von ihr mit sich genommen.

Nachdenklich wanderte sie über den weichen Sand zurück zur Strandpromenade. Es war ihr erstes Date gewesen, und doch empfand sie für Mo etwas, was nicht leicht in Worte zu fassen war.

* * *

Mo lag rücklings auf seinem Bett und starrte auf das Weltraumposter mit der explodierenden Supernova an der Decke. Seit dem Treffen mit Wanda vor ein paar Stunden am Strand war nichts mehr wie zuvor. Er konnte nicht essen, nicht trinken und nicht schlafen, obwohl es weit nach Mitternacht war. Nicht einmal atmen konnte er, jedenfalls kam es ihm so vor. Als er sie geküsst hatte, hatte es ihn vollkommen aus seiner Umlaufbahn geworfen. Sein ganzer Körper hatte sich angefühlt, als müsste er vor Hitze explodieren. Dabei hatte sein Herz so gerast, dass es in seinem Brustkorb noch immer schmerzte. Wie konnte so etwas sein? Sie war auch nur ein Wesen aus Fleisch und Blut, ein verdammt hübsches zwar, aber dennoch ... Er starrte so konzentriert auf den weiß, rot und lila leuchtenden Farbwirbel an der Decke, dass seine Augen tränten.

Nein. Es stimmte nicht.

Wanda war keine Frau wie jede andere.

Sie war Supernova-Wanda.

Er griff zu seinem Handy und rief per Google-Assistent den entsprechenden Wikipedia-Eintrag auf. *Eine Supernova ist das kurzzeitige, helle Aufleuchten eines massereichen Sterns am Ende seiner Lebenszeit durch eine Explosion, bei der der ursprüngliche Stern vernichtet wird. Die Leuchtkraft des Sterns nimmt dabei millionen- bis milliardenfach zu, er wird für kurze Zeit so hell wie eine ganze Galaxie ...*, las die Computerstimme vor.

Klang verdammt zutreffend.

Supernova-Wanda hatte sein bisheriges Leben vollkommen vernichtet. Dafür hatte sie etwas in ihm zum Glühen gebracht, das mindestens so hell war wie eine ganze Galaxie.

Das war doch nicht normal, oder? Damals, am Anfang der Beziehung zu Alessa, war er auch verliebt gewesen. Hatte Schmetterlinge im Bauch gehabt und diese ganz spezielle, beschwingte Leichtigkeit im Blut gespürt, ebenso wie das aufgeregte Vibrieren, wenn er an das Gefühl von ihren Lippen auf seiner Haut dachte.

Im Vergleich zu Supernova-Wanda war das nichts gewesen. Überhaupt nichts.

Dieser Abschied am Strand. Wie ein Film in Endlosschleife spielte sich die Szene wieder und wieder in seinem Gehirn ab, wobei seine Selbstzweifel immer lauter wurden. Hätte er einfach nicht aufhören sollen, sie zu küssen? Oder wäre das zu aufdringlich für ein erstes Date gewesen?

Verdammt!

Er war ein Idiot. Natürlich hätte er sie weiter küssen sollen. Was denn sonst?

Frustriert drehte er sich zur Seite und versetzte der Matratze einen Fausthieb.

Sören würde ihn für vollkommen bescheuert erklären, wenn er davon erfuhr. Agrh! Stöhnend raufte er sich das Haar. Wie kam es, dass Zwillingsbrüder so unterschiedlich sein konnten? Sören war von jeher der Draufgänger gewesen, Mo der Introvertierte. Sören war derjenige, der auf Partys auf die Mädels zugegangen und für sie beide das Eis gebrochen hatte, während er, Mo, einfach nur ziemlich dämlich in der Gegend herumgestanden hatte. Mal ehrlich, was nützte es einem, der attraktivere Bruder zu sein, wenn man zu schüchtern war, um seine Karten auszuspielen?

Sören hatte er es zu verdanken, dass er damals bei ziemlich jedem Mädchen gelandet war, für das er sich interessierte. Mit achtzehn hatte das seinem Selbstbewusstsein enorm gutgetan. Allerdings war er die flüchtigen Affären bald leid geworden. Nach dem anfänglichen Rausch fühlte man sich am Ende leerer als zuvor. Lange Zeit waren Frauen für Mo ein völliges Rätsel gewesen. Nach der Trennung von Alessa hatte er sich geschworen, die Dinge beim nächsten Mal langsamer anzugehen.

Und jetzt war Wanda in sein Leben getreten.

Wie sagt man auf Englisch? To fall in love? Er lachte heiser. Bezogen auf ihn war das sehr milde ausgedrückt. Er war nicht gefallen, er war gestürzt. Ungebremst. Von einer sturmumtosten Klippe ins schier Bodenlose, während Wanda fliegen lernte, mit ihren hübschen Beinen fest auf dem Boden und dem Kopf im Himmel.

Wie von fern spielte auf einmal ein Song von AnnenMayKantereit, den er vor langer Zeit gehört hatte, in seinem Kopf. Es ging um das Leben einer Flugbegleiterin. So ganz konnte er sich an den Text nicht mehr erinnern, daher ging er zur Soundbox und ließ »Jenny, Jenny« über Spotify laufen.

Was Wanda über ihren Job bei der Airline erzählt hatte, hatte ihn erschreckt. Unter all der Lebendigkeit und Stärke steckte eine andere Version von Wanda. Eine ernsthafte, sensible und verletzliche Frau. Er versuchte, sich vorzustellen, wie es sein musste, ständig um die Welt zu jetten, in fremden Hotelzimmern aufzuwachen und nicht zu wissen, in welcher Stadt man sich gerade befand. Ein beklemmendes Gefühl. Seltsam. Worum ging es im Leben, wenn nicht darum, irgendwo anzukommen und zu bleiben? Wie groß war die Leere über den Wolken? Und wohin mit der Einsamkeit, die in den Hotelzimmern reichlich Platz hatte?

Supernova-Wanda. Der widersprüchlichste und zugleich begehrenswerteste Mensch, der ihm je begegnet war.

Er hatte keine Ahnung, wie es mit ihnen weitergehen würde.

Vielleicht interpretierte er zu viel in diesen einen Kuss hinein.

Null Uhr siebenundvierzig auf der Anzeige seines Handys. Nachdenklich kratzte er sich das Kinn. Ob sie noch wach war? War es zu spät, ihr zu schreiben? Zögernd tippten seine Finger einen Text.

Im nächsten Augenblick löschte er ihn und warf sich frustriert rücklings auf sein Bett. Er war schon wieder viel zu kopflastig.

Die besten Dinge im Leben passierten unvermutet. Vielleicht sollte er aufhören, über diesen einen Kuss nachzugrübeln, und sich stattdessen dem Flow anvertrauen.

Seufzend rollte er sich auf die Seite, schloss die Augen und glitt in einen unruhigen Schlaf.

KAPITEL 11

»Aus, Tassilo! Was soll denn das?« Wanda stemmte die Hände in die Seiten und musterte den kleinen, krummbeinigen Dackel mit einem scharfen Blick. »Lass George in Ruhe! Er will das Ferkel doch nur begrüßen. Wieso bist du denn so schlecht drauf? Hat der Doc vergessen, dich zu füttern?«

Tassilo zog den Schwanz ein und gähnte, wie er es immer tat, wenn ihm etwas unangenehm war. Mit hängenden Ohren machte er kehrt und blickte zu Wanda auf. Die Halbmonde an seinem unteren Augenrand leuchteten weiß.

»Spar dir diesen Blick«, kommentierte Wanda ungerührt. »Das war sehr ungezogen.« Besorgt blickte sie zwischen dem Dackel und dem Ferkelchen hin und her. George, der Kater, hatte sich laut miauend in den Garten geflüchtet. Seit gestern ging das nun schon so. Sobald eines der anderen Tiere sich dem Ferkel näherte, wurde Tassilo eifersüchtig und verjagte den Konkurrenten. Dann setzte er sich sichtlich zufrieden neben das Schweinchen und leckte ihm sorgsam die Ohren. Nicht einmal Agathe konnte ihn von seinem neuen Freund weglocken. Seufzend betrachtete Wanda den Aushang, den Hark am Schwarzen Brett angebracht hatte. Leider interessierte sich bisher niemand für ein Miniferkel als Haustier. Mit einem mahnenden Blick in Tassilos Richtung ging Wanda zur Tür und eröffnete die Sprechstunde.

Kurz darauf platzte das Wartezimmer aus allen Nähten. Ein weißer Chihuahua, dessen Gesicht nur aus riesigen schwarzen Augen zu bestehen schien, kläffte vom Schoß seines Halters aus die beiden Katzenkäfige am Boden an. In der Ecke neben dem Zeitschriftenständer tauschten zwei Hundehalter sich über die Symptome ihrer Lieblinge aus. Dabei entwarfen sie so ausgefeilte Diagnosen, dass man meinen konnte, sie studierten im achten Fachsemester Tiermedizin. Direkt vor dem Anmeldetresen saß ein goldgelockter Pudelmix, die rote Ausziehleine spannte sich quer durch den Wartebereich. Seit ungefähr zwanzig Minuten verfolgte Wanda, wie Hund und Frauchen einen Kampf miteinander ausfochten, der sehr einseitig entschieden wurde.

Mit zenmäßiger Gelassenheit herrschte Hark über das Chaos. Er hob den Fuß, stieg über die Leine und vertiefte sich in die oberste Patientenakte auf der Theke. »Für Metz, bitte.«

Die Besitzerin des Pudelmix hob den Kopf und ruckte an der Leine. Nichts passierte. Hark runzelte die Stirn. Ungeduldig trommelten seine Finger über die Theke. »Frau Metz, wenn ich Ihrem Hund die Krallen noch vor Wintereinbruch schneiden soll, müssten Sie ihn bitte jetzt in mein Behandlungszimmer bringen.«

»Zazalein? Der nette Tierarzt kann nicht ewig warten.« Frau Metz erhob sich und wedelte mit dem gestreckten Zeigefinger, als hätte sie es mit einem trotzigen Kleinkind zu tun.

Nichts passierte. Hark war kein sehr geduldiger Mensch, das wusste Wanda aus Erfahrung. Sie konnte sehen, wie sich seine Augen verengten, das Lächeln auf seinen Lippen verschwand. Wie ein Blitz aus heiterem Himmel stürzte er sich auf den Hund und hob ihn auf den Arm. Ohne Rücksicht auf Frau Metz zu nehmen, die am anderen Ende der Leine hing, eilte er in das Behandlungszimmer davon. Verblüfft starrte Wanda ihnen hinterher.

Nachdem sich die Tür hinter Frau Metz geschlossen hatte, zog Wanda ihr Handy hervor und strich über das Display. Keine Nachricht von Mo. Wenn er vorhatte, sich mit ihr am Strand zu verabreden, weshalb meldete er sich dann nicht? Hatte er es sich anders überlegt? Frustriert legte sie das Handy beiseite.

Sieben Sekunden später nahm sie es wieder in die Hand und scrollte durch den Chatverlauf. Mos Augen auf dem Profilbild lächelten ihr entgegen. Unwillkürlich durchlief sie ein Prickeln, als sie an den Kuss vom Abend am Strand dachte. Ihr Blick wanderte zu der Zeile unter seinem Namen. *Zuletzt online heute 0.48 abends …* Nachdenklich kaute sie auf ihrer Unterlippe. Mo war lange wach gewesen und hatte gechattet. Allerdings nicht mit ihr. Von irgendwoher flirrte ein Hauch Enttäuschung heran und legte sich wie ein dunkler Schatten auf ihre Brust.

Erschrocken über sich selbst schloss sie den Chat. War sie noch ganz bei Verstand?

Auf keinen Fall würde sie Mo stalken.

Entschlossen legte sie das Handy in eine Schublade und wandte sich dem Herrn zu, der gerade mit einem Vogelkäfig im Arm die Praxis betrat. Es war ja nicht so, dass sie sich selbst nicht über den Weg traute. Aber wenn es um Mo ging, schienen ihre guten Vorsätze nie lange anzuhalten. Zum Glück war sie zu beschäftigt, um auf dumme Gedanken zu kommen.

Zehn Minuten später griff sie erneut zum Handy. Es konnte nicht schaden zu schauen, ob Mo inzwischen online war. Nur um sicherzugehen. Zu ihrer Enttäuschung hatte sich die Uhrzeit, zu der er das letzte Mal online gewesen war, nicht verändert.

Verdammt. Sie stalkte ihn schon wieder. Wobei … war das wirklich Stalking?

Sie furchte die Stirn. So brachte das nichts. Sie konnte sich überhaupt nicht auf die Arbeit konzentrieren. Sollte sie vielleicht in die Offensive gehen? Statt sich den Kopf zu zerbrechen, ob Mo vorhatte, sich heute Abend mit ihr zu treffen oder nicht, konnte sie ihn fragen. Proaktiv, sozusagen. Finster entschlossen schnappte sie sich ihr bereits wieder zurückgelegtes Handy. Ihre Finger schwebten über die Tastatur, als ein ungefähr vierzigjähriger, dunkelhaariger Mann mit wachen, freundlichen Augen, kräftig gebautem Oberkörper, schwarzem *Metallica*-Shirt und Tattoos an den Unterarmen auf die Anmeldung zusteuerte. Schon von Weitem fielen ihr die Lachfältchen in seinem Gesicht auf. Mit ausgestreckter Hand lehnte er sich über die Theke. »Sie müssen Wanda sein. Ich bin Jan, Harks Kumpel. Der, mit dem er sich gelegentlich zum Bierbrauen im Schuppen verschanzt. Obwohl ich das, was wir bisher produziert haben, nicht unbedingt als Bier bezeichnen würde. Aber so schnell geben wir nicht auf.« Er zwinkerte ihr zu.

Wanda konnte gar nicht aufhören, Jan anzustarren. Das sollte der evangelische Pfarrer sein? Für einen Mann Gottes hätte sie ihn nun wirklich nicht gehalten. Eher hätte er in eine Neuverfilmung von »Born to Be Wild« gepasst. Vor ihrem inneren Auge sah sie ihn auf einem chromglänzenden Chopper über den Highway brausen. Verdattert schüttelte sie seine Hand. »Sie sind der Pastor? Das hätte ich nicht gedacht.«

Verlegen biss sie sich auf die Lippe. Die Bemerkung war ihr herausgerutscht. Höflich klang das nicht. Was würde Jan von ihr denken?

Doch Jan schien es nicht übel zu nehmen. Im Gegenteil, er amüsierte sich prächtig über ihren erschrockenen Gesichtsausdruck. Wie Hark schien er Sinn für Humor zu haben. Und er konnte über sich selbst lachen. Ein Charakterzug, der ihn auf Anhieb sympathisch machte. »Mein himmlischer

Boss hat eine Schwäche für Quereinsteiger. Und was die Dienstkleidung betrifft, Talar und Beffchen trage ich sonntags.«

»Verstehe.« Wanda grinste. »Sie möchten sicher zum Doc. Soll ich fragen, ob er Zeit hat?«

»Muss nicht sein. Ich wollte nur wissen, ob ich diesen Zettel in der Praxis aufhängen darf.«

Er reichte ihr das Blatt. Wandas Augen wurden rund. Der Hund auf dem Foto, das war doch … Sie suchte Jans Blick. »Oh nein! Krümelchen ist im Tierheim?«

»Oma Leni wurde gestern auf die Intensivstation eingeliefert. Sie hatte einen schweren Schlaganfall und wird nicht in der Lage sein, in ihrer Wohnung zu bleiben. Ins Altenheim kann sie den Hund nicht mitnehmen.« Jan zuckte die Schultern. »Oma Lenis Töchter wollen keinen Hund. Zu zeitaufwendig.«

»Armes Krümelchen«, meinte Wanda niedergeschlagen. »Sie findet es im Tierheim bestimmt schrecklich. Bei Oma Leni hatte sie immer Gesellschaft. Und die gewohnten Streicheleinheiten bekommt Krümelchen dort auch nicht.«

»Ich weiß. Hoffen wir, dass sich schnell ein neuer Besitzer findet.«

Stille. Wandas Blick wanderte zu Harvey, während in ihrem Hinterkopf das Mantra abspielte, das sie sich seit dem Zwischenfall mit dem Kätzchen ungefähr tausendmal vorgesagt hatte. *Ich-werde-ganz-sicher-nicht-wieder-weich-werden-und-noch-ein-Tier-adoptieren.* Andererseits, hier ging es um Krümelchen. Die Vorstellung, dass der kleine Cocker mit hängenden Ohren mutterseelenalleine in einer Box saß, brach ihr schier das Herz. Sie straffte den Rücken und wandte sich an Jan. »Wie ist es mit Ihnen? Könnten Sie Krümelchen nicht zu sich nehmen?«

»Leider nein.« Jan seufzte. »In meinem Mietvertrag sind Haustiere nicht erlaubt.«

»Mist!«

»Ja, wirklich schade. Sie ist ein sehr süßer Hund. Hoffen wir das Beste.« Mit einem Ausdruck von Bedauern verabschiedete sich Jan von ihr.

Gegen Mittag leerte sich das Wartezimmer. Wanda lehnte sich zurück und atmete durch. In der Hektik hatte sie völlig vergessen, auf ihr Handy zu sehen. Mit klopfendem Herzen zog sie es aus der Schublade. Am oberen Rand entdeckte sie das kleine Icon.

Treffen um sieben auf der Düne? Ach, und übrigens: Du wurdest in die Fortgeschrittenen-Gruppe versetzt. Zieh warme, wetterfeste Klamotten an.

Dahinter ein Emoji mit cooler Sonnenbrille.

Wanda starrte auf die Nachricht. In die Freude über Mos Nachricht mischte sich Bauchgrummeln. Auf keinen Fall würde sie sich von ihm überreden lassen, Kiteboarden auszuprobieren. Ihre Finger tippten über das Display.

Nur um sicherzugehen … Fortgeschrittenen-Gruppe, das ist doch nichts Gefährliches, oder?

Emojis mit Schweißtropfen auf der Stirn dahinter. Und noch eines mit großen, besorgten Augen.

Keine Panik. Es wird dir gefallen. Vertraust du mir?

Eine heikle Frage. Sie zögerte mit der Antwort. Im Grunde kannte sie ihn ja noch nicht wirklich. Was sollte sie antworten? Angespannt suchte sie nach der richtigen Formulierung. So praktisch moderne Technik war, aber zwischen all den Buchstaben und Emojis lauerten Untiefen, die einen bei aller Verliebtheit in den Abgrund stürzen konnten. Hatten sich die

179

Erfinder eigentlich darüber mal Gedanken gemacht? Mit einem flauen Gefühl im Magen schrieb sie:

> Na klar vertrau ich dir. Nur so ein Gedanke … Du hast doch nichts vor, was mein Leben vorzeitig beenden könnte …???

Nichts passierte. Frustriert starrte sie auf ihr Handy.
Whatsapp war die reinste Folter.

* * *

Vor lauter Ungeduld hielt Mo es nicht mehr aus. Der Wind fegte durch das Dünengras und trieb feine Sandwolken vor sich her. Weit draußen, am Ende der Piste, wo die Brandung auf den Sand auflief, hingen Gischtnebel in der Luft. Er schloss das Visier des Helms, brachte den Kite in den Zenit und ließ sich über die Vorderachse in den Sitz fallen. Sobald der Buggy Fahrt aufgenommen hatte, lenkte er ihn in Raumwindkurs. Das Gefühl, den ungezügelten Wind über der weiten Ebene zu beherrschen, war unbeschreiblich. Endorphine pur. Eine Begegnung zwischen Himmel und Erde. Festen Boden unter sich zu spüren und zugleich zu schweben, war, als strömte einem die Unendlichkeit in die Brust.

Wanda würde es lieben. Wenn sie ihm vertraute. Das war der Knackpunkt.

In voller Fahrt manövrierte er eine Halse, sodass der Buggy am Kite wie ein Pendel herumschwang. In der Nacht hatte es geregnet, die Piste war spiegelglatt. Das Heck brach aus und schleuderte herum. Einen Wimpernschlag später raste der Buggy wieder zurück Richtung Düne.

Mo hatte kein Gefühl dafür, wie lange er sich dem Rausch der Geschwindigkeit hingab, aber als er die Fahrt schließlich beendete, war eine Stunde vergangen. Vielleicht war es Feigheit, dass er es so lange hinausgezögert hatte, auf sein Handy zu sehen. Umso verblüffter war er, als er las, was Wanda geantwortet hatte.

Na klar vertrau ich dir ...

Er war so ein Idiot. Weshalb machte er die Dinge komplizierter, als sie waren? Er fühlte ein Kribbeln, viel aufregender als das, das er eben beim Kiten gespürt hatte. Vielleicht lag es an dem Adrenalin in seinem Blut, aber plötzlich ertappte er sich dabei, aus dem Bauch heraus eine Nachricht zu tippen:

Keine Sorge, null Risiko. Leg dein Leben ruhig in meine Hände ... Achtung: Scherz! Ganz ehrlich, wüsste nicht, was schiefgehen sollte. Es wird dir gefallen. Ich freu mich!

Diesmal dauerte es ewig, bis Wanda antwortete. Unglaublich, wie viele Selbstzweifel in siebenundvierzig Minuten des Wartens passten.

Als die Antwort kam, ging seine Atmung vor Anspannung gepresst.

Leichteste Übung ... Dem Piloten zu vertrauen, gehört zu meinem Standardrepertoire. Nur so ... du möchtest mir nicht zufällig verraten, was du vorhast? Vielleicht ein winziger Hinweis?

Überraschung,

tippte er zurück.

Puh, du machst es ja spannend. Dann um sieben an der Düne. PS: Ich freu mich auch.

* * *

Ein wenig schwummerig war Wanda schon, als sie Stunden später neben Mo stand und auf die Tandem-Konstruktion vor sich im Sand starrte. Mittels einer Kupplung hatte Mo die Vorderachse eines zweiten Buggys an der Hinterachse seines Fahrgeräts befestigt. Wie es aussah, sollte sie hinter ihm Platz nehmen.

»Ich hoffe, der Helm passt. Falls nicht, können wir in der Kite-Schule einen leihen.« Mos Stimme klang tief und beruhigend. »Zieh die Wollmütze drunter. Der Fahrtwind ist kühl.«

»Alles klar. Helm sitzt.« Sie hob den Daumen.

»Prima. Dann nimm Platz und entspann dich. Die Füße stellst du hier auf der Stange ab. Lenken kannst du ohnehin nicht.«

»Moment mal … Das heißt, ich setze darauf, dass du keinen Überschlag oder so baust und wir mit gebrochenen Knochen im Sand landen?«

»So in etwa.«

»Na gut. Dann … steige ich jetzt ein, oder?« Mit Knien, die sich anfühlten, als wären sie aus Pudding, zog Wanda den Reißverschluss ihrer Windjacke zu.

»Alles klar?« Mo machte einen Schritt auf sie zu.

»Alles prima, ich krieg das hin …«, hob sie an, brach dann aber mitten im Satz ab, als Mo seine Arme um sie legte und sie an seine Brust zog.

»Besser jetzt?« Viel zu plötzlich löste er die Umarmung.

»Ja, besser.« Das Schlottern in den Knien war einem sehnsüchtigen Prickeln gewichen. Am liebsten hätte sie auf diese ganze Sache mit dem Kitebuggy verzichtet. Arm in Arm mit Mo über den Strand zu laufen und sich den Wind um die Nase wehen zu lassen, wäre ihr lieber gewesen.

»Na dann.« Aufmunternd lächelte Mo unter dem Helm hervor. »Los geht's!«

Sie schwang sich in den Sitz. Überraschenderweise saß man bequemer, als sie vermutet hatte. Gespannt beobachtete sie, wie Mo den Kite in Position brachte und sich rücklings in den vorderen Buggy fallen ließ. Innerhalb von Sekunden flogen sie über die brettharte Sandpiste. Sie schrie vor Begeisterung. Mo hielt direkt auf die Wasserlinie zu. Weit draußen über dem Meer warf die tief stehende Sonne glitzernde Reflexe auf die Wellen. Instinktiv schloss sie die Augen und gab sich dem Gefühl hin. Der Wind rauschte in ihren Ohren, untermalt vom Knattern der Räder. Auf ihren Lippen schmeckte sie salzige Luft. Obwohl die Reifen Bodenkontakt hatten, meinte sie zu schweben. Am liebsten hätte sie Mo gesagt, wie wunderbar sie sich fühlte, aber dass Reden aufgrund des Fahrtwinds unmöglich war, hatte sie inzwischen begriffen.

War es überhaupt nötig, zu sprechen?

Nein, war es nicht, stellte sie überrascht fest. Es fühlte sich an, als schwängen Mo und sie auf einer Ebene im Gleichklang, auf der es keiner Worte bedurfte. Wenn sie die Augen schloss, konnte sie fühlen, was in Mo vorging, und vielleicht ging es ihm ebenso mit ihr.

Als Mo schließlich Richtung Dünen steuerte und die Buggys ausrollen ließ, stand die Sonne tief. Seufzend öffnete Wanda das Visier und rieb sich feinsten Sandstaub vom Kinn. Weshalb vergingen die besten Momente im Leben so rasend schnell, wo man sie doch mit aller Macht festhalten wollte?

Ein wenig benommen ließ sie sich aus ihrem Sitz helfen und reichte ihm den Helm.

»Hey!« Er fuhr sich mit der Hand durch das verstrubbelte Haar. »Deine Wangen glühen richtig. War es dir am Schluss zu kalt?«

Der Blick seiner verschiedenfarbigen Augen ruhte auf ihr. Intensiv, fragend und ... dann war da noch etwas, was zuvor nicht da gewesen war. Etwas, für das sie nicht die richtigen Worte fand und das sie schwindliger machte als der Tanz mit dem Wind, den sie gerade vollführt hatten.

»Wanda.« Er beugte sich vor, sanft umfasste seine Hand ihren Nacken, während seine Lippen sie küssten.

Und dann trat die Welt beiseite. Mit einem beherzten Ausatmen ließ Wanda sich fallen, mitten in das unglaubliche Gefühl hinein, das seine Nähe in ihr auslöste.

»Was ist?« Seine Stimme klang leise an ihr Ohr. »Sollen wir zusammen verschwinden?«

Ohne ihre Blicke von seinen Augen zu lösen, nickte sie. Die ganze Zeit über klopfte ihr Herz so laut, dass sie meinte, Mo müsse es hören.

»Gib mir einen Moment, ich packe die Sachen zusammen«, bat er und ließ sie los.

Leicht taumelig blickte sie ihm hinterher. Was war das gerade? War sie dabei, alle Warnungen in den Wind zu schlagen und wie ein Komet mitten in Mos Universum zu krachen, auf die Gefahr hin, dass am Ende einer von ihnen mit gebrochenem Herzen dastand? Einen ungemütlichen Augenblick lang hing Mathildas Mahnung wie eine dunkle Wolke über ihr. Schnell schob sie sie beiseite. Welchen Sinn hatte es, zu hinterfragen, was zwischen Mo und ihr wirklich war? Begegnete einem Glück nicht immer ausgerechnet dann, wenn man am wenigsten damit rechnete? Was hatte sie zu verlieren? Selbst wenn sich herausstellen sollte, dass sie nichts weiter verband als körperliche Anziehungskraft, wäre es das Risiko wert.

»Okay. Ich bin so weit.« Mo kam auf sie zu, die Hände in den Taschen seiner Cargohose vergraben. Seine Mundwinkel verzogen sich zu einem schiefen Grinsen. »Was meinst du? Zu mir oder zu dir?«

»Zu mir«, entschied sie und hoffte, dass Mo die Anspannung in ihrer Stimme nicht bemerkte. Seit sie Mo zum ersten Mal gesehen hatte, gingen ihr wilde Fantasien durch den Kopf, die allesamt darin gipfelten, dass Mo und sie Sex miteinander hatten. Doch jetzt, wo sie tatsächlich kurz davorstand, mit Mo im Bett zu landen, bekam sie Selbstzweifel. Was, wenn Mo enttäuscht wäre? Die rot glänzende Sonne, die sich unaufhaltsam dem Horizont entgegenstürzte, flackerte vor ihren Augen.

Schweigend ließ sie sich von Mo in den Arm nehmen. Eng umschlungen schlenderten sie durch die Dünen und am Neuen Leuchtturm vorbei, dessen Licht in der einsetzenden Finsternis über ihren Köpfen flirrte. Wie gewohnt sprach Mo wenig, dafür blieb er unvermittelt immer wieder stehen, um sie zu küssen und an sich zu ziehen. Und mit jedem Kuss von Mo wuchs die Sehnsucht in ihr, während Unsicherheit und Zweifel zusammen mit der Dämmerung im Meer versanken.

Als sie schließlich an ihrer Haustür standen, löste sich Wanda von Mo und trat einen Schritt zurück. »Warte kurz, ich muss meinen Mitbewohner warnen, dass ich Besuch mitbringe.«

Bevor Mo antworten konnte, verschwand sie in der Wohnung. Hinter der geschlossenen Tür hielt sie einen Moment inne und atmete tief durch. Harveys Freude war riesig. Trotz seiner Behinderung versuchte er, an ihr hochzuspringen und ihr über den Arm zu lecken. Um ihm die Anstrengung zu ersparen, ging Wanda in die Hocke und kraulte sein Fell, dabei redete sie leise auf ihn ein. Schließlich hatte sie ihn so weit, dass er brav auf seiner Decke neben der weißen Ledercouch sitzen blieb. Mit hechelnder Zunge beobachtete er, wie sie sich durch das windzerzauste Haar fuhr und ein paarmal tief durchatmete.

»Hereinspaziert.« Mit klopfendem Herzen und einem unsicheren Lächeln bat sie Mo ins Haus. Harvey nutzte den kleinen Moment der Unachtsamkeit und hüpfte schwanzwedelnd auf drei Beinen auf Mo zu.

»Hey, wen haben wir denn hier?« Achtlos warf Mo seine Jacke auf die Couch und ließ sich im Schneidersitz vor dem Hund nieder. »Na, Kumpel? Hat dir das Leben übel mitgespielt? Dafür hast du es jetzt bei Wanda prima getroffen.«

»Ähm«, machte Wanda in seinem Rücken und trat von einem Fuß auf den anderen. »Er ist nur vorübergehend hier. So lange, bis ich einen guten Platz für ihn gefunden habe.«

»Schade«, meinte Mo und kraulte Harvey weiter, der sich vor lauter Begeisterung auf den Rücken gedreht hatte und ihm den Bauch entgegenstreckte. »Er ist ein netter Kerl. Ein Hund würde gut zu dir passen.«

Wanda zuckte die Schultern. Es war der falsche Zeitpunkt, Mo zu erklären, was sie davon abhielt, Harvey zu behalten. Im Grunde verstand sie es ja selbst nicht, aber auf eine bestimmte Weise hatte es damit zu tun, dass sie noch immer nicht wusste, wie es mit ihrem Leben nach dem Jahr auf Borkum weitergehen sollte. Schweigend beobachtete sie, wie Mo sich erhob, zur Spüle schlenderte und sich die Hände wusch, die Harvey mit Inbrunst abgeschleckt hatte. Schließlich löste sie sich aus ihrer Erstarrung. »Möchtest du etwas trinken? Wein vielleicht? Ich habe eine offene Flasche Chardonnay im Kühlschrank. Oder lieber etwas anderes?«

»Chardonnay ist perfekt.« Grinsend kam er auf sie zu und hielt ihre unruhig über die Arbeitsfläche streichenden Hände fest. »Hey …« Er legte seine Stirn an ihre. »Was ist los? Nervös?«

»Um ehrlich zu sein … ja.«

»Geht mir auch so.« Seine Hände tasteten über ihren Rücken. Mit Bewegungen, die so leicht waren, dass sie sie kaum spürte, strich er ihr Rückgrat entlang. Überrascht hob Wanda den Kopf und suchte nach Zeichen von Unsicherheit in seinem Blick.

»Wanda?«

»Ja?«

»Alles okay? Wenn du lieber alleine sein möchtest …«

Ihre Brust fühlte sich plötzlich an wie zusammengeschnürt. Sie blinzelte in das viel zu grelle Licht. Machte Mo jetzt einen Rückzieher? Hatte sie etwas gesagt oder getan, oder *nicht* gesagt und *nicht* getan, das er als Abfuhr werten konnte? Ein unruhiges Gefühl machte sich in ihr breit.

»Nein, alles okay. Und bei dir?« Sie suchte seinen Blick.

»Bei mir auch.« Er hob den Finger und umfuhr sanft die Konturen ihrer Lippen. »Wie wäre es, wenn ich den Wein aus dem Kühlschrank hole und du uns Gläser besorgst?«

»Klingt nach einem Plan.« Sie zwinkerte ihm zu. Vermutlich stand ihr die Erleichterung ins Gesicht geschrieben. Mo füllte die Gläser bis knapp unter den Rand, dann stießen sie miteinander an. Eine angenehme Leichtigkeit breitete sich in ihrem Kopf aus, während sie in dem intensiven Blick von Mos Augen versank. Vielleicht legte sie zu viel Bedeutung in diesen einen Moment, aber ihre Gefühle für diesen Mann warfen sie ziemlich aus der Bahn. Mit einer fließenden Bewegung nahm er ihr das Glas ab. Dann legte er den Arm um sie und zog sie auf die Couch. Seine Lippen suchten ihren Mund, sie spürte sein Begehren und schloss die Augen.

Ohne Vorwarnung verspannte Mo sich. Sie schlug die Augen auf und las Unruhe in seinem Blick.

»Tut mir leid, aber so geht das nicht.« Er verzog die Mundwinkel. »Er ist ja wirklich ein klasse Hund, aber gegen ein wenig Privatsphäre hätte ich gerade nichts einzuwenden.«

Überrascht sah sie sich um. Beinahe musste sie kichern. Harvey drückte sich so eng wie möglich an Mo, sein grauer Kopf ruhte interessiert auf seinem Knie.

»Harvey! Ich dachte, wir hätten uns darauf geeinigt, dass du in deinem Körbchen bleibst.« Tadelnd, aber durch und durch erleichtert schüttelte sie den Kopf. Es lag nicht an ihr. Sie machte nichts falsch. Bis jetzt zumindest nicht. Und so sollte es auch bleiben. Entschlossen nahm sie Mos Hand und verschränkte ihre Finger ineinander. »Komm mit. Wenn wir das Hundegitter an der Treppe zumachen, haben wir Ruhe vor Harvey.«

»Klingt gut.« Mo schnappte sich die Gläser und den Wein. Gefolgt von Harveys vorwurfsvollem Blick gingen sie nach oben, in Wandas Schlafzimmer.

Mo stellte die Weingläser auf dem Fensterbrett ab. Sein Blick schweifte durch das Zimmer. Mit den schrägen Wänden war es nicht eben geräumig. Das Doppelbett aus Buchenholz passte so gerade eben hinein, aber Wanda störte sich nicht an der Enge. Eher im Gegenteil, mit dem braunen Deckenbalken, dem Holzfußboden und den zu Nachttischlampen umgebauten Sturmlampen fühlte sie sich hier oben unter dem Dach geborgen. Etwas befangen standen sie sich am Fußende des Bettes gegenüber. Keiner von ihnen schien so recht zu wissen, wie es nun weitergehen sollte.

»Wanda.« Mos Stimme klang dunkel und heiser. Er machte einen Schritt auf sie zu und zog sie an sich. Seine Hand strich ihr sanft eine Haarsträhne zurück. »Bist du sicher, dass du das möchtest?«

Unfähig, etwas zu sagen, suchte Wanda seinen Blick und nickte. In Mos Augen flackerte Begehren. Mit einer entschlossenen Bewegung fassten seine Hände ihr T-Shirt und zogen es ihr über den Kopf. »Ich habe mir das hier so gewünscht«, murmelte er und öffnete den Verschluss ihres BHs. Seine Lippen senkten sich über ihre Brüste. Widerstandslos ließ sie sich von ihm zum Bett führen. Er streifte Hemd und Hose ab, legte sich neben sie und begann sie vom Hals aus über den ganzen Körper zu küssen. Einen bangen Moment lang hatte Wanda noch mit ihren

Ängsten zu kämpfen, aber dann schloss sie die Augen und ließ los. Mit wilder, verzehrender Leidenschaft liebten sie sich zum ersten Mal. Wandas ganzer Körper stand in Flammen, und als sie schließlich schwer atmend nebeneinanderlagen und sie sich eng an ihn kuschelte, hielt Mo sie mit seinem Arm umschlungen. Keiner von ihnen schien fähig, sich aus der Nähe des anderen zu lösen, bis erneut Begehren in ihnen anbrandete und sie sich ein weiteres Mal liebten.

Als es vorbei war, blieb er noch einen Moment regungslos auf ihr liegen. Dann rollte er sich zur Seite, stemmte den Ellbogen auf die Matratze und stützte den Kopf auf seine Hand. Zärtlich sah er ihr in die Augen. »Ich wusste, dass wir füreinander geschaffen sind …« Mit der freien Hand umfuhr er die Konturen ihrer Lippen, bevor er den Kopf senkte und sie sanft küsste. »Ich wusste, dass wir wie füreinander geschaffen sind …«, flüsterte er erneut und küsste sie nochmals lange und zärtlich. Schließlich löste er sich von ihr, sein Daumen rieb über ihre Wange. »Ich geh jetzt besser, damit du ein wenig Schlaf bekommst.«

»Von mir aus kannst du bleiben«, brummte sie schläfrig.

»Das würde ich gern, aber heute Nacht um vier fängt meine Schicht an.«

Plötzlich wach setzte sie sich auf und blickte zur Uhr. »Ach du Schande, das ist ja schon in drei Stunden.«

Er grinste, als er den besorgten Ausdruck in ihrem Gesicht las. »Mach dir keine Sorgen. Ich komme gut mit wenig Schlaf aus. Aber trotzdem sollte ich gehen.«

Nachdenklich beobachtete sie, wie er Hemd und Hose auf dem Boden zusammensuchte und sich anzog. In ihrer Brust regte sich ein leises Ziehen. Nachdem Mo und sie sich gerade so nahe gewesen waren, erschien ihr der Gedanke, die restliche Nacht ohne ihn zu verbringen, schrecklich. Sie schluckte trocken. »Wann bist du zurück?«

»In vierzehn Tagen. Die Crew bleibt offshore.« Er ließ sich auf die Bettkante fallen und schlüpfte in seine Sneakers.

Wanda zog ein enttäuschtes Gesicht. »Das heißt, wir sehen uns bis dahin nicht?«

»Leider, ja.« Er beugte sich über sie und strich sanft über ihre Wange. »Bleib liegen, du siehst so schön entspannt aus. Ich finde alleine nach unten. Muss Harvey noch mal raus?«

Seine Besorgtheit ließ sie dahinschmelzen. Wie sollte sie nur zwei Wochen ohne ihn überstehen?

»Die Terrassentür steht einen Spalt offen. Er ist gewohnt, alleine in den Garten zu gehen, wenn er muss«, erwiderte sie mit belegter Stimme.

»Gut. Ich freue mich schon darauf, wenn wir uns wiedersehen.« Mit Bedauern löste er sich von ihr.

»Mo?«

»Ja?« Er nahm die Hand vom Treppengeländer und wandte sich zu ihr um.

»Da draußen auf dem Meer … denkst du gelegentlich mal an mich?« Sie biss sich auf die Unterlippe.

Der entschlossene Zug um seine Mundwinkel wurde weich. »Das werde ich. Mehr als einmal.«

Dann ging er. Unfähig, sich zu bewegen, stand sie an der obersten Stufe und hörte, wie Harvey aufgeregt winselte. Mo sprach beruhigend auf ihn ein. Gleich darauf fiel die Wohnungstür ins Schloss.

Die Stille legte sich wie schwerer schwarzer Samt um sie. Fröstelnd schlich Wanda in ihr Bett zurück, drehte sich zur Seite und vergrub den Kopf in dem Kissen, das nach Mo roch. Mit dem Herzen bei ihm schlief sie ein.

KAPITEL 12

Der Doc kniff die Augen zusammen. »Verflixt. Auf die Entfernung sehe ich nichts. Gib mir bitte das Fernglas.« Er stand neben Wanda im hohen Gras, an seiner Seite der Koffer mit dem Blasrohr und den Betäubungspfeilen. Ohne den Blick von den Kühen auf der Weide zu nehmen, streckte er die Hand aus.

»Hier.« Gedankenverloren reichte sie ihm das Gewünschte. Ihr Blick glitt in den Himmel, der voll tief ziehender Wolken war. Was Mo wohl gerade machte? Seit ihrer Liebesnacht waren fünf Tage vergangen. Allmählich hatten sie beide einen Rhythmus gefunden, in Verbindung zu bleiben. Mos Nachrichten trafen entweder spätabends nach Schichtende ein oder um fünf Uhr morgens. Inzwischen wusste Wanda ziemlich gut Bescheid über die Schwierigkeiten, mit denen Mo tagtäglich zu kämpfen hatte, angefangen beim Seenebel, über Starkwind, Wellengang, Strömungsverhältnisse, bis hin zu Mühlen, die wegen Funktionsstörung aus dem Wind genommen werden mussten, und Nächten, die Mo auf der Plattform verbrachte, weil Arbeiten erledigt werden mussten. Wie es in Mos Herzen aussah, wusste sie jedoch nicht. Er war kein Mann, der seine Gefühle leicht offenbarte, schon gar nicht per Whatsapp. Natürlich schrieb er, dass er sie vermisste, aber insgeheim fragte sie sich unablässig, ob er ähnlich stark für sie empfand wie sie für ihn. Dieses Schweben zwischen Traum und Wirklichkeit machte sie ganz kirre. Am schlimmsten war es in den frühen Morgenstunden, wenn sie viel zu früh aufwachte und nicht mehr in den Schlaf zurückfand, weil sie ständig nur an Mo dachte.

Die Stimme des Docs riss sie aus ihren Grübeleien. »Ich weiß ja nicht, was für Gedanken du gerade wälzt, aber es wäre hilfreich, wenn du dich ein klein wenig konzentrieren könntest.« Kopfschüttelnd reichte er ihr die Thermoskanne heißen Kaffee zurück, die sie ihm statt des Fernglases in die Hand gedrückt hatte.

»Wie? Ach so. Entschuldige.« Wanda riss sich zusammen. Ihr Blick glitt zu Kai Uwe, der mit brummigem Gesicht auf der anderen Seite der Weide wartete. Er hatte heute Morgen in der Praxis angerufen, weil Schneewittchen, eine seiner Jungkühe, auf die Nachbarweide ausgebüchst war und er es nicht schaffte, sie einzufangen. Wanda runzelte die Stirn. Obwohl ihr Name ein sanftes Gemüt verhieß, war Schneewittchen eine ausgesprochen cholerische Kuh. Sobald man sich dem Tier auf fünf Meter Entfernung näherte, drehte es durch. Sie wandte sich an Hark. »Ähm … Nur mal so, die Sache mit dem Pilleneingeber neulich, hast du das mit Kai Uwe geklärt?«

»Damit er sich noch mehr aufregt? Wozu? Er hat auch so genug Ärger am Hals. Mona Lisa geht es blendend.«

Mit einem hektischen Wedeln verscheuchte Wanda eine über ihrem Kopf kreisende Pferdebremse. Vor Bienen und Wespen hatte sie keine Angst, aber diese fetten grauen Brummer hier brachten sie an den Rand der Verzweiflung. Ihr Stich schmerzte höllisch.

»Sag mal, Doc, weißt du eigentlich, was zwischen Kai Uwe und seiner Tochter vorgefallen ist?«

»Mit Svea?« Hark warf ihr einen erstaunten Blick zu. »Woher weißt du von ihr? Es würde mich wundern, wenn Kai Uwe von selbst auf sie zu sprechen gekommen wäre.«

»Ist er nicht. Aber als ich ihn vor ein paar Tagen in seiner Bude besucht habe, brachte der Briefträger Post von ihr. Kai Uwe warf den Brief einfach auf einen Stapel anderer ungeöffneter Briefe.« Wanda zog ihr Notizbuch aus ihrer Weste und zielte auf die Bremse, die sich auf ihrer nackten Wade niedergelassen hatte. »Autsch!« Vorsichtig betastete sie die rote Stelle auf ihrem Bein. »Mistvieh. Ich glaube, ich habe sie ausgerechnet in dem Moment erwischt, als sie zugestochen hat.«

»Vielleicht ziehst du demnächst lieber lange Hosen an, wenn wir zu einer Kuhweide fahren.«

»Ach ja?« Mit zusammengebissenen Zähnen rang Wanda um Beherrschung. Der Stich brannte höllisch. Aber wenn sie jetzt kratzte, würde alles nur noch schlimmer. »Jetzt musst du mir nur noch verraten, woher ich beim Aufstehen wissen soll, dass wir den Vormittag inmitten von Kuhfladen verbringen statt in der Praxis?«

»Hier.« Hark zog etwas aus der Tasche und reichte es ihr. »Halte das auf den Stich. Das Teil vorne wird heiß. Das zerstört das Gift.«

Skeptisch betrachtete Wanda das Gerät. Der Doc mochte ja ein guter Tierarzt sein, aber für sie klang es danach, als würde er ihr raten, den Bremsenstich gegen eine Brandblase einzutauschen. Sie schüttelte den Kopf. »Sehr freundlich, aber es geht schon. Was weißt du über Kai Uwes Tochter?«

»Wundert mich nicht, dass Kai Uwe die Briefe von Svea ungeöffnet weglegt.« Hark klopfte sich den Staub von der Hose. »Vor zwei Jahren hat sie ihn schwer enttäuscht. Die Idee mit der Galloway-Zucht stammte von ihr. Aber dann haben die beiden sich wegen irgendeiner Sache überworfen. Svea ging nach

Berlin, wo sie jetzt für eine Marketingfirma arbeitet, und Kai Uwe steht mit der ganzen Arbeit alleine da.«

»Oh.« Wanda machte ein betroffenes Gesicht.

»Jammerschade. Svea ist ein toller Mensch. Offen, froh, lebenslustig. Vom Typ her dir ähnlich. Du würdest sie mögen. Seit sie weg ist, ist Kai Uwe so miesepetrig geworden.«

Wanda schluckte, als sie plötzlich begriff. Es lag also gar nicht an den dummen Geschichten mit den Möwen und dem verlorenen Strandkorbschlüssel oder daran, dass Kai Uwe sie nicht leiden konnte. Anscheinend erinnerte sie ihn unbewusst an seine Tochter. Wanda dachte an die viele Arbeit, die Viehhaltung so mit sich brachte. Und dann noch die Strandkorbvermietung ... Armer Kai Uwe. Wer auch immer an dem Streit schuld gewesen sein mochte, in diesem Moment tat Kai Uwe ihr ausgesprochen leid.

»Also los.« Der Doc griff nach dem Blasrohr und legte einen Pfeil mit einem Sedierungsmittel ein.

Wanda blickte zwischen dem Fernrohr und Schneewittchen hin und her, die gerade mit ihren neuen Freundinnen einen Bummel über die Weide unternahm. Sie musste daran denken, wie sie als Kind in einer Jahrmarktbude versucht hatte, Luftballons mit einem Pfeil abzuwerfen. Die Ballons waren höchstens zwei Meter entfernt gewesen, und es hatte leicht ausgesehen. Dennoch hatte sie keinen einzigen getroffen. Und im Gegensatz zu Schneewittchen hatten sich die Ballons kaum bewegt. Je länger sie darüber nachdachte, desto suspekter wurde ihr die Sache mit dem Blasrohr. Sie tippte Hark auf die Schulter. »Bist du sicher, dass das funktioniert?«

»Kinderspiel. Wir müssen nur näher ran.« Er überreichte ihr den Koffer. »Hier. Nimm das mal.«

Wanda nickte. Der Doc setzte sich in Bewegung. Im Zeitlupentempo schlich er auf die Herde zu und Wanda hinter ihm her, den Blick auf die Kuhfladen im Gras geheftet. Plötzlich blieb er ohne Vorwarnung stehen.

»Verflixt«, fluchte sie leise. Einer ihrer Gummistiefel steckte bis zum Knöchel im Mist.

»Psst.« Hark hob das Blasrohr an die Lippen. Nach Wandas Einschätzung waren sie etwa fünf Meter von Schneewittchen entfernt. Fasziniert beobachtete sie, wie der Pfeil durch die Luft schoss und in Schneewittchens Flanke stecken blieb. Die Kuh zuckte mit den Ohren, aber viel mehr passierte nicht.

»Und jetzt?«, fragte Wanda gespannt.

»Abwarten. Das Mittel wirkt gleich.«

Mit zusammengekniffenen Augen musterte Wanda die Kuh. Tatsächlich, ungefähr dreißig Sekunden später wirkte sie benommen wie ein Teenager, der gerade erste Erfahrungen mit Alkohol macht. Mit einem triumphierenden Lächeln im Gesicht nahm Hark das Lasso von der Schulter und trat zwei Schritte auf Schneewittchen zu. Auf die kurze Entfernung rechnete Wanda ihm ziemlich gute Chancen aus. Die Schlinge über den Hals der Kuh zu werfen, konnte nicht sonderlich schwer sein. Das hätte sie sich auch zugetraut. Dann passierte es: Schneewittchen sah rot. Wie von der Tarantel gestochen, machte sie auf den Hinterhufen kehrt und raste in die entgegengesetzte Richtung davon. Dabei trampelte sie den Weidezaun nieder und stand nun mitten auf der asphaltierten Straße.

»Scheibenkleister«, fluchte Hark. »Zum Glück kommt hier so gut wie nie ein Auto vorbei.«

»Was tun wir jetzt?« Besorgt schielte Wanda in Schneewittchens Richtung. Eine Kuh, die sich nicht einfangen ließ, und Autofahrer, die nichts von dem Drama ahnten, das war eine explosive Mischung.

»Wir müssen ihr eben noch mehr davon verabreichen.« Entschlossen lud Hark das Blasrohr nach. »Bleib hier stehen, sonst regen wir sie nur noch mehr auf.«

Wanda tat, wie ihr geheißen. Wieder pirschte sich Hark an die Kuh heran, wieder hob er das Blasrohr an den Mund und schoss, wieder flog der Pfeil direkt in Schneewittchens Flanke. Kurz darauf sah es aus, als würden ihr im Stehen die Augen zufallen. Wanda atmete auf.

Keiner von ihnen rechnete damit, dass Schneewittchen erneut wie eine Irre losraste, als der Doc mit dem Lasso näher kam. Diesmal allerdings änderte Schneewittchen ihre Strategie und versteckte sich zwischen ihren neuen Freundinnen.

Frustriert stapfte Hark auf Wanda zu. »Mist! Kai Uwe hat recht, sie ist verflixt schwer einzufangen. Aber noch gebe ich nicht auf.« Mit einem Flackern in den Augen, das Wanda leicht bedenklich fand, schob Hark den dritten Pfeil in das Blasrohr.

»Ähm, darf ich was sagen, Doc?«

»Sicher.«

»Na ja …« Sie biss sich auf die Unterlippe. »Nur so eine Frage. Bist du dir sicher, dass die Dosis des Sedierungsmittels hoch genug ist?«

Statt einer Antwort schenkte ihr Hark einen vernichtenden Blick. Dann setzte er erneut an und zielte.

»Verdammt!« Ärgerlich stampfte Hark mit dem Fuß auf, als Schneewittchen in letzter Sekunde hinter einer schwarz-weißen Kuh in Deckung ging und der Pfeil das falsche Tier traf. Wanda hatte kaum Zeit zu realisieren, was passiert war, als die Schwarz-Weiße auch schon in die Knie sank, sich friedlich hinlegte und die Augen schloss.

»Beantwortet das deine Frage?«, giftete der Doc. »An der Dosis kann es ja offensichtlich nicht gelegen haben.«

»Hm.« Wanda hob eine Augenbraue. »Ich frage mich nur, was der Bauer vom Nachbarhof davon hält, dass du seine Kuh sedierst.«

»Verschon mich mit deinen Wir-müssen-immer-und-sofort-allen-Leuten-auf-die-Nase-binden-wenn-etwasschiefläuft-Predigten«, zischte Hark, seine Augen verengten sich zu Schlitzen. »Was glaubst du wohl, wie oft man als Landtierarzt in peinliche Situationen gerät? Warum tue ich mir das überhaupt an? Vielleicht sollte ich umsatteln und eine Pommesbude eröffnen. Dann hätte ich ein leichteres Leben.« Seinen Worten zum Trotz nahm er den nächsten Pfeil in die Hand. Dann hielt er inne und drehte die Spritze nachdenklich hin und her.

»Was überlegst du?«, erkundigte Wanda sich. Auf der gottverlassenen Straße, auf der Schneewittchen noch vor wenigen Augenblicken gestanden hatte, fuhren zwei Autos aneinander vorbei.

»Nichts.« Hark kratzte sich den Kopf. »Es ist nur … Schneewittchen hat schon ziemlich viel von dem Mittel intus. Das hier ist definitiv der letzte Versuch.«

Sicherheitshalber drückte Wanda ganz fest die Daumen, bevor der Doc schoss. Diesmal schien es zu klappen. Schneewittchen kämpfte auf verlorenem Posten. Statt loszustürmen, blinzelte sie nur träge mit den Augen. Sichtlich erleichtert drehte sich Hark um und winkte Kai Uwe herbei.

»Hier«, erklärte er würdevoll, als Kai Uwe neben ihnen stand, und reichte ihm das Lasso. »Ihr das Lasso umzuwerfen, ist ein Klacks. Damit wirst du schon klarkommen. Ich fahre jetzt.«

»Besten Dank.« Kai Uwe grinste über beide Backen. Es war das erste Mal, dass Wanda ihn in so ausgelassener Laune erlebte. »Danke für die Showeinlage. Immer wieder ein Erlebnis zu sehen, wie der Tierarzt sich zum Affen macht.«

»Ach, sei doch leise«, knurrte Hark. »Dir vergeht das Lachen schon noch. Spätestens, wenn du meine Rechnung bekommst.«

Kai Uwe winkte ab. Vergnügt in sich hineinglucksend, schritt er auf Schneewittchen zu. Vielleicht war es Anfängerglück, vielleicht war Kai Uwe aber auch unglaublich geschickt im Werfen, jedenfalls schaffte er es auf Anhieb, der

Kuh das Lasso überzuwerfen. Den Strick in der Hand, schlenderte er auf Schneewittchen zu. Kaum stand er neben ihr, passierte es.

Schneewittchen gab Gas. Langsam zwar, aber dennoch. Wie ein kleiner Bulldozer setzte sie sich in Bewegung und zog Kai Uwe am Strick hinterher. Sein Gesichtsausdruck veränderte sich schlagartig. Plötzlich wirkte er überhaupt nicht mehr gut gelaunt, eher entsetzt.

»Oh Gott, oh Gott«, stöhnte Wanda. Schneewittchen lief inzwischen, und zwar direkt auf den Graben zu. Der Sedierung setzte die Kuh anscheinend jede Menge Adrenalin entgegen. Eben platschte sie mitten durch das kniehohe Wasser, Kai Uwe mit hochrotem Kopf im Schlepptau. »Meinst du, wir sollten eingreifen?«

»Warum?« Genüsslich verschränkte Hark die Hände vor der Brust. Offensichtlich hatte er einen Heidenspaß daran, zu beobachten, wie Kai Uwe die Beine im Wassergraben hochschmiss wie ein Revuegirl. »Was willst du? Wir sollten ihm helfen, die Kuh einzufangen, und das haben wir gemacht. Zur Abwechslung ist es ganz nett, wenn sich jemand anderes zum Deppen macht als immer nur der Tierarzt.«

* * *

Nach dem Vorfall auf der Weide machte Wanda sich ernsthaft Sorgen um Kai Uwe. Hoffentlich waren er und Schneewittchen wohlbehalten auf der eigenen Weide angekommen. In der Mittagspause hielt sie es vor Unruhe nicht mehr aus. Sie erhob sich von ihrem Schreibtisch und strafte Harvey, der gerade ein Papier in winzige Fitzelchen zerfetzte, mit einem strengen Blick.

»Schluss mit dem Unsinn, Harvey. Du gehst in den Garten zu Tassilo und dem Schwein, während ich herauszufinden versuche, wie es Kai Uwe geht und wo Herr Braun steckt.« Mit ausgestrecktem Arm schickte sie den Hund nach draußen, wo Tassilo ihn aufgeregt kläffend empfing. Nachdem Wanda sich vergewissert hatte, dass die drei keinen Unsinn anstellen konnten, machte sie sich auf den Weg zum Strand, ein Paket mit Kai Uwes heiß geliebten Windbeuteln in der Tasche. Nach dem unfreiwilligen Sprint mit Schneewittchen hatte er sich ein paar Extrakalorien verdient.

Doch das war nicht der alleinige Grund ihres Besuchs. Insgeheim war sie überzeugt, dass Herr Braun und Harvey ein perfektes Match waren, nur leider hatte sie bisher keine Chance gehabt, Herrn Braun darauf anzusprechen. Der Drachenladen hatte noch immer geschlossen. Allmählich fand Wanda das besorgniserregend. Ihr Gefühl sagte ihr, dass etwas nicht stimmte. Ob Kai Uwe wusste, was da los war? Er war doch immer auf dem Laufenden, was das Leben der Inselbewohner betraf. Schwungvoll nahm Wanda die Treppen hinunter zur Wandelbahn. Kurz darauf stand sie vor Kai Uwes Bude.

»Öj«, sagte sie zur Begrüßung und deutete auf das Kuchenpaket. »Ich dachte, ich schau mal vorbei und bring Windbeutel mit.«

»Einfach so?« Misstrauisch kniff Kai Uwe die Augen zusammen. »Könnte wetten, dass Sie etwas im Schilde führen. Was ist es diesmal? Soll das eine Bestechung sein, damit ich Ihnen erlaube, vor meiner Nase eine Strandmuschel aufzustellen? Oder schickt Hark Sie, um sich zu vergewissern, dass ich noch lebe? Vorhin hatte er es ja sehr eilig damit, zu verschwinden.«

»Wieso denken Sie immer nur das Schlechteste?« Ohne auf eine Aufforderung zu warten, ließ Wanda sich auf dem Klappstuhl neben Kai Uwe nieder und öffnete das Kuchenpaket. »Sanddorn war aus. Ich hoffe, Sie mögen Kirsch?«

»Jou, dat kummt ut as Pingsten up 'n Sönndag.«

»Pfingsten?« Irritiert schüttelte Wanda den Kopf. »Das ist in drei Wochen. Ich glaube nicht, dass die Windbeutel bis dahin halten.«

»Wird Zeit, dass Sie lernen, Borkumer Platt zu snacken, wenn Sie mit den Leuten hier warm werden wollen«, kommentierte Kai Uwe ungerührt und fuhr sich mit der Hand über das wild um den Kopf stehende Haar. »Kaffee?«

»Gern.«

Kurz darauf saßen sie vor ihren dampfenden Bechern. »Mein Opa hätte diese Windbeutel geliebt.« Wanda seufzte und teilte mit der Gabel ein Stück aus Sahne, Teig und Luft ab. »Er war schwer in Ordnung. Meine Eltern hatten wenig Zeit, aber Opa war immer für mich da. Er war der Einzige, der mich ernstgenommen hat mit meinem Traum vom Fliegen. Er war einfach fantastisch. Nach Omas Tod hat er sein Leben noch mal vollkommen umgekrempelt. Als kleiner Junge wollte er die Weltmeere umsegeln. Also machte er nach der Pensionierung seinen Segelschein. Da er sich durch seine Bücher in der Weltgeschichte zumindest theoretisch verdammt gut auskannte, heuerte er als Reisebegleiter für Segeltörns an. So hat er dann doch noch die Welt gesehen. Träume sind wichtig, war seine Devise, sonst lohnt sich das ganze Leben nicht.«

Kai Uwe hatte schweigend zugehört. Jetzt aber verzog er nachdenklich die Miene. Die Falten in seinem Gesicht sahen aus wie tausend zersplitterte Gedanken. »Täusche ich mich, oder erzählen Sie mir das aus einem bestimmten Grund?«

Wanda fühlte sich ertappt. Sie spürte, wie ihr das Blut in die Wangen schoss. Dennoch wollte sie keinen Rückzieher machen. »Der Doc hat mir erzählt, dass die Galloway-Zucht ein gemeinsamer Traum von Ihnen und Ihrer Tochter Svea war. Er meinte, Sie hätten sich mit ihr zerstritten und deshalb stünden Sie nun ganz alleine mit der Standkorbvermietung und der Rinderzucht da …« Sie unterbrach sich und warf Kai Uwe einen vorsichtigen Blick von der Seite zu. »Stimmt das?«

»Hark redet zu viel.« Kai Uwe verschränkte abwehrend die Arme vor der Brust. Sein Gesicht wirkte verschlossen.

»Also stimmt es. Haben Sie nie versucht, den Streit zu klären?«

»Nee, nee, wo mehr man in de Schiet röhrt, wo mehr stinkt 't.«

Wanda nickte. Sie konnte sich in etwa denken, was das zu bedeuten hatte.

Einen Moment herrschte Stille.

»Warum öffnen Sie Sveas Briefe nicht?« Wandas Augen blieben vor Anspannung fest auf den Kaffeebecher in ihrer Hand geheftet. Hatte sie sich zu weit vorgewagt?

Kai Uwe sagte noch immer nichts. Vorsichtig hob sie den Blick. Er schien in Gedanken versunken. Seine buschigen Augenbrauen wirkten wie Sturmwolken über seinen meerblauen Augen. Aus den Augenwinkeln bemerkte Wanda, dass sich eine Jungmöwe mit weißbraunem Gefieder bereits verdächtig nahe an den Tisch heranschlich, doch Kai Uwe machte keinerlei Anstalten, sie zu verjagen. Mit hängenden Schultern saß er da und stierte vor sich hin.

»Dass sie ging, war nicht meine Schuld«, sagte er schließlich. »Sie hat mir Sachen an den Kopf geworfen, die man als Tochter einfach nicht sagt.«

»Wieso muss es immer um Schuld gehen? Das ist doch Unsinn. Abgesehen davon, sind Sie gar nicht neugierig, was Svea schreibt? Vielleicht möchte Sie Ihnen mitteilen, dass es ihr leidtut und dass sie Sie vermisst. Aber solange Sie die Briefe nicht öffnen, werden Sie es nie erfahren.«

»Was war, kann man nicht zurücknehmen. Sveas Worte damals waren deutlich. Also setzen Sie Ihre rosa Versöhnungsbrille wieder ab. Es hat keinen Sinn.«

»Wie bitte? Wollen Sie wirklich zulassen, dass alles, was zwischen Ihnen war und noch immer sein kann, lose im Wind flattert?« Ungläubig starrte Wanda zu Kai Uwe hinüber.

»Unsinn. Da flattert nix.« Kai Uwe klatschte lautstark in die Hände, um die Möwe zu verscheuchen.

»Wie kann man nur so unglaublich stur sein?«, brauste Wanda auf. »Machen Sie sich nie Gedanken, wie Svea sich dabei fühlt?«

»Nee. Ich bin immer noch viel zu wütend, um mir über so was den Kopf zu zerbrechen.«

»Aha. Und wie es aussieht, haben Sie vor, diese Wut mit ins Grab zu nehmen.«

Kai Uwe zuckte mürrisch mit den Schultern.

»Kommen Sie …« Wanda rang seufzend die Hände. »Zumindest lesen können Sie die Briefe doch. Danach können Sie immer noch entscheiden, ob Sie antworten.«

»Geben Sie endlich Ruhe. Man könnte glatt meinen, ich tue Ihnen einen persönlichen Gefallen, wenn ich die verflixten Briefe öffne.« Schnaubend ließ Kai Uwe sich in seinen Stuhl zurückfallen.

Wanda biss sich auf die Lippe. So verkehrt war Kai Uwes Vermutung nicht. Im Gegenteil. Er hatte einen wunden Punkt berührt, doch es fiel ihr schwer, darüber zu reden. Ihre Kehle schnürte sich zusammen.

»Was ist los, mien Deern?« Kai Uwes Augen blitzten überrascht auf. »Sie werden doch meinetwegen nicht anfangen zu heulen?«

Daraufhin brachte sie erst recht keinen Ton mehr heraus. Wie sollte sie Kai Uwe erklären, was in ihr vorging? Plötzlich war sie sich nicht mehr sicher, mit welchem Recht sie ihm Vorhaltungen wegen der Briefe machte. War sie gerade dabei, ihre eigene Sache zu Kai Uwes zu erklären? Dabei wollte sie doch nur vermeiden, dass es Kai Uwe mit Svea ähnlich ging wie ihr mit Erik.

Zeit war endlich. Irgendwann war es zu spät.

Selbst auf die Gefahr hin, dass Kai Uwe es als Einmischung betrachtete, musste sie loswerden, was ihr auf der Seele brannte. Also riss sie sich zusammen und schluckte die Tränen hinunter.

»Vielleicht ist es mir so wichtig, dass Sie die Briefe lesen, weil ich selbst eine ähnliche Schachtel in meinem Schrank stehen habe«, begann sie, entschlossen, ihr Herz in die Waagschale zu werfen. Kai Uwe wirkte, als wollte er etwas sagen, aber dann rückte er sich schweigend im Stuhl zurecht und maß sie mit einem langen Blick. »Allerdings ist es genau andersherum. Die Schachtel ist voll mit Postkarten, die ich meinem Bruder geschrieben habe. Er wird sie allerdings nie lesen.«

Kai Uwe furchte die Stirn, seine Augenbrauen gerieten in Aufruhr. »Moment, Sie machen mir Vorwürfe, weil ich Sveas Briefe nicht lese, aber Sie selbst sind zu feige, die Karten, die sie an ihren Bruder schreiben, auch loszuschicken?«

»Nein.« Wanda schluckte ein paarmal. Dann schüttelte sie den Kopf. »Mit Feigheit hat das nichts zu tun. Mein Bruder ist tot. Er hatte schwere Depressionen. Am Ende wollte er nicht mehr leben. Ich mache mir riesige Vorwürfe, weil ich nicht genügend für ihn da war und nicht erkannt habe, wie schlecht es ihm ging. Nach seinem Tod fing ich an, als Flugbegleiterin zu arbeiten. Ich dachte, ich wäre es Erik schuldig, so viel von der Welt zu sehen wie möglich. Deshalb gibt es von jedem Ort, jedem Flug, jedem Zwischenstopp eine Postkarte an Erik. Klingt seltsam, aber ich dachte, ich könnte ihn auf diese Art bei mir behalten ...« Sie verstummte.

Kai Uwe nickte schwerfällig. »Sie haben also versucht, Eriks Leben nach seinem Tod neben Ihrem eigenen mit zu leben?«

»So in etwa ...«

Kai Uwe lehnte sich vor und tätschelte ihren Arm. »Oje, Deern. Sie haben wohl sehr an Ihrem Bruder gehangen.«

Wandas Brust schnürte sich schon wieder zusammen. Sie bekam kaum Luft. »Was nützt das, wenn ich erst nach seinem Tod erkannt habe, wie viel er mir bedeutet?«, presste sie hervor.

»Mannomann, ganz schön harter Tobak. Darauf war ich nicht gefasst.« Kai Uwe seufzte. »Jedenfalls wird mir klar, weshalb Sie sich in den Kopf gesetzt haben, mich mit Svea zu versöhnen.«

»Bitte, lesen Sie die Briefe«, bat Wanda, um Fassung bemüht. »Sie haben nichts zu verlieren, ganz im Gegenteil.«

Hektisch trommelten Kai Uwes Finger über die Tischplatte, ein abgehacktes Stakkato, das mit einem Arpeggio endete.

»Na schön. Aber nur, wenn Sie mir versprechen, dass Sie ebenfalls klar Schiff machen.«

»Ich? Wie meinen Sie das?«

»Diese Postkarten, die Sie für Erik aufheben … Damit müssen Sie aufhören. Es ist Zeit, Ihren Bruder gehen zu lassen. Er hätte nicht gewollt, dass Sie sich mit seinem Tod belasten. Erst recht nicht, dass Sie versuchen, sein Leben für ihn weiterzuführen.«

Etwas sprachlos starrte Wanda in Kai Uwes wettergegerbtes Gesicht. Sie dachte an Tom, der ähnlich besorgt um sie war, was Eriks Tod betraf. Allerdings hatte Tom es nie über sich gebracht, ihr die Wahrheit ins Gesicht zu sagen. Langsam lockerte sich der Knoten in ihr, der sich unbemerkt in all den Jahren nach Eriks Tod immer fester zugezogen hatte.

»Okay.« Sie ertappte sich dabei, wie sie etwas hilflos in Kai Uwes Richtung starrte. »Und was passiert jetzt mit den Postkarten?«

»Ganz einfach, min Deern.« Kai Uwe holte die Schachtel mit Sveas Briefen hervor und klopfte entschlossen auf den Deckel. »Wir werden beide unsere Hausaufgaben machen. Ich lese Sveas Briefe, und Sie führen sich noch einmal zu Gemüte, was Sie an Ihren Bruder geschrieben haben. Machen Sie in Gedanken eine kleine Reise um die Welt. Und wenn wir das hinter uns haben, treffen wir uns am Strand und verbrennen den ganzen Kram.«

»Ernsthaft?«

»Jou. Aber dass ich mich danach wirklich bei Svea melde, kann ich Ihnen nicht versprechen.«

»Schon okay.« Wanda zuckte die Schultern. Der Ausgang des Gesprächs verblüffte sie. Im Grunde waren sie beide einen großen Schritt weitergekommen, sowohl miteinander, als auch jeder für sich. Wie sie es geschafft hatte, dass Kai Uwe ihr gegenüber plötzlich auftaute, war ihr rätselhaft, aber vielleicht spielte es auch keine Rolle. Ein schelmisches Lächeln glitt über ihr Gesicht. »Feuer am Strand, ist das erlaubt?«

»Am Jugendbad schon. Allerdings müssten wir dazu ein Stück laufen.«

»Apropos …« Plötzlich fiel ihr wieder ein, dass sie ursprünglich aus einem ganz anderen Grund zu Kai Uwe gekommen war. »Ich versuche schon seit Tagen, Herrn Braun zu erreichen. Der Drachenladen hat geschlossen. Ist Herr Braun vielleicht verreist? Ich wollte ihn fragen, ob er eventuell unseren Unfallhund übernehmen möchte. Eigentlich ist Harvey wieder fit, allerdings mit drei Beinen schwer zu vermitteln. Bei Herrn Braun könnte ich mir vorstellen, dass er kein Problem mit Harveys Behinderung hat. Mein Gefühl sagt, dass die beiden wunderbar zueinander passen würden.«

Kai Uwe legte die Stirn in Falten. »Verreist? Kann ich mir nicht vorstellen. Robert hat sehr an seinem Hund gehangen. Könnte mir denken, dass er zu Hause sitzt und trauert.«

Mit einem Mal schlugen bei Wanda sämtliche Alarmglocken an. Ihr Herz begann vor Aufregung zu rasen. Sie sprang so hastig auf, dass der Kaffee im Becher überschwappte. »Oh Gott! Kommen Sie, schnell. Sie müssen mich begleiten.«

Verständnislos starrte Kai Uwe zu ihr hoch. »Was ist denn jetzt kaputt?«

»Ich hoffe, nichts.« Wanda bekam kaum Luft. Das Horrorszenario in ihrem Kopf ließ sich nicht mehr ausschalten, ihr wurde flau im Magen. »Sie wissen, wo Herr Braun wohnt?«

»Klar.«

»Dann los. Beeilen wir uns.«

KAPITEL 13

»Grundgütiger Himmel«, stöhnte Frauke tags darauf. Sie stand vor Wanda an der Anmeldung und zupfte das türkisfarbene Stirnband zurecht, das sie um ihren Kopf geschlungen hatte. Die Armreife an ihrem Handgelenk klimperten. »Ich kann noch immer nicht fassen, dass es Robert so schlecht ging. Warum habe ich nicht daran gedacht, nach ihm zu sehen? Ich mache mir solche Vorwürfe!«

»Bitte nicht.« Mitfühlend berührte Wanda Fraukes Arm, bevor sie sich zur Seite wandte und sich von der Frau mit dem zitternden Affenpinscher auf dem Arm das Klemmbrett mit den Anmeldungspapieren reichen ließ. In Gedanken wieder bei den gestrigen Ereignissen, überflog sie die Notizen, dann legte sie die Papiere beiseite. »Nehmen Sie doch einen Augenblick Platz. Doktor Harksen ist gleich für Sie da.«

»Hatte Robert vor, sich umzubringen?«, fragte Frauke, nachdem die Hundebesitzerin außer Hörweite war.

Wanda durchfuhr ein Schauer. Unwillkürlich musste sie an den Moment denken, als sie vom Selbstmord ihres Bruders erfahren hatte. Die unterdrückten Schuldgefühle, die Selbstzweifel, die Ängste und die Verlorenheit in ihrem Herzen, die sie gewohnheitsmäßig mit Heiterkeit überspielte, waren mit einem Schlag wieder wach. Mit düsterem Blick starrte sie in die Flamme der Duftkerze. Der Vanilleduft erinnerte sie an ihre Kindheit. Sie riss sich los und blickte auf. »Ich glaube nicht. Aber nach dem Tod seines Hundes ging es ihm wohl von Tag zu Tag schlechter. Am Schluss konnte er sich nicht einmal mehr aufraffen, aufzustehen oder sich zu waschen und zu rasieren. Damals, nach dem Tod seines Lebensgefährten, muss er schon einmal eine schlimme depressive Phase durchgemacht haben. Zum Glück ging er zum Arzt und ließ sich Medikamente verschreiben. Aber diesmal …« Wanda runzelte die Stirn. »Ich vermute, er hatte Angst, dass man ihn für einen Spinner gehalten hätte, wenn er wegen eines Tieres so ein Theater machte.«

»Theater?« Frauke warf entrüstet das blond getönte Haar zurück. »Also bitte! Wenn man nicht das Herz haben darf, um ein Tier zu trauern, dann stimmt mit dieser Welt etwas nicht. Ich bin wochenlang zu nichts zu gebrauchen, wenn einer unserer Hunde stirbt. Komm her, Tassilo!« Als müsste sie sich versichern, dass es dem Kleinen gut ging, nahm sie ihn auf den Arm und presste ihn an ihre Brust. Dass sie dabei versehentlich einen Stoß Infozettel über Diätfutter für übergewichtige Hunde und Katzen von der Theke riss, bemerkte sie nicht. Hingebungsvoll kraulte sie Tassilos Ohren. »Geht es Robert denn jetzt besser?«

»Ich denke schon. Kai Uwe hat gestern gleich einen Arzt kommen lassen, der Robert etwas gespritzt hat. Einen Termin bei einem Therapeuten hat er auch. In der Mittagspause gehe ich Robert besuchen und helfe ihm, die Wohnung aufzuräumen. Harvey nehme ich mit.«

»Ausgezeichnete Idee!«, lobte Frauke. »Robert und Harvey wären eine tolle Kombination.«

»Das dachte ich eben auch.« Wanda sammelte die über ihren Schreibtisch verstreute Diätfutter-Werbung ein und legte sie zu einem Stapel zusammen. »Hoffen wir, dass der Funke zwischen den beiden überspringt.«

Frauke bückte sich und setzte Tassilo auf den Boden. »Ich muss los. Hast du heute Abend schon etwas vor? Du könntest zu meiner Bikram-Stunde kommen. Würde dir guttun.«

»Yoga bei achtunddreißig Grad?« Wanda lächelte. So ganz hatte sie sich noch nicht daran gewöhnt, dass Frauke ihr das Du angeboten hatte.

»Aber sicher. Es beschenkt dich mit einem Gefühl der Reinigung und der Energie. Außerdem könnte es dir nicht schaden, deinen Fokus neu auszurichten.«

»Meinen Fokus ausrichten?« Wanda war hin- und hergerissen zwischen Lachen und purem Entsetzen. Körperverrenkungen bei tropischen Temperaturen gehörten sicherlich nicht zu ihrer Vorstellung eines kuscheligen Abends, den sie lieber zu Hause mit Harvey auf dem Sofa verbrachte. Außerdem, was war verkehrt an ihrem Fokus? Sie räusperte sich. »Ähm ... prima Idee. Aber gerade heute ist es etwas ungünstig. Ich muss dringend mal meine Wohnung aufräumen.«

»Wie du meinst.« Frauke warf ihr einen prüfenden Blick zu. »In letzter Zeit wirkst du etwas geistesabwesend. Steckt da vielleicht ein Mann dahinter?«

Wandas Wangen erhitzten sich. Einen Wimpernschlag lang fühlte sie sich versucht, sich Frauke anzuvertrauen. Mit einem langen Atemzug holte sie Luft und ließ den Impuls vorbeiziehen. Das mit Mo und ihr war noch so frisch. Es fühlte sich verkehrt an, ihre Beziehung offiziell zu machen. Dafür gab es zwischen ihnen noch zu viel Unausgesprochenes.

»Hast du dich in meinen Sohn verliebt?«, fragte Frauke in die entstandene Pause hinein.

»Himmel, nein! Hark ist ein großartiger Chef, und ich mag ihn als Mensch schrecklich gern, aber mehr ist da nicht.«

»Schade.« Frauke wirkte enttäuscht. »Eine neue Beziehung würde ihm guttun. Zeit, dass er über Julia hinwegkommt.«

»Er hat sich seitdem nie wieder für eine andere Frau interessiert?«, hakte Wanda nach, obwohl sie sich damit eigentlich zu weit vorwagte. Der Doc war ihr Chef. Sein Privatleben stand nicht zur Diskussion. Aber der Ausdruck von Verlorenheit, den sie immer dann in Harks Augen entdeckte, wenn er sich unbeobachtet fühlte, stimmte sie traurig.

Frauke schüttelte resigniert den Kopf. »Seit er Witwer ist, gibt es für ihn nur noch eines, und das ist sein Beruf. Keine Ahnung, wie lange das noch so gehen soll. Er überarbeitet sich.«

Wanda seufzte. »Ich werde versuchen, ihn mehr zu entlasten.«

Frauke winkte ab. »Sinnlos. Glaub mir, ich habe in dieser Hinsicht schon alles Mögliche versucht. Solange Hark nicht anfängt, den Schmerz zu verarbeiten, anstatt ihn in einem Meer aus Arbeit zu ertränken, ist alles umsonst.« Frauke wandte sich zum Gehen. »Also dann, meine Liebe. Für heute Abend bist du entschuldigt. Aber nächste Woche rechne ich fest mit dir. Du wirst Bikram lieben!«

Damit rauschte sie aus der Praxis. Kopfschüttelnd blickte Wanda ihr nach. Was für ein Wirbelwind! Durch und durch Harks Mutter. Beide sprühten vor Energie und Enthusiasmus. Nur, dass der Doc so leidenschaftlich für seine Arbeit brannte, dass er darüber scheinbar vergaß zu leben. Gedankenverloren drehte sie sich um und sortierte angebrochene Packungen von Medikamenten in die Schränke hinter der Theke, doch in Gedanken war sie nicht bei der Sache. Als sie sich dabei ertappte, wie sie ein Wurmmittel zu den Schmerztabletten packte, stöhnte sie frustriert auf.

Warum hatte das Gespräch mit Frauke sie derart durcheinandergebracht? Lag es daran, dass sie selbst vor einem ähnlichen Problem stand wie Hark? Im Grunde sehnte sie sich nach Liebe, auf der anderen Seite hatte sie Angst, sich jemandem ganz zu öffnen. Ihre Gedanken wanderten zurück in die Vergangenheit. Die Beziehung zu Frank war unter anderem daran gescheitert, dass sie davor zurückgeschreckt war, die Trauer um ihren Bruder preiszugeben. Würde sie sich Mo zeigen können, wie sie wirklich war, mit ihren dunklen Seiten und den Ängsten, ohne dass sie befürchten musste, nicht mehr geliebt zu werden? Eigentlich hatte sie das Gefühl, dass Mo sie ehrlich mochte. Bei ihm fühlte sie sich sicher und geborgen. Aber vielleicht fand er sie ja nur deshalb attraktiv, weil sie sich nach außen immer fröhlich und lebenslustig gab. Verflixt, warum war Liebe so kompliziert? Und warum machte Liebe so verletzlich?

Sie schloss die Schubladen und ließ sich auf ihren Bürostuhl fallen. Der Drang wurde übermächtig, Mo eine Whatsapp zu schreiben und ihn wissen zu lassen, wie sehr sie sich danach sehnte, von ihm in den Arm genommen zu werden. Das Handy blickte sie auffordernd vom Schreibtisch aus an. Wanda war hin- und hergerissen. Zögernd griff sie danach, nur um es gleich wieder beiseitezulegen, aus Sorge, Mo mit ihren Gefühlen zu erdrücken. Dass er zwei Wochen lang offshore war und sie sich nicht sehen konnten, machte es nicht einfacher. Sie seufzte tief. Als Tassilo sich schwanzwedelnd an sie schmiegte, hob sie ihn auf ihren Schoß, drückte ihren Kopf in sein Fell und begrub den Hund unter einer Woge aus Liebe und Zärtlichkeit.

Die Tür flog auf. Mathilda stürzte herein, zerzauste blonde Haare, den roten Parka nachlässig übergeschmissen, als hätte sie das Haus in großer Eile verlassen. Selbst Nalas Geschirr saß schief. Mathilda drehte den Kopf in die Richtung, in der sie Wanda vermutete. Ihre Stimme klang zittrig. »Nala geht es schlecht. Kann Hark nach ihr sehen?«

»Aber sicher.« Wanda setzte Tassilo auf dem Boden ab und versuchte, möglichst viel Wärme in ihre Stimme zu legen, obwohl sie und Mathilda sich nicht sonderlich gut verstanden.

Aber in diesem Moment tat Mathilda ihr leid. »Was genau ist mit ihr?«

»Ich … eigentlich kann ich es mir nicht erklären …« Mathilda schüttelte den Kopf. Sie schien völlig aufgelöst. »Heute Morgen beim Bürsten ist es mir aufgefallen. Drei Knoten, groß wie Golfbälle, direkt in der Leiste. Es fühlt sich an wie ein Tumor.«

»Du darfst nicht gleich das Schlimmste denken«, versuchte Wanda, sie zu beruhigen. »Für Knoten kann es harmlose Gründe geben.«

»Ich versteh nicht, warum ich es nicht früher bemerkt habe. Dabei nehme ich mir regelmäßig Zeit für Nalas Fellpflege. Was, wenn es Lymphknotenkrebs ist und sie eingeschläfert werden muss?«

Wanda spürte, wie sich ein mulmiges Gefühl in ihr ausbreitete. Bitte nicht schon wieder. Wenn nach Robert jetzt auch Mathilda … Sie wagte es nicht, den Gedanken weiterzuspinnen. Rasch erhob sie sich. »Setz dich mit Nala in Behandlungszimmer zwei. Ich schicke den Doc zu dir, sobald er in der Eins fertig ist.«

Mathilda nickte und presste die Lippen aufeinander.

Unsäglich lange zwanzig Minuten danach verließ Mathilda, geführt von Nala, wieder den Raum. Wanda sprang auf und eilte auf sie zu. Vorsichtig berührte sie Mathildas Arm. »Und? Was sagt der Doc? Es ist nichts Gravierendes, oder?«

»Nein.« Mathilda strahlte über das ganze Gesicht, dazwischen weinte sie Tränen der Erleichterung. »Du hattest recht. Es ist vollkommen harmlos. Eine Mücke muss Nala gestochen haben. Wie es aussieht, hat sie eine Allergie, daher die Schwellung.«

»Gott, bin ich froh!«, stieß Wanda hervor. Sie vergaß alle Vorbehalte, die sie Mathilda gegenüber empfand, und schloss sie in den Arm. »Es wäre schrecklich gewesen, Nala zu verlieren.«

»Ja. Mir war richtig schlecht vor Angst.«

Plötzlich befangen, löste Wanda ihre Umarmung. »Entschuldige, irgendwie ist es gerade mit mir durchgegangen.«

Mathilda senkte den Kopf. »Du hast nichts verkehrt gemacht, Wanda. Ganz im Gegenteil. Ich bin diejenige, die sich entschuldigen sollte. Diese Sache mit Mo … Ich hätte nicht so reden dürfen.«

»Hm, weißt du, was ich dachte, als du meintest, ich sollte die Finger von Mo lassen?« Wanda biss sich auf die Lippe. »Ich dachte, ihr beide wärt zusammen.«

Mathilda sagte nichts. Schweigend senkte sie den Kopf und ließ die Hand auf Nalas Kopf ruhen.

»Du bist in Mo verliebt, nicht wahr?«, fragte Wanda vorsichtig.

Mathilda nickte. Sagen konnte sie noch immer nichts.

»Scheiße«, entfuhr es Wanda.

»Ja. Megascheiße.« Mathilda hob den Kopf und sah in Wandas Richtung. Mit einer Mischung aus Mitgefühl und Bestürzung starrte Wanda in Mathildas blaue Augen, die immer so wirkten, als blickten sie aus einer anderen Welt heraus in eine Realität, die sich nicht ganz fassen ließ. »Ich liebe Mo schon so lange. Tut mir leid. Du wolltest die Wahrheit hören. Das ist sie.«

»Es gibt da etwas, was du wissen solltest.« Wanda schluckte. »Mo und ich, wir …«

»Ich weiß«, fiel Mathilda ihr ins Wort. »Ihr habt miteinander geschlafen.«

Wandas Augenbrauen schossen in die Höhe. »Hat Mo dir das erzählt?«

»Nein. Das war nicht nötig.« Mathilda lächelte traurig. »Es lag an der Art, wie er über dich geredet hat. Da wusste ich Bescheid. Ich habe ihn am Strand getroffen.«

»Oh«, machte Wanda. Mehr fiel ihr nicht ein.

Mathildas Hand vergrub sich in Nalas Nackenfell. »Das mit dir und Mo scheint etwas Ernstes zu sein.«

Wanda räusperte sich. »Ich glaube schon. Zumindest hoffe ich es.«

»Mo hat viel für dich übrig. Er klingt so glücklich wie schon lange nicht.«

»Tut er das?« Wandas Stimme kiekste.

»Allerdings.« Mathilda straffte den Rücken. »Bitte brich ihm nicht das Herz.«

Verblüfft schüttelte Wanda den Kopf. Dann wurde ihr bewusst, dass Mathilda das ja nicht sehen konnte. »Nein. Warum sollte ich?«, beeilte sie sich, zu sagen.

»Kai Uwe meinte, dass du nur für ein Jahr auf Borkum bleibst …«

»Verstehe.« Wanda verschränkte die Arme vor der Brust. »Du glaubst, ich verschwinde irgendwann und Mo steht alleine da. Mit gebrochenem Herzen.«

»Er hat mit seiner Ex schon genügend durchgemacht.« Mathilda warf die Lippen auf. Ein Stück ihrer früheren Bockigkeit kehrte zurück.

»Wow.« Wanda hatte das Gefühl, sich setzen zu müssen. »Du musst mich für ganz schön oberflächlich halten.«

»Das hat damit nichts zu tun. Vielleicht bin ich einfach nur realistisch.« Mathilda redete sich richtig in Eifer. An ihrem Hals leuchteten hektische Flecken. »Mo ist glücklich auf Borkum. Er gehört hierher. Abgesehen davon liebt er seinen Job. Wie wollt ihr das denn machen auf lange Sicht? Das wird ganz schön schwierig.«

»Ja.« Wanda nickte langsam. »Einfach wird es nicht. Da hast du schon recht. Weißt du, was ein guter Kumpel von mir immer sagt?«

Mathilda schüttelte den Kopf. Sie wirkte abwesend.

»Cross that bridge when we come to it«, zitierte Wanda Tom. »Man soll die Brücke erst überqueren, wenn man am Fluss ist, nicht schon vorher.«

214

Schweigen.

Mathildas Unterlippe zitterte. Wanda unterdrückte den Impuls, ihr die Hand auf den Arm zu legen. »Ich weiß doch gar nicht, wie sich das mit Mo und mir entwickelt. Warum soll ich mir den Kopf über Dinge zerbrechen, die in der Zukunft liegen? Abgesehen davon, wenn Mo und ich an einen Fluss kommen, werden wir auch eine Brücke finden, wenn wir das beide wollen.« Etwas atemlos ließ sie die Hände sinken, mit denen sie vor Aufregung wild gestikuliert hatte. Sie war verblüfft über sich selbst. Woher nahm sie auf einmal die Sicherheit, was Mo betraf?

»Okay.« Mathilda nickte langsam. Ihre Schultern hingen schwer herab. »Okay.«

»Wie ist es … ich meine … wirst du damit klarkommen?« Wanda spürte, wie eine dumpfe Saite in ihr ins Schwingen geriet. Sie musste an Erik denken, und an Herrn Braun.

»Hättest du mich das auch gefragt, wenn ich nicht blind wäre?« In Mathildas Ton lag eine gewisse Schärfe.

Wandas erste Reaktion war Verlegenheit. So, als hätte sie einen Rüffel bekommen, weil sie nicht höflich genug geblieben war, als sich ein Fluggast im Ton vergriffen hatte. Oder, weiter zurück, als hätte sie mal wieder nicht genügend Rücksicht auf Eriks Krankheit genommen. Das Muster saß tief. Dann aber besann sie sich. Sie hatte nichts Verkehrtes gesagt. Die Frage war ehrlich gemeint. In dem Gespräch mit Mathilda lauerten mehr Untiefen, als sie vermutet hätte. Kein Wunder. Wanda betrachtete Mathilda nachdenklich, unglücklich verliebt zu sein war nicht schön. Sie konnte sich in etwa ausmalen, wie es in Mathilda aussah. Diesmal zögerte sie nicht, sondern legte Mathilda vorsichtig eine Hand auf den Arm.

»Ja«, sagte sie in ruhigem Ton. »Auch wenn du nicht blind wärst, hätte ich dich ebenso gefragt. Und ich warte immer noch auf deine Antwort.«

Ein Ruck ging durch Mathilda. Die Anspannung in ihr schien sich zu lösen. Dafür wirkte sie jetzt unglaublich traurig. »Mach dir keinen Kopf. Ich komm schon zurecht. Mir ist es lieber, wenn die Dinge klar sind. Dann weiß ich, woran ich bin. Und, um ehrlich zu sein ...« Sie versuchte ein schiefes Lächeln. »Machen wir uns nichts vor. Wahrscheinlich hatte ich ohnehin nie eine Chance bei Mo. Mehr als eine gute Freundin hat er nie in mir gesehen.«

* * *

Schäumend donnerte die Nordsee gegen die Pfeiler der stählernen Plattform. Mo saß über seinen Teller gebeugt in der Kantine, die aussah wie alle Kantinen, die er kannte, und lauschte dem Zwiegespräch seiner Wünsche mit der Realität.

Schreib ihr, wie sehr sie dir fehlt und was du für sie empfindest ...

Quatsch. Damit schlägst du sie in die Flucht ...

Der hämmernde Schmerz in seinem Hinterkopf verstärkte sich. Unentschlossen stocherte er in der Lasagne, die neben Linseneintopf heute als Tagesgericht auf dem Speiseplan stand. Verflixt, er hatte es einfach nicht drauf, über seine Gefühle zu reden. Ärgerlich riss er eine der kleinen Papiertüten aus dem Ständer vor sich auf und kippte viel zu viel Salz über die Nudeln.

Falsch. Dein Problem ist, dass du dich nicht traust, eine Bindung einzugehen.

Ach ja? Noch mehr schlaue Sprüche auf Lager?

Noch mal: Du traust dich nicht. Oder besser gesagt, du traust DIR nicht.

Blödsinn. Außerdem, wohin es führt, wenn ich meinen Gefühlen vertraue, habe ich bei Alessa gemerkt. Vielleicht bin ich nicht der Typ für »glücklich bis ans Ende ihrer Tage«.

216

Nur, weil du bei Alessa mit Karacho gegen die Wand gefahren bist?

Miserable Autofahrer sollten ihren Führerschein abgeben.

Was, wenn alles, was bisher in deinem Leben passiert ist, nur eine Aufwärmübung war für das Wunderbare, das dich erwartet?

Du meinst Wanda?

Erwartest du darauf eine Antwort?

»Mo?« Die Stimme von Torben riss ihn aus seinen Gedanken.

»Hm?«

»Alles okay?«

Verwirrt und ein wenig ungehalten blickte Mo auf. »Klar. Wieso nicht?«

Arne trat neben ihn. Ein selbstgefälliges Grinsen stahl sich in sein Gesicht. Er kratzte sich den an Stahlwolle erinnernden Bart. »Komm schon. Irgendetwas stimmt nicht mit dir. Du sprichst mit deiner Lasagne.«

»Blödsinn«, stritt Mo grimmig ab. »Wie bescheuert ist das denn?«

»Hast du aber. Ich hab's genau mitbekommen.« Arne runzelte die Stirn. »Irgendwie abgefahren. Weißt du, mir fällt gerade ein … Dieser Typ da in England, der Sohn der Queen. Du weißt schon … Der sein Leben lang darauf wartet, dass seine Mutter den Löffel abgibt, der macht das auch. Allerdings spricht der mit Pflanzen, nicht mit seiner Pasta. Mann, Mann, Mann, ich wusste gar nicht, dass du so ein Spinner bist.«

»Tu mir einen Gefallen und halt die Fresse.« Wütend schob Mo seinen Teller beiseite und erhob sich. Der Hunger war ihm vergangen. Er zog die schwere Stahltür auf und trat hinaus auf die Plattform. Der Wind fuhr ihm unter die Jacke. Mit sicherem Griff suchte er Halt am Geländer. Gischt sprühte in sein Gesicht. Salzige Nässe legte sich auf seine Wimpern und Augenbrauen. Er atmete durch. Dann nahm er die Enge, die er in seiner Brust spürte, und warf sie zusammen mit seinen Zweifeln in den wolkenverhangenen Himmel.

Sein Entschluss stand fest. Diesmal würde er nicht kneifen. Sobald der Arbeitseinsatz vorbei wäre, würde er Wanda treffen. Dann würde er sie küssen, fest in seinen Armen halten und ihr erklären, dass er in sie verliebt war.

* * *

»War deine Mission erfolgreich?«, erkundigte sich Hark über das Handy. Wanda hielt sich das freie Ohr zu. Durch den Wind am Strand war es mühsam, den Doc zu verstehen.

»Es ist noch nicht sicher, aber ich glaube, dass Harvey sich in Roberts Herz geschlichen hat. Stell dir vor, Doc, als wir in die Wohnung kamen, ging der Hund direkt auf Robert zu und warf sich vor seine Füße. Robert blieb gar nichts anderes übrig, als ihm den Bauch zu kraulen. Damit war das Eis gebrochen.«

»Gut gemacht. Genieß den freien Nachmittag. Wir sehen uns morgen.« Hark legte auf.

Zufrieden, weil sie womöglich ein Heim für ihren Schützling gefunden hatte, lief Wanda die Wandelbahn entlang. Das Wetter war gut. Vielleicht schaffte sie es heute endlich, sich einen Strandkorb zu mieten, ein paar Stunden zu chillen und den Strand zu genießen. Erneut vibrierte ihr Handy. Auf dem Display erschien Toms Nummer. Unwillkürlich überfiel sie das schlechte Gewissen, weil sie so lange nichts von sich hören lassen hatte. Ihre Gedanken waren unablässig um Mo gekreist. Armer Tom, er wusste ja noch nicht einmal, dass sie sich verliebt hatte. Sie wischte über das Display. »Hi, Tom, schön, dich zu hören. Was macht Hamburg?«

»Wanda … bist du gerade am Strand? Ich kann dich kaum verstehen.«

»Warte.« Wanda blickte zu der bunten Versammlung von Strandkörben hinüber, die sich vor den Dünen aneinanderzukuscheln schienen. »Ich setze mich zwischen Kai Uwes Strandzelte. Dort ist es windgeschützt. So. Besser jetzt?«

»Deutlich.« Tom seufzte bedeutungsschwer in den Hörer. »Du kannst dir nicht vorstellen, was hier los ist.«

»Was denn?«, erkundigte sich Wanda vorsichtig in die entstandene Stille hinein. Ein ungutes Gefühl machte sich in ihrer Magengegend breit. Sie kannte Tom gut genug, um zu ahnen, dass er unter Druck stand.

»Es geht um Philipp. Er fühlt sich mit der Situation zu Hause überfordert.«

»Überfordert? Was soll das heißen?«

»Er ist sich nicht mehr sicher, ob er zusammen mit mir eine Familie haben möchte.«

»Oh nein! Ihr habt doch nicht vor, euch zu trennen?« Geschockt starrte Wanda auf die Möwe, die auf dem Dach des roten Strandkorbes schräg gegenüber herumspazierte.

»Das ... wäre möglich.«

»Shit ... Kann ich etwas für euch tun?«

Schweigen in der Leitung.

»Das könntest du tatsächlich«, meinte Tom schließlich. Das Zögern in seiner Stimme wich einem Flehen. »Um ehrlich zu sein, rufe ich an, weil ich dich bitten wollte, nach Hamburg zu kommen. Ich sehe keinen anderen Ausweg. Du bist meine einzige Hoffnung.«

»Mal ganz langsam ... Ich glaube, du überschätzt mich. Was soll ich denn tun? Ich bin keine Paartherapeutin. Und zaubern kann ich auch nicht.«

»Doch, das kannst du. Zumindest, was Kinder betrifft. Ich bin mir sicher, du würdest einen Zugang zu Jason finden, sodass er sich endlich öffnet, anstatt gegen alles, was wir ihm vorschlagen, zu rebellieren. Dann würde Philipp sich auch nicht mehr in seiner Vaterrolle überfordert fühlen und unsere Probleme wären aus der Welt. Philipp hat schon immer viel auf deine Meinung gegeben. Wenn ihm jemand klarmachen kann, dass er geduldig mit sich und dem Jungen umgehen muss, dann du.«

»Ist es wirklich so schlimm?«

»Ist es.«

»Und du bist sicher, dass du den Weg mit Jason weitergehen möchtest, falls du dich zwischen ihm und Philipp entscheiden müsstest?«

»Keine Frage. Jason braucht mich, oder besser Philipp *und* mich. Unter den Stacheln steckt ein verletztes, einsames Kind. Es wäre furchtbar, wenn er einer dieser Fälle würde, die von Pflegefamilie zu Pflegefamilie weitergereicht werden, um schließlich im Heim zu landen.«

Wanda legte den Kopf in den Nacken. Mit geschlossenen Lidern bemerkte sie, wie sich eine Wolke vor die Sonne schob und das orangene Leuchten auf ihrer inneren Leinwand verblasste. Sie öffnete die Augen und ließ die Luft in einem langen Atemzug entweichen. »Gut. Ich frage den Doc, ob ich mir ein paar Tage frei nehmen kann.«

Tom räusperte sich. »Ein paar Tage sind zu wenig.«

»Woran hast du denn gedacht?« Wandas Augen weiteten sich.

»Könntest du dir vorstellen, für ein paar Monate zu uns zu ziehen?«

»Wow. Für ein paar Monate gleich? Ehrlich, ich habe keine Ahnung, wie das funktionieren sollte.«

»Du könntest kündigen. Die Airline sucht Mitarbeiter im Bereich interne Schulungen. Es geht um Ansagen- und Sicherheitstrainings.«

»Ich soll Workshops leiten? Dafür bin ich nicht qualifiziert. Außer praktischer Erfahrung habe ich nichts vorzuweisen.«

»Die Airline übernimmt die Ausbildung zum Trainer. Du hättest eine sichere Festanstellung in Hamburg vor Ort. Arbeiten mit Menschen liegt dir doch. Und sie zahlen gut.«

Mit gemischten Gefühlen starrte Wanda die Möwe an, die es sich mit aufgeplustertem Gefieder auf dem Dach des Strandkorbs gemütlich machte. Ein Umzug zurück nach Hamburg ... Sie hatte gerade begonnen, auf Borkum Fuß zu fassen. Die Arbeit in der Praxis machte Spaß, Hark und sie waren ein gutes Team. Andererseits klang der Job bei der Airline nach einer Herausforderung, über die nachzudenken sich lohnte. Gelegenheiten wie diese fielen nicht vom Himmel. Langfristig gesehen konnte sie mit einer Festanstellung im Bodendienst gut aufgestellt sein, sowohl finanziell als auch im Hinblick auf ihr soziales Umfeld. Nach wie vor hatte sie einen großen Bekanntenkreis in Hamburg. Sie musste nur wieder beginnen, ihn zu pflegen. Abgesehen von Hark und Mo gab es auf der Insel nur wenig Menschen, die im gleichen Alter waren wie sie und ähnliche Interessen hatten. Bei den meisten drehte sich das Leben ausschließlich um Familie. Es stimmte, Borkum hatte viel zu bieten, aber wenn sie ehrlich war – gelegentlich vermisste sie den vibrierenden Pulsschlag der Großstadt schon. Den Kaffee bei Starbucks. Cocktails in der Strandperle in Övelgönne und manch andere Gewohnheit, die trotz des Umzugs nach Borkum an ihr haften geblieben war und an ihrem Rockzipfel zerrte, wie ein Kind, das um Aufmerksamkeit bettelte.

Erschrocken über die Richtung, die ihre Gedanken nahmen, hielt sie inne. Sie tauchte die Hand in den Sand und ließ die feinen Körnchen durch ihre Finger rieseln. Seltsam. Hatte Kai Uwe ihr nicht prophezeit, dass es genau so kommen würde? Sträubte sie sich innerlich gegen einen Umzug nach Hamburg, weil ein Teil von ihr Kai Uwe beweisen wollte, dass er sich in ihr getäuscht hatte? Die Körnchen rieselten aus ihrer Hand, wie

Sand, der durch ein Stundenglas rinnt. Nichts blieb auf ewig, und alles war im Fluss, sagte man das nicht immer?

Im Grunde war ihr von Anfang an bewusst gewesen, dass der Job hier eine Zwischenlösung war. Eine Auszeit, die sie sich gönnte, um herauszufinden, was sie wirklich wollte. Ein nervöses Gefühl machte sich in ihrer Magengegend breit. War sie wirklich schon bereit, zu entscheiden, wie es mit ihrem Leben weitergehen sollte? Und was würde aus Mo und ihr werden? Sie hatten sich gerade erst kennengelernt. Hatte ihre Liebe eine Chance, auf die Entfernung zu überleben?

»Du musst dich ja nicht gleich entscheiden«, hörte sie Tom sagen. »Alles, worum ich dich bitte, ist, darüber nachzudenken, ob das nicht eine Lösung wäre, von der alle profitieren.«

Sie zog die Knie an die Brust und schlang einen Arm um den Körper, als müsste sie sich selbst Halt geben. Obwohl er sagte, dass sie sich frei entscheiden sollte, fühlte sie sich von Tom in eine Ecke gedrängt. Das Dumme war, hier ging es um Tom, ihren besten Kumpel, der sich in einer schwierigen Situation befand und Hilfe brauchte. Sie räusperte sich. »Okay. Ich denke darüber nach. Aber versprechen kann ich nichts.«

»Mehr verlange ich auch nicht.« Damit verabschiedete er sich und legte auf.

Wanda erhob sich und klopfte sich den Sand von der Hose. Ihre Brust war eng. Ihr Herz hämmerte gegen die Rippen, während es sie innerlich schier zerriss. Ihr Blick glitt zum Horizont, wo die Wellen gegen die weiten Sandflächen rauschten. Sie fühlte sich, als triebe sie wie eine Schiffbrüchige in der Brandung.

KAPITEL 14

»Frag nicht! Ich sagte doch, heute ist einer dieser Tage, an denen man besser im Bett geblieben wäre«, erklärte der Doc düster, als er am Nachmittag des nächsten Tages von einem Notfall in die Praxis zurückkehrte. Wanda musterte ihn schweigend, als er in Richtung Bad an ihr vorbeistapfte. In seinem straff zurückgebundenen Haar hatte sich Stroh verfangen, an seiner Wange klebte Schmutz. Der Geruch, der von ihm ausging, war so penetrant, dass sie unwillkürlich die Luft anhielt. Ohne dass er sie explizit darum bitten musste, unterbrach sie ihre Arbeit und speicherte die offene Datei ab. Dann ging sie hinaus zum Auto, um Harks verschmutzte Arbeitskleidung zu holen. Während die Dusche rauschte, stand sie im Vorraum und befüllte die Waschmaschine. Sie war gerade dabei, die Gummistiefel im Waschbecken zu säubern, als sie hörte, wie der Wasserhahn zugedreht wurde.

»Mist!«, schimpfte Hark. »Auch das noch!«

Sie hörte auf, die Stiefel mit der Bürste zu bearbeiten, und hob den Kopf. »Was ist denn, Doc?«

»Verflixte Schlamperei. Wieso hängt hier kein Handtuch?«

»Keine Ahnung. Vielleicht weil du vergessen hast, eins mit in die Dusche zu nehmen?«, schlug Wanda vor. Kopfschüttelnd ging sie zum Wäscheschrank und nahm ein frisches Handtuch heraus. Im Normalfall hatte Hark seine Gedanken beisammen, selbst wenn er unter Stress stand. Heute schien es anders zu sein. Etwas zögernd glitt ihre Hand über den Stapel sauberer T-Shirts und Arbeitshosen in dem Fach daneben. »Frische Wäsche hast du schon, nicht wahr?«

Schweigen. Dann der Doc, etwas gedämpfter als zuvor: »Würde es dir vielleicht etwas ausmachen, mir ein Shirt und eine Hose zu bringen?«

»Kein Problem, wenn ich die Augen zumachen darf.«

»Ich bestehe darauf.«

Dampf schlug ihr entgegen, als sie die Tür einen Spalt öffnete und Hark mit gestrecktem Arm und zusammengekniffenen Augen Handtuch und T-Shirt hinhielt. »War es stressig mit der Kuh?«

»Gebärmuttervorfall. Allerdings wäre es nett gewesen, wenn der Kuh ebenso viel an ihrem Leben gelegen hätte wie dem Bauern und mir.«

»Es lief nicht gut?«

Hark schnaubte. »Anfangs schon. Aber gerade, als ich den Uterus sauber gemacht und zurückgeschoben hatte, legte sich die Kuh hin und alles war wieder draußen. Das ganze Spiel hat sie noch zwei Mal wiederholt. Und während ich hinter ihr im Dreck kauerte und mich abmühte, gab mir der Bauer Anweisungen, was ich zu tun hätte. Wozu habe ich eigentlich studiert, wenn jeder Landwirt sich für schlauer hält und nur darauf wartet, dass der Tierarzt sich bis auf die Knochen blamiert? Übrigens kannst du die Augen jetzt wieder aufmachen.«

Das tat sie. Hark stand in Arbeitshosen und mit nacktem Oberkörper da. Offensichtlich hatte er nicht allzu viel Mühe darauf verschwendet, sich trocken zu reiben. Sein Rücken war von einem glitzernden Film aus Feuchtigkeit überzogen. Aus dem nassen Haar liefen Wassertropfen über seine breite Brust und die muskulösen Arme. Unwillkürlich musste sie schlucken. Zu ihrem Entsetzen ertappte sie sich dabei, wie ein leiser Schauer über ihren Rücken lief. Plötzlich hatte sie Mühe, sich aufs Atmen zu konzentrieren. Oh. Mein. Gott. Halb nackt hatte sie ihren Chef noch nie gesehen. Obwohl sie vermutet hatte, dass er bei der anstrengenden körperlichen Arbeit ziemlich gut in Form war, hatte sie nicht erwartet, dass er ohne T-Shirt dermaßen gut aussah. Kein Wunder, dass die Frauen ihm scharenweise hinterherliefen. Augenblicklich versuchte sie, sich zusammenzureißen. Hoffentlich hatte Hark ihren zwischen Nervosität und Irritation schwankenden Blick nicht bemerkt.

»Wie lief es in der Praxis? Konntest du alle Termine verschieben oder müssen wir eine Akutsprechstunde einlegen?« Mit einer fließenden Bewegung streifte er sich das Hemd über.

Der unerwartet intime Moment war vorbei. Froh über den Themenwechsel strich sie sich das Haar aus der Stirn und lächelte, allerdings war sie sich bewusst, dass es etwas zwanghaft wirkte. »Alle zufrieden und versorgt. Wenn nicht plötzlich eine Kuh beschließt zu kalben, kannst du Feierabend machen.« Leicht verspannt lauschte sie in sich hinein, ob das Kribbeln im Bauch noch immer da war, doch nichts regte sich. Erleichtert atmete sie durch. Auf einmal erschien ihr der kleine Moment der Verwirrung surreal. Als hätten ihre Sinne ihr einen Streich gespielt, weil sie auf die Situation nicht gefasst gewesen war. Umso sicherer war sie sich jetzt. Es bestand keinerlei Gefahr. Hark mochte nackt noch so eine Augenweide sein, aber als Partner kam er für sie nicht infrage. Außerdem war ihr Herz längst an Mo vergeben.

Mo … Bei dem Gedanken an ihn zog sich ihre Brust zusammen. Ob er ihr geschrieben hatte? Sie beschloss, nachzusehen. Wo hatte sie nur das Handy hingelegt?

»Feierabend klingt perfekt«, durchbrach Hark ihre Gedanken. »Eigentlich wollte ich mich mit Jan am Strand treffen, aber anscheinend geht heute nicht nur bei mir alles durcheinander. Jan muss zu einem Krankenbesuch. Ob er es später noch schafft, weiß er nicht. Wie ist es mit dir? Kommst du mit auf ein Bier? Nach dem heutigen Tag brauche ich dringend Aufmunterung.« Fragend flog sein Blick zu Wanda.

Ohne Befangenheit forschte sie in seinen Augen nach Gründen, die dagegensprachen, seine Einladung anzunehmen. Sie fand keinen einzigen. Dem Doc war nach netter kollegialer Gesellschaft zumute. Mehr nicht. Abgesehen von dem winzigen Moment der Irritation vorher bestand zwischen ihnen zweifelsfrei keinerlei Hauch erotischer Anziehungskraft.

»Klar. Warum nicht.« Sie zuckte die Schultern. »Krieg ich bei der Gelegenheit selbst gebrautes Bier?«

»Klar. Aber beschwer dich nicht, wenn es dir zu bitter ist. Jan und ich sind noch am Experimentieren. Was die Würze betrifft, haben wir den Dreh noch nicht ganz raus.«

»Verstehe.« Wanda verschränkte herausfordernd die Arme vor der Brust. »Das mit dem Craftbeer ist Tarnung. In Wirklichkeit forschst du an einem Mittel zur Bekämpfung multiresistenter Keime, das die Medizin um Galaxien nach vorne bringen wird. Selbstlos wie ich bin, stelle ich mich in den Dienst der Wissenschaft und erkläre mich bereit, an dem Experiment teilzunehmen.«

»Äußerst altruistisch von dir. Aber denk bloß nicht, dass ich dir im Gegenzug für deinen Großmut erlaube, fünf weitere herrenlose Hunde zu adoptieren. Harvey genügt.«

»Keine Sorge, Doc, zumindest dieses Problem ist so gut wie gelöst. Stell dir vor, Robert hat angeboten, Harvey übers Wochenende zu nehmen. Ist das nicht fantastisch?«

»Klingt vielversprechend.« Hark knüllte das Handtuch zusammen und warf es in den dafür vorgesehenen Korb. »Ich verhungere. Wie wäre es, wenn wir einen Abstecher zu den Milchbuden einlegen?«

»Krabbenbrötchen!« Schwärmerisch verdrehte Wanda die Augen und folgte Hark in den Wartebereich.

»Typisch Festlandbewohner.« Der Doc schaltete die Lichter aus, während Wanda den Computer herunterfuhr und die Telefonanlage umstellte. »Warum meint ihr, dass wir uns hier an der Küste tagein, tagaus von Krabbenbrötchen ernähren? Ist das das gängige Klischee? Dabei gibt es doch zig Alternativen.«

»Bockwurst mit Kartoffelsalat?«

»Pass mal auf.« Hark hob gespielt tadelnd die Augenbrauen. »Ich glaube, wir müssen mit dir noch einmal ganz von Anfang beginnen, was das Inselleben betrifft. Sonst wird das nie etwas. Also, wir holen jetzt zuerst das Bier aus dem Schuppen, und dann ...«

Locker miteinander scherzend verließen sie die Praxis. Die Anspannung des Tages fiel zusehends von Wanda ab. Das Telefonat mit Tom gestern hatte sie in eine echte Zwickmühle gebracht. Sein Hilferuf war verständlich, aber fair war es nicht. Andererseits konnte sie ihm keinen Vorwurf machen. Schließlich wusste Tom nichts von Mo. Noch immer gab es diesen besorgten Teil in ihr, der sie davon abhielt, der Welt mitzuteilen, dass sie sich über beide Ohren verliebt hatte. Zuerst musste sie sicher sein, dass auch Mo an eine gemeinsame Zukunft glaubte.

* * *

»Okay, Jungs. Das war es für die nächsten Tage.« Arne rang sich ein Lächeln ab. »Ihr habt Glück. Eure Schicht endet hiermit. Da kommt ein Sturmtief vom Nordatlantik hereingefegt, das hat sich gewaschen. Großes Lob an euch. Ihr habt in den letzten Tagen fantastische Arbeit geleistet. Fahrt nach Hause und schlaft euch ordentlich aus. Die nächste Schicht beginnt in zwölf Tagen. Dann heißt es schuften bis zum Anschlag. Stellt euch schon mal drauf ein.«

»Kann's kaum erwarten«, knurrte der Torben, der neben Mo am Tisch saß und mit einem Lineal spielte.

Mo hob den Blick von der technischen Zeichnung, über der er gebrütet hatte. Schichtende also. Und zwar überraschend. In seinem Magen kribbelte es. Wie würde es mit Wanda und ihm weitergehen? Viel länger würde er es nicht hinauszögern können, mit ihr über seine Gefühle zu sprechen. Romantik war einfach nicht sein Ding. Er hatte nie verstanden, weshalb Frauen wollten, dass man immer so große Worte machte. Genügte die Gegenwart des anderen nicht? Was war so verkehrt daran, gemeinsam zu schweigen? Er lehnte sich zurück, schloss für einen Moment die Augen und ließ das Bild in seiner Erinnerung erstehen, als er Wanda nach der rasanten Fahrt mit dem Kitebuggy in seinen Armen gehalten hatte, ihre Augen sprühend vor Lebenslust und vor Begeisterung. Sie war ihm wichtig. Er hatte keine Ahnung, wie es mit ihnen weitergehen würde, aber spielte das wirklich eine Rolle? Welchen Sinn ergab es, sich den Kopf über Dinge zu zerbrechen, die weit in der Zukunft lagen? Wie hieß es immer? Ein Schritt nach dem andern? Genau das würde er tun. Diesmal würde er sich nicht vorher haarklein zurechtlegen, was er zu Wanda sagen würde, wenn sie sich das nächste Mal trafen. Seine Mundwinkel verzogen sich zu einem Grinsen. Wenn er sich nicht täuschte, trat heute Abend bei der Veranstaltung »Musik und Meer« am Musikpavillon eine Coverband auf, von der Wanda erzählt hatte, dass sie sie mochte. Möglicherweise hatte sie vor, zu dem Konzert zu gehen. Dann würden sie sich ganz von selbst über den Weg laufen. Vor seinem inneren Auge sah er Wandas lächelndes Gesicht, sein Herz wurde leicht. Es fühlte sich richtig an, loszulassen. Sonst würde er noch an seinem Perfektionismus ersticken. Spontanität statt Nervosität lautete der Plan. Der Vorteil war: Wenn man sich keinen Text zurechtlegte, gab es keinen Grund panisch zu werden, aus Sorge, dass man ihn vergaß. Das war doch immerhin etwas. Entschlossen drückte er die Ausschalttaste seines Handys.

Einen Schritt nach dem anderen.

Es blieb bei seinem Vorsatz. Noch war er nicht zurück auf Borkum, geschweige denn auf dem Boot.

* * *

Die schwermütigen Livebeats von Stings »Shape of My Heart« dröhnten über die Strandpromenade. Die Klänge schienen im endlosen Rauschen der Brandung widerzuhallen, vermischt mit dem Kreischen der Möwen. Wanda saß neben Hark unterhalb des Musikpavillons im Sand, den Rücken an die Betonmauer gelehnt, die zum Schutz vor Sturmflut errichtet worden war. Es fühlte sich an, als würde ihre Sehnsucht von der Melancholie des Songs hoch zum Himmel getragen, wo sie sich mit dem Schimmern der Sterne vermischte, ehe sie als Einsamkeit zu ihr herabfiel.

Sie vermisste Mo. Mehr, als sie sagen konnte. Mühsam unterdrückte sie den Impuls, zum Handy zu greifen und ihm zu schreiben. Sie durfte ihn nicht unter der Wucht ihrer Gefühle ersticken. Noch glich ihre Beziehung einer zart sprießenden Pflanze. Nur ein Idiot würde den Traktor aus dem Schuppen holen und damit über die Blumenbeete brettern.

»Noch ein Bier?« Hark hielt ihr fragend eine zweite Flasche entgegen.

»Gern.« Entgegen Harks Warnung fand sie an dem Geschmack nichts auszusetzen. Im Gegenteil. In diesem Augenblick, unter dem dämmrigen Abendhimmel, an dem die Sehnsucht wie prickelnde Salzkristalle in der Luft hing und sie sich eins fühlte mit dem Herzschlag der Brandung, hätte sie sich nicht erinnern können, jemals etwas Köstlicheres getrunken zu haben.

229

»Du hast dich gut auf Borkum eingelebt«, bemerkte Hark, halb Frage, halb Feststellung.

»Ich denke schon.«

»Du denkst?«

»Nein. Eigentlich bin ich mir sicher. Sehr sicher sogar.« In ihren Gedanken verblasste Toms Bitte. Ausgeschlossen. Sie konnte nicht nach Hamburg zurückkehren. Nicht ausgerechnet jetzt. Und möglicherweise auch später nicht.

»Wenn ich dich so ansehe, könnte ich wetten, da steckt ein Mann dahinter.«

Verblüfft setzte Wanda sich auf. Dass der Doc in ihrem Gesicht las wie in einem offenen Buch, hätte sie nicht vermutet. »Wie kommst du denn auf so etwas?«

»Da ist in letzter Zeit so ein Grinsen auf deinen Lippen.«

»Ach ja? Schon mal daran gedacht, dass das andere Gründe haben könnte?«

»Du bist eine verdammt schlechte Lügnerin. Das mag ich an dir.«

»Also schön«, gab Wanda nach kurzem Zögern zu. Es hatte keinen Sinn, Hark Theater vorzuspielen. Dafür hatten sie einfach ein viel zu gutes Verhältnis zueinander. »Es stimmt, ich habe mich verliebt.«

»Kenne ich den Mann deiner Träume?«

»Äh, es ist Mo. Er war vor Kurzem mit der Nachbarskatze in der Praxis und du bist fast ausgerastet, weil ich ihm erklären wollte, wie das mit dem Transponder funktioniert.«

»Mo!« Der Doc pfiff anerkennend durch die Zähne. »Gute Wahl. Ich freu mich für dich!« Hark hielt die Flasche hoch und prostete ihr zu. Ein verschmitztes Grinsen spielte um seine Mundwinkel. »Insgeheim hatte ich schon Bedenken, dass es dir hier zu einsam wird und es dich zurück nach Hamburg zieht. Du bist eine klasse Mitarbeiterin. Ich würde dich ungern verlieren.«

Wanda spürte, wie ihr Herz ein paar aufgeregte Schläge machte. Zum Glück war es so dunkel, dass Hark nicht bemerken konnte, wie ihre Wangen sich erhitzten. Kurzzeitig war sie tatsächlich versucht gewesen, Toms Drängen nachzugeben und zumindest für ein paar Wochen zu ihm zu ziehen. Doch wenn sie richtig darüber nachdachte, war selbst das unvorstellbar. Vielleicht lag es an dem Bier, vielleicht an der entspannten Stimmung, aber auf einmal hörte sie sich sagen: »Doc, weshalb arbeitest du immer so viel?«

»Man kann es sich im Leben nicht immer aussuchen.«

»Hm. Klingt resigniert. Möchtest du reden?«

»Über Julia?« Hark schüttelte den Kopf. »Nein. Davon wird nichts besser.«

»Du vermisst sie …«

»Natürlich. Was denkst du? Wir waren glücklich miteinander.«

»Ist sie …« Wanda schluckte. »Ich meine den Unfall. Sie hatte keine Chance, oder?«

»Genickbruch. Ich stand nur wenige Meter entfernt. Sie war sofort tot.«

»Furchtbar.«

»Ja.«

»Ist dir nie wieder eine andere Frau wichtig gewesen?«

»Meine Arbeit ist mir wichtig. Das reicht.«

Schweigend tranken sie ihr Bier. Die Musik begann erneut. Als die ersten Takte von »Fields of Gold« erklangen, stieß Hark ein heiseres Lachen aus. »Ich hätte nicht hierherkommen sollen. Dieses Lied von Sting war *unser* Lied, Julias und meines. Es lief im Radio, als wir uns das erste Mal küssten.«

Der Kummer in Harks Stimme ließ Wanda unruhig werden. Sie erhob sich. »Lass uns gehen. Das Bier ist ohnehin aus. Mein Bett ruft, und du solltest dich auch schlafen legen. Wer weiß, ob du heute Nacht nicht wieder zu einem Notfall gerufen wirst.«

Zögerlich kam er auf die Füße. Die Strandpromenade lag gebadet im goldenen Licht der Straßenlampen da. In den Scheiben der Hotels an der Seefront spiegelten sich Reflexe. Der Tag verlangsamte sich und verhallte zwischen den Sternen, doch rund um den Pavillon tobte das Leben. Bänke, Mauern und Treppen waren von Menschen belagert. Verliebte Pärchen tanzten eng umschlungen im Mondschein. Kleinkinder, zu aufgedreht, um ins Bett zu gehen, spielten Fangen und Verstecken hinter den Beinen ihrer Mütter.

Hark drehte sich zu ihr um und fuhr mit der Hand in seinen Nacken. In seinen Augen spiegelte sich ein seltsamer Glanz, als wäre er gedanklich in einer anderen Welt gefangen. »Darf ich dich um etwas bitten?«

»Sicher.«

»Das kommt jetzt vielleicht komisch rüber, aber … würdest du mit mir tanzen? Der Erinnerung wegen, solange das Lied läuft. Dann ertrage ich es vielleicht besser.«

»Klar«, erwiderte Wanda ohne Zögern. Hark hegte keinerlei Hintergedanken, das spürte sie. Er brauchte jemanden, der ihm über diese schmerzlichen drei Minuten hinweghalf. Mit einer selbstverständlichen Geste legte sie die Hand auf seine Schulter und bewegte sich mit ihm im Takt der Musik, während die Worte des Songs sanft zu den Sternen emporschwebten.

* * *

Mo reckte den Hals. Unruhig trat er von einem Fuß auf den anderen. Vielleicht war die Idee, das Treffen mit Wanda heute Abend dem Zufall zu überlassen, doch dämlich gewesen, denn erstens hatte er keine Ahnung, ob sie überhaupt hier war, und zweitens, falls ja, wie, verflixt noch mal, sollte er sie unter den ganzen knutschenden Pärchen und den Kurgästen finden? An der Promenade war die Hölle los. Das Publikum schien ziemlich auf die Coverband abzufahren. *Unverständlicherweise*, dachte Mo und runzelte die Stirn. Er stand nicht auf Sting. Kein kleines bisschen. Was sollte man schon von einem Künstler halten, der sein halbes Leben mit Yogaverrenkungen zubrachte. Okay, die Songs, die der Sänger damals mit The Police produziert hatte, waren nicht schlecht. Da steckten wenigstens flotte Beats drinnen. Aber diese gefühlsduseligen Balladen waren gar nicht sein Ding. Er mochte Techno. Klar, hämmernd und ohne Schnörkel. Entnervt fuhr er sich mit der Hand durch das Haar. Jetzt erklang auch noch dieses grauenhaft kitschige Lied, bei dem sich ihm jedes Mal die Nackenhaare kräuselten. Es ging darum, dass sich Liebende inmitten wogender goldener Gerstenfelder irgendwelche romantischen Versprechungen machten. Langsam schlenderte er weiter. Aus den Augenwinkeln bemerkte er eine Gruppe von Frauen, die ihm auffällige Blicke zuwarfen und miteinander tuschelten. Klare Sache, wie es aussah, hatten die drei bereits den einen oder anderen Cocktail intus. Jetzt waren sie in Flirtlaune und auf der Suche nach einem Abenteuer. Rasch ging Mo ein paar Schritte in die andere Richtung, auf die Betonmauer zu, und tat, als checke er etwas auf seinem Handy. Gott sei Dank schienen sie zu realisieren, dass er nicht interessiert war. Übertrieben kichernd machten sie sich auf die Suche nach einer aussichtsreicheren Beute.

Er atmete durch. Sein Blick glitt über den Horizont und die weiten Sandflächen. Um diese Zeit war der Strand leer, nur bei den Strandzelten, ziemlich genau vor seiner Nase, tanzte ein Pärchen miteinander. Mo schob die Hände in die Taschen seiner Jeans und beschloss weiterzugehen. Plötzlich stutzte er. Das Licht war nicht sehr hell, aber der Mann dort unten trug einen Pferdeschwanz und ähnelte im Profil dem Tierarzt, während die zierliche Frau, die Harksen gerade mal bis zur Brust reichte, lange Haare hatte und Shorts trug, eindeutig Wanda war.

Er fühlte sich, als würde er von einer Klippe stürzen.

Wanda tanzte eng umschlungen mit Hark. Keuchend sog er die Luft ein. Seine Gedanken flatterten durcheinander wie bunte Drachen, die der Sturm wegreißt. Er bekam keinen einzigen davon zu fassen.

»Hallo, Mo, schöner Abend heute, nicht wahr?«

Irritiert fuhr Mo zusammen, als Jan plötzlich neben ihm stand.

Jan klopfte ihm kameradschaftlich die Schulter. »Sieht so aus, als wäre eure ganze Mannschaft hier. An der Strandbar habe ich ein paar Kumpels von dir getroffen. Hab ich das richtig mitgekriegt, eure Schicht ist wegen des Tiefausläufers vorzeitig zu Ende?«

Knappes Nicken von Mo. Mehr brachte er nicht zustande.

»Sag mal.« Jan rieb sich den Nacken. »Du weißt nicht zufällig, wo Hark steckt? Eigentlich hatten wir uns auf ein Bier verabredet, aber dann musste ich noch zu einem Trauerfall, und es ist spät geworden. Ich hatte eigentlich gehofft, ihn hier zu treffen.«

Mo gaffte vor sich hin. Sein Gehirn war unfähig, ganze Sätze zu verarbeiten. Schließlich hob er den Arm und deutete auf das tanzende Pärchen. »Da unten.«

»Wow.« Jan pfiff leise durch die Zähne. »Ich glaube es nicht! Hat sich Hark doch tatsächlich verliebt. In seine neue Mitarbeiterin. Wie klasse ist das denn? Ich dachte schon, er würde nie über Julia hinwegkommen. Scheinen gut miteinander zu harmonieren, die beiden …«

Zähneknirschend starrte Mo ihn an. Dann marschierte er in die andere Richtung davon, ohne sich darum zu scheren, was Jan von ihm denken mochte.

»Mo? Was ist los? Wo gehst du hin?« Jans Stimme hallte vom Wind verzerrt hinter ihm her.

Wütend kickte Mo einen Stein über die Strandpromenade. Wie hatte er sich nur so in Wanda täuschen können? Er hatte wirklich geglaubt, aus ihnen beiden könnte etwas werden, aber Wanda schien zu den Frauen zu gehören, die lieber doppelgleisig fuhren, um nur ja keine Gelegenheit zu verpassen. Gut. Ein Glück, dass er rechtzeitig dahintergekommen war. Bei Alessa hatte er viel zu spät gemerkt, dass sie ihn betrog. Zornig ballte er die Hände zur Faust. Er hatte es verdammt noch mal satt. Ständig machte er schlechte Erfahrungen mit Frauen. Wanda brauchte ihm gar nicht erst unter die Augen zu kommen. Von ihm aus konnte sie tun und lassen, was sie wollte. Das Thema war durch.

So schnell er konnte, entfernte er sich von dem Auflauf von Menschen um den Pavillon und von der Musik, doch dann kreiste bereits der nächste Song über ihm und hielt ihn fest. Keuchend blieb er stehen und versuchte, die in seinem Hinterkopf aufflammende Panik zu beherrschen. Was hatte er falsch gemacht? Warum hatte er Wanda verloren? Wie sollte er die Freischicht überstehen, ohne durchzudrehen? Borkum war verflixt klein. Hier lief man einander ständig über den Weg, ob man wollte oder nicht.

Düster drangen die Worte von »Why Should I Cry for You« an sein Ohr. Bisher hatte er dem Text wenig Aufmerksamkeit geschenkt, obwohl er das Lied kannte. Seltsamer Zufall. Mit einem Mal erschien es ihm, als wäre der Text wie für ihn geschrieben. Offensichtlich hatte er Sting unterschätzt. Der Typ hatte die Sache mit den Emotionen besser drauf als gedacht.

Oh Mann. Sting brachte es auf den Punkt. Mo ballte die Fäuste so fest zusammen, dass es schmerzte. Er würde nicht weinen. Keine einzige Träne. Er würde einfach mit seinem Leben weitermachen an der Stelle, wo es ihm entglitten war. Und er wusste auch schon wie. Nur zwei Anrufe waren dazu nötig.

Mit grimmiger Miene nahm er das Handy und wählte die Nummer eines Kumpels, der vor Sylt auf Dan Tysk arbeitete, einem Offshore-Park kurz vor der dänischen Grenze. Er hatte Glück. Sein Kumpel bestätigte ihm, dass das Gerücht stimmte: Dan Tysk suchte händeringend Ingenieure, die für ein halbes Jahr befristet in einem Projekt mitarbeiten würden. Seiner Einschätzung nach hatte Mo beste Aussichten, genommen zu werden. Mit einem grimmigen Lächeln drückte Mo die Anruf-Beenden-Taste. Im Windparkgeschäft herrschte chronischer Mangel an Fachkräften. Was hinderte ihn daran, für ein halbes Jahr zu Dan Tysk zu gehen? Wenn ihm danach war, konnte er jederzeit wieder zurückkehren und sich um eine Stelle vor Borkum bewerben, wo die Anlagen wie Pilze aus dem Meeresboden zu sprießen schienen.

Der zweite Anruf galt seinem Zwillingsbruder. Sören hatte nichts vor am Wochenende und freute sich, wenn Mo für ein paar Tage nach Bremen zu Besuch kam.

Als das erledigt war, legte Mo den Kopf in den Nacken und sog die frische Nachtluft in seine Lunge. Ende des Kapitels. Er schloss das Buch, das die Geschichte von Wanda und Mo hätte enthalten können, und versenkte es in den tiefsten Tiefen der tosenden Nordsee. Dann wandte er sich ab und ging. Weg von den Erinnerungen an eine Frau und den Träumen über eine Zukunft, die es so nicht geben würde.

KAPITEL 15

Es sah aus, als wäre ein Wirbelsturm durch das Zimmer gefegt, aber in Wirklichkeit schneite es Erinnerungen. Wanda saß im Schneidersitz auf dem Fußboden ihres Wohnzimmers, um sie verstreut bunte Postkarten aus aller Welt. Wahllos griff sie nach einer davon. »Hello from San Francisco« stand in roter Schrift über dem Foto der Golden Gate. Ihre eigene Handschrift füllte die Rückseite.

> Lieber Erik, zwei Tage Layover – ein Traum! Während ich dir schreibe, sitze ich im Sequoia National Park, den Rücken an einen Mammutbaum gelehnt, der über dreitausend Jahre alt ist. Eine unvorstellbare Zeit. So viele Sonnenaufgänge hat der Baum heraufdämmern sehen ... Welche Weisheit muss zwischen seinen Ästen wohnen! Perspektiven verschieben sich im Schutz der uralten Sequoia. In Liebe, Wanda
>
> PS: Ich wünschte, ich wäre mit dir hierhergekommen. Diese Bäume wären stark

genug gewesen, um dir Halt zu geben. Warum
hast du mich nicht wissen lassen, wie schlecht
es dir ging?

Mit Händen, die ihr nicht recht gehorchen wollten, legte sie die
Karte zurück. Dann schlang sie die Arme um die Knie und ließ
ihren Tränen freien Lauf.

So viele Karten. So viele Orte. So viel Leere. So viel Schmerz.

Sie hatte geglaubt, es Erik schuldig zu sein, ihn gedanklich
mit auf ihre Reisen zu nehmen und ihm dadurch auf ihre Art zu
zeigen, wie sehr sie ihn liebte und vermisste.

Doch dadurch ließ sich nichts wiedergutmachen.

Vielleicht hatte sie nach Borkum kommen müssen, um zu
begreifen, dass sie ihr Leben durch den Rückspiegel betrachtet
lebte. Kai Uwe hatte recht. Es war Zeit, das Band, das Erik und
sie umschlungen hielt, zu durchtrennen. Sie musste aus seinem
Schatten treten und anfangen, ihren eigenen Weg zu gehen.
Und obwohl ihr bewusst war, dass sie keine andere Wahl hatte,
wenn sie irgendwann glücklich sein wollte, fühlte es sich an,
als würde Erik ein zweites Mal sterben. Diesmal verlor sie ihn
für immer, und das machte ihr mehr Angst, als sie mit Worten
auszudrücken vermochte.

Ein Klingeln an der Tür durchbrach ihre trüben Gedanken.
Samstagmittag, und sie hockte im Schlafanzug, mit wirrem
Haar und verheulten Augen auf dem Boden, um sie herum ver-
streute Postkarten. Noch nicht einmal ihre Zähne hatte sie seit
dem Aufstehen geputzt. Hoffentlich war es nur der Briefträger.
In diesem Aufzug konnte sie unmöglich Besuch empfangen.

»Bin gleich da!«, rief sie. Dann flitzte sie zum Sofa, warf
sich ihren ausgeleierten Kuschelpullover mit den viel zu langen Ärmeln über und band das Haar zu einem Pferdeschwanz.
Als sie öffnete, stand Hark vor ihr, mit Tassilo auf dem Arm.

Irritiert blinzelte sie ihn an. »Doc? Was machst du denn hier? Gibt es einen Notfall?«

»Nein, alles okay«, versicherte er und setzte den Hund ab. Etwas verlegen fuhr er sich mit der Hand in den Nacken. »Darf ich reinkommen?«

»Äh … Klar, es ist nur nicht aufgeräumt«, wandte sie halbherzig ein.

»Spielt keine Rolle.« Er winkte ab und stürmte an ihr vorbei. Einen unbehaglich langen Moment sagte er nichts, als er das Chaos auf dem Boden erblickte. Schließlich wandte er sich zu ihr um. »Sorry. Sieht so aus, als wäre ich gerade in etwas hineingeplatzt, bei dem du für dich sein wolltest. Ich gehe besser.«

»Nein, schon okay,« behauptete sie, ihr Gesicht und die Ohren fühlten sich schrecklich heiß an. »Es sind nur … Erinnerungen.«

Er kratzte sich den Nacken. »Vermute, es geht um einen Mann?«

Schweigend starrte sie vor sich hin.

»Hör zu, es tut mir leid, wenn ich das gewusst hätte …«

»Schon gut. Die Karten sind für meinen Bruder. Er hat Selbstmord begangen.«

»Schiet … ich hatte keine Ahnung.«

»Woher auch?«

Schweigend standen sie sich gegenüber. Aus der Ecke erklang das Kratzen von Hundepfoten. Mit einem zufriedenen Seufzen rollte sich Tassilo auf Harveys ehemaliger Decke zusammen, nachdem er sie zu einem undefinierbaren Knäuel zusammengescharrt hatte.

»Möchtest du reden?«, erkundigte sich der Doc nach einer Weile.

Wanda sah ihn verwundert an. Nie im Leben hätte sie damit gerechnet, dass ihr Chef ihr eine derart private Frage stellen würde. Andererseits verband sie nicht seit gestern Abend etwas? Als er sie um den Tanz bat, hatte er ebenfalls keine Scheu gehabt, sie hinter die Fassade blicken zu lassen. Und wer, wenn nicht der Doc, konnte verstehen, was es bedeutete, einen geliebten Menschen zu verlieren. Etwas in ihr entspannte sich. Ein Lächeln, das aus ihrem tiefsten Innern kam, breitete sich auf ihrem Gesicht aus. »Ja, ich glaube, das möchte ich. Das heißt …, wenn du Zeit hast?«

»Ich nehme sie mir.«

»Danke. Ich mache uns Tee, wenn du willst.«

* * *

»Es war mir schon länger klar, dass ich Erik gehen lassen muss, aber bisher hatte ich nicht die Kraft dazu gefunden«, schloss Wanda eine halbe Stunde später ihren Bericht. »Dass ausgerechnet Kai Uwe mir den Anstoß dazu liefern würde, hätte ich im Leben nie gedacht.«

»Manchmal passieren merkwürdige Dinge«, bestätigte der Doc. Er beugte sich nach vorne, die leere Tasse Tee in den Händen und starrte ein Loch in den Boden. »Nichts wird besser dadurch, dass man sich selbst ewig Vorwürfe macht. Das hätten weder Julia noch Erik sich für uns gewünscht.«

»Sicher nicht.«

»Das Dumme ist nur, je schöner die Vergangenheit war, desto mehr schmerzt die Erinnerung daran.«

»Falsch.« Wanda schüttelte energisch den Kopf. »Das Dumme ist, dass einfach jeder zu dir sagt, du sollst dankbar sein für das, was du hattest, anstatt es zu betrauern.«

Der Doc beugte sich nach vorne und rieb Tassilos seidiges Ohr. Er wirkte nachdenklich, auf seiner Stirn hatte sich eine steile Falte gebildet. »Weißt du, vielleicht ist es so, dass man im Leben an den Punkt gelangt, an dem man sich entscheiden muss, ob man glücklich sein will oder nicht.«

»Merkwürdig. So etwas in der Art habe ich gestern zu Kai Uwe gesagt.« Ihr Lächeln verblasste, als sie an das Feuer dachte, das Kai Uwe und sie am Strand mit ihren Erinnerungen machen wollten. Sie pustete sich das Haar aus der Stirn. Ob er dazu bereit war? Sie stieß einen langen, zittrigen Seufzer aus. Was war nur los mit ihnen allen? Im Moment kam es ihr vor, als wäre jeder Einzelne von ihnen am Kämpfen, Hark, Kai Uwe, Tom … Und sie selbst bildete keine Ausnahme. Wie gut, dass es Mo gab. Bei ihm fühlte sie sich geliebt und geborgen.

»Danke, dass du gestern Abend für mich da warst«, erklärte Hark etwas unvermittelt in die Stille des Augenblicks hinein. »Eigentlich bin ich vorbeigekommen, um dir das zu sagen.«

Grinsend lehnte sie sich zurück. »Ja, das war ziemlich nett von mir, aber glaub bloß nicht, dass ich jetzt ständig mit dir im Mondschein tanze«, witzelte sie, obwohl sie eigentlich gerührt war. »Mit deinem Gefühl für Rhythmus stimmt einiges nicht.«

»Nicht meine Schuld.« Der Doc hob abwehrend die Hände. »Als ich fünf war, steckte Frauke mich in einen Ballettkurs. Davon war ich so traumatisiert, dass ich als Jugendlicher einen großen Bogen um alles gemacht habe, was mit Discofox und Jive zu tun hatte. Erst als ich Julia kennenlernte, habe ich mich wieder auf das Parkett gewagt. Sie war eine wunderbare Tänzerin. Mit ihr war alles ganz leicht.«

»Es tut mir so leid für dich, dass du sie verloren hast«, meinte Wanda mitfühlend. »Mach dir keinen Kopf wegen gestern Abend. Scheint, als müssten wir beide lernen, nach vorne zu blicken und unser Leben weiterzuleben.« Sie warf ihm einen langen Blick zu. Unterm Strich war sie stolz auf die Veränderung, die in den letzten Tagen in ihr vorgegangen war. Blieb zu hoffen, dass der Doc auch die Kurve bekam. Sie wünschte es ihm von Herzen.

Er räusperte sich. »Übrigens, du bist eine ausgezeichnete Mitarbeiterin. Ich würde mich freuen, dich nicht nur für ein

Jahr, sondern sogar dauerhaft in der Praxis zu beschäftigen. Was meinst du?«

Der Themenwechsel kam überraschend. Wanda fühlte sich erleichtert, dass sie alle Untiefen des Gesprächs gemeistert hatten. Abgesehen davon tat es gut, gelobt zu werden.

»Ich bleibe gern«, sagte sie und meinte es auch.

»Prima, dann wäre das ja geklärt. Ich mach mich mal besser auf den Weg. Freust du dich auf dein freies Wochenende?«

»Wie verrückt.« Sie verdrehte die Augen. »Endlich durchschlafen, ohne dass Harvey mir die Ohren vollheult. Das klingt zu gut, um wahr zu sein.«

»Im Ernst, Wanda, in puncto Hundeerziehung musst du noch einiges lernen. Schau dir Tassilo an. Dass er aufs Wort hört, liegt nur an meiner Konsequenz und der nötigen Strenge.«

»Ach ja?« Wanda verzog ironisch das Gesicht und betrachtete den krummbeinigen Dackel, der so lange mit den Pfoten an Harks Hosenbein gekratzt hatte, bis er ihn auf den Schoß gehoben hatte. Dort lag er nun, zu einem Kringel zusammengerollt, und schnarchte hörbar vor sich hin. »Na prima, dass dir das nicht nur bei Tassilo, sondern auch bei den Hühnern, den Katzen und jetzt sogar bei dem Schwein so wunderbar gelingt. Wirklich, Doc, was Tiere angeht, hast du ein Händchen, echt schräge Persönlichkeiten um dich zu versammeln.«

»Ach ja?« Er grinste schief und erhob sich, den sichtlich verwunderten Tassilo auf dem Arm. »Weißt du was, das ist das schönste Kompliment, das ich seit Langem gehört habe. Also dann, ich wünsche dir viel Spaß bei Kai Uwe.«

»Danke.« Sie seufzte leise in sich hinein. Spaß würde es wohl kaum werden. Für einen Moment blieb ihr Blick skeptisch an dem Wust aus Postkarten auf dem Boden haften, dann folgte sie ihm zur Tür.

»Und du weißt ja …« Mitten im Satz brach er ab und warf ihr einen bedeutungsvollen Blick zu.

Sie hob irritiert eine Augenbraue. Den Gedankensprüngen des Docs zu folgen, war mitunter anstrengend. »Was genau meinst du? Dass am Ende alles gut wird?«

»Unsinn. Wie kommst du denn auf so etwas?« Entgeistert schüttelte er den Kopf. »Ich meinte, kein Wort zu Kai Uwe wegen des Pilleneingebers, den Mona Lisa verschluckt hat. Du hast diesen merkwürdigen Hang zur schonungslosen Ehrlichkeit. Damit verscherzt man sich das Vertrauen seiner Kunden, glaub mir!«

Wandas Mundwinkel zuckten verdächtig. »Ich werde es mir merken, Doc«, erklärte sie feierlich. Dann schloss sie die Tür hinter ihm und gab endgültig den Versuch auf, das Lachen zu unterdrücken.

Kapitel 16

Leise fluchend blickte Mo auf die leere Ginflasche und die zusammengeknüllten Tonicwater-Dosen auf dem Tisch, die er gestern Nacht nach dem Desaster am Strand geleert hatte. In seinem Kopf dröhnte es, sein Kreislauf lag am Boden, und ganz allgemein hätte er aus Frust auf sich und die Welt Bomben werfen können. Nachdem er die ganze Nacht wach gelegen und erst gegen Morgen eingeschlafen war, hätte er sich am liebsten wieder ins Bett verkrochen, doch sein schmerzender Schädel benötigte dringend Kaffee. Benommen glitt sein Blick zu der Uhr an der Wand, und dann weiter zum Fenster. Zwei Uhr nachmittags und das Wetter lag ebenso darnieder wie seine Stimmung. Bis zum Supermarkt war es ein gutes Stück zu Fuß. Der Dauerregen hätte ihn nicht gestört, da war er schlimmere Stürme gewohnt, aber der Gedanke, Wanda da draußen über den Weg zu laufen, ließ seine Laune weiter in den Keller sacken. Realistisch gesehen war die Gefahr nicht sonderlich groß, aber lief man nicht immer ausgerechnet denjenigen Menschen über den Weg, die man nicht sehen wollte? Klare Ingenieurslogik. Murphy's Law in praktischer Anwendung. Was schiefgehen kann, wird auch schiefgehen. Millionenfach bewiesen. So wie das Toastbrot stets mit der gebutterten Seite nach unten fällt und jedes Handy nach Ablauf der Garantie den Geist aufgibt, ebenso steigt mit der Idiotie des Verhaltens auch die Wahrscheinlichkeit, beobachtet zu werden. Bestes Beispiel: gestern Abend. Mit zusammengepresstem Kiefer stand er da, während das Bild vor seinem geistigen Auge auftauchte. Wanda, die eng umschlungen mit Hark zu scheißromantischer Musik im Mondschein tanzte. Sein Magen zog sich zu einem schmerzenden Knäuel zusammen, was möglicherweise mehr am Alkohol als am Liebeskummer lag. Vielleicht hätte er es mit dem Gin nicht übertreiben sollen, aber zumindest hatte es ihm ein paar Stunden des Vergessens beschert.

Wanda beherrschte sein Denken. Das nagende Gefühl, dass er erneut betrogen wurde, fraß ein Loch in seine Brust. Er schloss die Augen und wollte schreien. Es gab keinen anderen Ausweg, er musste weg hier, dann würde die Erinnerung an Wanda mit der Zeit verblassen. Doch zuerst brauchte er einen verdammten Kaffee.

Mühsam den Schmerz in seinem Kopf und seinem Herzen beherrschend, zog er die Jacke an und trat vor die Tür. Der Regen peitschte ihm ins Gesicht, als er die Straße entlangeilte. Bei dem böigen Wind fühlte es sich an, als wäre mitten im Frühling der Herbst ausgebrochen. Graues Licht sickerte durch die Wolken und ließ alle Farben um ihn herum verbleichen. Mit gesenktem Blick, die Kapuze tief in die Stirn gezogen, bog er um die Ecke.

»Mo!«, hörte er die Stimme einer Frau.

Durch seine Adern schoss pures Adrenalin. Seine Hände in den Taschen der Regenjacke ballten sich entschlossen zu Fäusten. Er würde einfach weitergehen und sich einen Dreck darum scheren, ob es Wanda war, die auf der anderen Straßenseite stand, oder nicht.

»Mo! Nun warte doch mal. Verflixt, Nala. Fermo li.«

Erleichtert hob er den Kopf. Auf der anderen Straßenseite stand Mathilda in Begleitung ihrer Mutter, einer hageren Frau mit kurz geschnittenem blondem Haar, freundlichem Lächeln und wachem Blick. Damals, in der Schulzeit, hatte er oft zusammen mit Mathilda in Frau Pahls Küche gesessen und eine Tasse Kakao getrunken. Mist. Im Augenblick wollte er nichts weiter als seine Ruhe. Am liebsten hätte er einfach nur die Hand gehoben und zurückgegrüßt, aber Frau Pahl winkte und forderte ihn zum Stehenbleiben auf. Mit einem gequälten Lächeln wechselte er die Straßenseite.

»Also stimmt es, was ich gehört habe«, begrüßte Mathilda ihn. »Das Sturmtief hat euch ein vorzeitiges Schichtende beschert.«

»Yepp«, gab Mo einsilbig zurück, obwohl er wusste, dass es unhöflich war. Er war nicht in der Stimmung für Small Talk.

»Hast du Pläne für das Wochenende? Wenn das Wetter so scheußlich bleibt, könntest du auf einen Kaffee vorbeikommen. Wie wäre es mit einer Runde Kniffel? Ich habe neue Braille-Würfel. Und Mama wollte Sanddorntorte backen. Wir kommen gerade vom Supermarkt. Ich würde mich freuen, dich zu sehen. Unser letzter Spielenachmittag ist ewig her.«

Verständnislos starrte er sie an. Er hatte keinen Plan, was sie von ihm wollte. »Sorry, diesmal nicht«, meinte er und versuchte, sich einen vernünftigen Gedanken aus seinem wirren Hirn zu konstruieren. »Ich fahre morgen aufs Festland. Sören hat gefragt, ob ich ihn besuchen komme.«

»Oh, schade.« Mathilda verzog enttäuscht das Gesicht. »Ich hatte gehofft, dass wir bald mal was gemeinsam unternehmen.«

»Es ergibt sich bestimmt eine andere Gelegenheit für einen Besuch.« Frau Pahl zuckte entschuldigend die Schultern, ihr Blick ruhte prüfend auf ihm. »Du siehst nicht gut aus, Mo, wenn ich das sagen darf. Alles in Ordnung?«

»Klar doch.«

»Das bezweifle ich. Auf mich wirkt es, als stündest du kurz vor einem Zusammenbruch. Du solltest dich mal durchchecken lassen.«

»Danke, aber ich brauche keinen Arzt. Ich muss nur ausspannen. Die letzte Schicht war mörderisch.«

»Mo, wenn es irgendetwas gibt, worüber du reden möchtest …«, hob Mathilda an.

Mit scharfem Ton schnitt er ihr das Wort ab. »Alles bestens. Das habe ich doch gerade gesagt. Wir sehen uns.«

Damit drehte er sich um und ließ sie stehen.

* * *

Gegen drei war der Regen durch. Über den Fernseher flimmerte der Abspann einer »Suits«-Folge. Wanda griff zur Fernbedienung und klickte sich aus der Welt der fiktiven Anwaltskanzlei Pearson Specter Litt in Manhattan zurück in die Realität. Verflixt, dieser Gabriel Macht alias Harvey Spectre war wirklich heiß. Und er hatte unglaublich schöne Augen.

Unvermittelt musste sie an Mo denken und an das intensive Glühen, das in seinem Blick lag, wenn er sie in seinen Armen hielt. Sehnsucht stieg in ihr auf. Wieso meldete er sich nicht? Nachdenklich drehte sie die Fernbedienung in den Händen. Die Lautstärketaste war abgenutzt und nicht mehr zu gebrauchen. Vielleicht sollte sie das Teil aufschrauben und prüfen, ob die Kontakte verschmutzt waren? Oder gleich eine neue bei Woolworth kaufen. Manche Dinge ließen sich nicht reparieren. Möglicherweise war es mit Mos Handy genauso? Vielleicht war es kaputtgegangen. Oder die Funkstille zwischen ihnen lag an dem Tief, das gerade durchzog. Es konnte tausend Gründe geben, warum Mo sich nicht meldete. Kein Grund zur Panik, sagte sie sich, aber die Zweifel und Ängste wurden immer lauter.

Irgendetwas fühlte sich nicht richtig an.

Mos Schweigen ließ eine Leere zwischen ihnen entstehen, die ihre Fantasie mit düsteren Vermutungen füllte.

Allmählich war sie es leid, herumzusitzen und sich den Kopf zu zermartern. Sie erhob sich. Ihr Blick fiel durch die regengesprenkelte Scheibe. Auf der Straße spielten ein paar Kinder Pfützenspringen. Ihr Lachen drang durch das Fenster. Nachdenklich ließ sie ihren Blick zurück zu der Schachtel mit den Postkarten wandern. Das Gespräch mit Kai Uwe ging ihr durch den Kopf. Wie gut, dass sie sich gegenseitig versprochen hatten, mit der Vergangenheit aufzuräumen. Alleine hätte sie der Mut längst wieder verlassen. Mit finsterer Entschlossenheit ging sie zur Garderobe und zog sich die Regenjacke über. Dann machte sie sich auf den Weg zu Kai Uwe.

Der Wind hatte nachgelassen und strich sanft über ihr Gesicht. Weit draußen, über der Nordsee, hingen schwere Regenschleier, aber über Borkum schien schon wieder die Sonne. Auf der Strandpromenade waren vereinzelt Spaziergänger unterwegs, in leuchtendgelbe Friesennerze oder Nylonjacken vermummt. Am Fahnenmast hatte sich die Borkumflagge um die Stange gewickelt wie nasser Seetang. Der Sturm hatte Mülltonnen umgerissen, deren Inhalt über die Wandelbahn geweht wurde. Etwas Öliges war in eine der Pfützen gelaufen, auf der Oberfläche spiegelte sich ein regenbogenfarbener Film. Am Strandbazar wurden die Ständer mit Mützen, Schals, Sonnenbrillen und den üblichen Nordsee-Souvenirs zurück nach draußen geschoben. Stirnrunzelnd beobachtete sie, wie ein Platzset aus Plastik mit einem Möwencomic darauf vom Ständer fiel. Wie Steppenkraut in einem Wildwestfilm trudelte es über den Asphalt.

Sie eilte die Strandpromenade entlang. In Kai Uwes Bude brannte Licht. Als Wanda klopfte, trat er heraus, in der Hand Eimer und Wischlappen.

»Moin«, begrüßte er sie. »Dass Sie bei so einem Schietwetter vor die Tür gehen, hätte ich nicht gedacht.«

»Der Regen ist durch. Den restlichen Tag scheint die Sonne«, erklärte sie fröhlich und schwenkte das Handy durch die Luft.

»Na, dann kann ich mal getrost den Tisch trockenwischen. Taugt vielleicht doch was, der moderne Technikkram«, brummte er und zwinkerte ihr zu.

Wanda war verwirrt. So versöhnlich hatte sie Kai Uwe noch nie erlebt. Ob es mit Sveas Briefen zu tun hatte?

»Sie haben also gelesen, was Ihre Tochter schreibt«, stellte sie fest, ihre Mundwinkel zuckten. »Und anscheinend hatte ich recht. Svea will sich mit Ihnen versöhnen.«

»Jou. Das hat sie am Telefon gesagt.«

Vor Verblüffung kippte Wandas Kinnlade hinunter. »Sie haben mit ihr telefoniert? Mensch, das ist ja der Hammer! Ich freu mich so für Sie.«

Angelegentlich schrubbte Kai Uwe mit dem Lappen über das vom Regen nasse Holz der Bank. Dann wrang er das Wischtuch aus und ließ es mit Schwung auf dem Tisch landen. »Das habe ich wohl Ihnen zu verdanken. Wenn Sie nicht gekommen wären und Ihre Nase in mein Privatleben gesteckt hätten, hätte ich die Briefe nie geöffnet. Aber glauben Sie bloß nicht, dass Sie deshalb weiter rumnerven können!« Er schenkte ihr einen strengen Blick aus seinen meergrauen Augen.

»Hat Ihnen eigentlich schon mal jemand gesagt, dass Sie hinter all Ihrem Herumgemurre eine Seele von Mensch sind?« Wanda verschränkte provokativ die Arme vor der Brust. »Wie geht es denn nun weiter mit Svea und Ihnen? Sie werden es doch wohl hoffentlich nicht bei einem Telefonat belassen?«

»Hab ich nicht vor.« Klatschend landete der Putzlappen im Eimer. Kai Uwe schob sich die Schiffermütze in den Nacken. »Haben Sie schon Pläne für morgen? Ich brauch Sie nämlich.«

»Mich?« Wanda bekam runde Augen. »Wozu denn? Soll ich Ihnen helfen aufzupassen, dass sich niemand auf die Fußteile der Strandkörbe setzt oder seinen Busen entblößt?«

»Das übernimmt Frauke. Wir beide, Sie und ich, gehen zum Fähranleger.«

»Wieso das denn?« Sie schüttelte den Kopf. »Ich verstehe gar nichts mehr.«

»Svea kommt mit dem ersten Katamaran. Sie müssen mir helfen, die Zeit bis zum Anlegen zu überbrücken. Sonst spring ich aus lauter Nervosität noch ins Hafenbecken. Also was ist? Sind Sie dabei?«

»Was für eine Frage! Natürlich können Sie auf mich zählen.« Im Überschwang der Gefühle wäre sie Kai Uwe fast um den Hals gefallen. Zum Glück vibrierte in diesem Moment ihr Handy. Toms Profilbild erschien auf dem Display. »Sekunde mal. Ich muss da grad rangehen. Hi, Tom, was gibt es?« Sie drehte Kai Uwe den Rücken zu.

Tom klang gestresst. Im Hintergrund wummerten schräge Bässe. »Hallo, Wanda, ich weiß, dass ich dich bedränge, aber hier ist die Hölle los. Ich hatte gerade einen schlimmen Krach mit Philipp. Dass er nicht die Tür hinter sich zugeschlagen hat, als er die Wohnung verließ, ist eins. Ich kann nicht lange reden. Jason hat sich in seinem Zimmer eingeschlossen. Keine Ahnung, wie ich ihn da wieder rausbekomme, aber wenn er die verflixte Musik nicht leiser dreht, gibt es Ärger mit den Nachbarn. Wie sieht es aus, hast du über meinen Vorschlag nachgedacht?«

Schweigend blickte sie auf das Meer. Breit gefächert fielen die Strahlen der Sonne durch die Wolkenfelder. Ihr Blick wanderte zum Horizont. Irgendwo da draußen war Mo.

»Wanda, bist du noch da?«

»Ja.«

»Und? Wie lautet deine Antwort?«

»Ich muss dich enttäuschen, Tom. So leid es mir tut, aber ich kann hier nicht weg. Der Doc zählt auf mich. Er hat mir eine Festanstellung angeboten.«

Schweigen in der Leitung.

Tom stieß einen langen Atemzug aus. »Verstehe. Dann muss ich mir wohl eine andere Lösung einfallen lassen.«

»Ich bin sicher, dass dir das gelingt. Mach es gut, Tom. Wir hören uns.«

Betrübt legte sie auf. Ihren besten Kumpel im Stich zu lassen, fiel ihr nicht leicht, aber es war Toms Baustelle, nicht ihre. Und mit ihren eigenen Baustellen war sie noch reichlich beschäftigt, solange das Kapitel mit den Postkarten an Erik nicht abgeschlossen war. Daran, dass Mo sich immer noch nicht bei ihr gemeldet hatte, mochte sie erst gar nicht denken.

Sie drehte sich um.

»Habe ich das gerade richtig mitgekriegt?« Kai Uwe grinste breit. »Sie bleiben allen Ernstes auf Borkum?«

»Sie halten es ja offenbar ganz genau mit Ihren eigenen Regeln«, konterte Wanda gereizt, das schlechte Gewissen Tom gegenüber schlug sich auf ihre Stimmung. »Wer steckt denn jetzt die Nase in anderer Leute Privatleben?«

»Moment mal.« Kai Uwe kniff die Augen zusammen und musterte sie eindringlich. »Sie haben doch nicht etwa Liebeskummer? Klingt nämlich verdächtig danach. Raus mit der Sprache. Wer ist es? Der Tierarzt?«

»Ach was«, murmelte Wanda schwach »Doch nicht der Doc. Und um Ihre Frage zu beantworten, mit meinem Liebesleben ist alles in Ordnung. Können wir jetzt das Thema wechseln?«

»Meinetwegen.«

»Wann wollen wir die Briefe verbrennen? Heute Abend? Bevor Svea kommt?«

Kai Uwe nahm die Mütze vom Kopf und setzte sie verkehrt herum wieder auf. Er wirkte seltsam verlegen. »Also wissen Sie, es ist so … Eigentlich möchte ich Sveas Briefe aufheben.«

»Wieso das denn?« Vor Verblüffung machte Wanda runde Augen. »Wollten wir nicht die Uhren zurück auf null drehen und klar Schiff mit der Vergangenheit machen?«

»Jou, aber ich halte nichts davon, Beweismaterial zu vernichten.«

Zweifelnd starrte Wanda ihn an. Sie stemmte die Hände in die Taille. »Sie haben doch wohl nicht vor, die nächste Rechnung aufzumachen?«

»Also wirklich. Für wen halten Sie mich?« Kai Uwe wirkte entrüstet. »Svea schreibt, wie sehr sie mich liebt. Das hat sie mir noch nie gesagt. Ich hatte Tränen der Rührung in den Augen, als ich es las. Sie glauben doch nicht, dass ich mich davon trenne? Außerdem brauche ich Beweismaterial für den nächsten Streit.«

Wanda fühlte sich erleichtert und enttäuscht zugleich. »Okay, das ist natürlich etwas anderes. Das heißt, unser Feuer fällt aus?«

»Von wegen. Wir zwei ziehen das durch heute Abend, den Abschied von Ihrem Bruder. Höchste Zeit, dass Sie die Steine aus Ihrem Rucksack holen und mit leichterem Gepäck reisen.«

Wanda nickte stumm. Mit so viel Anteilnahme hätte sie nicht gerechnet. Schon gar nicht von Kai Uwe.

Er tippte auf die Uhr. »Treffen am Jugendstrand um neun. Sie bringen die Schachtel mit den Postkarten, Brennmaterial für das Feuer besorge ich. Und einen guten Korn, falls Ihnen die Nerven durchgehen und Sie mir rührselig werden.«

* * *

Ein ungewöhnlich großer Dreiviertelmond hing über dem Meer. Sein Schein fiel auf die Wellen, breitete sich aus und floss auf die

Küste zu, glitzerndes Silber in der einbrechenden Dunkelheit. Sanft strich der Wind über die weite Sandfläche, dahinter wurde es still. Die Tiefen des Weltalls, bei Tag unsichtbar, öffneten sich an einem von Sternen überfließenden Himmel.

Wanda durchlief ein Schauer, als Kai Uwe das Streichholz anriss und an das zusammengeknüllte Papier hielt, das er zwischen die Scheite gesteckt hatte. Sie hielt die Arme um ihre Beine geschlungen. Die Schachtel mit den Postkarten darin ruhte auf ihren Knien. Eine seltsame Unruhe hatte sich ihrer bemächtigt. Auf einmal war sie sich nicht mehr sicher, ob sie wirklich bereit für den Abschied war.

»Denn man tau!« Kai Uwe drehte sich zu ihr um. Auf seinem Gesicht spiegelte sich der unregelmäßige Widerschein des Feuers. »All up stee?«

Sie biss sich auf die Lippe. Wirklich bereit wäre sie wohl nie, also konnte sie es ebenso gut jetzt tun.

»Kann losgehen«, erwiderte sie und trat an das Feuer. Dicker Rauch schlug ihr ins Gesicht, die Hitze nahm ihr die Luft zum Atmen. Nie im Leben war ihr etwas schwerer gefallen, aber schließlich nahm sie die erste Karte und warf sie in die Glut. Tränen strömten über ihre Wangen, als sie beobachtete, wie die Flammen an den Ecken des Fotokartons leckten. Plötzlich leuchtete er hell wie eine Sonne, bevor er gleich darauf verglühte und zu Asche wurde. Ebenso geschah es mit der zweiten, der dritten … und so weiter. Mit jeder Karte schickte Wanda eine Erinnerung an die gemeinsame Zeit mit Erik zu den Sternen empor.

Schließlich war die Schachtel leer. Und entgegen ihrer Erwartung fühlte es sich nicht schlimm an. Ganz und gar nicht. Eher ruhig und friedlich. Ein wenig schmerzte es, aber es war dennoch in Ordnung. Benommen setzte sie sich zu Kai Uwe in den Sand und trank den Korn, den er ihr anbot. Auf Erik. Gemeinsam warteten sie, bis das Feuer niedergebrannt war. Kai Uwe stellte keine Fragen. Er war einfach nur da. Unerschütterlich wie ein Fels. Dafür war sie dankbar.

Schließlich packten sie zusammen und löschten sorgsam die Glut.

»Alles okay mit Ihnen?« Kai Uwe runzelte die Stirn.

»Ich glaube schon.« Zu ihrem Entsetzen bemerkte Wanda, dass ihre Stimme kippte.

»Oje, jetzt haben Sie es doch hinter sich. Warum weinen Sie denn noch?«

»Keine Ahnung. Vielleicht aus Erleichterung. Gut, dass wir das gemacht haben. Danke, übrigens.«

»Keine Ursache.«

»Entschuldigung, aber ich muss Sie jetzt mal ganz fest in den Arm nehmen. Darf ich?«, platzte es aus ihr heraus. Ganz spontan, sie hatte nicht wirklich vorgehabt, das zu sagen. Schniefend wischte sie sich über das Gesicht.

»Sie wollen mich umarmen?« Kai Uwe kratzte sich unter der Mütze. »Na, von mir aus. Aber nur, wenn wir uns dann auch duzen. Und wenn du versprichst, dass du mir keinen Unsinn mehr mit den Möwen anstellst.« Er wackelte mit dem Zeigefinger.

Unter den ganzen Tränen musste Wanda grinsen. Sie schlang die Arme um Kai Uwe und drückte ihm einen Kuss auf die Wange. Ein wenig musste sie dabei an ihren Opa denken. Sie war sich sicher, dass die zwei sich richtig gut verstanden hätten. Seufzend löste sie sich aus der Umarmung.

»So, mien Deern, dann mal nix wie ab in die Federn. Sonst verpennen wir morgen den Katamaran.«

Wanda war sich in der Dämmerung nicht sicher, aber sie meinte, eine Träne der Rührung in Kai Uwes Auge glitzern zu sehen. Natürlich hätte er es nie zugegeben.

Seite an Seite schritten sie über den Dünenweg, vorbei an Kai Uwes Bretterbude, über die Strandpromenade und dann die breite Treppe an der Wandelhalle hinauf. Die Straßenlaternen schimmerten hell. Kleine Monde, die ihr Licht verschwenderisch in die Nacht warfen. Nur vereinzelt waren Menschen unterwegs, ihre Silhouetten wirkten im Licht der Lampen wie mit einem spitzen Bleistift umrissen.

»Mathilda!«, rief Wanda, als sie die schlanke Frau mit dem Hund an ihrer Seite entdeckte.

»Wanda.« Mathildas Gesicht verschloss sich.

»'n Abend. Ich bin auch dabei.« Obwohl Mathilda es nicht sehen konnte, tippte sich Kai Uwe aus alter Gewohnheit gegen die Mütze.

»Du warst schon mal in besserer Gesellschaft, Kai Uwe«, bemerkte Mathilda, ihr Ton klang so gefühlskalt, dass es Wanda zwischen den Schulterblättern kribbelte.

Wanda atmete durch und reckte kampfbereit das Kinn. »Was soll das heißen? Gibt es etwas, was du mir vielleicht sagen möchtest?«

»Du scheinst einen ganz schönen Männerverschleiß zu haben.«

»Wie bitte?« Wandas Augenbrauen schossen in die Höhe.

»Jan hat es mir erzählt. Versuch erst gar nicht, abzustreiten, dass du mit Hark gestern eng umschlungen am Strand getanzt hast«, gab Mathilda hitzig zurück. »War ziemlich eindeutig, sagt Jan. Und der lügt nicht.«

»Das wohl nicht.« Wanda hatte Mühe, ruhig zu bleiben. »Aber vielleicht hat er die Situation falsch eingeschätzt.«

»Ach ja?« Mathildas Mund wurde spitz. »Selbst wenn es noch Zweifel gäbe, ich habe Mo heute Nachmittag getroffen. Er klang völlig fertig. Anscheinend hat er herausgefunden, welch miese Schlampe du bist.«

»Mo?« Wandas Herz stolperte ein paar Schläge vorwärts. Sie war viel zu geschockt, um auf die Beleidigung zu reagieren. »Ist er hier?«

»Jetzt nicht mehr.« Mathildas Gesichtsausdruck und ihre gesamte Körperhaltung veränderten sich. Es wirkte, als ob sie vor Wandas Augen zu Eis gefror. »Er ist weg. So schnell kommt er wohl nicht wieder. Deine Schuld.«

Damit drehte sie sich um und ging.

Mit offenem Mund starrte Wanda ihr hinterher. Das Blut rauschte in ihren Ohren, so laut, dass sie keinen klaren Gedanken fassen konnte. Reflexartig griff sie zu ihrem Handy. Dass Kai Uwe neben ihr stand und etwas zu ihr sagte, bekam sie nur noch am Rande mit. Mit zitternden Fingern strich sie über das Display und wählte Mos Nummer. Doch nur die Ansage, dass der Teilnehmer momentan nicht zu erreichen sei, erklang.

KAPITEL 17

»Ich hätte besser in meiner Bude bleiben sollen«, meinte Kai Uwe, den Blick auf den Katamaran geheftet, der sich mit beachtlicher Geschwindigkeit der Reede näherte. »Kommt doch komisch, hier auf Svea zu warten, findest du nicht?«

»Hm.« Physikalisch gesehen stand Wanda neben Kai Uwe am Fähranleger, gedanklich aber war sie meilenweit weg. Seit gestern Abend war sie kurz vor dem Durchdrehen. Wenn es stimmte, was Mathilda erzählt hatte, glaubte Mo, dass sie mit Hark herumgeknutscht hätte. So ein ausgemachter Bockmist. Alle Versuche, ihn zu erreichen, waren gescheitert. Sein Handy blieb ausgeschaltet. Ihre Nägel gruben sich so fest in ihre Handinnenflächen, dass es schmerzte. Falls es ganz dumm lief, war es mit Mo und ihr vorbei, bevor es richtig begonnen hatte.

»Sie wird mich für einen sentimentalen alten Trottel halten«, sagte Kai Uwe.

»Hm.«

»Ich habe sie noch nie vom Fähranleger abgeholt. Auch in der Zeit nicht, als sie auf dem Internat war.«

»Hm.«

»Dafür gibt es ja auch die Inselbahn. Die fährt quasi bis vor meine Haustür.«

»Hm.«

»Später hol ich mir eine Pizza und verfüttere sie an die Möwen. Hast du Lust, mir zu helfen?«

»Hm.«

»Wanda! Was ist los? Du hörst mir überhaupt nicht zu.«

Beim Klang ihres Namens zuckte sie zusammen. Schuldbewusst drehte sie sich zu Kai Uwe um. »Tut mir leid. Ich bin heute keine gute Zuhörerin. Mir geht dauernd durch den Kopf, was Mathilda gestern Abend gesagt hat.«

»Du meinst die Sache mit Mo? Ach, das renkt sich schon wieder ein.«

»Da wäre ich mir nicht so sicher. Wenn Mo ernsthaft denkt, dass ich etwas mit dem Doc laufen habe, redet er kein Wort mehr mit mir. Wie soll ich ihm denn verflixt noch mal erklären, dass alles ganz anders war?«

»Immer langsam mit den jungen Pferden.« Besänftigend tätschelte Kai Uwe ihr den Arm. »Wie es aussieht, hat unser Pfarrer seinen Teil zu dem Kuddelmuddel beigetragen. Ich würde mal ein Wörtchen mit Jan reden. Dem fällt doch bestimmt ein, wie man das Missverständnis aus der Welt schaffen kann.«

»Weißt du …« Wanda trommelte nachdenklich mit den Fingern gegen ihre verschränkten Arme. »Ich glaube, das ist tatsächlich eine gute Idee. Wenn er sich darauf einlässt.«

»Sagt die größte Nervensäge der Welt?« Kai Uwe blickte sie kopfschüttelnd an. »Du bequatschst Jan einfach so lange, bis er die Nase voll hat. Das ist doch deine Spezialität. Du wirst sehen, dann rennt er los und unternimmt etwas, damit Mo zurückkommt.«

Wanda kräuselte die Nase. »Wie, was heißt das, ich bin eine Nervensäge?«

»Ich dachte, das wüsstest du. Du zwingst Menschen dazu, Dinge zu tun, die sie nicht tun wollen.«

»Also bitte. Es hat dich doch keiner gezwungen, bei Svea anzurufen.«

»Aber die Briefe, die musste ich lesen.«

»Na ja, und es ist auch gut so. Sonst stünden wir jetzt nicht hier. Außerdem wollte ich nur helfen.«

»Trotzdem bist du eine Nervensäge.«

»Ach ja? Ich finde, du hast das jetzt oft genug gesagt.«

»Nimm es einfach als Kompliment. Oder …« Seine Stimme verlor sich im Pfeifen der Schiffssirene.

Überrascht blickte Wanda zur Kaimauer hinüber. Über ihrem kleinen Disput hatten sie gar nicht bemerkt, dass der Katamaran an der Kaimauer vor Anker gegangen war und die ersten Passagiere bereits von Bord gingen. Kai Uwes Ohren glühten, er reckte den Hals. Wanda tat es ihm gleich, obwohl sie keine Ahnung hatte, wie Svea aussah. »Und? Siehst du sie schon?«

Kaum merklich nickte Kai Uwe. Er schien wie gelähmt. Es verging eine gefühlte Ewigkeit, dann stand eine dunkelhaarige, in Jeans und Windjacke gekleidete Frau vor ihnen. Um die Augenpartie herum sah sie Kai Uwe verblüffend ähnlich. Einen unbehaglichen Moment lang standen beide sich schweigend gegenüber. Dann machte Kai Uwe einen großen Schritt auf seine Tochter zu und zog sie an sich.

Wanda war tief bewegt. Für einen Moment traten ihre eigenen Probleme in den Hintergrund. Wie schön, die Wiedersehensfreude zwischen Vater und Tochter mitzuerleben. Geduldig wartete sie, während die beiden sich in den Armen lagen und gleichzeitig aufeinander einredeten. Nach einigen Minuten kam sie sich allerdings reichlich überflüssig vor. Nachdem sie sich mehrfach erfolglos geräuspert hatte, um auf sich aufmerksam zu machen, beschloss sie, die beiden alleine zu lassen. Gut möglich, dass sie eine Nervensäge war, aber sie besaß ein Gespür dafür, wann es an der Zeit war, zu gehen. Ihr Blick glitt zum Parkplatz, sie runzelte die Stirn. Da sie mit Kai Uwes Auto zur Reede gefahren waren, würde sie zurück den Inselzug nehmen müssen.

»Wanda!«

Sie drehte sich um. Tom stand vor ihr, begleitet von einem hoch aufgeschossenen Jungen mit asiatischen Gesichtszügen. *Jason,* schlussfolgerte sie, ohne nachdenken zu müssen.

»Na, das ist ja eine Überraschung. Wo kommst du denn so plötzlich her?«, rief sie.

Er zuckte die Schultern und grinste. »Na ja, wenn du dir nicht freinehmen und mich besuchen kannst, dann eben andersrum. Ich dachte, ich schnappe mir Jason und zeige ihm meine alte Heimat. Er war noch nie am Meer, stell dir das vor! Was ist, Jason, gefällt es dir hier?« Er klopfte dem Jungen kameradschaftlich auf die Schulter.

Jason verzog das Gesicht, als hätte Tom gesagt »Das hier ist mein Pflegesohn, leider schwer erziehbar«, und äußerte sich nicht.

»Mensch, ich kann noch gar nicht glauben, dass ich dich hier treffe.« Tom freute sich, Wanda zu sehen, und überging Jasons Schweigen. »Was für ein Zufall! Du wolltest hoffentlich nicht gerade mit der Fähre wegfahren?«

»Nein, ich bin aus einem anderen Grund hier. Lass uns einsteigen, bevor uns der Zug vor der Nase wegfährt«, meinte sie und blickte besorgt über den inzwischen menschenleeren Kai.

Sie stiegen ein. Im Zug herrschte Durcheinander. Stimmen schwirrten durch die Luft, während die meisten Feriengäste noch damit beschäftigt waren, ihre Koffer und Taschen zu verstauen und sich einen Platz auf den altmodischen Holzbänken zu suchen. Wanda zwängte sich mit ihrer Begleitung an einem Trupp Mütter mit Kindern im Alter zwischen etwa drei und sechs Jahren vorbei. Am Ende des Abteils ergatterte sie eine Bank, allerdings mussten sie sich eng nebeneinander quetschen. Nachdem der Zug sich ruckelnd in Bewegung gesetzt hatte, begann Wanda zu erzählen. Von Kai Uwe, von Svea und von den Briefen. Das mit den verbrannten Postkarten ließ sie bewusst aus, dazu erschien ihr der Moment nicht intim genug.

»Du scheinst ja bei Kai Uwe einen ganz schönen Stein im Brett zu haben.« Tom grinste, nachdem sie geschlossen hatte. »Wie hast du das denn geschafft? Er gehört nicht unbedingt zu den Leuten, die sich Fremden gegenüber öffnen. Und er hat nie ein Hehl daraus gemacht, dass er es nicht leiden kann, wenn man sich in seine Angelegenheiten mischt.«

»Ganz einfach. Ich habe ihm zugehört. Und dann habe ich erzählt, wie mir ums Herz ist. Einer muss ja den Anfang machen.«

Tom sah sie fragend an. »Na ja, Herz ausschütten ist okay. Ich habe allerdings mehr den Eindruck, dass du gut darin bist, Herzen zu brechen.«

Unwillkürlich hielt sie den Atem an. »Wovon redest du?«

»Von Mo. Er ist mir im Fährterminal in Emshafen über den Weg gelaufen, auf dem Weg von der Fähre zum Zug. Sah ziemlich fertig aus.«

Wanda machte ein ersticktes Geräusch. Draußen, vor dem Fenster, glitt die weite Marschlandschaft vorbei.

»Wie es aussieht, hat Mo deinetwegen einen über den Durst getrunken. Ich wusste nicht mal, dass ihr zusammen seid. Entschuldige, wenn ich frage, aber warum hast du Schluss gemacht?«

Langsam wandte sie den Kopf. »Das habe ich nicht! Was erzählst du da? Mo, dieser Idiot, hat sich irgendetwas Dämliches zusammengereimt. Und anstatt mit mir zu reden, geht er jetzt auf Tauchstation.«

Tom starrte sie an. »Wie? Ich blicke überhaupt nicht mehr durch. Es klang, als wärst du mit Hark zusammen.«

»Was? Hat Mo dir das erzählt?«

»Na ja, nicht direkt«, räumte Tom ein. »Aber irgendwie hat er es durchblicken lassen. Anscheinend hat er gesehen, wie du mit Hark rumgemacht hast.«

»Das hab ich nicht! Ich hab nur … ach verdammt …« Frustriert ließ sie die Schultern sacken. So enttäuscht und hilflos hatte sie sich noch nie gefühlt. »Was mach ich denn jetzt?«

Tom kratzte sich den Kopf. Betreten starrte er auf seine Füße. »Falls dir etwas an ihm liegt, kann ich dir wenig Hoffnung machen. Es schien ihm ziemlich egal.«

»Verdammt!« Wandas Magen krampfte sich zusammen. Sie hatte das Gefühl, gleich in Tränen ausbrechen zu müssen.

»Hm. Sieht nach einem ziemlichen Chaos aus. Könntest du mir vielleicht erklären, was da abgeht zwischen dem Tierarzt und dir?«

Das tat sie.

»Mo hat sich ein vollkommen falsches Bild von der Situation gemacht, und der neue Pfarrer hatte nichts Besseres zu tun, als das Ganze auch noch entsprechend zu kommentieren?«, schlussfolgerte Tom.

Sie nickte schweigend.

Tom blickte sie so ungläubig an, als hätte sie ihm erklärt, dass der Papst plane, Polygamie zu erlauben. »Fuck!«, entfuhr es ihm. Erschrocken blickte er zu Jason hinüber, aber der Junge hatte seine Kopfhörer auf und schien in ein Ballerspiel auf seinem Handy vertieft.

»Hat Mo dir erzählt, wohin er fährt?«, fragte Wanda.

»Scheint, dass er ein paar Tage Auszeit bei seinem Bruder nimmt.«

»Und wo ist das genau?«

»Keine Ahnung.«

Unfähig, einen klaren Gedanken zu fassen, lehnte Wanda den Rücken gegen das harte Holz der Bank. Alles war viel schlimmer, als sie befürchtet hatte. In ihre Verzweiflung mischte sich Ärger. Ärger über sich selbst, dass sie sich überhaupt darauf eingelassen hatte, mit Hark zu tanzen. Ärger über Jan, der voreilige Schlüsse zog und damit nicht hinter dem Berg hielt. Und Ärger über Mo, der ihr nicht genügend vertraute. In der Nacht, die sie gemeinsam verbracht hatten, waren sie sich so nahe gewesen. Es hatte sich so anders angefühlt als alles, was sie je zuvor mit einem Mann erlebt hatte. Nicht nur sie, auch Mo hatte seine Schutzmauer heruntergefahren. Beide hatten sich von der Klippe gestürzt – und waren miteinander auf den Füßen gelandet, unter sich ein Boden, der sich sicher und fest angefühlt hatte. Seit dem Moment war für Wanda klar gewesen, dass sie zusammengehörten. Ihre Kehle wurde eng bei der Erinnerung. Mo musste es doch auch gespürt haben? Und wenn er schon zweifelte, warum kam er nicht auf sie zu, anstatt zu verschwinden? Unter die Verzweiflung und Wut mischte sich ein Gefühl der Ohnmacht, weil er ihr keine Chance gab, mit ihm zu reden. Und die Ohnmacht löste neue Wut aus und neuen Schmerz.

Ärgerlich wischte sie sich eine Träne von der Wange. Es sah nicht danach aus, als würde Mo in absehbarer Zeit zurückkehren. Wie feige! Der Wind fuhr in ihr Haar und trug den Geruch von Tang, Salz und Maschinenöl in ihre Nase. In ihrem Kopf hämmerte es, während sie auf das Handy in ihrer Hand starrte. Sollte sie ihm schreiben, um die Dinge klarzustellen?

Aber dann ... Wozu? Mo *wusste*, was sie für ihn empfand. Warum vertraute er ihr nicht?

Es war ein harmloser Tanz gewesen. Nicht mehr.

Es gab nichts, für das sie sich rechtfertigen musste.

Mo hinterherzurennen, kam nicht infrage, auch wenn ihr Herz noch so sehr schmerzte.

Entschlossen steckte sie das Handy weg und wandte sich an Tom: »Wenn es euch nichts ausmacht, dass es etwas eng ist, könnt ihr bei mir wohnen. Du kannst mein Sofa nehmen, Tom. Für Jason besorgen wir Schlafsack und Isomatte. Ich habe schon ein paar Ideen, was wir zusammen unternehmen können.«

Kapitel 18

»Entschuldige, wenn ich dich beim Nachdenken störe, aber könntest du vielleicht das Lachstatar und das Ciabatta nach draußen tragen?«

Die Augen fest auf den Garten vor dem kleinen, typisch norddeutschen Backsteinhaus gerichtet, lehnte Mo an der Wand, während die Worte seiner Schwägerin durch die Luft wirbelten wie Stare, die von einem Kirschbaum aufflogen. Seine Gedanken waren meilenweit weg.

»Mo? Anke und Mike können jeden Moment da sein.« Etwas drängender zupfte Kathrin ihn am Ärmel. »Ich würde die Sachen ja selbst hinausbringen, aber ich muss noch Cupcakes verzieren. Und Sören holt gerade Getränke aus der Garage.«

»Wie? Was?« Widerwillig kehrte Mo aus seiner Welt zurück. Es dauerte einen Moment, bis er sich bewusst machte, wo er war, nämlich in Bremen, bei Sören, und dass in wenigen Minuten hier auf der Terrasse ein Brunch losbrechen würde, auf den er keine Lust hatte und zu dem seine Cousine und ihr Ehemann eingeladen waren. Kathrins Worte kreisten in seinem Kopf, aber sie ergaben keinen Sinn. Genauso hätte sie vorschlagen können, dass er sich eine Schaufel schnappte, ein riesiges Loch zwischen der Thujahecke und dem Komposthaufen buddelte und seinen

Liebeskummer dort hineinwarf. Was im Grunde nicht einmal das Schlechteste gewesen wäre.

»Die Sachen in der Küche. Sie gehören auf die Terrasse. Könntest du das übernehmen?«, bat Kathrin, als müsse sie ihm das Ganze stenografieren.

»Entschuldigung«, murmelte Mo, dann drehte er sich um und kam ihrer Aufforderung nach.

Mürrisch schleppte er eine Platte nach der anderen hinaus. Der Anblick der Essensberge bereitete ihm Unwohlsein. Er hatte keine Lust auf Gesellschaft. Am liebsten wollte er alleine sein. Familientreffen waren nicht sein Ding. Die blöde Ausfragerei über sein Privatleben und wann er denn endlich gedächte, sein Einsiedlerleben im Offshore-Windpark aufzugeben, ging ihm auf den Geist. Wenn er geahnt hätte, dass Sören ausgerechnet heute Gäste erwartete, wäre er überhaupt nicht gekommen. Eigentlich wäre jetzt ein guter Zeitpunkt gewesen, sich auf sein Zimmer zu verziehen, aber er hatte noch weniger Lust auf sich selbst.

Inzwischen war er sich ohnehin nicht mehr sicher, was er hier tat. Er fragte sich, ob es richtig gewesen war, einfach zu verschwinden.

Was Wanda wohl gerade machte? Ob sie ihren Fehltritt bereute? Dachte sie überhaupt noch an ihn oder hatte sie ihn bereits aus ihrem Leben gestrichen? Die halbe Nacht hatte er wach gelegen und mit dem Gedanken gespielt, sie anzurufen, aber das ließ sein Stolz nicht zu. Nicht nach der Erfahrung, die er mit Alessa gemacht hatte. Fehler wie diese durfte man nicht wiederholen, egal wie sehr man die Person begehrte, die es mit der Treue nicht so genau hielt.

»Großartig«, knurrte Mo vor sich hin und meinte damit die klägliche Bilanz seiner bisherigen Beziehungen. Irgendwie schien er ein Händchen dafür zu haben, sich in die falsche Frau zu verlieben. Er bückte sich und zog ein Beck's aus dem

Bierkasten, den Sören hingestellt hatte. Mit einem gezielten Hieb gegen die Tischkante flitschte der Kronkorken durch die Luft. Er setzte die Flasche an den Mund und ließ sich auf die üppig gepolsterte, mit einem Sonnenschutz überdachte Rattaninsel sinken, die Kathrins ganzer Stolz und im Frühling Ursache eines Dauer-Ehekriegs gewesen war, den Sören schließlich verloren hatte. Mit finsterem Blick beobachtete er, wie ein dunkelblauer Ford Mondeo vor dem Haus hielt. Seine Cousine Anke hatte sich kaum verändert, obwohl es drei Jahre her war, dass er sie zuletzt gesehen hatte. Vermutlich lag es an dem Kurzhaarschnitt. Er hatte sie damals bereits älter wirken lassen, als sie war. Ihr Mann Mike sah im Gegenzug deutlich verändert aus, allerdings nicht zu seinem Vorteil. Den Schädel hatte er zu einer Glatze rasieren lassen, ein todsicheres Indiz, dass es mit seinem Haarwuchs nicht zum Besten bestellt war. Früher war er in Jeans und edlen T-Shirts gekleidet aus dem Haus gegangen, heute trug er Jogginganzug und Badelatschen. Außerdem hatte er – ähnlich wie Sören – deutlich zugenommen, woran augenscheinlich die Vorgänger des dicken Kuchenpakets schuld waren, das Anke andächtig vor sich her balancierte, als würde sie das Fundament ihrer Ehe spazieren tragen. Mo runzelte die Stirn. Wenn Beziehung bedeutete, dass man sich gehen ließ und sich der Bauchumfang innerhalb weniger Jahre verdoppelte, dann war sein Interesse an einer festen Bindung hiermit im Keim erstickt. In einem Zug kippte er das Bier hinunter. Sie konnten ihn alle mal gernhaben, Wanda, dieser Tierarzt und der ganze bescheuerte Rest. Hoffentlich ließ Sören die Burger auf dem Grill anbrennen, dann ginge dieser dämliche Brunch schnell vorbei, und Mo konnte damit weitermachen, worauf er eigentlich Lust hatte: sich selbst und die ganze Welt zu verfluchen.

Bedauerlicherweise waren die Burger hervorragend, genau wie die Orangen-Crêpes, das Hummus, die Overnight-Oats und all das. Das musste Mo zugeben. Obwohl ihm überhaupt nicht nach Essen zumute gewesen war, hatte er ordentlich in sich hineingespachtelt. Dummerweise empfand es sein Magen nach dem Stress der letzten Tage als Zumutung, so viel verdauen zu müssen. Am liebsten hätte Mo Kathrin gefragt, wo im Haus sich die Schnäpse befanden, aber er wollte nicht unnötig Aufmerksamkeit auf sich ziehen.

Alternativ hätte er einen Verdauungsspaziergang durch die Siedlung unternehmen können. Das wäre weniger verdächtig gewesen. Gerade, als er Anstalten machte, sich zu erheben, traf ihn Ankes Blick. Sie hob fragend eine Augenbraue. »Was ich schon die ganze Zeit loswerden wollte, was ist eigentlich mit dir los, Mo? Du siehst aus, als hättest du gerade dein Surfbrett beerdigt und die Kite-Ausrüstung gleich dazu.«

»Blödsinn«, wehrte Mo halbherzig ab. Er fuhr sich mit der Hand durch das kurz geschnittene Haar. Insgeheim wurmte es ihn, dass er nicht bereits viel früher vom Tisch aufgestanden und abgehauen war. Dass die Gespräche früher oder später an diesem Punkt enden würden, war sonnenklar gewesen. Er fragte sich, ob es einen dunklen Teil in seiner Seele gab, über den er keine Kontrolle hatte und der überhaupt erst zu dieser Situation geführt hatte. Eine Verschwörung hässlicher Dämonen, wie bei den Hexen in »Macbeth«, die ihre scheußlichen Schicksalszutaten bereits zusammen hatten und sich nur noch verabreden mussten.

Falls ja, brauchte er dringend Psychotherapie. Oder einen Joint. Ein Joint wäre besser gewesen, auch wenn er noch nie einen geraucht hatte. Früher hatte Sören ihm auf Partys regelmäßig etwas zum Kiffen angeboten, aber seit der Hochzeit mit Kathrin war er zu spießig geworden, um Hasch im Haus zu haben.

»Geht es dir gut?«, fragte Anke mit diesem albernen Ich-weiß-etwas-über-dich-auch-wenn-du-so-tust-als-wäre-nichts-Blick.

»Mo hat Liebeskummer«, warf Kathrin ein.

»Mann, mit Frauen hast du echt Pech«, ergänzte Sören, wenig hilfreich.

»Hör zu.« Mo erhob sich und stopfte die Hände in die Taschen seiner Jeans. »Es stimmt. Ich bin beziehungsmäßig gerade mal wieder abgekackt. So ist das eben. Aber kein Grund zur Sorge. Das Thema ist erledigt. Ich bin durch mit Wanda und durch damit, mich mies zu fühlen.«

»Super, Kumpel, das ist die richtige Einstellung«, gratulierte Sören und knuffte ihn übertrieben munter in die Seite.

»Wanda ..., hübscher Name. Ungewöhnlich.« Anke nahm eine Rolle mit Vitamintabletten aus ihrer Handtasche und warf eine davon in ein Wasserglas, das sie Mike unter die Nase schob. »Hier. Dein Magnesium. Du hast also Schluss gemacht, Mo?«

»Nein. Beziehungsweise ja. Es hat sich von selbst erledigt. Wanda hat eine ähnliche Charakterschwäche wie Alessa.«

»Sie ist ein aufgetakeltes, egozentrisches Biest, das dir ohne mit der Wimper zu zucken ein Messer in den Rücken rammt?«, erkundigte sich Anke.

»Nein. Ganz und gar nicht. In Wirklichkeit sind sich die beiden nicht sonderlich ähnlich. Das ist ja das Verwirrende daran.«

»Aber sie hat dich mit einem anderen betrogen?«, warf Kathrin ein.

»Scheint so.« Mo biss sich auf die Lippe. »Ich bin wohl zum falschen Zeitpunkt beim Konzert auf der Promenade aufgekreuzt. Wir hatten Schlechtwetter und dadurch vorzeitiges Schichtende. Sie hatte nicht damit gerechnet, dass ich da sein würde. Keine Ahnung, weshalb ich auf die bescheuerte Idee gekommen bin, sie überraschen zu wollen. Wie bezeichnet man so etwas? Als Blindheit?«

»Schicksal«, sagte Sören.

»Karma. Göttliche Vorhersehung. Es sollte so sein, bevor du in dein Unglück tappst«, meinte Mike.

Mo starrte ihn an. Mike hätte ebenso gut sagen können: *Experten raten dazu, mindestens zwei alkoholfreie Tage pro Woche einzuplanen. Das kann dabei helfen, Ihren Alkoholkonsum zu reduzieren.*

»Also ist es aus zwischen euch?«, fragte Anke und tauschte einen Seitenblick mit Kathrin.

»Sozusagen. Ich hab's ihr nur noch nicht gesagt.«

»Warum nicht?«

Mo zuckte die Schultern. »Schätze, ich brauche erst mal Abstand.«

»Würde mir genauso gehen.« Mike nickte verständnisvoll.

»Wenn sie sich für einen anderen entschieden hat, ist die Sache ohnehin klar.« Sören nahm drei frische Beck's aus dem Kasten und reichte zwei davon an Mike und Mo weiter. Anke blickte vorwurfsvoll, weil Mike bereits zwei Bier intus hatte, aber Sören setzte sich darüber hinweg und wandte sich an Mo: »Wie bist du dahintergekommen, dass sie dich betrügt?«

»Ich habe die beiden tanzen sehen. In aller Öffentlichkeit. Es war alles ziemlich eindeutig.«

Sören und Mike nickten im stummen Einvernehmen. Die Bierflaschen klirrten aneinander.

»Du hast alles richtig gemacht«, sagte Mike.

»Auf jeden Fall«, bekräftigte Sören. »Was soll man reden, wenn die Lage klar ist? Abgesehen davon, Reden war ja noch nie dein Ding.«

»Sie haben also getanzt«, stellte Kathrin fest. Mit skeptischem Blick löste sie das Papier von ihrem Cupcake und rollte es zu einem Trichter. »Wenn du mich fragst, ich finde, das hat noch gar nichts zu sagen. Warst du nicht ein wenig voreilig?«

Beipflichtendes Nicken von Anke. »Ein Tanz! Das bedeutet gar nichts. Bevor ich mit Mike zusammen war, bin ich regelmäßig zum Salsa gegangen. Was glaubt ihr, wie heiß es dort zugeht. Die Latino-Moves sind so was von sinnlich. Und es hat überhaupt nichts zu bedeuten.«

»Was meinst du, warum ich darauf bestanden habe, dass du aufhörst?«, knurrte Mike so leise vor sich hin, dass nur Mo, der neben ihm stand, es hörte.

»Na gut, na gut ...« Mo fühlte einen stechenden Schmerz hinter der Stirn. Der Kater meldete sich zurück. Abwehrend hob er die Hände. »Mag sein, dass ihr recht habt. An dem Tanz an sich wäre nichts gewesen. Aber dann kam der Pfarrer und meinte, was für ein Glück, dass Hark endlich über Julia hinweg sei und wie cool das doch sei. Er hörte gar nicht mehr auf zu quasseln. Wie super die beiden zusammenpassen würden und lauter so einen Scheiß.«

»Meine Fresse.« Mike seufzte. »Das ist echt hart.«

»Verständlich, dass du die Kurve gekratzt hast, Bruderherz. Als dein Anruf kam, war mir klar, dass etwas im Busch ist. Du hast dich übel angehört.«

»Du kommst über sie hinweg«, sagte Mike in das sich ausbreitende Schweigen hinein. »Dafür hast du zumindest deine Freiheit wieder.«

»Seh ich ganz genauso. Das ist ziemlich cool«, erwiderte Mo, obwohl er sich nicht sicher war, ob er seine Freiheit überhaupt zurückhaben wollte.

»Wart's ab. Wer weiß, wer dir morgen über den Weg läuft.« Mike grinste dämlich.

»So läuft das also bei euch Kerlen?« Anke warf ihm einen schrägen Blick von der Seite zu. »Ihr glaubt immer, dass hinter der nächsten Kurve ein noch tolleres Abenteuer lauert, was? Na, da kann ich ja von Glück reden, dass ich mit dir so einen tollen Fang gemacht habe.«

»Lass sie reden.« Kathrin winkte ab. »Du weißt, wie sie sind. ›Das Gras ist immer grüner auf der anderen Seite‹ ... Sprüche wie diese sind reiner Selbstschutz, weil sie Schwierigkeiten haben, ihre Emotionen zu verarbeiten.«

»Keineswegs«, konterte Mike. »Mit meinem Gefühlsleben ist alles bestens.«

»Außerdem sollte es nur ein Scherz sein«, sprang Sören ihm zur Seite. »Stimmt doch, Mike, oder?«

»Klar.«

»Na siehst du.« Triumphierend gab Sören Mike ein High-Five. »Du glaubst doch nicht im Ernst, dass mein Zwillingsbruder sich so leicht das Herz brechen lässt. Da kennst du Mo aber schlecht. Er kann fünf Frauen an jedem Finger haben, wenn er möchte, nicht wahr, Mo? Schließlich ist er bei mir in die Lehre gegangen.«

Mo starrte Sören an und dieser starrte zurück. Für einen Moment konnte Mo nicht glauben, dass sie beide sich dieselbe DNA teilten. Es erschien ihm sogar äußerst unwahrscheinlich, dass sie im selben Universum lebten. Aber er sagte nichts dazu.

»Was ich nur nicht ganz verstehe …«, setzte Anke an.

Langsam drehte sich Mo zu ihr um. Anke verstummte und schürzte die Lippen, als wäre sie sich bewusst, dass nichts Mos Interesse mehr anstacheln konnte als ihr Schweigen.

Mo saß in der Falle, und das spürte er. Entgegen seinem Willen hörte er sich fragen: »Was genau meinst du?«

Aufreizend langsam rührte Anke Zucker unter ihren Kaffee. »Ich habe kürzlich mit meiner Mutter telefoniert …«

Der Satz detonierte in Mos Gehirn. Nicht etwa, weil ihn übermäßig interessierte, was es im Leben von Hinni Hansen, Ankes Mutter und seine Tante, Neues gab. Das war es mitnichten. Was einen Schreck in ihm auslöste, war, dass Tante Hinni über alles und jeden auf Borkum Bescheid wusste. Sie war dort geboren und lebte zusammen mit ihrem Mann auf einem alten Bauernhof, während ihre beiden Kinder bereits vor Jahren aufs Festland gezogen waren. Was auch immer es über Wanda und

Hark zu berichten gab, Hinni hätte damit nicht hinter dem Berg gehalten. Sie war die lebendige Verkörperung von Social Media.

»Ich glaube, es dürfte dich interessieren, was sie erzählt hat«, sagte Anke, ohne aufzublicken.

»Mal ehrlich ...« Mo fuhr sich mit der Hand in den Nacken. »Der ganze Klatsch kann mir gestohlen bleiben. Was meinst du, warum ich mir eine Arbeit im Windpark gesucht habe, und nicht auf Borkum? Weil ich die dumme Tratscherei leid bin.«

»Mag sein. Das hier jedoch wird dich interessieren. Es geht um Hark.«

Mo gab sich unbeeindruckt. Wenn überhaupt, wurde sein gelassenes Lächeln nur eine Spur breiter. »Was interessiert mich das? Wie Mike und Sören richtig erkannt haben, ist das Thema für mich erledigt. Es ist mir egal, was zwischen ihm und Wanda läuft. Von mir aus werden sie glücklich bis ans Ende ihrer Tage.«

»Tja dann ...« Anke lehnte sich zurück und nippte an ihrem Kaffee. »Vermutlich wird es dich auch nicht interessieren, dass du dich wohl geirrt hast. Zwischen den beiden läuft gar nichts.«

Schweigen. Mos Miene war wie versteinert. Er konnte fühlen, wie sich die Muskeln in seinem Gesicht binnen Sekundenbruchteilen verhärteten, als hätte man Epoxidharz in seine Nervenbahnen gegossen.

»In-te-res-sant«, kommentierte Kathrin, so pointiert, als würde sie an einem Buchstabierwettbewerb teilnehmen. »Das musst du mir mal näher erläutern.«

»Aber gern«, flötete Anke und richtete ihre Aufmerksamkeit auf Kathrin, die auf dem Rattansofa neben ihr saß. »Also, es ist so: Meine Mutter hat in letzter Zeit Schwierigkeiten mit dem Rücken. Vor allem, wenn das Wetter umschlägt. Sie hat es schon mit Krankengymnastik versucht, aber das bringt alles nichts ...«

Entnervt seufzte Mo in sich hinein, und das Seufzen hallte bis in den letzten Winkel seines Gehirns wider. Seine Cousine hatte die bedauerliche Angewohnheit, beim Erzählen nicht bei Adam und Eva zu beginnen, sondern bei der Zeit vor dem Urknall.

»Mal ehrlich, hättest du gedacht, dass ausgerechnet Fraukes Bikram-Yoga so gut gegen Kreuzweh hilft?«

Kathrin schüttelte den Kopf. »Bikram muss unglaublich toll sein. Ich wollte es schon immer ausprobieren.«

»Ja, das solltest du. Na, jedenfalls waren die Damen danach noch im Käptäns Eck, um den Flüssigkeitsverlust bei einem Cocktail wiedergutzumachen. Und dabei hat Frauke meiner Mutter ihr Leid geklagt, dass Hark es einfach nicht schafft, über Julias Tod hinwegzukommen. Sie müssen wohl eine sehr hübsche, sympathische Tierarzthelferin in der Praxis beschäftigen, aber Hark interessiert sich nicht die Bohne für sie.«

»Ach! Du redest aber nicht zufällig von der Frau, mit der Hark getanzt hat?«

»Ich fürchte, schon.«

»Wanda, die Frau, in die Mo verliebt ist?«

»Yepp.« Anke schnalzte mit der Zunge.

»Hm. Hark und Wanda verstehen sich also gut. Und mehr ist da nicht?«

»Ganz sicher.«

Das Schweigen, das folgte, war donnernd. Schließlich sagte Mike: »Moment mal, heißt das, Mo hat mit Wanda Schluss gemacht, weil er auf dem falschen Dampfer war?«

»Sieht so aus«, gab Anke ungerührt zurück. Sie blies in ihren Kaffee. »Das heißt, richtig Schluss gemacht hat er ja anscheinend nicht. Er ist vielmehr abgehauen.«

»Scheiße«, sagte Sören.

»Scheiße«, sagte Mike.

»*Riesen*scheiße«, stöhnte Kathrin.

Nur Mo sagte nichts. Dazu war sein Gehirn viel zu leer.

»Man kann sich ja mal täuschen«, sagte Mike und kratzte sich den Schädel.

»So etwas passiert doch jedem von uns«, bekräftigte Sören.

»Tut es nicht«, erklärten Kathrin und Anke beinahe gleichzeitig.

Mo hörte gar nicht mehr zu. In seinem Schädel spielte sich die Begegnung mit Tom in Emden erneut ab. Hatte Tom sich nicht ähnlich geäußert? Dass er sich nicht vorstellen könne, dass Wanda etwas mit Hark laufen hätte? Verflixt! Warum hatte ihn das nicht hellhörig werden lassen? Und warum war er verdammt noch mal nicht auf der Stelle umgekehrt und zusammen mit Tom zurück nach Borkum gefahren, um herauszufinden, was an der Sache wirklich dran war? Er war so ein Idiot.

»Und jetzt?«, fragte Mike. Er wirkte leicht überfordert.

»Ruf sie an und kläre es«, schlug Sören vor.

»Bist du verrückt?« Kathrin starrte ihren Mann an, als könnte sie sich nicht erklären, wie es dazu gekommen war, dass sie mit jemand, der so einen Kommentar abgab, tatsächlich vor den Traualtar getreten war. »Das macht alles nur noch schlimmer.«

»Absolut«, pflichtete Anke ihr bei. »Das erinnert mich an die Geschichte einer Freundin. Sie hatte sich mit ihrem Verlobten wegen einer bescheuerten Lappalie gestritten. Soweit ich mich erinnere, ging es darum, ob in einen Gin Tonic korrekterweise Indian Tonic oder Bitter Lemon gehört. Na ja, jedenfalls lief Mia nach dem Streit türenschlagend aus dem Haus. Später hat sie dann bei Daniel angerufen, um sich zu entschuldigen. Leider hat der den Anruf in die völlig falsche Kehle bekommen und dachte, sie wollte ihn kontrollieren, weil er aus lauter Frust mit seinen Kumpels mächtig einen draufgemacht hatte. Das hat eine riesige Lawine losgetreten. Egal …, was ich sagen wollte, war, sicher wäre die Hochzeit nicht geplatzt, wenn sie gewartet und sich von Angesicht zu Angesicht mit Daniel ausgesprochen hätte. Krass, wie schnell so etwas am Telefon eskalieren kann.«

»Moment mal, Mo soll also zurück nach Borkum fahren, vor Wanda auf die Knie fallen und ihr erklären, wie leid es ihm tut?« Diesmal war es Sören, der so aussah, als könnte er nicht nachvollziehen, wie es dazu gekommen war, dass er und Kathrin geheiratet hatten.

»Ich fürchte, damit ist es nicht getan.« Kathrin klopfte mit dem zusammengerollten Cupcake-Papier gegen die Tischkante.

»Das sehe ich auch so«, pflichtete Anke ihr bei.

»Schön, dass wenigstens eine Person am Tisch versteht, was ich meine«, bemerkte Kathrin. Ihr Blick sprach Bände. Mo musste sich nicht sonderlich anstrengen, um zwischen den Zeilen zu lesen. Natürlich meinte sie damit, dass nur die einzige *weibliche* Person in der Runde begriff, wie ernst die Lage war. Er stöhnte. Mit einer Entschuldigung alleine würde er es nicht wieder geradebiegen können, das zumindest hatte er jetzt kapiert. Allerdings tappte er noch immer völlig im Dunklen, was verflixt noch mal von ihm erwartet wurde.

Anscheinend war er nicht der Einzige, dem es so ging.

»Ahm, was genau meinst du denn damit, Schatzi?« Mikes Stimme klang etwas gepresst.

»Meint ihr nicht, dass ihr ein klitzekleines bisschen dramatisiert?«, fragte Sören und schlug damit in die gleiche Kerbe.

»Nein, finde ich überhaupt nicht«, gab Kathrin mit einem Lächeln zurück, das keines war. »Aber wenn ihr meint ...« Sie wedelte lässig mit der Hand durch die Luft. »Macht ruhig!«

»Klar. Mo ist erwachsen. Er muss selbst entscheiden, was er tut«, stimmte Anke ihr zu. »Aber sagt nachher bitte nicht, wir hätten ihn nicht gewarnt.«

»Na gut ...« Sören zuckte die Schultern. »Vielleicht habt ihr gar nicht so unrecht. Es wäre vielleicht nicht verkehrt, wenn Mo Blumen mitbringt. Frauen lieben Blumen.«

»Prima Idee.« Mike nickte begeistert. »Die Sprache der Blumen, das kennt doch jeder! Welche Blume steht für Entschuldigung?« Er wandte sich Hilfe suchend an Anke. »Chrysantheme, oder?«

»Die nimmt man bei Trennungen«, erklärte Anke gereizt. »Abgesehen davon hätte ich dir mehr Fantasie zugetraut.«

»Wie meinst du das?« Mike starrte seine Frau an, als lauerten hinter ihren Gedanken mehr Untiefen als an der Loreley. Und an diesem Fels waren bekanntlich unzählige Schiffe im Rhein zerschellt.

»Der Vorschlag, Mo sollte Wanda Blumen schenken, ist echt schräg«, sagte Kathrin in einem Ton, als läge das auf der Hand.

»Was ist verkehrt an Blumen?« Sören zuckte die Schultern.

»Blumen sind so ein Klischee«, ereiferte sich Kathrin. »Wenn Mo Wanda zurückgewinnen will, muss er sich schon etwas Besseres einfallen lassen.«

»Zum Beispiel?«, fragte Sören.

»Was für eine Frage!« Kathrin schüttelte den Kopf. »Eine große romantische Geste natürlich.«

»Ha!«, rief Sören und verschluckte sich fast an seinem Bier, was Mo ziemlich überzogen fand. »Na bravo, Bruderherz. Romantik ist ja mal genau dein Ding!«

»Ach du Scheiße«, seufzte Mike, der bei Anke offensichtlich mit Empathie zu punkten versuchte. *Als ob das nach dem Desaster mit den Chrysanthemen seinen Kopf noch retten könnte*, dachte Mo zynisch. Mike zog die Stirn in Falten. »Wenn das so ist, kann Mo gleich einpacken. Er ist Ingenieur und kein Romeo, der seiner Julia Serenaden vor dem offenen Balkonfenster darbringt.«

»Abgesehen davon singt Mo grauenhaft«, kommentierte Sören.

»Schluss jetzt!« Mo knallte die Bierflasche auf den Tisch, dass es nur so schepperte. Seit dem Schock – oder der

Erleichterung? – darüber, dass a) Hark nichts mit Wanda laufen hatte und b) er selbst der größte Idiot aller Zeiten war, hatte er das ganze Gerede schweigend mitverfolgt. Seine Gedanken waren wie eingefroren gewesen, jetzt aber funktionierte sein Gehirn messerscharf. Er gehörte nicht zu den Männern, die sich schnell aufregten, aber es ging ihm gründlich auf den Geist, dass die anderen über ihn redeten, als wäre er nicht anwesend.

Außerdem war es höchste Zeit, dass er hier wegkam, wenn er die Fähre von Emden nach Borkum heute noch erreichen wollte. Momentan kam es ihm nämlich so vor, als würde sein Leben davon abhängen.

Ungewohnt barsch hob er die Hand und bedeutete den anderen, zu schweigen. »Kann einer von euch mich zur Fähre bringen? Und zwar sofort?«

»Klar«, erwiderte Anke und zückte ohne Umschweife den Autoschlüssel. »Du willst also versuchen, das mit Wanda und dir wieder in Ordnung zu bringen?«

»Worauf du dich verlassen kannst. Ich packe meine Sachen. In fünf Minuten starten wir.« Ohne ein weiteres Wort zu verschwenden, drehte Mo sich um und stapfte mit finsterem Blick ins Haus. Alles in allem kein schlechter Abgang, wenn nicht seine Hände vor Aufregung so gezittert hätten. Aber das hatte zum Glück niemand mitbekommen.

* * *

»Schade, dass das Wochenende mit euch schon wieder vorüber ist.« Wanda stand neben Tom vor der Eisdiele. Fasziniert beobachtete sie die Besucher, die aus der Borkumer Kleinbahn stiegen. Manche Gäste blickten unsicher die Straße entlang, bevor sie ihr Handy hervorzogen und sich zu ihren Pensionen und Kurhäusern navigieren ließen. Andere schienen mit Borkum auf Du und Du zu sein und begrüßten die Insel mit einem

Strahlen im Gesicht, als träfen sie auf eine alte Bekannte. Ein kleiner Junge in Latzhosen hüpfte aufgeregt auf und ab, als er in einem Schaufenster eine weiße Plüschrobbe entdeckte, die beinahe größer war als er selbst. Unwillkürlich blieb Wandas Blick an dem Vater des Jungen hängen. Ihr Herz machte ein paar rasche Schläge. Etwas in der Art, wie er lächelte und sich bewegte, erinnerte sie an Mo. Urplötzlich schwappte eine Welle aus Enttäuschung über sie hinweg.

Sie spürte, wie es in ihrer Brust eng wurde. Unbewusst hatte sie darauf gehofft, dass Mo mit der Fähre zurückkäme.

Aber er war nicht da.

Tom tippte ihr von hinten auf die Schulter. Als sie sich zu ihm umdrehte, bemerkte sie seinen besorgten Blick. »Dein Eis schmilzt. Es läuft dir gleich über den Ärmel.«

»Oh … hab ich gar nicht mitbekommen. Wo steckt Jason?«

»Dort drüben« Tom deutete quer über die Straße, wo Jason auf dem Boden saß, den Rücken an eine Hauswand gelehnt. Tassilo war auf seinen Schoß geklettert, die Schnauze tief in Jasons Eisbecher vergraben. Nachdenklich musterte Wanda den Jungen. Borkum schien ihm gutgetan zu haben. Seine Wangen hatten richtig Farbe bekommen, und wenn Tassilo in der Nähe war, glänzten Jasons Augen. Tom gegenüber wirkte der Junge nach wie vor verschlossen. Den erhofften Durchbruch hatten die beiden nicht erzielt, obwohl Tom seine Sache großartig machte. Wanda fragte sich, was in dem Jungen vorging. Abgesehen von dem Dackel schien er niemanden wirklich an sich heranzulassen.

Tom riss sie aus ihren Gedanken. »Ich hoffe, Hark wiegt den Dackel nicht regelmäßig. Sonst bekommen wir Ärger. Tassilo hat den halben Eisbecher verdrückt.«

»Wenn ihr weg seid, mache ich mit Tassilo einen langen Spaziergang in den Dünen. Bis der Doc mit seiner Runde fertig ist, haben wir uns das längst abtrainiert. Schade, dass ihr schon fahren müsst.«

»Ja, aber ich würde gern mit Jason in den nächsten Ferien wieder zu dir zu Besuch kommen, falls es dir recht ist«, erwiderte Tom. »So leicht gebe ich nicht auf.«

»Das solltest du auch nicht. Ich fand es klasse, wie du ihm gestern gezeigt hast, wie Windsurfen funktioniert. Du hast viel Geduld.«

»Geduld schon, aber ob das reicht? Der Junge lag mehr im Wasser, als dass er auf dem Brett stand. Bei einem Surflehrer würde er mehr lernen.«

»Weißt du«, sagte Wanda. »Darum geht es gar nicht. Jason und du habt miteinander etwas unternommen, bei dem er richtig Spaß hatte. Auch wenn er das nie zugeben würde. Das wird schon. Und Philipp kriegt sich auch wieder ein.«

»Hoffen wir.« Tom knabberte nachdenklich an seiner Waffel. »Wie geht es jetzt mit dir und Mo weiter?«

»Wenn ich das wüsste.« Wanda ließ den Blick ein wenig wehmütig über die Schlange vor der Eisdiele wandern. Es schien Ewigkeiten her, dass sie und Mo sich hier über den Weg gelaufen waren.

»Willst du nicht versuchen, das Ganze zu klären?«, fragte Tom.

Wanda zuckte die Achseln. Wie oft hatte sie sich in den letzten achtundvierzig Stunden nach Mo gesehnt. Nach dem Klang seiner Stimme, seinem Geruch und dem Gefühl, von seinen Armen gehalten zu werden … Wie oft hatte sie mit dem Gedanken gespielt, Mo anzurufen … Einmal war sie sogar kurz davor gewesen, zu Jan zu gehen und ihm die Meinung zu sagen, weil sie so wütend war.

Nichts davon hatte sie getan.

Im letzten Moment hatte eine leise innere Stimme sie immer wieder zurückgehalten.

Wozu sollte sie versuchen, Mo zur Vernunft zu bringen? Sie hatte keine Lust zu kämpfen. Das hatte sie bei Frank, dem Sky Marshal, zur Genüge durchexerziert.

Eine Beziehung, in der nur einer von beiden bereit war zu reden, konnte nicht funktionieren. So einfach war das.

Tom beugte sich vor und zog sie in seine Arme. »Ach, Wanda. Wenn ich gewusst hätte, was los ist, hätte ich mir Mo auf dem Weg hierher geschnappt und ihm ordentlich den Marsch geblasen. Er ist ja ein verdammt gut aussehender Junge, aber dafür, dass er einfach verschwindet und dem Konflikt aus dem Weg geht, könnte ich ihn glatt erwürgen.«

»Spar dir die Mühe.« Wanda seufzte, den Kopf an Toms Schulter gelehnt.

»Ich lasse dich ungern alleine, wenn du Liebeskummer hast, aber Jason muss morgen wieder in die Schule. Kommst du zurecht?« Er löste seine Umarmung und musterte sie nachdenklich.

»Mach dir keine Sorgen.« Wanda versuchte ein schiefes Lächeln. »Du kennst mich doch. Ich komme immer klar.«

»Vielleicht solltest du dir doch überlegen, zurück nach Hamburg zu kommen. Abstand hilft.«

»Nett gemeint, Tom, aber nein. Nicht nur wegen des Jobs, sondern weil ich diese Insel und die Menschen, die hier leben, ins Herz geschlossen habe. Jeden Morgen wache ich auf und bin froh, dass ich all das erleben darf, die Sonnenaufgänge, den weiten Himmel, die Begegnungen mit den Tierbesitzern und so vieles mehr. Ich habe mich so an den Geschmack von Salz auf meiner Haut gewöhnt, dass ich mir gar nicht mehr vorstellen kann, in der Stadt zu leben. Und außerdem muss ich wissen, wie es mit meinen Schützlingen weitergeht …«

»Du meinst den dreibeinigen Hund? Ich dachte, Herr Braun behält Harvey? Das hat er doch gestern gesagt, als wir die beiden am Strand getroffen haben.«

Sie nickte. Harvey war bestens versorgt, das stimmte. Aber von den Tieren ganz abgesehen, waren da Menschen, die ihr wichtig waren: Hark, Kai Uwe, Frauke, Robert ... Schon lange hatte sie nicht mehr diese besondere Verbundenheit zu einem Ort gefühlt wie hier auf Borkum.

Dafür war sie dankbar.

Im Grunde war alles gut.

Und doch ...

Und doch wünschte sie sich so sehr, dass Mo endlich zurückkam.

Ob das passieren würde, stand in den Sternen.

Schließlich wurde es Zeit, von Tom und Jason Abschied zu nehmen. Ein wenig verloren fühlte sie sich schon, als sie kurz darauf alleine mit Tassilo auf der Straße stand. Wandas Herz machte ein paar rasche Schläge, während der Zug sich ruckelnd in Bewegung setzte. Tassilo zerrte an der Leine und wollte hinterherspringen. Sobald er begriffen hatte, dass Jason, sein neuer bester Freund, nicht mehr zurückkam, ließ er sich auf sein Hinterteil fallen. Dann reckte er die Schnauze in die Luft und jaulte so herzzerreißend, dass die Passanten sich nach ihm umdrehten.

»Was hat denn der Kleine?«, erkundigte sich eine ältere Dame. »Tut ihm etwas weh?«

»Nein.« Wanda schnäuzte sich in ihr Taschentuch. »Er hat Liebeskummer.«

»Ach je! Na, das wird schon wieder. Am besten hilft Ablenkung. Hier ...« Die ältere Dame in dem Regenparka wickelte ein Karamell aus einem Papier und hielt es Tassilo hin. Sofort hörte das Heulen auf. Gierig verschlang der Dackel die Süßigkeit und leckte sich anschließend genüsslich die Lefzen. »Na bitte. Ablenkung. Sag ich doch. Einen schönen Tag noch.«

Kopfschüttelnd blickte Wanda der Dame hinterher. Schätzungsweise würde es hundert Windbeutel in Omas

Teestübchen brauchen, um sie Mo vergessen zu lassen. Bis dahin würde sie in keine ihrer Jeans mehr passen. In einem Punkt aber hatte die Dame recht: Sie musste sich dringend mit etwas anderem beschäftigen, als ihre Gedanken ständig um Mo kreisen zu lassen. Was konnte da besser helfen als Arbeit? Sie nahm ihr Handy und wählte Harks Nummer. Er meldete sich sofort.

»Doc? Du wolltest mir doch morgen freigeben, weil ich letzte Woche so viele Überstunden hatte. Ich habe es mir anders überlegt. Kann ich vielleicht doch arbeiten?«

KAPITEL 19

Mo wachte davon auf, dass seine Schulter schmerzte. Die Nacht hatte er halb liegend auf einem der Plastiksitze im Emdener Fährhaus verbracht, nachdem gestern aufgrund einer technischen Störung am Katamaran die letzte Fahrt nach Borkum ausgefallen war. Dabei hatte Kathrin wie eine Irre auf die Tube gedrückt und Mo mit dem BMW von Bremen nach Emden kutschiert. Mit dem Zug hätte er es nicht mehr rechtzeitig zum Fährterminal geschafft. Trotzdem war es umsonst gewesen.

Manche Dinge sollten nicht sein.

Dafür hatte er genügend Zeit gehabt, nachzudenken, als der Abend anbrach.

Er streckte sich. Frischer Kaffeegeruch lag in der Luft, an der Restauration gingen die Rollgitter hoch. Kurz darauf lehnte er mit einer dampfenden Tasse in der Hand an einem der Stehtische und blickte aus dem Fenster zu dem Katamaran hinüber. Noch eine Stunde bis zur Abfahrt. Mittlerweile war er zu dem Schluss gekommen, dass seine Schwägerin und seine Cousine vermutlich recht hatten. Es würde nicht genügen, mit einer lahmen Entschuldigung bei Wanda aufzukreuzen. Die Frage war nur, was um alles in der Welt man sich unter einer *romantischen Geste* vorzustellen hatte, die nicht aus einem

Blumenstrauß bestand? Verflixt. Alles, was er über Frauen und wie man mit ihnen umging wusste oder zumindest zu wissen *glaubte*, wurde auf eine harte Probe gestellt.

Zu gern hätte er eine Möglichkeit gefunden, den seit gestern immer stärker werdenden inneren Druck zu lindern, indem er Wanda anrief und ihr sagte, dass er auf dem Weg zu ihr war. Selbst wenn er nur ihre Stimme auf der Mailbox gehört hätte, hätte er sich schon wohler gefühlt. Doch der Akku seines Handys war leer, und das Netzteil hatte er in der Eile auf dem Tisch in Sörens Wohnzimmer liegen lassen. Wenn es dick kam, dann richtig.

Mit einer Mischung aus Frustration und Verzweiflung lehnte er die Stirn gegen die kühle Fensterscheibe und starrte Löcher in die Luft.

Drei Stunden und zahllose weitere in die Luft gestarrte Löcher später stieg Mo aus der Borkumer Kleinbahn und begab sich auf direktem Weg in die Tierarztpraxis. Um diese Uhrzeit würde Wanda dort am ehesten anzutreffen sein. Sein Herz klopfte wie verrückt, als er die Klingel betätigte und der Türöffner summte. Mit elender Miene spähte er in das volle Wartezimmer. Wie es aussah, würde sich nicht so schnell eine Möglichkeit ergeben, in Ruhe mit Wanda zu reden.

»Kann ich Ihnen helfen?« Frau Harksen, die Mutter des Tierarztes, blickte von ihrem Computer auf. Obwohl sie sich seit Jahren nicht gesehen hatten, erkannte Mo sie sofort wieder. Türkisfarbenes Haarband, schlank, groß, Evelyn-Hamann-Typ. Kopfschüttelnd erhob sie sich von ihrem Stuhl. »Ach du liebe Güte, das bist ja du, Mo! Was für eine Überraschung. Geh runter da, Clooney. Hier oben hast du nichts zu suchen.« Mit strenger Miene hob sie einen äußerst hässlichen Kater mit schiefem Gesicht von der Theke und setzte ihn auf den Boden. »Du kommst bestimmt, um den Streit zwischen dir und Wanda zu klären. Wird aber auch langsam Zeit. Weiß Wanda, dass du zurück bist?«

»Nein«, sagte Mo. »Hat Wanda erzählt, dass wir Stress hatten?«

»Ach was, natürlich nicht. Aber wie du weißt, entgeht mir hier auf Borkum nichts.«

Das stimmte allerdings. Mo knirschte mit den Zähnen. Hätte Mark Zuckerberg damals geahnt, dass es Frauke Harksen gab, hätte er ihr die ganze Sache mit Facebook überlassen und stattdessen kaputte Autos zusammengeschraubt.

»Hm. Du bist also hier, um dich bei Wanda zu entschuldigen. Wahrscheinlich hoffst du darauf, dass sie bei deinem Anblick dahinschmilzt und vergisst, dass du dich wie ein Idiot verhalten hast.« Sie runzelte die Stirn. »Wie es aussieht, hast du nicht einmal Blumen dabei.«

Mo schüttelte den Kopf. »Glauben Sie, dass das besser gewesen wäre?«

»Iwo. Wanda ist ziemlich wütend auf dich. Könnte gut sein, dass sie dir die Blumen vor die Füße geworfen hätte.«

»Na super.« Zerknirscht bückte Mo sich nach dem Miniferkel, das um seine Füße strich, und kraulte es zwischen den Ohren. »Vielleicht gehe ich besser wieder und warte ab, bis Wanda Feierabend hat. Wenn ich Glück habe, fällt mir bis dahin ein, wie ich sie dazu bekomme, mit mir zu reden.« Er richtete sich auf und verzog das Gesicht. »Romantische Gesten sind nicht gerade mein Ding. Ich weiß ja noch nicht einmal, wie so etwas funktioniert.«

»Hm«, machte Frau Harksen erneut. »Ich sehe schon, du brauchst dringend meine Hilfe, Mo. Also ich an deiner Stelle würde …«, hob sie an, wurde dann aber unterbrochen. Die Tür des Behandlungszimmers flog auf. Heraus trat Hark, einen wild mit dem Schwanz um sich schlagenden Waran auf dem Arm, gefolgt von Wanda, die wie Hark Einweghandschuhe trug und ein Clipboard mit einer ganzen Reihe Pillen und Pulvern darauf vor sich her balancierte.

»Für Beckmann?« Hark blickte sich suchend im Wartebereich um. Ein junger Mann in Jeans und Parka erhob sich. »Ah ja. Sie können Ihren Waran wieder mitnehmen. Wir haben ihn gründlich untersucht. Ihm fehlt nichts weiter als ein paar Vitamine und Aufbaunahrung. Außerdem würde ich Ihnen dringend raten, HQI-Strahler über dem Terrarium zu installieren. Meine Assistentin wird Ihnen erklären, wie Sie die Vitamine am besten unter das Futter mischen. Der Nächste, bitte!«

Mit diesen Worten verschwand Hark im Wartezimmer, gefolgt von einer Dame, die einen Pekinesen an der Leine führte. Mit angehaltenem Atem verfolgte Mo, wie Wanda mit Herrn Beckmann redete. Schließlich fischte sie eine Plastiktüte aus den Tiefen ihres Kittels, packte die Vitamine hinein und überreichte sie Herrn Beckmann. Dann drehte sie sich um.

Das war der Augenblick, in dem sie bemerkte, dass Mo neben der Theke stand.

Sie wirkte verunsichert.

Gott … Mo hasste den Ausdruck, mit dem sie ihn ansah. Sein Magen zog sich zu einem festen Knoten zusammen. Er vergaß, was er eigentlich hatte sagen wollen.

»Was machst du denn hier?« Sie hob eine Augenbraue. »Hast du wieder die Nachbarskatze verschleppt?«

»Nein. Die sitzt bei Frau Overkämp auf dem Sofa. Muss ich ein Tier dabeihaben, wenn ich mit dir reden will?«

»Besser wäre es. Gerade ist Sprechstunde und ziemlich viel zu tun.« Wanda grinste. Zögerlich, aber immerhin.

»Okay. Wie wäre es damit?« Mo bückte sich und nahm das Schwein auf den Arm. »Besser so?«

»Ähm. Ich muss leider weiterarbeiten. Entschuldige bitte.« Sie drängte sich an ihm vorbei.

»Wanda … ich weiß, es war blöd, wie ich mich verhalten habe. Aber könnten wir bitte in Ruhe reden?«

»Von mir aus. Aber nicht jetzt. Du kannst dich später melden.« Damit drehte sie sich um und ließ ihn stehen.

»Das war eine Abfuhr«, stellte Frau Harksen fest.

»Mist.« Mo setzte das Schwein zurück auf den Boden und kratzte sich den Nacken. »Und jetzt?«

Frau Harksen schnippte den Bleistift zwischen den Fingern hin und her. Schließlich legte sie ihn beiseite und blickte schulterzuckend zu Mo hinüber. »Ganz einfach. Plan B. Romantische Geste.«

»Klasse. Meine Spezialität«, knurrte Mo. Vor Frust hätte er in die Tischkante beißen können.

»Das erwähntest du bereits.«

»Meinten Sie vorhin nicht, Sie würden mir helfen?«

»Das sagte ich.« Frau Harksen betrachtete ihn nachdenklich. »Und ich kann dich auf jeden Fall auf die richtige Spur bringen. Der Rest liegt bei dir.«

»Klingt schon mal gar nicht so schlecht. Was soll ich tun?«

»Ich hätte da eine Idee. Kommst du gut mit Hunden zurecht, Mo? Und wie schnell kannst du einen Picknickkorb packen?«

* * *

Der Wind hatte ein wenig nachgelassen, als Wanda am Abend die Strandpromenade in Richtung Kleines Kaap entlanglief. Sanft fuhr er von hinten unter den Saum ihres knöchellangen Kleides, sodass sich der geblümte Stoff bis zu ihren Knien hinauf bauschte. Nervös strich sie den dünnen Baumwollstoff glatt. Sie war sich nicht sicher, ob sie für das Treffen mit Mo richtig gekleidet war. Vielleicht hätte sie T-Shirt, Shorts und Jeansjacke wählen sollen. Das wäre praktischer für den Strand gewesen. Andererseits … Wie sollte sie das beurteilen, wenn sie nicht genau wusste, was Mo plante?

Plötzlich unsicher zog sie ihr Handy hervor und scrollte erneut durch den Whatsapp-Chatverlauf.

Treffen heute Abend an der Düne?

13.27

Ihre Antwort:

Meinetwegen. Drachen steigen lassen?

13.53

Reden. Und eine Kleinigkeit essen.

13.55

Von mir aus.

14.17

Wie es aussah, hatte Mo vor, sie in ein Restaurant zu entführen. Halbwegs beruhigt rückte sie die Sonnenbrille in ihrem Haar zurecht. Das lange Sommerkleid war die richtige Wahl. Nicht zu elegant, aber auch nicht zu lässig. Sie hatte es erst vor ein paar Tagen in einer hübschen kleinen Boutique in der Bismarckstraße entdeckt. Eigentlich überzog es ihr Budget für diesen Monat, aber sie hatte nicht widerstehen können. Vielleicht würde der Ausgang des Abends den Preis rechtfertigen.

Als Mo heute Morgen so urplötzlich in der Praxis aufgekreuzt war, hatte sie im ersten Moment gar nicht realisiert, dass er tatsächlich vor ihr stand. Etwas Surreales hatte über der Szene gelegen.

Aber dann hatte er sie mit diesem Blick angesehen. Schwer zu beschreiben, was es war, aber etwas daran hatte Hoffnung in ihr aufkeimen lassen.

Hoffnung, dass zwischen ihnen doch noch alles gut werden könnte.

Menschen machten Fehler.

Vermutlich bestand die Kunst darin, ihrem Zorn und ihrer Enttäuschung über sein Verhalten nicht gleich Luft zu machen, sondern erst einmal anzuhören, was Mo ihr zu sagen hatte. Ein guter Vorsatz. Ob es ihr gelingen würde, ihr Temperament so weit zu zügeln, stand auf einem anderen Blatt.

Ihr Blick glitt über den Strand. In der Nähe der Surfschule war eine Party im Gang. Neoprenanzüge flatterten zum Trocknen im Wind. Jemand hatte einen Grill vor die Hütte geschleppt. Der Geruch von gebratenen Steaks wehte bis herauf zu dem schmalen Weg, der sich durch die Dünen schlängelte. Irritiert blieb sie stehen und kniff die Augen zusammen. Ob Mo irgendwo da unten war? Er hatte von Essen gesprochen. Sehr präzise waren seine Angaben ja nicht gewesen. Hoffentlich hatte er nicht das BBQ hier am Strand ins Auge gefasst. Auf einen Haufen Leute hatte sie nun wirklich keine Lust. Sie stieß den Atem aus und ging weiter.

Sicher hatte Mo die Düne gemeint, an der sie sich getroffen hatten, bevor sie zusammen Kitebuggy gefahren waren. Zwischen Hundestrand und Kitestrand führte ein Weg aus ausgebleichten, vom Sand glatt geschmirgelten Holzbohlen hinunter ans Meer. Mit einem nervösen Kribbeln im Bauch bog sie um die Kurve.

Und dann sah sie ihn.

Mo saß etwas unterhalb von ihr im Sand. Der Schein der untergehenden Sonne ließ sein blondes Haar leuchten. Hinter ihm wogte der Strandhafer, sanfte Wellen in einem Meer aus Gelbtönen. Er erhob sich und schlenderte auf sie zu, die Hände tief in die Taschen seiner Jeans vergraben. Um seinen Mund spielte ein zögerliches Grinsen. »Schön, dass du gekommen bist«, begrüßte er sie.

»Tja. Du hast von Essen gesprochen. Da konnte ich nicht widerstehen.«

»Cool.« Er fuhr sich mit der Hand in den Nacken.

Schweigen.

Wanda blinzelte. Seltsam, wie verlegen er auf einmal wirkte. Als hätte er seinen Text vergessen.

»Schätze, du bist ziemlich sauer auf mich.« Er zuckte die Schultern.

»Kann man so sagen.«

»Weißt du, ich …«

Ein aufgeregtes Kläffen unterbrach ihn. Wanda reckte das Kinn. Tassilo kam mitten durch den Strandhafer auf seinen krummen Beinen aus den Dünen heraus auf sie zugeschossen.

»Tassilo! Verflixt, was soll denn das?«, schimpfte Mo den kleinen Dackel, der sich mit Unschuldsmiene direkt vor Wandas Füße geworfen hatte und sich von ihr den Bauch kraulen ließ. »Hatte ich nicht ›Sitz und bleib‹ gesagt? Du solltest doch auf das Picknick aufpassen!«

»Picknick?« Wanda hob Tassilo auf den Arm, was gar nicht einfach war, weil er ständig versuchte, ihr vor Begeisterung über das unvermutete Wiedersehen über das Gesicht zu lecken. »Und was um alles in der Welt hat Tassilo hier zu suchen?« Verwundert suchte sie Mos Blick.

»Na ja …« Mo räusperte sich. »Tassilo war es, der uns bei unserem ersten Treffen zusammengeführt hat. Ich dachte, es wäre nicht schlecht, wenn er heute auch dabei wäre.«

»Tatsächlich?« Belustigt hob sie eine Augenbraue. »Du setzt einen Dackel als Streitschlichter ein?«

»Ja. Ähm, ich meine, nein. Eigentlich ist er nur Begleithund.«

»Aha.«

»Und der Doc weiß, dass du seinen Hund gekidnappt hast?«

»Was denkst du denn?«

»Na dann.«

»Wanda … es tut mir ehrlich leid. Hark scheint schwer in Ordnung zu sein. Ich war ein Idiot. Ich hätte nicht einfach annehmen sollen, dass …«

»Nein, hättest du nicht«, fiel sie ihm ins Wort. Mit einem Seufzer setzte sie Tassilo wieder auf dem Boden ab. »Wie wäre es, du löst zuerst mal dein Versprechen ein?«

»Versprechen?«, gab Mo gedehnt zurück.

»Das Picknick. Sicher gibt es nicht nur Essen, sondern auch eine Decke, auf die wir uns setzen und in Ruhe reden können«, schlug sie vor. Irgendwie schien sie hier das Kommando übernehmen zu müssen, bis der Hebel in Mos Kopf wieder umgelegt und er in der Lage war, ein vernünftiges Gespräch zu führen, statt verlegen in der Gegend herumzustehen. Hoffentlich hatte er Bier dabei. Oder Wein. Sie hatte das Gefühl, dringend etwas Alkoholisches zu brauchen. Wenn Mo in diesem Tempo weitermachte, würden bereits Sterne über ihnen funkeln, bis er endlich mit seiner Erklärung fertig war.

»Klar. Komm mit.« Er streckte die Hand nach ihr aus. Zögernd verschlang sie ihre Finger mit den seinen. Ein sehnsüchtiges Gefühl durchströmte sie. Es fühlte sich an, als würde das Loch in ihrem Herzen sich langsam schließen.

Er führte sie über einen kleinen Trampelpfad. Der Picknickplatz lag in einer windgeschützten Senke, von Strandhafer verborgen.

»Ach du Scheiße.« Abrupt blieb Mo mitten in der Bewegung stehen. »D-das ist jetzt nicht wahr.«

»Was denn?«, fragte Wanda. Mo stand vor ihr, sie konnte nicht sehen, was er meinte. Neugierig drängte sie sich an seiner Schulter vorbei.

Ihre Augen wurden rund. Mo hatte sich alle Mühe gegeben und eine weiche, karierte Wolldecke im Sand ausgelegt, die er ringsum mit Steinen beschwert hatte. Zwei weiße Porzellanteller, silbernes Besteck, Gläser und eine Flasche Sekt in einem silbernen Kühlgefäß, sogar eine kleine Vase mit blauen Blumen darin. Alles sah sehr stilvoll aus.

Alles *hätte* sehr stilvoll ausgesehen, verbesserte Wanda sich.

Mitten auf der Decke lag Krümelchen, der leere Teller unter ihr war halb unter ihrem seidigen roten Fell vergraben. Der schwarze Radiergummi ihrer Nase war mit einem Klecks Sahne bedeckt, in ihren langen Ohren klebte eine undefinierbare, leicht orangene Masse. Als sie Wanda und Mo entdeckte, gähnte sie verlegen und schlug zur Begrüßung ein paarmal mit dem Schwanz.

»Du Biest«, knirschte Mo mit zusammengepressten Zähnen.

»Krümelchen!«, sagte Wanda vorwurfsvoll und stemmte die Hände in die Hüften. »Ich nehme an, der Teller war vorhin noch nicht leer, oder, Mo?«

»Das waren Windbeutel aus Omas Teestübchen. Die mit Sanddorn, die du so gern magst. Zum Glück ist der Rest des Picknicks noch sicher im Korb verstaut.«

»Woher weißt du, dass das meine Lieblingssorte ist?« Verwundert schüttelte Wanda den Kopf.

»Hat Frau Harksen mir verraten.«

»Frauke? Na, so was.«

»Hm. Sie meinte auch, dass du dir insgeheim einen eigenen Hund wünschst.«

»... nicht dein Ernst«, stammelte Wanda und rieb sich die Stirn.

»Doch. Sie findet, Krümelchen und du, ihr wärt das perfekte Team. Der Hund sei ein wenig verwöhnt und bräuchte Erziehung. Ihrer Meinung nach wärst du genau die Richtige, um ihr Manieren beizubringen.« Mo kniff die Augen zusammen und musterte den Hund mit strengem Blick. »Offensichtlich hat der Hund das auch dringend nötig. Übrigens, bevor du fragst, Hark ist einverstanden. Du kannst sie zur Arbeit mit in die Praxis nehmen.«

»Ein Hund für mich. Wie kommst du denn auf so etwas?«

Er warf ihr einen langen Blick zu. »Vielleicht hatte ich das Gefühl, etwas wiedergutmachen zu müssen. War ziemlich beschissen, wie ich mich verhalten habe.«

»Na, das ist ja mal ein Ding«, erwiderte Wanda leicht atemlos. »Nicht, dass ich mich nicht freuen würde, aber diese Hündin ist wirklich eine Herausforderung. Wenn sie wie eine Katze neun Leben hat, dann hat sie acht davon mit Sicherheit schon verbraucht. Sie ist eine Gefahr für sich selbst, weil sie ständig Dinge klaut, die für Hunde giftig sind. Schokolade zum Beispiel. Ehrlich, dieses Tier ist schwerer zu hüten als ein Sack Flöhe.«

»Na ja.« Mo senkte den Blick und grub mit der Spitze seines Sneakers Löcher in den Sand. »Wenn das so ist, kann ich dich unmöglich mit dieser Aufgabe alleine lassen. Was hältst du davon, wenn wir uns die Verantwortung für dieses kleine Untier hier in Zukunft teilen?«

»Wenn ich so richtig darüber nachdenke …« Wanda schürzte die Lippen. »Ich finde, das ist eine verdammt gute Idee.«

Er machte einen Schritt auf sie zu. »Das heißt, du bist nicht mehr sauer auf mich?«

Sie nickte. »Nicht mehr sehr.«

»Wanda«, murmelte er und zog sie in seine Arme. »Wenn du wüsstest, wie sehr ich dich vermisst habe.«

Sie legte den Kopf an seine Brust und lauschte dem vertrauten Pochen seines Herzens.

»Glaubst du, wir haben eine Chance miteinander?«, flüsterte er leise in ihr Haar.

Ihr Herz öffnete sich und wurde weit, so weit wie der Himmel über Borkum. Sie hob den Kopf, schwindlig von dem Ausdruck, der in seinen verschiedenfarbigen Augen lag. »Das kann niemand sagen. Aber ich bin fest entschlossen, es herauszufinden.«

In Mos Augen erschien ein Flackern. Dann senkte er den Mund über ihre Lippen und gab ihr einen Kuss, der mehr versprach, als Worte es vermocht hätten.

Danksagung

An dieser Stelle möchte ich dir Danke sagen, liebe Leserin, lieber Leser, dafür, dass du mich auf die Reise nach Borkum begleitet hast. Der Beginn einer neuen Buchreihe ist immer ein spannender und herausfordernder Moment. Danke, dass du mir deine Zeit geschenkt und ihn mit mir geteilt hast. Ich hoffe, ich konnte dir dafür etwas zurückgeben und dich ein wenig träumen lassen.

Einen großen Teil des Erfolges meiner Bücher verdanke ich weiterhin der Unterstützung meiner Bloggerinnen und Rezensentinnen. Ihr seid die Allerallerbesten!

Dass aus einer Idee für eine Geschichte ein fertiger Roman wird, ist kein Einzelerfolg, sondern nur durch die Mitarbeit vieler engagierter, kompetenter Menschen möglich. Ihnen möchte ich an dieser Stelle danken.

Zunächst meiner großartigen Beraterin Silvia Kuttny-Walser für die Mithilfe bei der Konzeption der Serie. Dann meinen wunderbaren Agentinnen Lianne Kolf und Isabel Schickinger. Bei Amazon Fabian Knecht mit seinem Team, darunter meine äußerst engagierte Lektorin Dorothea Kenneweg. Lieber Fabian, ich schätze unsere Zusammenarbeit und bin sehr dankbar dafür.

Die Geschichten um Hark wären nicht möglich gewesen, ohne die Hilfe von Tanja Übelmesser, Tierarzt Johannes Hermann und seinem Team und Tierärztin Svenja Heinrich, die nie müde wurden, meine Fragen zu beantworten und mich auf ihren Touren mitfahren ließen. Euch verdanke ich tiefere Einblicke in das Leben als Tierarzt und viele wunderbare Inspirationen. Selbstverständlich gehen alle fachlichen Irrtümer in diesem Roman auf mein Konto.

Einblicke in das Leben als Flugbegleiterin verdanke ich Nadja Motamedi und Anke Steinfort, mit denen ich bei einem Glas Wein wunderbar plaudern durfte.

Großen Dank an Mike Hünefeld vom Trianel Windpark Borkum, der mir viele spannende und wertvolle Informationen über die Arbeit Offshore zur Verfügung gestellt hat. Auch hier gehen sämtliche fachlichen Fehler auf mich.

Zuletzt gilt mein Dank meiner Familie. Meinen wunderbaren Töchtern, an erster Stelle Finja, die sich darüber beschwert, als Jüngste immer zuletzt genannt zu werden, Cassandra, Helen und Svenja, die aufpassen, dass ich mich nicht in der Welt meiner Bücher verirre. Nicht zu vergessen meinen Hunden, die dafür sorgen, dass ich regelmäßig vom PC aufstehe. Ohne euch wäre alles nichts.

Zeitfracht Medien GmbH
Ferdinand-Jühlke-Straße 7
99095 Erfurt, Deutschland
produktsicherheit@kolibri360.de

Druck:
CPI Druckdienstleistungen GmbH
im Auftrag der
Zeitfracht Medien GmbH
Ein Unternehmen der Zeitfracht - Gruppe
Ferdinand-Jühlke-Str. 7
99095 Erfurt